Eine betörende Schönheit

SHERRY THOMAS

Sherry Thomas: „Eine betörende Schönheit"
© 2012 Sherry Thomas
Originaltitel: „Beguiling the Beauty"

© 2013 Deutsche Erstausgabe, Übersetzung: Julia Becker für Agentur Libelli
Lektorat: Ute-Christine Geiler & Birte Lilienthal, Agentur Libelli

Titelbild: Gestaltung – © 2013 Frauke Spanuth

PROLOGUE

Es geschah an einem sonnigen Tag im Sommer des Jahres 1886.

Bis zu diesem Zeitpunkt hatte Christian de Montfort, der junge Duke of Lexington, ein unbeschwertes Leben geführt.

Seine Leidenschaft galt der Natur. Als Kind konnte ihn nichts mehr erfreuen, als schlüpfenden Vogelküken dabei zuzusehen, wie sie sich durch ihre zerbrechlichen Eierschalen pickten, oder Stunden damit zuzubringen, die Schildkröten und Wasserläufer zu beobachten, die den Forellenbach der Familie bevölkerten. Er hielt Raupen in Terrarien, um ihre Metamorphose zu bestaunen – wunderschöne Schmetterlinge oder einfache Motten, beides entzückte ihn gleichermaßen. In den Sommern, die er an der See verbrachte, zog ihn die Welt der Watttümpel in ihren Bann, und er verstand instinktiv, dass er einem harten Überlebenskampf beiwohnte. Gleichermaßen brachten ihn die Schönheit und die Unwägbarkeiten des Lebens stets zum Staunen.

Nachdem er reiten gelernt hatte, verschwand er regelmäßig in die ländliche Umgebung seines imposanten Heims. Algernon House, der Familiensitz der Dukes of Lexington, lag in einem abgelegenen Winkel des Peak Districts. An dessen Horn- und Kalksteinhängen ging Christian mit einem Stallknecht im Schlepptau auf die Jagd nach Fossilien von Bauchfüßern und Weichtieren.

Gelegentlich stieß er auf Widerstand. Was seinen Vater anging, so hieß dieser die wissenschaftlichen Interessen des Sohnes in keiner Weise gut. Christian war jedoch von Geburt an mit einem Selbstvertrauen gesegnet, das zu entwickeln die meisten Männer Jahrzehnte brauchten, wenn es ihnen überhaupt gelang. Wann immer der alte Herzog über seinen so wenig standesgemäßen Zeitvertreib wetterte, erkundigte sich Christian lediglich gleichgültig, ob er es etwa seinem Vater nachtun und dessen Lieblingsbeschäftigung im gleichen Alter nachgehen sollte und den Dienstmädchen im Herrenhaus nachsteigen.

Als hätten ein derartiges Nervenkostüm und eine solche Abgeklärtheit nicht ausgereicht, war er zudem groß gewachsen, stattlich gebaut und im klassischen Sinne gutaussehend. Er glitt mit der Kraft und Unverwüstlichkeit eines Panzerschiffes durch das Leben, verfügte über ein sicheres Auftreten und war sich seiner Ziele wohl bewusst.

Sein erster flüchtiger Blick auf Venetia Fitzhugh Townsend bestätigte ihn nur noch mehr in dieser Gewissheit.

Das alljährliche Kricketspiel zwischen Eton und Harrow, ein Höhepunkt der Londoner Saison, war gerade für den Nachmittagstee der Spieler unterbrochen worden. Christian verließ den Harrow-Mannschaftspavillon, um mit seiner Stiefmutter zu sprechen – die, jüngst von ihrer Hochzeitsreise mit ihrem neuen Ehemann zurückgekehrt, genau genommen nicht länger seine Stiefmutter war.

Christians Vater, der verstorbene Herzog, war eine Enttäuschung für alle gewesen, da er so aufgeblasen wie lasterhaft gewesen war. Er hatte jedoch bei der Wahl seiner Ehefrauen eine glückliche Hand bewiesen. Christians Mutter, die zu früh gestorben war, als dass er sich noch an sie erinnern konnte, war allen Erzählungen zufolge eine wahre Heilige gewesen. Seine Stiefmutter hingegen, die nur wenig später in sein Leben getreten war, hatte sich als verlässliche Freundin und treue Verbündete erwiesen.

Vorhin, mitten im Spiel hatte er die verwitwete Herzogin gesehen. Aber jetzt stand sie nicht länger an derselben Stelle. Als er mit den Augen den gegenüberliegenden Rand des Spielfeldes absuchte, blieb sein Blick kurz an einer jungen Frau hängen.

Sie saß im hinteren Teil einer offenen Kutsche und verbarg ihr Gähnen anmutig hinter vorgehaltenem Fächer. Ihre Körperhaltung war entspannt, als hätte sie sich heimlich des Korsetts entledigt, das andere Damen zwang, steif wie Statuen dazusitzen. Wodurch sie sich allerdings wirklich von den anderen abhob, war ihr Hut – ein Krönchen aus apricotfarbenen Federn, das ihn an die Seeanemonen erinnerte, die ihn in seiner Kindheit so fasziniert hatten.

Sie klappte ihren Fächer zusammen, und er vergaß die Seeanemonen vollkommen.

Ihr Gesicht … Ihm stockte der Atem. Nie zuvor hatte er so strahlende, makellose Schönheit gesehen. Sie war keine Verlockung, sondern Verheißung, wie der Anblick der rettenden Küste für einen

Schiffbrüchigen, und er, der sich seit seinem sechsten Lebensjahr auf keinem gekenterten Schiff mehr befunden hatte – und damals hatte es sich lediglich um ein umgekipptes Paddelboot gehandelt – fühlte sich plötzlich, als sei er sein Leben lang hilflos im Meer getrieben.

Jemand sprach ihn an. Er verstand kein einziges Wort.

Ihre Schönheit hatte etwas Urgewaltiges, wie eine turmhohe Gewitterwolke, eine dräuende Lawine oder ein bengalischer Tiger, der durch den dunklen Dschungel pirschte. Eine Erscheinung von unterschwelliger Bedrohlichkeit und zugleich überwältigender Vollkommenheit.

Er spürte einen stechenden, süßen Schmerz in der Brust: Sein Leben würde ohne sie nie mehr vollständig sein. Er hatte jedoch keine Angst, verspürte nur Begeisterung, Staunen und Verlangen.

„Wer ist das?", fragte er niemand Bestimmten.

„Das ist Mrs Townsend", antwortete niemand Bestimmtes.

„Sie ist ein bisschen zu jung, um Witwe zu sein", sagte er.

Die Arroganz dieser Äußerung würde ihn in den kommenden Jahren noch lange erstaunen – dass er hörte, wie jemand sie Mrs Townsend nannte und er augenblicklich davon ausging, dass ihr Mann tot war. Dass er wie selbstverständlich davon ausging, dass nichts seinem Willen im Weg stehen konnte.

„Sie ist nicht verwitwet", unterrichtete man ihn. „Sie ist tatsächlich voll und ganz verheiratet."

Ihm war niemand aufgefallen, der sie begleitete. Sie erschien ihm wie auf einer Bühne, allein und mitten im Rampenlicht. Nun aber sah er, dass sie von Menschen umgeben war. Ihre Hand ruhte leicht auf dem Arm eines Mannes. Ihr Gesicht war diesem Mann zugewandt, und wenn er sprach, lächelte sie.

Christian hatte sich immer für etwas Besonderes gehalten. Nun war er nur ein ganz gewöhnlicher Mann, der sich nach etwas verzehrte und sehnte, ohne das Verlangen seines Herzens je stillen zu können.

„Du hast dich heute ganz schön zur Schau gestellt", bemerkte Tony.

Venetia klammerte sich an den Halteriemen. Der geschlossene Einspänner bewegte sich langsam durch Londons verstopfte Straßen, es war eigentlich nicht nötig, sich überhaupt irgendwo festzuhalten.

Doch sie schien die Hände nicht von den Lederstreifen lösen zu können.

„Ein Spieler aus Harrow konnte nicht aufhören, dich anzustarren", fuhr Tony fort. „Wenn ihm jemand Besteck gereicht hätte, hätte er dich ohne Zögern verschlungen."

Sie gab keine Antwort. Wenn Tony sich in einer seiner Launen befand, war es sinnlos, irgendetwas zu sagen. Wolken zogen sich über ihnen zusammen. Unter ihren sich ausbreitenden Schatten wurden die Blätter grau – nichts in London entkam der Herrschaft des Rußes.

„Wäre ich nicht so diskret, würde ich ihm erzählen, dass du keine Kinder bekommen kannst. Du bist eine kunstvolle Täuschung Gottes, Venetia. Äußerlich so schön, aber nutzlos, wo es darauf ankommt."

Seine Worte tropften wie Säure in ihr Herz, brannten und fraßen sich hinein. Auf dem Bürgersteig öffneten die Fußgänger ihre Regenschirme, die sie immer griffbereit hielten. Zwei dicke Tropfen trafen das Fenster der Kutsche. Sie rannen an der Fensterscheibe entlang und hinterließen lange, verwischte Schlieren.

„Es steht nicht fest, dass ich keine Kinder bekommen kann", wandte sie ein. Sie hätte schweigen sollen. Ihr war bewusst, dass er sie nur provozierte. Doch irgendwie konnte sie bei diesem Thema nie schweigen.

„Wie vieler Ärzte bedarf es denn noch, um dich davon zu überzeugen? Nebenbei bemerkt, meine Freunde heiraten und haben innerhalb eines Jahres bereits einen Erben. Wir sind seit zwei Jahren verheiratet, aber du scheinst überhaupt nicht schwanger werden zu wollen."

Sie biss sich auf die Innenseite ihrer Lippen. Die Schuld an ihrer Kinderlosigkeit konnte genauso gut bei ihm liegen, doch er weigerte sich, diese Möglichkeit auch nur in Betracht zu ziehen.

„Es wird dich jedoch freuen zu hören, dass dein Aussehen nicht vollständig nutzlos ist. Howard hat zugestimmt, sich an meiner Eisenbahngesellschaft zu beteiligen – und ich möchte meinen, er hat das getan, um mehr Gelegenheiten zu erhalten, dich zu verführen", sagte Tony.

Endlich sah sie ihn an. Die Härte seiner Stimme spiegelte sich in seinem Gesicht wider, seine einst gewinnenden Züge wirkten nun versteinert und harsch. Solange er ihr den Hof gemacht hatte, hatte sie ihn unglaublich anziehend gefunden – lustig, klug und von Hunger nach Leben erfüllt. Hatte er sich wirklich so verändert, oder war sie blind vor Liebe gewesen?

Wenn er Howard doch dafür verachtete, dass er sie begehrte, warum ließ er ihn dann immer mehr zu einem Teil ihres Leben werden? Sie waren nicht auf die Eisenbahngesellschaft angewiesen. Ebenso wenig wie auf einen weiteren Quell für schlechte Laune bei ihm.

„Wirst du mich betrügen?", wollte er plötzlich wissen.

„Nein", sagte sie, mit einem Mal so unendlich müde. Seine Verachtung und die Ablehnung, die er ihr entgegenbrachte, waren in ihrer Ehe fast schon zur Normalität geworden. Das Einzige, was ihm wichtig war – oder zumindest schien es ihr manchmal so –, war ihre Treue.

„Gut. Nach dem, wozu du mich gemacht hast, ist mir die Treue zu halten das Mindeste, was du tun kannst."

„Wozu habe ich dich denn gemacht?" Sie mochte kein Musterexemplar einer Ehefrau sein, aber sie hatte sich stets untadelig verhalten. Sie umsorgte ihn, überzog nie das ihr zur Verfügung gestellte Nadelgeld und ermutigte Männer wie Howard in keiner Weise.

Seine Stimme klang bitter. „Stell keine dummen Fragen."

Sie drehte sich wieder zum Fenster um. Der Gehsteig war unter einem Meer aus schwarzen Regenschirmen verschwunden.

Selbst im Inneren der Kutsche spürte sie die einsetzende Kälte. Der Sommer würde in diesem Jahr früh enden.

Kurz darauf beendete Christian sein letztes Trimester in Harrow und ging zum Studium der Naturwissenschaften nach Cambridge. Im Sommer nach seinem zweiten Jahr am Trinity College nahm er an einer Ausgrabung in Deutschland teil. Auf seiner Rückreise nach Algernon House machte er in London Halt, um eine neue Lieferung Meeresfossilien in der naturhistorischen Abteilung des British Museum zu begutachten, Fossilien, die der Öffentlichkeit noch einige Monate vorenthalten bleiben würden.

Die Diskussion, die über die neuen Exponate entbrannte, war äußerst anregend. So anregend, dass Christian eine Einladung zum Abendessen mit dem Kurator und einigen seiner Kollegen annahm, statt seine Heimreise fortzusetzen. Im Anschluss daran entschloss er sich, eine Stunde in seinem Club zu verbringen, statt sich direkt in sein Stadthaus zu begeben, das ein paar wenige Bedienstete jederzeit in benutzbarem Zustand hielten. Die gute Gesellschaft war zum Ende der Saison aus London abgereist, er konnte davon ausgehen, weitestgehend ungestört zu sein.

Der Club war tatsächlich ziemlich leer. Mit einem Glas Brandy machte er es sich bequem und versuchte, die Times zu lesen.

Am Tag war es leichter. Seine Studien, sein Anwesen und seine Freunde nahmen Christians Zeit vollkommen in Anspruch. Doch in der Nacht, wenn es um ihn herum ruhig wurde und er mit seinen Gedanken allein war, dachte er allzu oft an die Frau, die ihm das Herz gestohlen hatte, ohne ihn auch nur eines Blickes zu würdigen.

Er träumte von ihr. Manchmal waren die Träume sehr lebhaft. Ihr nackter, schlanker Leib unter seinem, ihre Lippen flüsterten sinnliche Worte der Ermutigung in sein Ohr. Dann wieder blieb sie gänzlich unerreichbar für ihn, schritt von dannen, während er wie festgewachsen dastand, oder trat neben ihn, just nachdem er sich in eine Steinstatue verwandelt hatte. Er mühte sich und schrie in seinem marmornen Gefängnis, doch sie bemerkte es gar nicht, genauso gefühlskalt wie schön.

Jemand betrat die mit dunklem Holz getäfelte Bibliothek. Christian erkannte den Mann sofort: Anthony Townsend. Ihr Gatte.

Nach seiner Begegnung mit Mrs Townsend waren ihm die Jahre wie eine lange Lehrstunde über die bedrückenderen Aspekte des menschlichen Daseins erschienen. Zuvor hatte er weder Eifersucht noch Kummer oder Verzweiflung gekannt. Auch keine Schuld, die beim Anblick Townsends nun durch seine Adern pulste.

Er hatte dem Mann nie etwas Böses gewünscht – und in seinen Gedanken war er kaum jemals mehr gewesen als ein unbewegliches Hindernis auf seinem Weg. Doch er hatte in seiner Fantasie unzählige Male mit seiner Frau geschlafen. Und wenn Townsend etwas zustoßen würde, wäre er der Erste in der Schlange derer, die die Bekanntschaft seiner Witwe suchten.

Dies waren genug Gründe für Christian, dass er seinen Brandy hastig leerte und die Zeitung raschelnd beiseitelegte.

Er erhob sich zum Gehen.

„Ich habe Sie schon einmal gesehen", bemerkte Townsend.

Nachdem er einen Moment lang wie gelähmt war, erwiderte Christian kühl: „Ich glaube nicht, dass wir uns schon einmal begegnet sind."

Er bildete sich weniger auf die Geschichte seiner Familie ein als seine Vorfahren, doch er war so unnahbar wie jeder de Montfort.

Townsend blieb jedoch unbeirrt: „Ich sagte nicht, dass wir einander begegnet sind, aber ich kenne Ihr Gesicht von irgendwoher. Ja, jetzt erinnere ich mich. Lord's Cricket Ground, vor zwei Jahren. Sie haben eine Kappe mit Streifen von Harrow getragen und meine Frau angegafft."

Christians Spiegelbild im Fenster, eine Radierung aus Licht vor dem Hintergrund der dunklen Straße, zeigte einen Mann, der in Fassungslosigkeit erstarrt war, so, als ob er Medusa selbst in die Augen gesehen hatte.

„Ich kann mir nicht merken, wie meine Dienstmädchen aussehen, aber ich erinnere mich an die Gesichter aller Männer, die je nach meiner Frau gelüstet haben." Townsend klang seltsam teilnahmslos, als ob es ihm nichts mehr ausmachte.

Christians Wangen glühten, doch er sagte kein Wort: Ganz gleich wie geschmacklos es war, so über seine eigene Frau zu sprechen – und jene zu beschimpfen, die sie begehrten –, Townsend besaß jedes Recht dazu.

„Sie erinnern mich an jemanden", fuhr Townsend fort. „Sind Sie mit dem verstorbenen Duke of Lexington verwandt?"

Wenn Christian seinen Namen nannte, würde Townsend ihn dann gegenüber seiner Gattin verunglimpfen? Er beobachtete, wie sich die Lippen seines Spiegelbildes bewegten. „Der verstorbene Herzog war mein Vater."

„Aber natürlich. Dann sind Sie Lexington. Sie wäre entzückt darüber, dass jemand von Ihrem Stand sie für begehrenswert hält." Townsend lachte, aber es klang trocken und humorlos. „Ihr Wunsch könnte sogar in Erfüllung gehen, Euer Gnaden. Aber überlegen Sie es sich noch einmal. Sonst ergeht es Ihnen am Ende womöglich noch wie mir."

Diesmal konnte Christian seine Verachtung nicht für sich behalten. „Sie meinen, dass ich mit Fremden über meine Frau spreche? Das glaube ich eher nicht."

„Das hätte ich früher von mir auch nicht gedacht", entgegnete Townsend achselzuckend. „Entschuldigen Sie, Sir, dass ich Sie mit meinem unmännlichen Gerede aufgehalten habe."

Er verneigte sich. Christian erwiderte das mit einem kurzen Nicken.

Erst am nächsten Tag fragte er sich, was Townsend wohl mit „Ihr Wunsch könnte in Erfüllung gehen" gemeint hatte.

TOWNSENDS TODESANZEIGE STAND NOCH in der gleichen Woche in der Zeitung. Schockiert stellte Christian Nachforschungen an und fand heraus, dass Townsend am Rande des Bankrotts gestanden hatte. Zudem schuldete er Juwelieren in London und auf dem Kontinent gewaltige Summen. Hatte er derart hohe Schulden angehäuft, um seine Frau bei Laune zu halten und so zu verhindern, dass ihr Blick zu ihren zahlreichen Bewunderern schweifte, die bereit waren, sich ihre Gunst mit großzügigen Geschenken zu erkaufen?

Ein Jahr und einen Tag nach seinem Tod heiratete Mrs Townsend erneut – eine unerhört frühe Wiederheirat in Anbetracht der üblichen Trauerzeit von zwei Jahren. Ihr zweiter Ehemann, ein Mr Easterbrook, war wohlhabend und dreißig Jahre älter als sie. Binnen kürzester Zeit kamen Gerüchte über eine zügellose Affäre in Umlauf, die sie direkt unter Mr Easterbrooks Augen mit keinem Geringeren als einem seiner besten Freunde unterhielt.

Ganz offensichtlich war Christians Angebetete eine oberflächliche, gierige und selbstsüchtige Frau, die den Menschen in ihrer Umgebung schadete und sie ausnutzte.

Er zwang sich, der Wahrheit ins Auge zu sehen.

Es war nicht übermäßig schwer, sie zu meiden. Er verkehrte nicht in denselben Kreisen wie sie, nahm nicht an der Londoner Saison teil und scherte sich auch nicht darum, bei welchen Festivitäten man unbedingt gesehen werden musste. Aus diesen Gründen war es nahezu unmöglich, dass er ausgerechnet ihr begegnete, als er aus dem Waterhouse Gebäude in der Cromwell Road trat, welches die naturgeschichtlichen Sammlungen des British Museums beherbergte.

Beinahe fünf Jahre waren vergangen, seit er sie das letzte Mal gesehen hatte. Sie war mit der Zeit nur noch schöner geworden. Sie schien strahlender, anziehender und gefährlicher als je zuvor.

Er war Feuer und Flamme. Es spielte keine Rolle, was für eine Frau sie war, solange sie die Seine werden würde.

Er wandte sich ab und ging davon.

KAPITEL 1

DAS ICHTHYOSAURIERSKELETT IM HARVARD MUSEUM für vergleichende Zoologie war unvollständig. Da der Fischsaurier jedoch einer der ersten war, die auf amerikanischem Boden, genauer im Staate Wyoming, gefunden worden war, wollte ihn die amerikanische Universität verständlicherweise unbedingt ausstellen.

Venetia Fitzhugh Townsend Easterbrook trat näher, um seine winzigen Zähne zu betrachten, die an die Klinge eines gezackten Brotmessers erinnerten und darauf hindeuteten, dass er sich von weichen Meerestieren ernährt hatte. Tintenfische, vielleicht, die es in den Meeren des Trias im Überfluss gegeben hatte. Sie begutachtete die winzigen Knochen der Flossen, die wie Maiskörner an ihrem Kolben aneinander passten. Sie zählte seine vielen Rippenknochen, gebogen, lang und dünn wie die Zacken eines Kammes.

Nachdem dem Anschein wissenschaftlicher Genauigkeit genüge getan war, erlaubte sie sich, zurückzutreten und die Länge der Kreatur auf sich wirken zu lassen. Dreieinhalb Meter vom einen zum anderen Ende, obwohl der Großteil des Schwanzes fehlte. Ehrlich gesagt, beeindruckte sie die Größe der prähistorischen Tiere immer am meisten.

„Ich sagte doch, dass sie hier ist", vernahm sie eine bekannte Stimme – die ihrer jüngeren Schwester Helena.

„Und wie recht du hast", sagte Millie, die Frau ihres Bruders Fitz.

Venetia drehte sich um. Helena war ohne Schuhe einen Meter achtzig groß. Als ob sie damit nicht schon genug Aufmerksamkeit erregen würde, besaß sie zudem rotes Haar, und zwar das schönste und prächtigste seit Königin Elisabeth I., ergänzt durch malachitgrüne Augen. Millie konnte mit ihrem einen Meter sechzig, den braunen Augen und braunen Haaren in einer Menschenmenge

12

leicht übersehen werden – obgleich dies ein Fehler gewesen wäre, denn Millie war eine zarte Schönheit und viel tiefgründiger, als sie auf den ersten Blick erkennen ließ.

Venetia lächelte. „Hat euch die Befragung der Eltern weitergebracht, meine Lieben?"

„Ein wenig", antwortete Helena.

Die zukünftigen Absolventinnen von Radcliffe, einem College für Frauen, das zu Harvard gehörte, würden die ersten sein, deren Abschlusszeugnisse die Unterschrift des Präsidenten trugen – ein Privileg, das ihren englischen Kommilitoninnen am Lady Margaret Hall und am Girton rundheraus verwehrt blieb. Helena war hier, um für das Queen Magazin über die jungen Damen und diesen denkwürdigen historischen Moment zu schreiben. Venetia und Millie begleiteten sie auf ihrer Reise als Anstandsdamen.

Oberflächlich betrachtet schien Helena, eine erfolgreiche junge Frau, die am Lady Margaret Hall studiert hatte und gegenwärtig einen kleinen, aber erfolgreichen Verlag besaß, die perfekte Autorin für einen derartigen Artikel. In Wirklichkeit hatte sie sich jedoch vehement gegen den Auftrag gewehrt.

Doch ihre Familie hatte Grund zu der Annahme, dass die unverheiratete Helena sich auf eine Affäre eingelassen hatte, die sie in den Ruin treiben konnte. Es war eine äußerst verzwickte Situation. Helena war mit ihren siebenundzwanzig Jahren nicht nur schon längst mündig, sie hatte auch ihr Erbe bereits angetreten – war also in einem Alter und finanziell in einer Lage, in der man sie nicht zwingen konnte, sich schicklicher zu benehmen.

Venetia, Fitz und Millie hatten sich den Kopf darüber zerbrochen, was sie tun konnten, um die geliebte Schwester zu schützen. Letzten Endes hatten sie den Entschluss gefasst, Helena außer Reichweite der Versuchung zu bringen, ohne je ihre wahren Gründe dafür zu nennen. Sie hatten die Hoffnung, dass sie zur Besinnung kommen würde, sobald sie ein wenig Zeit und den Abstand hatte, über ihre Entscheidung nachzudenken.

Venetia hatte den Herausgeber des Magazins *Queen* praktischbestochen, damit er Helena den Auftrag in Amerika anbot, und hatte sich dann daran gemacht, deren Widerstand dagegen zu untergraben, England zu verlassen. Sie waren zu Beginn des Frühlingssemesters im Bundesstaat Massachusetts eingetroffen. Seitdem hatten Venetia und Millie dafür gesorgt, dass Helena mit einer steten Abfolge von Interviews, Unterrichtsbesuchen und Lehrplanstudien mehr als genug zu tun hatte.

Allerdings würden sie Helena nicht viel länger auf dieser Seite des Atlantiks halten können. Statt ihn zu vergessen, schien sich Helena unter der erzwungenen Trennung nur noch heftiger nach demjenigen zu sehnen, den sie zurückgelassen hatte.

Wie zu erwarten, setzte Helena erneut zu Protest an. „Millie hat mir erzählt, dass du noch weitere Interviews arrangiert hast. Ich habe doch gewiss inzwischen genug Material für einen Artikel gesammelt. Noch mehr und ich kann ein ganzes Buch über das Thema schreiben."

Venetia und Millie wechselten einen Blick.

„Es ist vielleicht gar keine schlechte Idee, genug Material für eine längere Abhandlung zu haben. Du kannst sie selbst veröffentlichen", sagte Millie auf ihre ruhige, einfühlsame Art.

„Das stimmt. Aber so vortrefflich ich die Damen des Radcliffe College auch finde, ich habe nicht vor, ihnen noch viel mehr Zeit meines Lebens zu widmen", antwortete Helena in scharfem Ton.

Siebenundzwanzig war ein schwieriges Alter für eine unverheiratete Frau. Heiratsanträge wurden selten, die Londoner Saison wandelte sich von einem aufregenden Ereignis zu nicht enden wollender Pflicht. Die Möglichkeit, als alte Jungfer zu enden, rückte bedrohlich näher, aber dennoch musste sie überallhin begleitet werden, entweder von einer Bediensteten oder von einer Anstandsdame.

War dies der Grund dafür, dass Helena, die Venetia für die scharfsinnigste und klügste von ihnen gehalten hatte, rebelliert und sich dazu entschlossen hatte, nicht länger vernünftig zu sein? Diese Frage hatte Venetia noch nicht gestellt. Niemand hatte das bisher gewagt. Sie alle wollten so tun, als sei der Fehltritt auf Seiten Helenas nie geschehen. Ihn einzugestehen hätte bedeutet, zur Kenntnis zu nehmen, dass Helena auf den Ruin zusteuerte – und dass keiner von ihnen der unkontrollierbaren Talfahrt Einhalt gebieten konnte, die ihre Affäre nun einmal war.

Venetia hakte sich bei Helena unter. Es war besser für sie, wenn sie sie so lange wie möglich von England fernhielten, aber sie mussten sie mit List dazu bringen, statt sie zu zwingen.

„Wenn du dir sicher bist, dass du genug Material hast, dann werde ich den verbleibenden Eltern, die wir wegen eines Interviews kontaktiert haben, schreiben, dass ihre Teilnahme nicht länger nötig ist", erklärte sie, während die Frauen die Türen des Museums aufstießen.

Eine kalte Böe wehte ihnen entgegen. Helena zog ihren Umhang enger um sich und wirkte gleichzeitig erleichtert und argwöhnisch. „Ich bin sicher, dass ich genug Material habe."

„Dann werde ich ihnen schreiben, sobald wir unseren Tee eingenommen haben. Um die Wahrheit zu sagen, ich war in letzter Zeit selbst ein wenig rastlos. Jetzt, da du deine Arbeit beendet hast, können wir die Gelegenheit nutzen, ein paar Sehenswürdigkeiten zu besichtigen."

„Bei diesem Wetter?", fragte Helena skeptisch.

Der Frühling in Neuengland war grau und kühl. Der Wind blies wie mit feinen Nadelstichen gegen Venetias Wangen. Die Backsteinbauten überall um sie herum sahen so mürrisch und streng aus wie die Puritaner, die seinerzeit die Universität gegründet hatten. „Du lässt dich doch sicherlich nicht von dem bisschen Kälte abhalten. Wir werden so bald nicht wieder nach Amerika kommen. Bevor wir abreisen, sollten wir so viel von dem Kontinent sehen, wie wir können."

„Aber mein Geschäft – das kann ich unmöglich länger vernachlässigen."

„Das tust du doch auch nicht. Du hast dich über alles auf dem Laufenden gehalten."

Venetia hatte gesehen, wie viele Briefe Helena von ihrem Verlag erhalten hatte. „Wir werden dich ohnedies nicht noch viel länger aufhalten. Du weißt, wir müssen zur Saison zurück in London sein."

Ein besonders heftiger Windstoß riss ihr fast den Hut vom Kopf. Ein Mann, der auf dem Bürgersteig stand und gerade Plakate ankleisterte, hatte Schwierigkeiten, seinen Stapel Papiere festzuhalten. Eines der Blätter entkam seinem Griff und wehte zu Venetia. Sie schnappte sich den Zettel, bevor er auf ihrem Gesicht festkleben konnte.

„Aber …", begann Helena erneut.

„Ach komm, Helena", sagte Venetia in strengem Tonfall. „Sollen wir etwa denken, dass du dich nicht über unsere Gesellschaft freust?"

Helena zögerte. Nichts war offen angesprochen worden, und vielleicht würde auch nichts je zur Sprache gebracht werden, aber sie konnte sich die Gründe für ihren überstürzten Aufbruch aus

England denken. Zudem fühlte sie sich zumindest ein wenig schuldig dafür, das Vertrauen, das ihre Familie in sie gesetzt hatte, so umfassend missbraucht zu haben.

„Oh, na gut", lenkte sie unwillig ein.

Millie, die auf Venetias anderer Seite ging, formte lautlos mit den Lippen ein *Gut gemacht*.

„Und was steht auf dem Plakat?"

Venetia hatte das aufgefangene Stück Papier völlig vergessen. Sie versuchte, es zu voller Größe aufzufalten, doch der Wind ließ es vor und zurück flattern – und entriss es ihr schließlich ganz. Ihr blieb nur eine Ecke, auf der *American Society of Nat* stand.

„Ist das der Gleiche?" Millie zeigte auf den Laternenpfahl, an dem sie gerade vorbeigegangen waren.

Auf dem Aushang, der auf dort klebte, stand:

Die American Society of Naturalists und die Boston Society of Natural History präsentieren gemeinsam

Lamarck und Darwin: Wer hat recht?

Seine Gnaden, der Duke of Lexington
Donnerstag, 26. März, 15:00 Uhr
Sanders Theatre, Harvard University
Der Öffentlichkeit zugänglich

„Du meine Güte, es ist Lexington." Venetia griff nach Millies Arm. „Er wird hier nächsten Donnerstag einen Vortrag halten."

Der gesamte englische Adel hatte darunter zu leiden, dass er durch stark gesunkene Einnahmen aus der Landwirtschaft einen Teil seines Wohlstands einbüßte. Egal wohin man blickte, allerorten kapitulierte ein Lord nach dem anderen vor undichten Dächern und verstopften Rauchfängen. Venetias Bruder Fitz beispielsweise hatte mit neunzehn Jahren des Geldes wegen heiraten müssen, nachdem er unerwartet nicht nur einen Grafentitel, sondern auch die dazugehörigen praktisch bankrotten Ländereien geerbt hatte.

Der Duke of Lexington kannte solche Unannehmlichkeiten jedoch nicht. Er profitierte aufs Erfreulichste davon, beinahe die Hälfte der besten Liegenschaften in London zu besitzen. Sie waren der Familie von der Krone überlassen worden, als ein Großteil noch einfaches Weideland war.

Er nahm kaum am Leben der guten Gesellschaft teil − man scherzte häufig darüber, dass eine junge Dame, wenn sie sich Hoffnung auf seine Hand machen wollte, eine Landkarte in der einen und eine Schaufel in der anderen Hand haben müsse. Er konnte es sich leisten, sich rar zu machen: Er hatte es nicht nötig, am Gerangel um die gerade verfügbaren Erbinnen teilzunehmen und darauf zu hoffen, dass sein Titel ihm dazu verhalf, ein riesiges Vermögen an Land zu ziehen. Stattdessen reiste er an entlegene Orte, grub nach Fossilien und veröffentlichte Artikel in wissenschaftlichen Zeitschriften.

Dies war äußerst bedauerlich. Denn jedes Mal, wenn Venetia und Millie die Köpfe zusammensteckten und Helena wegen einer weiteren erfolglosen Saison bemitleideten, kam das Gespräch unweigerlich auf Lexington.

Sie sagte, Belfort sei nicht ernst genug.

Ich wette, Lexington ist ein Muster der Ernsthaftigkeit und hoher Gesinnung.

Sie fand, Linwood grinste zu lüstern.

Man sagt, Lexington habe in seinem gesamten Leben noch keinen lasterhaften Gedanken gehabt.

Widmore ist viel zu altmodisch. Helena ist überzeugt davon, dass er sich über ihre Geschäfte beschweren würde.

Lexington ist modern und zudem exzentrisch. Ein Mann, der nach Fossilien gräbt, hätte gewiss nichts gegen eine Frau einzuwenden, die Bücher veröffentlicht.

Sie meinten das nicht wirklich ernst. In Wahrheit war Lexington vermutlich arrogant und nicht unbedingt umgänglich, wie es bei Menschen seines Schlages häufig der Fall war. Doch solange sie noch nicht seine Bekanntschaft gemacht hatten, konnten sie in ihm gefahrlos einen zarten Hoffnungsschimmer für ihr zunehmend entmutigenderes Unterfangen sehen.

Dass es so schwierig war, für Helena einen Ehemann zu finden, verblüffte sie alle. Helena war liebenswert, intelligent und hübsch. Sie erschien Venetia nie unvernünftig oder irgendwie besonders schwer zufriedenzustellen. Und dennoch hatte sie seit ihrer ersten Saison reihenweise sympathische, durch und durch geeignete Herren abgewiesen, als handele es sich um eine Horde mörderisches Gesindel, die ihr Geschäft gewohnheitsmäßig auf dem Rasen verrichteten.

„Du wolltest Lexington schon immer einmal treffen, nicht wahr, Venetia?", fragte Millie.

Es war interessant, dass Millie mit ihrer stillen, vertrauenserweckenden Art die überzeugendste Lügnerin unter ihnen war. Venetia griff das Stichwort sofort auf. „Er mag Fossilien. Das reicht vollkommen aus, um einen Mann für mich interessant zu machen."

Sie gingen über den Campus der juristischen Fakultät. Die kahlen Bäume zitterten im Wind. Der Rasen war unter der Schneedecke des gestrigen Tages nicht zu sehen. Das runde, im romanischen Stil gebaute Auditorium Maximum war wahrscheinlich eine Auflehnung gegen die streng rechteckige und gleichförmige Architektur überall sonst auf dem Universitätsgelände.

Eine entgegenkommende Gruppe Studenten wurde langsamer und blieb stehen, um Venetia anzugaffen. Sie nickte abwesend in ihre Richtung.

„Du möchtest also diesen Vortrag besuchen?", fragte Helena, während sie das Plakat betrachtete. „Er findet erst in über einer Woche statt."

„Stimmt, aber zu Hause in England war es bisher unmöglich, ihn kennenzulernen. Wisst ihr eigentlich, dass er sogar sein eigenes, privates naturgeschichtliches Museum in Algernon House haben soll? Wäre ich dort Hausherrin, mein Glück wäre vollkommen."

Helena runzelte leicht die Stirn. „Ich kann mich nicht daran erinnern, dass du jemals besonderes Interesse an ihm gezeigt hättest."

Weil sie das auch nicht getan hatte. Doch was für eine Schwester wäre sie, hätte sie nicht dafür gesorgt, dass der begehrenswerteste – und womöglich passendste – Junggeselle in ganz England Helena vorgestellt wurde? „Naja, er *ist* eine gute Partie. Es wäre zu schade, ihn nicht zu treffen, wenn sich die Chance bietet. Und während wir auf ihn warten, können wir anfangen, uns die Sehenswürdigkeiten anzuschauen. Es gibt ein paar herrliche Inseln jenseits von Cape Cod, habe ich gehört. Connecticut soll sehr schön sein, und Montreal ist nur eine kurze Zugfahrt entfernt."

„Wie aufregend", pflichtete Millie bei.

„Ein bisschen Ruhe und Entspannung, bevor die Saison wirklich anfängt", sagte Venetia.

Helena presste die Lippen zusammen. „Der Herzog sollte die ganze Mühe besser wert sein."

„Ein Mann, der ein Vermögen an Geld und Fossilien hat?" Venetia tat so, als ob sie sich Luft zufächelte. „Er wird jede Mühe wert sein. Das wirst du schon sehen."

„ICH HABE EINEN BRIEF von Fitz bekommen", erklärte Millie.

Helena war gerade im Badezimmer, sodass Venetia und Millie allein im Salon des kleinen Hauses waren, das sie für ihren Aufenthalt am Radcliffe College gemietet hatten.

Venetia rückte näher an Millie heran und fragte mit gesenkter Stimme: „Was schreibt er?"

Helena war im Januar in Begleitung ihrer Freundin Mrs Denbigh nach Huntington gereist, Lord Wrenworths Landsitz. Fitz' bester Freund Viscount Hastings war ebenfalls zugegen gewesen. Hastings hatte die Feierlichkeiten vorzeitig verlassen und Fitz und Millie einen Besuch auf ihrem Anwesen abgestattet, wo Venetia zufällig auch gerade zu Besuch weilte. Er erzählte ihnen, dass er während seines Aufenthaltes in Huntington gesehen hatte, wie Helena in drei aufeinanderfolgenden Nächten um vier Uhr morgens in ihr Zimmer zurückkehrte.

Venetia war sofort nach Huntington aufgebrochen und hatte sich bei ihrer Ankunft dort mehrfach überschwänglich dafür entschuldigt, dass sie ihre Schwester einfach zu sehr vermisst habe. Auf Huntington gab es noch freie Gästezimmer, doch sie bestand darauf, sich eines mit Helena zu teilen, und konnte so gewährleisten, sie nie aus den Augen zu lassen.

Danach hatten sie Helena so schnell wie möglich aus der Gegend geschafft und Fitz mit dem Auftrag zurückgelassen, die Identität des Mitschuldigen herauszufinden.

„Huntington eingerechnet war sie seit dem Ende der Saison auf vier Hausgesellschaften – fünf, wenn man die auf Henley Park mitzählt, die Fitz und ich gegeben haben. Hastings war auf vier von ihnen – aber er ist augenscheinlich nicht unser Verdächtiger. Lady Avery und Lady Somersby waren auf vier von ihnen, auch auf der in Huntington."

Venetia schüttelte den Kopf. „Ich kann einfach nicht glauben, dass sie das getan hat, während diese Klatschweiber unter demselben Dach weilten."

Millie ging die Liste weiter durch. „Die Rowleys waren auf drei der Gesellschaften. Ebenso Jack Dormer und seine Gattin."

Allerdings war Mr Rowley fünfundfünfzig und das Ehepaar Dormer frisch verheiratet und einander in Liebe zugetan. Venetia holte tief Luft. „Was ist mit Andrew Martin und seiner Ehefrau?"

Vor ein paar Jahren hatte Helena eine Neigung für Mr Martin entwickelt. Es deutete alles darauf hin, dass ihre Gefühle leidenschaftlich erwidert wurden. Mr Martin hatte in der Zwischenzeit jedoch einer jungen Dame, die seit seiner Geburt für ihn vorgesehen war, einen Antrag gemacht und sie geheiratet.

Millie glättete mit beunruhigter Miene die Falten in Fitz' Brief. „Wenn ich so darüber nachdenke, fällt auf, dass ich Andrew Martin und seine Frau schon eine Weile nicht mehr zusammen gesehen habe. Mr Martin kam zu drei der Gesellschaften ohne Begleitung. Und er hat in jedem Haus um ein abgelegenes Zimmer gebeten, angeblich, weil er Ruhe und Frieden brauchte, um an seinem nächsten Buch zu arbeiten."

Das war erst recht dafür geeignet, eine verbotene Affäre geheim zu halten.

„Verdächtigt Fitz noch jemand anderen?", fragte Venetia ohne viel Hoffnung.

„Nicht unter denen, die auf Huntington waren."

Wenn Mr Martin tatsächlich Helenas Geliebter war, würde die Sache nicht gut enden. Wenn man sie erwischte, könnte die Familie Fitzhugh ihn nicht einmal dazu zwingen, das zu tun, was die Ehre gebot – denn Mr Martin blieb verheiratet und seine Frau so robust wie ein klassischer roter Bordeaux.

Venetia rieb sich die Schläfen. „Was sollen wir laut Fitz tun?"

„Fitz wird sich in Zurückhaltung üben – einstweilen. Er befürchtet, Helena damit mehr zu schaden als zu nützen, wenn er Mr Martin zur Rede stellt. Was, wenn Mr Martin doch nicht der Richtige ist? Dann könnte durchsickern, dass Helena im Haus unterwegs war, als sie es nicht hätte sein sollen."

Der Ruf einer Frau war so zerbrechlich wie die Flügel einer Libelle. „Gott sei Dank ist Fitz so besonnen."

„Ja, in Krisenzeiten ist er ein Fels in der Brandung", sagte Millie, während sie den Brief in ihre Tasche gleiten ließ. „Glaubst du, es wird helfen, Helena dem Herzog vorzustellen?"

„Nein, aber wir müssen es dennoch versuchen."

„Hoffen wir, dass der Herzog nicht der falschen Schwester verfällt", erwiderte Millie mit einem angedeuteten Lächeln.

„Pah", sagte Venetia. „Ich bin beinahe das, was man mit ‚mittleren Alters' bezeichnet und zudem mit ziemlicher Sicherheit älter als er."

„Ich bin sicher, Seine Gnaden wird mehr als bereit sein, über einen minimalen Altersunterschied hinwegzusehen."

„Ich hatte mehr Ehemänner, als mir zustehen, und habe vor, glücklich unverheiratet zu bleiben, für den Rest meines …"

Schritte. Helenas.

„Natürlich werde ich ihm meine Hand nicht ohne Weiteres gewähren", erklärte Venetia mit erhobener Stimme. „Aber wenn der Herzog mit einem riesigen Fossil um mich wirbt, wer weiß, wie ich ihn belohnen werde?"

HELENA LAUSCHTE AUFMERKSAM. Venetia war in ihrem Badezimmer. Millie war sich umziehen gegangen. Sie müsste ungestört sein.

Sie zog den Vorhang beiseite und öffnete das Fenster des Salons. Der Junge, den sie dafür bezahlte, dass er ihre Briefe an Andrew direkt zum Postamt brachte, stand wartend unten. Er streckte die Hand aus. Sie legte einen Brief und zwei glänzende Kupfermünzen hinein und schloss das Fenster schnell wieder.

Nun weiter zu den Briefen, die am Nachmittag für sie eingetroffen waren. Sie suchte nach denen, die in den Umschlägen von Fitzhugh & Co. gekommen waren. Ehe sie England verlassen hatte, hatte sie Andrew einen Vorrat davon gegeben und ihn instruiert, ihre amerikanische Adresse darauf schreiben zu lassen, sobald er sie hatte. Dann sollte er ein kleines Sternchen unter die Briefmarke malen, damit sie erkennen konnte, dass der Brief von ihm war und nicht von ihrer Sekretärin.

Er hatte bei diesem Brief aber ausnahmsweise kein Sternchen, sondern ein winziges Herz neben das Antlitz der Königin gemalt. Sie schüttelte verliebt den Kopf. Oh, ihr süßer Andrew.

Meine Liebste!

Welche Freude! Welche Wonne! Als ich dem Postamt in St. Martin's le Grand heute Morgen einen Besuch abstattete, warteten dort nicht ein oder zwei, sondern drei Briefe von Dir. Meine Freude ist ob der Enttäuschung in den letzten beiden Tagen, in denen meine Fahrten zum Postamt in London vergebens waren, nun umso größer.

Was Deine Frage angeht: Die Arbeit am dritten Band von ‚Eine Geschichte Ostangliens' geht langsam voran. König Æthelbert wird sehr bald getötet, und Offa von Mercien wird sich in Kürze das Königreich unterwerfen. Aus irgendeinem Grund scheue ich diesen Teil der Geschichte eher, aber ich glaube, dass mir das Schreiben wieder schneller von der Hand geht, sobald ich die Rebellion dreißig Jahre später erreiche, die die Unabhängigkeit des Königreichs Ostanglien wieder herstellte.

Ich würde gern mehr schreiben, aber ich muss mich auf den Weg nach Hause machen – meine Mutter in Lawton Priory erwartet meinen Besuch, und Du weißt, wie sehr sie Unpünktlichkeit missbilligt, ganz besonders meine.

So schließe ich mit dem brennenden Wunsch, dass Du sehr bald zurückkehrst.

Dein Ergebenster

Helena schüttelte den Kopf. Sie hatte Andrew angewiesen, nie seinen Namen unter die Briefe zu schreiben. Diese Vorsichtsmaßnahme verlor dadurch völlig an Bedeutung, dass er sowohl sein Buch als auch das Anwesen seiner Mutter namentlich erwähnte. Doch es war nicht sein Fehler. Läge Täuschung in seiner Natur, wäre er nicht der Mann, den sie liebte.

Sie verstaute den Brief gerade in der Tasche ihrer Jacke, als Venetia lächelnd in den Salon kam. „Was sagst du zu einem Ausflug morgen nach Boston, meine Liebe? Dann schauen wir mal, was die Hutmacher hier zu bieten haben. Die Hüte, die du mitgebracht hast, sind perfekt dazu geeignet, mit Professoren und Studentinnen zu sprechen. Aber für Begegnungen mit Herzögen müssen wir uns mehr anstrengen."

„Er wird nur Augen für dich haben."

„Papperlapapp", sagte Venetia streng. „Du bist eine der hübschesten Frauen, die ich kenne. Mal abgesehen davon, wenn er nur einen Funken Verstand hat, wird er erkennen, dass man eine Frau am besten danach beurteilt, wie sie andere Frauen behandelt. Und wenn er dich in deinem schlichten Hut aus der vorletzten Saison sieht, wird er auf der Stelle daraus schließen, dass ich eine eigensüchtige Kuh bin, die sich selbst wie einen Weihnachtsbaum ausstaffiert und dich in Lumpen herumlaufen lässt."

Wenn Venetia wollte, dass Helena ihr das Interesse am Herzog abnahm, hätte sie in den vergangenen vier Jahren seit dem Tod ihres zweiten Mannes nicht jeden Antrag, der ihr gemacht wurde, höflich, aber bestimmt abweisen sollen. Helena war sogar davon überzeugt, dass Venetia lieber durch den Ärmelkanal geschwommen wäre, als wieder zu heiraten.

Sie würde jedoch mitspielen, so wie sie mitspielte, seit Venetia unerwartet in Huntington aufgetaucht war. „Na gut, aber nur weil du es bist, und nur, weil du in die Jahre kommst und bald nur noch Herrenbesuch bekommen wirst, wenn die Gentlemen deine Tür mit der ihrer Großmutter verwechseln."

Venetia lachte und sah dabei wunderschön aus. „Unsinn. Neunundzwanzig ist nicht so alt – noch nicht. Aber es stimmt, nach dieser hier bekomme ich vielleicht keine weitere Gelegenheit mehr, Herzogin zu werden. Also solltest du lieber einen ordentlichen Hut besitzen."

„Du darfst mir ein schreiend buntes Exemplar aussuchen."

Venetia legte den Arm um Helena. „Wäre es nicht fabelhaft, wenn du diese Saison den perfekten Mann finden und seinen Antrag annehmen würdest? Dann könnten wir eine Doppelhochzeit veranstalten."

Ich hab den perfekten Mann schon gefunden. Ich werde niemand anderen heiraten.

Helena lächelte. „Ja, das wäre es wohl."

KAPITEL 2

SIE KLEIDETE SICH AN – knöpfte ihr Unterkleid zu, zog die Strümpfe hoch, schlüpfte mit der Grazie einer Tänzerin in ihren Unterrock. Sie hatte ihm den Rücken zugewandt, doch der Frisierspiegel gestattete ihm einen ungehinderten Blick auf den Rest ihres Körpers. Er blieb im Bett, den Kopf auf eine Hand gestützt, und betrachtete die wogende Bewegung ihres schwarzen, offenen Haars.

Draußen klopfte eifrig ein Specht. Drinnen zog sich die Spätnachmittagssonne langsam aus dem Zimmer zurück, und der gefleckte, kupferrote Lichtstreifen oben an der Decke verblasste immer weiter. Ihre Schönheit war in der Dämmerung weniger greifbar – als habe sie sich in ein impressionistisches Gemälde verwandelt, Pinselstriche aus Farbe und Schatten. Er konnte sie ansehen, ohne das Gefühl zu haben, er müsse seine Augen schützen, da er andernfalls Blendung riskierte.

Er streckte den Arm nach einer ihrer Locken aus, wickelte sie sich um die Finger und zog sie daran näher zu sich.

Sie ließ es geschehen, setzte sich auf die Bettkante und legte einen Arm um ihn. „Hast du nicht langsam genug von mir?", fragte sie neckend.

„Niemals."

„Nun, für den Augenblick gibt es nichts mehr. Ich muss meine Zofe rufen. Warum ziehst du dich nicht an?"

Er streichelte ihren Ellbogen. „Ich fange in einer Viertelstunde an. Bis dahin werde ich mir mit dir die Zeit vertreiben."

Sie lachte und schlüpfte aus seinem Griff. „Später. Vielleicht nach dem Ball."

Der Specht klopfte noch lauter.

Christian fuhr aus dem Schlaf auf. Das Zimmer war dunkel, die Umrisse kaum zu erkennen, das Feuer im Kamin nur noch glühende Asche. Er war allein, weder war eine schöne Frau bei ihm noch sonst

24

wer. Es war der Morgen des Tages, an dem er seinen Vortrag in Harvard halten sollte, und jemand klopfte an seine Tür.

„Herein", rief er.

Sein Butler Parks betrat den Raum. „Guten Morgen, Euer Gnaden."

„Morgen", erwiderte Christian, während er die Bettdecke beiseite schlug und aufstand.

Der Traum, den er nie zuvor gehabt hatte, war so echt gewesen. Er hätte den durchsichtigen Musselinvorhang am Fenster beschreiben können, die stilisierten Ranken des Orientteppichs, auf dem sie gestanden hatte, die genaue Länge und Schattierung ihres Haars.

Es war jedoch nicht die Genauigkeit, mit der er sich an Kleinigkeiten erinnerte, die ihn irritierte – nach einigen seiner sinnlicheren Träume hätte er sie mit großer anatomischer Präzision zeichnen können. Es waren viel mehr die liebevolle Vertrautheit, die unbeschwerte Intimität und Süße zwischen ihnen.

„Sir", sagte Parks. „Ihr Wasser wird kalt. Soll ich Ihnen eine andere Schüssel bringen?"

Wie lange hatte Christian vor dem Waschtisch gestanden und sehnsüchtigen Tagträumen nachgehangen, fast wie ein Dieb in Gedanken an das Kellergewölbe unter der Bank of England?

Weitere fünf Jahre waren vergangen, seitdem er Mrs Easterbrook vor dem Naturhistorischen Museum in London das letzte Mal gesehen hatte. An manchen Tag war er sich absolut sicher, seiner jugendlichen Obsession entwachsen zu sein. An einem dieser Tage hatte er seiner Stiefmutter versprochen, nach den Vorträgen in Harvard und Princeton die gesamte Saison über in London zu bleiben – um seiner Pflicht nachzukommen und sich eine Ehefrau zu suchen.

Mrs Easterbrook, die eine unverheiratete Schwester hatte, würde mit Sicherheit in London sein. Als deren Anstandsdame würde sie viele Veranstaltungen besuchen, bei denen auch seine Anwesenheit erwartetet werden würde. Es konnte sogar dazu kommen, dass er allein der Höflichkeit wegen mit ihr sprechen musste.

„Euer Gnaden?", fragte Parks erneut.

Christian machte einen Schritt weg vom Waschtisch. „Tun Sie, was Sie für angebracht halten."

„SIE SIEHT ATEMBERAUBEND AUS, findest du nicht?", fragte Venetia Millie.

Für den Vortrag des Herzogs hatte Helena ein Promenadenkleid aus dunkelgrünem Samt angezogen. Millies Zofe Bridget stand hinter Helena, um dafür zu sorgen, dass die Falten des Rocks richtig fielen.

„Sie sieht fantastisch aus", stimmte Millie ihr sofort zu. „Ich liebe es, wenn Rothaarige Grün tragen."

Venetia drehte sich zu Millie um. „Lass mich hinzufügen, dass auch du sehr gut aussiehst." Das Senfgelb, in dem Millies Kleid gehalten und das für die meisten Frauen nicht tragbar war, erwies sich als vorteilhaft und ließ sie frisch und ungewohnt gut aussehen. „Der Herzog wird daraus schließen, dass ich eine treu sorgende Schwester und Schwägerin und ehrenhafte Frau bin. Dann wird er mich auf der Stelle auffordern, Kuratorin seines Museums zu werden."

Helena schüttelte den Kopf. „Immer diese Fossilien."

Venetia lächelte breit. „Immer."

Sie war äußerst hoffnungsvoll, auch wenn es keinen Grund dafür gab. Allerdings hatten sie sich in der vergangenen Woche gut unterhalten, waren durch das Hinterland von Connecticut und zu den malerischen Inseln Martha's Vineyard und Nantucket gereist. Helena schien seit langer Zeit wieder mehr sie selbst zu sein. In Venetia weckte das die Hoffnung, dass sie am Ende ihrer Reise voll und ganz begreifen würde, wie sehr sie vom rechten Weg abgekommen war.

Helena war weder flatterhaft noch gedankenlos. Sie konnte Menschen normalerweise sogar sehr gut einschätzen.

Nach ihrer ersten Begegnung mit Millie, bei der Letztere kaum mehr als zehn Worte gesagt hatte, hatte Helena Venetia versichert: *Fitz ist ein Glückspilz. Sie wird ihm eine gute Ehefrau sein.* Millie hatte sich als beste Ehefrau erwiesen, die ein Mann sich nur wünschen konnte.

Zudem hatte Venetia Helena an einem denkwürdigen Tag vor so vielen Jahren, als sie frisch verliebt war, natürlich auch dazu gedrängt, ihre Meinung über Tony zu äußern. Helena hatte widerwillig geantwortet, dass er „eine gewisse innere Stärke" vermissen ließe.

Wie recht sie gehabt hatte. Was es doppelt so schockierend machte, dass ausgerechnet sie sich auf eine Weise verhielt, mit der sie ihre gesamte Zukunft aufs Spiel setzte.

Bridget, die mit ihrem Werk an Helenas Kleid zufrieden war, wandte sich an Millie.

„Benötigen Sie noch etwas, Ma'am?"

„Nein, nimm dir ruhig den Rest des Tages frei."

„Danke, Ma'am."

Sie hatten auf diese Reise nur Bridget mitgenommen. Venetias Zofe Hattie litt unter heftiger Seekrankheit und war daher zu Hause geblieben. Helenas Zofe hatte vor einem Jahr gekündigt, um zu heiraten, und war nie ersetzt worden.

Venetia hatte damals nicht viel darüber nachgedacht – Helena wohnte normalerweise entweder bei Venetia oder Fitz und Millie, und es war Hattie oder Bridget ein Leichtes, sich auch um sie zu kümmern. Nun fragte sie sich, ob Helena dieses Versäumnis mit Absicht begangen hatte. Ohne eine Kammerzofe ständig in ihrer Nähe gab es eine Person weniger, die über ihr Tun und Lassen Bescheid wusste.

Hatte Helena ihre Affäre *geplant* und vorher Schritt für Schritt die Hindernisse aus dem Weg geräumt? Dieser Gedanke gefiel Venetia gar nicht.

Selbst wenn, Helena konnte immer noch ihre Meinung ändern. Vielleicht war der Anblick eines rechtschaffenen, gänzlich unverheirateten jungen Mannes genau der Schubs in die richtige Richtung, den sie brauchte. Außerdem musste es einfach Schicksal sein, dass der Herzog, der sonst so schwer zu fassen war wie der Heilige Gral, plötzlich an dieser entscheidenden Stelle in ihrem Leben auftauchte.

Venetia griff nach ihren Handschuhen. „Ich bin bereit, einen Blick auf Lexington zu werfen. Wer noch?"

SIE WAREN EINE HALBE STUNDE vor Beginn da, doch das Sanders Theatre, der Hörsaal in Harvard, war bereits voller Menschen. Nur in der letzten Reihe fanden sie noch drei nebeneinander liegende freie Plätze. Millie ließ ihren Blick schweifen. „Meine Güte, seht nur, wie viele Frauen hier sind."

Helena rückte ihren neuen modischen Hut zurecht. „Nicht überraschend, wenn der Vortragende ein junger, reicher Herzog ist. Sieht so aus, als würdest du Konkurrenz bekommen, Venetia."

„Vielleicht sind sie nur neugierig", erwiderte Venetia obenhin.

„Nachdem so viele der reichen amerikanischen Erbinnen unsere verarmten Lordschaften heiraten, müssen sie gespannt darauf sein, wie ein Engländer aussieht, der kein Geld braucht."

„Du hast selbst auch noch nie einen gesehen, stimmt's, Millie?", stichelte Helena.

„In meiner Ehe jedenfalls nicht", gluckste Millie.

„Wenigstens sieht dein armer englischer Gatte gut aus", sagte Venetia.

„Allerdings, sogar besser als Apollo."

Sie äußerte das Kompliment über ihren Mann vollkommen sachlich, ohne jegliches Beben in der Stimme und ohne auch nur im Entferntesten rot zu werden.

Dennoch fragte sich Venetia schon seit Jahren, ob Millie den Mann, der sie ausschließlich wegen ihres Geldes geheiratet hatte, nicht heimlich liebte. Er begegnete ihr mit Höflichkeit und in den letzten Jahren auch mit echter Zuneigung. Doch Venetia befürchtete, dass sein Herz für immer der Frau gehören würde, die er seiner Verpflichtungen wegen hatte aufgeben müssen.

„Die Wahrscheinlichkeit, dass du ebenso viel Glück hast, Venetia", sagte Helena, „tendiert gegen Null. Ein Pfund darauf, dass der Herzog aussieht wie der Glöckner von Notre Dame."

„Hm", sinnierte Venetia. „Gibt es denn überhaupt so etwas wie einen jungen, reichen und hässlichen Herzog?"

Selbst wenn es ihn gab, so war es nicht der Duke of Lexington, dessen Erscheinen auf dem Podium allgemein ein bewunderndes Seufzen hervorrief. Er sah wirklich gut aus – und nicht auf eine sanfte eher jungenhafte Art, wie sie Venetia sonst am besten gefiel. Seine Erscheinung war schlank und kantig, er hatte tief liegende Augen, eine gerade Nase, hohe Wangenknochen und einen entschlossenen Mund.

Millie war der gleichen Meinung. „Er sieht aus wie ein römischer Senator, sehr gebieterisch, sehr distinguiert."

„Wie alt ist die Familie genau?", erkundigte sich Venetia.

„Sehr alt", versicherte ihr Millie. „Ein de Montfort hat an der Seite Wilhelms des Eroberers gekämpft."

Ein Harvard-Professor setzte zu einer langatmigen Vorstellung an, die sich mehr um ihn als um den Herzog drehte. Lexington blieb seiner guten Erziehung treu und ließ sich weder Langeweile noch Verwunderung anmerken, sondern verriet lediglich höfliches Interesse.

Venetia nahm mit Erleichterung zur Kenntnis, dass er auch hochgewachsen genug für Helena war, deren Größe junge Männer, die sie nicht überragen konnten, gelegentlich abschreckte. Sie warf einen Blick auf ihre Schwester und hoffte, einen Funken Interesse auf ihrem Gesicht zu entdecken. Immerhin vereinte der Herzog alles in sich, was Helena immer gewollt hatte. Doch Helenas Miene spiegelte lediglich unverbindliche Höflichkeit wider.

„Bist du zufrieden, Venetia?", flüsterte Millie. „Wirst du ihn zum glücklichsten Mann der Welt machen?"

Venetia fiel wieder ein, dass sie weiterhin Interesse an einer Ehe mit dem Herzog heucheln musste. „Das hängt von der Größe seines Fossils ab", flüsterte sie zurück.

Helena gab einen Laut von sich, der irgendwo zwischen einem Schnauben und unterdrücktem Lachen lag.

Venetias Besorgnis steigerte sich. Eigentlich hatte sie gehofft, dass Helena noch Jungfrau war. Nicht, dass ihr Kichern dies von vornherein ausschloss, doch dass Helena den Scherz sofort verstanden hatte, während einige ihrer jungfräulichen Tanten ein Schaubild benötigt hätten, möglicherweise mehrere Schaubilder …

Die Einführungsrede neigte sich ihrem Ende entgegen. Der Herzog betrat das Podium. Er sprach in gemessenem Tonfall, knappen Worten und im Gegensatz zu seinem Vorredner mit der Disziplin, nicht einmal ansatzweise vom Thema abzuschweifen.

Er war brillant, was Helena sicherlich gefallen würde. Seine Ideen waren umstritten – vor allem die These, dass die Evolution maßgeblich von natürlicher Selektion bestimmt wurde, wie von Mr Darwin vorgeschlagen, die den gemeinhin eher anerkannten Thesen des Neolamarckismus, der Orthogenese und der großen Sprünge widersprach. Trotzdem war seine Vortragsweise fast schon zu distanziert, als ob er lediglich die Gedanken eines Dritten wiedergab und nicht seine eigenen.

Seine Ausstrahlung jedoch ließ die Zuhörer an seinen Lippen hängen. Es war eine Anziehung, die aus mehr als seiner Überzeugungskraft und seinem guten Aussehen bestand. Vielleicht waren es gerade seine höfliche Arroganz, die unverkennbare Autorität in seiner Stimme oder die Kombination aus seinem altehrwürdigen Titel und seinen äußerst modernen Ansichten.

Am Ende des Vortrags stellten die Männer im Publikum, einige davon Mitglieder der Fakultäten von Harvard, andere von der Presse, eine Reihe Fragen.

Venetia beugte sich über Millie und reichte Helena ein Stück Papier. „Frag ihn."

Die erste Frau zu sein, die ihm eine Frage stellte, würde beim Herzog bleibenden Eindruck hinterlassen.

Helena schaute die Frage an, die Venetia vorschlug: *Was halten Sie von der theistischen Evolution, Sir?* „Warum ich? Das solltest du selbst machen."

Venetia schüttelte den Kopf. „Ich will nicht, dass er mich für zu vorwitzig hält."

Doch ehe sie Helena weiter bedrängen konnte, erhob sich eine junge Amerikanerin aus dem Publikum.

„Euer Lordschaft."

Venetia zuckte ob der falschen Anrede für den Herzog zusammen.

Einen Herzog sprach man nie direkt mit „Lord" an, sondern immer mit „Euer Gnaden."

„Ich habe Ihren Artikel im Harper's Magazine mit großem Interesse gelesen", fuhr die junge Dame fort. „In diesem Artikel provozieren Sie Ihre Leser mit der Ansicht, dass auch die menschliche Schönheit ein Resultat der natürlichen Selektion ist. Würde es Ihnen etwas ausmachen, dies näher auszuführen?"

„Keineswegs", erwiderte Seine Gnaden. „Evolutionär betrachtet ist Schönheit nichts anderes als ein äußeres Zeichen, das Auskunft über die eigene Fähigkeit zur Fortpflanzung gibt. Unsere Auffassung von Schönheit beruht vor allem auf Symmetrie und Proportionen, die wiederum grundsätzlich auf strukturelle Gesundheit schließen lassen. Die Merkmale, die wir gemeinhin besonders attraktiv finden – klare Augen, gute Zähne, makellose Haut – stehen für Jugend, Vitalität und das Nichtvorhandensein von Krankheit. Ein Mann, der sich zu jungen, gesunden Frauen hingezogen fühlt, wird sich mit größerer Wahrscheinlichkeit fortpflanzen als ein anderer, der ältere, kränkliche bevorzugt. Daraus lässt sich schließen, dass unser

Schönheitsideal ohne Zweifel von der erfolgreichen Selektion in den letzten Jahrtausenden beeinflusst wurde."

„Wenn Sie nun also eine schöne Frau sehen, Sir, denken Sie dann nur daran, dass sie zur Fortpflanzung taugt?"

Venetia blieb der Mund offen stehen. Amerikaner waren wirklich erstaunlich dreist.

„Nein, ich wundere mich viel mehr darüber, welchen Wert wir der Schönheit beimessen – das fasziniert einen Wissenschaftler."

„Inwiefern?"

„Wir werden von klein auf dazu erzogen, einander nach dem Charakter zu beurteilen. Und dennoch, wenn wir der Schönheit gegenüber stehen, hat das alles keine Bedeutung mehr. Schönheit wird zum Einzigen, was zählt. Das sagt mir, dass Mr Darwin absolut recht hatte. Wir stammen von Tieren ab. Es gibt mit Sicherheit tierische Instinkte – wie das Angezogensein von Schönheit –, die so urtümlich und grundlegend sind, dass sie unsere zivilisatorischen Werte aushebeln. Daher romantisieren wir die Schönheit aus der Verlegenheit heraus, dass wir ihr auch in unserer heutigen Zeit noch immer erliegen."

Im Publikum erhob sich Gemurmel ob seiner unkonventionellen und sehr entschiedenen Ansichten.

„Bedeutet das, dass Sie Schönheit nicht genießen, Sir?"

„Ich genieße sie, aber eher so wie eine Zigarre – in dem Bewusstsein, dass sie mir zwar kurzweilig Freude bereitet, in Wahrheit jedoch nicht von Bedeutung ist und mir auf lange Sicht möglicherweise sogar schadet."

„Dies ist eine sehr zynische Haltung gegenüber der Schönheit."

„Das ist die Haltung, die die Schönheit verdient", entgegnete der Herzog kalt.

„Es könnte ein wenig schwerer werden, als du zunächst angenommen hast, Venetia", bemerkte Helena sanft. „Der Herzog ist offensichtlich ein Unruhestifter." Einer, für den sich Venetia mehr und mehr interessierte, auf eine etwas andere Art, als es sich für eine mögliche Schwägerin vermutlich ziemte.

Ein junger Mann sprang auf. „Sir, wenn ich Sie richtig verstehe, haben Sie damit im Grunde genommen alle schönen Frauen als nicht vertrauenswürdig bezeichnet."

Venetia schnalzte verächtlich mit der Zunge. Der Herzog hatte das mitnichten gesagt. Er hatte lediglich dazu geraten, eine nüchterne Haltung im Umgang mit der Schönheit einzunehmen. Schöne Frauen sollten, wie alle anderen auch, nach Eigenschaften beurteilt werden, unabhängig von bloßen körperlichen Attributen. Was konnte daran falsch sein?

„Schöne Frauen *sind* nun einmal grundsätzlich nicht vertrauenswürdig", antwortete der Herzog.

Venetia zog die Brauen zusammen. Bitte nicht das schon wieder. Schönheit zu verteufeln war ebenso schlimm, wie sie mit Tugend gleichzusetzen. Vielleicht sogar schlimmer.

„Eine schöne Frau wird so lange begehrt, wie ihre Schönheit besteht, man verzeiht ihr jegliche Fehltritte und erwartet nichts anderes von ihr, als schön zu sein."

Venetia schnaubte. Wenn das nur wahr wäre.

„Aber, Sir, wir sind doch sicherlich nicht alle so blind", hielt der junge Mann dagegen.

„Erlauben Sie mir, in diesem Fall den Beweis in Form einer Anekdote zu erbringen. Anekdoten sind natürlich keine wissenschaftlich verlässlichen Quellen. Doch wo es unmöglich ist, vorurteilsfreie, reine Fakten einzuholen − und so verhält es sich mit Studien der menschlichen Psyche grundsätzlich −, werden sie genügen müssen.

Vor einigen Jahren war ich Ende August in London unterwegs. Zu dieser Zeit verlässt der gesamte englische Adel üblicherweise die Stadt und begibt sich aufs Land. Außer mir und einem anderen Mann war niemand in meinem Club.

Ich erkannte ihn, denn jemand hatte mich einmal darauf hingewiesen, dass er der Ehemann einer sehr schönen Frau war. Er sprach kurz von seiner Frau und warnte mich, dass ein Mann sie nicht begehren sollte, wenn er nicht so werden wollte wie er.

Die Unterhaltung gefiel mir nicht. Ich verstand seine Warnung auch nicht, bis ich ein paar Tage später in der Zeitung seine Todesanzeige las. Ich stellte einige Nachforschungen an und erfuhr, dass er nicht nur bankrott gewesen war, sondern auch horrende Schulden bei einigen Juwelieren angehäuft hatte. Die Umstände seines Todes hätten beinahe zu einer polizeilichen Untersuchung geführt."

Es war, als legte sich in Venetias Verstand ein Schalter um. Die Frau, die der Herzog ganz offensichtlich beschuldigte, für den Tod ihres Mannes verantwortlich zu sein … War es tatsächlich möglich, dass er von *ihr* sprach?

„Seine Witwe heiratete ein knappes Jahr später einen viel älteren, sehr wohlhabenden Mann. Es grassierten bald Gerüchte, dass sie eine Affäre mit einem guten Freund von ihm hatte. Als er schließlich auf dem Sterbebett lag, besaß sie nicht einmal den Anstand, in seinen letzten Stunden bei ihm zu sein. Er starb allein."

Er sprach *tatsächlich* von ihr, verdrehte dabei jedoch die Fakten auf abscheuliche Weise. Am liebsten hätte sie sich die Ohren zugehalten, konnte sich jedoch nicht bewegen. Sie konnte nicht einmal blinzeln, ihn nur weiter mit dem leeren Blick einer Statue anstarren.

Die Beurteilung ihrer zweiten Ehe versetzte ihr einen Stich, doch das war nur halb so wichtig – sie hatte einige der besagten Gerüchte selbst in Umlauf gebracht. Doch was er in Bezug auf Tony andeutete, noch dazu in dessen eigenen Worten, dass er ihr unterstellte, dass er sich nur ihretwegen umgebracht hatte …

„Außerordentlich herzlos, unsere Schöne."

Redete er langsamer? Jede einzelne, vernichtende Silbe hing eine Ewigkeit in der Luft, in der tausende kleine Staubpartikel in grellem, weißem Licht glitzerten wie im hellen Schein einer Laterne gefangen.

„Man würde meinen, dass ihr das nachhängt", fuhr der Herzog unerbittlich fort. „Aber nein, sie ist überall willkommen und wird kontinuierlich mit Heiratsanträgen überhäuft. Es scheint so, als ob sich niemand an ihre Vergangenheit erinnern könnte. Daher glaube ich in der Tat, dass wir Männer in dieser Hinsicht blind sind."

Es gab noch weitere Fragen. Venetia hörte sie nicht. Sie hörte auch die Antworten des Herzogs nicht, nur seine Stimme, diese unnahbare, klare, einnehmende Stimme.

Sie konnte sich nicht erinnern, wann der Vortrag geendet hatte. Sie wusste nicht, wann der Herzog gegangen war oder wann der Rest des Publikums den Saal verlassen hatte.

Der Hörsaal war dunkel und leer, als sie sich erhob, höflich die Hand ihrer Schwester von ihrem Arm schob und hinausstolzierte.

„Ich kann immer noch nicht fassen, was passiert ist", sagte Millie, als sie Venetia eine weitere Tasse heißen Tees reichte.

Venetia hatte keine Ahnung, ob sie die letzte Tasse geleert hatte oder ob der Tee kalt geworden war.

Helena ging im Salon auf und ab und warf dabei einen langen, schmalen Schatten an die Wand. „Hier kommen eine ganze Menge Lügen und Lügner zusammen. Mr Easterbrooks Familie ist sicherlich ein verlogener Haufen, Mr Townsend war dazu ebenfalls absolut imstande. Und du selbst, Venetia, hast deinen Teil dazu beigetragen, dass sie damit durchkamen."

Es stimmte. Venetia hatte selbst in nicht zu knappem Ausmaß gelogen. Manchmal galt es, Menschen zu beschützen, manchmal musste der äußere Schein gewahrt werden, und bisweilen musste sie ihren eigenen Stolz bewahren, damit sie weiterhin erhobenen Hauptes durch die Welt gehen konnte, während sie sich eigentlich lieber in einem dunklen Loch verkrochen hätte.

„Der Herzog ist wahrscheinlich kein Lügner", fuhr Helena fort. „Aber er hat eine Reihe unbegründeter Gerüchte auf verwerflich leichtsinnige Art so vorgetragen, als ob es Fakten aus der Encyclopædia Britannica wären. Unverzeihlich. Wir können von Glück reden, dass die Amerikaner zwar vom Prince of Wales und dem Duke of Marlborough gehört haben mögen, Venetia jedoch nicht kennen und nicht in der Lage sein werden, aus seinen Worten auf ihre Identität zu schließen."

„Dem Herrn sei Dank, auch für kleine Gnaden", murmelte Millie.

Helena blieb vor Venetias Sessel stehen und beugte sich hinunter, um auf Augenhöhe mit ihr zu sein. „Räche dich, Venetia. Mach, dass er sich in dich verliebt, und gib ihm dann einen Korb."

Finstere, drängende Gedanken waren Venetia durch den Kopf geschwirrt wie ein Schwarm Krähen um den Tower von London. Doch nun, da sie in die kalten Augen ihrer Schwester starrte, verlor die Vergangenheit an Bedeutung, und auch die Gedanken an Lexington verblassten.

Helena. Helena war eine Frau, die ihre Entscheidung mit fast angsteinflößender Schonlosigkeit traf.

Wenn Helena sich wirklich dazu entschlossen hatte, dass Andrew Martin all den Ärger wert war, dann waren die Würfel gefallen, hatte das Spiel begonnen, und sie hatte die Brücke überquert und abgerissen. Millie, Fitz und Venetia konnten versuchen, was sie wollten. Sie würden sie nicht umstimmen, mit keinem der ihnen zur Verfügung stehenden Mittel.

Venetia konnte nur froh darüber sein, dass sie sich leer und betäubt fühlte. So war sie nicht in der Lage zu verzweifeln.

Fürs Erste.

KAPITEL 3

ALS VENETIA ZEHN JAHRE ALT WAR, war ein Zug in der Nähe ihres Zuhauses entgleist.

Ihr Vater hatte die Helfertruppe angeführt, die Passagiere aus dem Wrack barg. Venetia und ihre Geschwister durften nicht in die Nähe des Geschehens, da man befürchtete, dass es sie zu sehr ängstigen würde. Man ermutigte sie jedoch, sich um die Passagiere zu kümmern, vor allem um Kinder, die nur kleinere Verletzungen davon getragen hatten.

Es hatte einen Jungen in ihrem Alter gegeben, der keine sichtbaren Verletzungen aufwies. Als man ihm Sandwiches brachte, aß er sie. Wenn man ihm eine Tasse Tee reichte, trank er. Und wenn man ihm Fragen stellte, gab er halbwegs vernünftige Antworten. Nichtsdestotrotz wurde nach einer Weile deutlich, dass er nicht ganz da war, dass er gedanklich noch immer inmitten der Entgleisung gefangen war.

In den Tagen nach Lexingtons Vortrag verhielt sich Venetia auf ähnliche Weise der Realität entrückt. Weil sie darauf bestand, brachen sie planmäßig zu ihrer Reise nach Montreal auf.

Der Kälte trotzend – in Wahrheit die Kälte kaum spürend – besuchte sie die Basilika Nôtre-Dame, lächelte in Anbetracht der volkstümlich gekleideten Landbevölkerung, die sich an Markttagen auf dem Bonsecours drängten und bewunderte das Panorama der Stadt vom Aussichtsturm auf dem Mount Royal.

Die ganze Zeit über durchlebte sie in ihrer Vorstellung immer wieder die Momente der Ächtung durch Lexington. Erlebte die schrecklichen Tage unmittelbar nach Tonys Tod noch einmal. Länger, als sie es für möglich gehalten hätte, war sie nur Zuschauerin in ihrem eigenen Kopf, wurde sie Zeugin der Ereignisse, als ob sie einer Fremden auf einem anderen Kontinent passierten, und wunderte sich darüber, dass sie so abwesend war.

Das erste Beben, das sie in ihrer Starre erschütterte, kam drei Tage, bevor sie nach New York aufbrechen wollten. Sie erwachte mitten in der Nacht mit pochendem Herzen und dem Drang, etwas zu zerstören. Nein, nicht etwas. Alles.

Als Helena und Millie erwachten, hatte sie bereits fertig gepackt, sich angezogen, und ihr Koffer war auf der Gepäckablage der von ihnen gemieteten Kutsche verzurrt. Wenn sie unbedingt schreien und Dinge zerschlagen musste, wollte sie das nicht vor den Augen ihrer Familie tun.

„Ich habe mich dazu entschlossen, nach New York voraus zu reisen und alles für eure Ankunft vorzubereiten", sagte sie.

Helena und Millie schauten einander an. Heutzutage bedurfte es lediglich eines guten Reisehandbuchs und des Zugangs zu einem Telegrafenamt, um Reisevorbereitungen zu treffen. Es war nicht nötig, einen Kundschafter voraus ins durch und durch moderne New York zu schicken, besonders in ihrem Fall nicht, weil sie sich bereits um Reservierungen in einem der besten Hotels der Stadt gekümmert hatten, die zudem bereits bestätigt worden waren.

Helena setzte an: „Wir können mit dir …"

„Nein!" Venetia zuckte selbst angesichts der Härte ihrer Ablehnung zusammen. Sie holte tief Luft. „Ich möchte allein reisen."

„Bist du dir sicher?", fragte Millie zögernd.

„Absolut. Schaut doch nicht so betrübt – wir werden uns in nur zwei Tagen wieder sehen."

Doch sie schauten betrübt, bestürzt und besorgt. Sie wollten sie in der Nähe behalten und sie beschützen. Vor einigen Verletzungen konnte einen allerdings auch die Liebe von Schwestern nicht bewahren, und einige Wunden leckte man besser in dunklen, einsamen Höhlen.

„Ich beeile mich lieber", sagte sie. „Sonst verpasse ich noch meinen Zug."

VENETIA HATTE EIGENTLICH GEGLAUBT, mit den Erinnerungen an Tony Frieden geschlossen zu haben. Sie hatte sich selbst belogen. Es hatte nie Frieden gegeben, sondern lediglich einen unsicheren Waffenstillstand, der darauf basierte, dass er sein letztes Wort gesprochen hatte und sie das Thema gezielt vermied.

Nun war selbst der Waffenstillstand beendet worden. Während der Zug gen Süden eilte und sie starr auf die noch mit Schnee und

Eis bedeckte vorbeiziehende Landschaft blickte, wiederholte eine fassungslose Stimme in ihrem Kopf fortwährend dieselbe Frage: *Warum hast du Lexington solche Dinge erzählt, Tony, warum?*

Es ist ganz einfach, du Dummerchen. Er wollte, dass jemand glaubt, dass du für seinen Tod verantwortlich bist.

Warum sie dies so schmerzlich überraschte, wusste sie nicht. Vielleicht hatte sie im Laufe der Zeit zugelassen, dass sie die Vergangenheit beschönigte, dass sie glaubte, dass ihre Ehe doch nicht so erstickend gewesen war, dass sie nicht unglücklicher gewesen war als alle anderen auch und dass Tony sich nicht als derart niederträchtig erwiesen hatte.

Auf diese Weise erinnerte er sie über seinen Tod hinaus an ihr Elend, ihren Kummer und ihre Scham.

An die Wahrheit.

ALS SIE DEN ZUG AN der Grand Central Station verließ, dröhnte Venetia der Kopf. Beinahe wäre sie am Schild, das der Fahrer ihrer Freundin Lady Tremaine hochhielt, vorbeigelaufen. Lady Tremaine, ihr Ehemann und ihre zwei kleinen Töchter waren bereits nach England aufgebrochen, hatten Venetia jedoch ihr Automobil zur Verfügung gestellt.

Der Diener, der sich als Barnes vorstellte, geleitete Venetia nach draußen, dorthin, wo das Fahrzeug geparkt war. Abgesehen davon, dass vorne keine Pferde angeschirrt waren, glich das Automobil doch sehr einer Viktoria-Kutsche – der offene Wagen, der erhöhte Sitz des Fahrers im vorderen Bereich, selbst das Faltverdeck am hinteren Teil war vorhanden.

„Für Sie, Mrs Easterbrook, von Lady Tremaine Hüte für die Fahrt." Barnes deutete auf einen Stapel Hutschachteln auf dem Sitz.

„Sehr aufmerksam von ihr", murmelte Venetia.

Die meisten Hüte mit Schleier hatten eher eine Verzierung aus Netzstoff, die nicht dazu gedacht war, etwas zu verhüllen, sondern vielmehr dazu, die Aufmerksamkeit auf das Gesicht zu lenken. Lady Tremaines Fahrhüte waren jedoch kein bisschen frivol. Sie waren auch nicht unbedingt hässlich, doch ihre Schleier waren richtige Schleier, die aus zwei Lagen feinen Netzes bestanden, die rundherum um die Krempe angebracht waren.

„Wir werden in der Stadt nicht besonders schnell fahren", erklärte Barnes, während er seine Fahrbrille aufsetzte, „aber sie könnten dafür Verwendung finden, wenn wir aufs Land hinaus fahren, Ma'am."

Venetia löste ihren eigenen Hut und setzten den Fahrhut auf den Kopf. Der Effekt war, wie wenn man plötzlich in ein Nebelfeld geriet – nicht die Londoner Waschküche, sondern die Sorte Nebel, die sie bei frühmorgendlichen Spaziergängen auf dem Land erlebt hatte und die an über den Boden wabernde Rauchschwaden erinnerte.

Das geschäftige Treiben außerhalb der Grand Central Station ließ nach.

Barnes kurbelte den Motor an, kletterte auf seinen Sitz und löste die Bremse. Wie im Traum glitten die Straßen Manhattans an Venetia in ihrem durchsichtigen Kokon vorbei, die Farben blass, die Gebäude an den Rändern unscharf, die Passanten verschwommen auf eine Weise, die moderne Künstler sicher fasziniert hätte.

Hätte sie nur ihr gesamtes Leben derart in Watte gepackt verbracht, geschützt vor seinen Tücken und Turbulenzen.

Sie fuhren ungefähr eine Meile, ehe das Automobil hielt. „Hier ist Ihr Hotel, Mrs Easterbrook, mit all seinen siebzehn Stockwerken", sagte Barnes stolz. „Großartig, nicht wahr? Es hat auch Elektrizität im ganzen Gebäude – und ein Telefon in jedem Zimmer."

Das Hotel war in der Tat sehr hoch und ließ die nebenstehenden Gebäude wie Zwerge aussehen.

„Sehr beein…"

Venetia erstarrte. Genau in ihrem Blickfeld spazierte, groß, hochmütig und tadellos gekleidet, kein Geringerer als der Duke of Lexington die Straße herunter. Er warf einen flüchtigen Blick auf das Automobil und ging dann in das Hotel hinein.

Ihr Hotel. Was machte er hier?

Ihr erster Impuls drängte sie zur Flucht. Sie würde woanders wohnen – sie benötigte keine siebzehn Stockwerke oder einen Telefonapparat in ihrem Zimmer. Sie war nicht nach New York geflohen, um unter dem gleichen Dach zu wohnen wie ihre Nemesis.

Stolz regte sich trotzig in ihr und hielt sie davon ab, Barnes dazu aufzufordern, sie in ein anderes Hotel zu bringen. Sie straffte die Schultern. „Sehr beeindruckend. Ich bin sicher, ich werde meinen Aufenthalt hier genießen."

Wenn jemand in die entgegengesetzte Richtung wegrennen sollte, dann war er es, nicht sie. Sie hatte niemanden verleumdet. Sie hatte keine niederträchtigen Gerüchte verbreitet. Sie hatte nicht geredet, ohne sich über mögliche Folgen Gedanken zu machen.

Ein Portier erschien, um ihr aus dem Wagen zu helfen. Die Kofferträger des Hotels holten ihr Gepäck. Sie lehnte Barnes' Vorschlag ab, sich um ein Zimmer für sie zu kümmern, gab ihm Trinkgeld und wünschte ihm einen guten Tag.

Erst als sie die Rotunde des Hotelfoyers aus Onyx und Marmor passierte, bemerkte sie, dass sie noch immer vollkommen verschleiert war. Das Halbdunkel im Inneren raubte ihr noch mehr die Sicht, doch sie war nicht restlos blind. Ohne ein Malheur erreichte sie die Rezeption.

Der Hotelmitarbeiter runzelte kurz ob ihrer Erscheinung die Stirn. „Guten Tag, Ma'am. Wie kann ich Ihnen helfen?"

Ehe sie antworten konnte, begrüßte ein weiterer Mitarbeiter ein kleines Stück entfernt ebenfalls einen Gast. „Guten Tag, Euer Gnaden."

Sie erstarrte erneut.

„Gibt es Neuigkeit bezüglich meiner Überfahrt?", erklang Lexingtons kühle Stimme.

„In der Tat, Sir. Wir haben für Sie eine Victoria-Suite auf der *Rhodesia* reservieren lassen. Es gibt nur zwei solche Suiten auf dem Schiff, und Sie können sich sicher sein, dort den größten Komfort, Luxus und absolute Ungestörtheit auf Ihrer Überfahrt zu genießen."

„Abfahrtszeit?"

„Morgen früh um zehn Uhr, Sir."

„Ausgezeichnet", sagte Lexington.

„Ma'am, wie kann ich Ihnen behilflich sein?", erkundigte sich Venetias Hotelangestellter ein weiteres Mal.

Wenn sie nicht umgehend die Rezeption verließ, musste sie antworten und an einer bestimmten Stelle auch ihren Namen nennen. Sie räusperte sich – und sprach unvermittelt ein paar Brocken Deutsch. „Ich hätte gerne Ihre besten Zimmer."

Sie rannte am Ende doch weg. Sie ballte die Hände zu Fäusten, während das Chaos in ihr aufloderte und zu Zorn entbrannte.

„Entschuldigen Sie, Ma'am?"

Sie biss die Zähne zusammen und wiederholte den Satz.

Der Portier wirkte verlegen. Ohne sich umzudrehen und ohne vorher Notiz von ihr genommen zu haben, sagte Lexington:

„Die Dame möchte Ihre besten Zimmer."

„Ah, selbstverständlich. Ihren Namen bitte, Ma'am."

Sie schluckte und traf ihre Wahl willkürlich. „Baronin von Seidlitz-Hardenberg."

„Wie viele Nächte möchten Sie bei uns bleiben, Ma'am?"

Sie hielt zwei Finger hoch. Der Hotelmitarbeiter schrieb etwas in seine Unterlagen. Venetia unterschrieb mit ihrem Decknamen im Gästebuch.

„Dies ist Ihr Schlüssel, Baronin. Und dies eine Karte des Central Park, den Sie unmittelbar vor unserer Tür finden. Wir wünschen Ihnen einen angenehmen Aufenthalt."

Ein Bediensteter des Hotels geleitete sie zum Aufzug, der unverzüglich kam und seine Ankunft mit ein einem leisen Klingeln bekannt gab. Eine Harmonikatür faltete sich in die Mauer, die Innentür glitt beiseite.

„Guten Tag, Ma'am", sagte der Fahrstuhlführer. „Guten Tag, Euer Gnaden."

Wieder er. Sie neigte den Kopf verstohlen ein winziges bisschen zur Seite. Lexington stand ein kurzes Stück seitlich hinter ihr und wartete darauf, dass sie den Aufzug betrat. *Beweg dich*, befahl sie sich selbst. *Beweg dich.*

Ihre Füße trugen sie irgendwie vorwärts. Lexington folgte ihr. Er blickte in ihre Richtung, erkannte sie aber nicht. Stattdessen widmete er seine Aufmerksamkeit der goldenen Vertäfelung im Inneren des Aufzugs.

„Welcher Stock, Ma'am?", fragte der Fahrstuhlführer.

„Fünfzehnter Stock", antwortete sie auf Deutsch.

„Pardon, Ma'am?"

„Die Dame möchte in den fünfzehnten Stock", sagte der Herzog.

„Ah, vielen Dank, Sir."

Gemächlich, fast schon träge, bewegte sich der Aufzug nach oben.

Unter ihrem Schleier bekam Venetia viel zu wenig Luft. Dennoch traute sie sich aus Angst davor, ihre Aufregung zu verraten, nicht, tiefer einzuatmen.

Der Herzog hingegen war ganz entspannt. In seinem Gesicht spiegelte sich keinerlei Nervosität. Seine Haltung war aufrecht, aber nicht steif. Seine Hände waren locker über dem Knauf seines Gehstocks gefaltet.

Ihr Zorn loderte zu einem Feuersturm auf. Er dröhnte ihr in den Ohren. Ihre Fingerspitzen erhitzten sich in dem Wunsch, gewalttätig zu werden.

Wie konnte er es nur wagen? Wie konnte er nur wagen, sie dafür zu missbrauchen, seine dummen, frauenfeindlichen Ansichten zu veranschaulichen? Wie konnte er es wagen, ihren schwer errungenen Seelenfrieden zu zerstören? Und wie konnte er eine solch kühle Selbstgefälligkeit ausstrahlen, eine derart unerträgliche Zufriedenheit mit seinem eigenen Leben?

Als der Aufzug im fünfzehnten Stock anhielt, stürmte sie hinaus.

„Gnädige Frau."

Sie brauchte einen Moment, um seine Stimme zu erkennen, die Deutsch sprach.

Sie beschleunigte ihre Schritte. Sie wollte seine Stimme nicht hören. Sie wollte seine Gegenwart nicht länger ertragen müssen. Alles, was sie wollte, war, dass er auf seiner nächsten Expedition in eine Grube voller Vipern fiel und den Rest seines Lebens an den schmerzhaften Auswirkungen ihres Gifts zu leiden hatte.

„Ihre Karte, Madame", sagte er, noch immer auf Deutsch. „Sie haben sie im Aufzug vergessen."

„Ich benötige sie nicht mehr", antwortete sie knapp in der gleichen Sprache, ohne sich umzudrehen. „Behalten Sie sie."

CHRISTIAN WARF DIE KARTE der Baronin auf den Konsolentisch in seiner Suite. Er zog seinen Mantel aus, ließ ihn über die Lehne des einen Stuhls fallen und setzte sich auf den gegenüberstehenden.

Zehn Tage nach dem Vorfall war er noch immer über sein eigenes Verhalten verwundert. Was war nur über ihn gekommen? Als ein Mann, der von einem chronischen Leiden befallen war, hatte er sich längst damit arrangiert, hatte gelernt, damit zu leben. Er machte einfach weiter. Er sorgte dafür, dass er stets beschäftigt war. Und er sprach nie darüber.

Bis er sich doch einmal hinreißen ließ, auf entsetzliche Art, in aller Ausführlichkeit, in einem Hörsaal voller Fremder.

Er wollte nie wieder an diesen schlimmen Fehltritt denken, doch er kam in Gedanken nicht davon los, von diesem Bekenntnis – ein fast schon perverses Vergnügen daran, sich endlich, wenn auch auf äußerst verquere Weise, seine Besessenheit bezüglich Mrs

Easterbrook einzugestehen, aber auch die bodenlose Demütigung unmittelbar danach, als er begriffen hatte, was er getan hatte.

Vielleicht war es ein strategischer Fehler gewesen, die Londoner Saison zu meiden und damit auch jegliche Gelegenheit, ihr zu begegnen. Sein Fernbleiben beraubte ihn zudem der Möglichkeit, die vielen jungen Damen dort kennenzulernen. Wer sagte denn, dass er unter ihnen nicht eine finden konnte, die in der Lage war, ihn ein für alle Mal von ihr abzubringen?

Es klopfte. Christian öffnete selbst die Tür – er hatte seinem Butler zwei Wochen frei gegeben, damit dieser seinen Bruder besuchen konnte, der nach New York ausgewandert war. Ein junger Page verbeugte sich und reichte ihm eine Nachricht von Mrs Winthrop. Sie war ebenfalls Gast des Hotels und hatte sich ihm in den vergangenen drei Tagen praktisch an den Hals geworfen.

Christian musste sich dringend ablenken, wollte jedoch in Bezug auf Affären einen gewissen Mindeststandard halten. Mrs Winthrop war unglücklicherweise nicht nur überaus eitel, sondern auch mehr als ein wenig dumm. Ihre jüngste Einladung zeigte zudem, dass sie Andeutungen nicht verstehen konnte.

„Übermitteln Sie Mrs Winthrop mein Bedauern, zusammen mit einem Blumenstrauß", sagte er zum Pagen.

„Jawohl, Sir."

Sein Blick fiel auf die Karte des Central Park, die auf dem Konsolentisch lag. „Und bringen Sie Baronin von Seidlitz-Hardenberg ihre Karte zurück."

Der Page verbeugte sich und ging.

Christian trat hinaus auf den Balkon seiner Suite und sah hinunter. Die Höhe war atemberaubend, die Luft böig und kühl. Die Passanten unten hatten die Größe von Spielfiguren, sahen aus wie kleine Gliederpuppen, die auf den Gehwegen umherliefen.

Eine Frau kam aus dem Hotel. Die Baronin von Seidlitz-Hardenberg, wie er unschwer an ihrem albernen Hut erkennen konnte. Der Rest ihres Körpers war jedoch äußerst wohlgeformt – eine gebärfreudige Figur, die für die Fortpflanzung wie geschaffen war. Obwohl er keinerlei Absichten hatte, ein Kind mir ihr zu zeugen, war er als Produkt der Evolution durch die Vorzüge ihres Körperbaus doch in ausreichendem Maße von seinen vorherigen düsteren Gedanken abgelenkt.

In der Enge des Aufzugs hatte er ihre gespannte Aufmerksamkeit mit jeder Faser seines Körpers spüren können.

Er war weder zu Hause noch im Ausland unbeliebt. Dennoch war das Interesse der Baronin außergewöhnlich eindringlich, und das umso mehr, weil sie ihn nicht ein einziges Mal direkt angesehen hatte.

Nun aber tat sie genau dies. Sechzehn Stockwerke unter ihm blickte sie über ihre Schulter hinweg zielsicher zu ihm hinauf. Ihr Blick traf ihn durch die milchigen Netze, die ihr Gesicht verhüllten. Dann überquerte sie die Straße und verschwand unter den Bäumen des Central Park.

VENETIA NAHM DIE BÄUME, TEICHE, Brücken und jungen Leute auf ihren Rädern nur am Rande wahr. Die Seelöwen in der Tierschau bellten, Kinder tobten umher, um die Eisbären zu sehen, eine klagende Geige spielte die Méditation von Thaïs – doch alles, was sie hörte, war die Stimme des Herzogs, der sie nicht entrinnen konnte.

Die Dame möchte Ihre besten Zimmer.

Die Dame möchte in den fünfzehnten Stock.

Ihre Karte, Madame.

Er hatte kein Recht dazu, hilfreich und ritterlich aufzutreten, er, der sie abgeurteilt hatte, als ob er alles über sie wüsste, was es zu wissen gab. Obwohl er nichts wusste – absolut gar nichts.

Und dennoch war sie diejenige, die sich dafür schämte, dass ihr Ehemann sie so verachtet hatte. Hätte der Herzog nur den Anstand besessen, eine private Unterhaltung für sich zu behalten, hätte sie die Angelegenheit weiterhin ruhigen Gewissens ignorieren können. Aber das hatte er nicht getan, und seine Enthüllungen würden sie nun für immer verfolgen.

Sie wollte – musste – etwas tun, um ihn von seinem komfortablen Podest zu stoßen, ihn seiner Arroganz zu berauben. Seine Taten mussten Folgen haben. Er würde ihren guten Ruf nicht ungestraft beschmutzen können.

Doch was konnte sie tun? Sie konnte ihn nicht wegen Verleumdung verklagen, da er nie ihren Namen genannt hatte. Sie kannte kein schmutziges Geheimnis von ihm, das sie im Gegenzug in Umlauf bringen konnte. Und selbst wenn sie jede Frau unter sechsundfünfzig vor seinem barbarischen Wesen gewarnt hätte, so konnte er sich dank seines Titels und Wohlstands dennoch jede Frau der Welt aussuchen und heiraten.

Als sie in das Hotel zurückkehrte, war es bereits dunkel, ihre Füße schmerzten, und in ihren Schläfen hämmerte es. Der Aufzug war abgesehen vom Fahrstuhlführer leer, doch es kam ihr so vor, als sei der Herzog dennoch präsent und verspottete sie mit seiner Unverwundbarkeit.

Der Duft von Lilien empfing sie, als sie die Tür ihrer Suite öffnete. Eine große, pfirsichfarbene Blumenvase, die zuvor nicht dagewesen war, stand in der Mitte des Wohnzimmertischs. Aus der Vase ragten die beeindruckend langen Stiele weißer Callas und orangefarbener Gladiolen, deren Blütenblätter im Schein des elektrischen Lichts grell leuchteten.

Ihre Familie hätte ihr niemals weiße Callas geschickt. Als sie Tony geheiratet hatte, waren in ihrem Brautstrauß diese Blumen gewesen. Sie zupfte eine Karte aus dem Farn, der die Blumen zusammenhielt.

Der Duke of Lexington lässt mit Bedauern mitteilen, dass er New York verlassen wird und hofft, bei einer anderen Gelegenheit das Vergnügen zu haben, Madame.

Was für eine Frechheit. Der kostspielige Blumenstrauß war nichts anderes als die Mitteilung, die besagte, sollten sie einander jemals wiedersehen, sähe er es gerne, wenn sie bereits nackt im Bett auf ihn wartete. Er verachtete also Venetia Easterbrooks Seele, mochte aber ihre Hinterseite durchaus, solange er nicht wusste, wem sie gehörte.

Sie riss die Karte entzwei. Dann in vier Teile. Danach in acht. Sie zerriss sie immer weiter und erstickte dabei fast an ihrer Ohnmacht.

Ihr kamen Helenas Worte in den Sinn. *Räche dich, Venetia. Mach, dass er sich in dich verliebt, und dann gib ihm einen Korb.*

Warum nicht?

Was würde es ihm ausmachen? Es wäre lediglich eine schiefgegangene Affäre. Ihn würde ein paar wenige Wochen Liebeskummer plagen – wenn sie Glück hatte ein paar Monate. Sie aber würde den Rest ihres Lebens unter der Last seiner Enthüllungen zu leiden haben.

Sie rief den Concierge an und verlangte ein Ticket für eine Kabine erster Klasse auf der *Rhodesia,* so nah an den Victoria-Suiten wie möglich. Danach setzte sie sich und schrieb Helena und Millie eine Nachricht, die ihren plötzlichen Aufbruch erklärte.

Erst als sie den Umschlag zuklebte, begann sie über die Einzelheiten ihres Verführungsplans nachzudenken. Wie konnte sie trotz seiner scheinbar unumstößlichen Meinung über sie zu ihm durchdringen? Wenn er ihr ins Gesicht sah, das ihr normalerweise bei solchen Unterfangen den entscheidenden Vorteil verschaffte, und sich abwandte?

Es spielte keine Rolle. Sie musste sich etwas einfallen lassen, das war alles. Wo ein Wille war, war auch ein Weg. Und sie wollte mit der geballten Willenskraft jeder Faser ihres Körpers erreichen, dass der Duke of Lexington den Tag verfluchte, an dem er sich entschlossen hatte, ihr mit gezücktem Messer in den Rücken zu fallen.

KAPITEL 4

LEXINGTON STAND AN DER RELING und beobachtete das geschäftige Treiben unten auf dem Kai.

Kutschen und schwere Karren fuhren überraschend geordnet das Dock hinauf und hinunter. Hafenarbeiter mit breiten Schultern und prallen Armmuskeln hievten Koffer und Kisten auf eine Rutsche, über die sie ins Innere des Frachtraums befördert wurden. Schlepper gaben einander Signale und machten sich bereit, den Bug des riesigen Ozeandampfers zu drehen, damit er auf die offene See auslaufen konnte.

Die Passagiere des Schiffs kamen die Landungsbrücke herauf: kichernde junge Mädchen, die nie zuvor den Atlantik überquert hatten, gleichgültige Geschäftsmänner, für die es die dritte Überfahrt in diesem Jahr war und die daran nichts Besonderes mehr fanden, Kinder, die aufgeregt auf die Schornsteine des Schiffes zeigten, eingewanderte Arbeiter – überwiegend aus Irland –, die für einen kurzen Besuch in die alte Heimat zurückkehrten.

Der Mann, der einen für seine restliche Kleidung zu ausgefallenen Hut trug, war wahrscheinlich ein Schwindler, der vorgab, er habe eine „absolut außergewöhnliche, nie wiederkehrende Gelegenheit" entdeckt, sein Geld gewinnbringend anzulegen, die er seinen Mitreisenden zur Beteiligung anbot. Die schlicht gekleidete, auf den ersten Blick bescheidene Gesellschafterin, die die männlichen Passagiere der ersten Klasse allerdings habgierig musterte. Sie wollte nicht für immer Gesellschafterin bleiben – am besten keinen Tag länger. Der Jugendliche, der den Rücken seines aufgedunsenen, schwitzenden Vaters verächtlich anstarrte und bereit schien, seinen unansehnlichen Erzeuger zu verleugnen und für sich einen ganz neuen Stammbaum zu erfinden.

Doch welchen Reim sollte er sich auf Baronin von Seidlitz-Hardenberg machen, die dort die Landungsbrücke heraufkam –

oder war sie es am Ende doch nicht? Er erkannte ihren Hut, der beinahe aussah wie der eines Imkers, nur glatter und glitzernder. Am Tag zuvor war der Schleier cremefarben gewesen, nun war er blau, was zu ihrem Reisekleid passte.

Eigentlich hätte eine Frau für die kurze Strecke vom Netherlands Hotel bis zur Anlegestelle der *Rhodesia* am Hudson River keine Reisekleidung anlegen müssen. Allerdings hatte er es schon vor Langem aufgegeben, Damenmode, diese Ausgeburt der Irrationalität und Unbeständigkeit, verstehen zu wollen.

Wie sehr eine Frau sich für Mode interessierte, verhielt sich proportional zu ihrer Dummheit. Er hatte gelernt, Frauen, die ausgestopfte Aras in ihren Hüten trugen, keinerlei Aufmerksamkeit zu schenken, und von einer Gastgeberin, die vor allem wegen ihrer Abendkleidersammlung bekannt war, nur schlechtes Essen zu erwarten.

Die Baronin war ohne Zweifel hochmodisch gekleidet – und unruhig: Der ungewöhnliche Sonnenschirm in ihrer Hand, konzentrische blaue Achtecke auf weißem Grund, drehte sich die ganze Zeit. Sie wirkte allerdings nicht im Geringsten dümmlich.

Sie blickte empor. Er konnte nicht sagen, ob sie ihn direkt ansah. Doch worauf ihr Blick auch fiel, sie blieb abrupt stehen. Ihr Sonnenschirm hörte auf, sich zu drehen. Die Quasten am Rand baumelten bei ihrem plötzlichen Halt vor und zurück.

Jedoch nur für einen Augenblick. Sie ging weiter die Landungsbrücke herauf, und ihr Sonnenschirm verwandelte sich wieder in ein hypnotisierendes Windrad.

Er sah ihr nach, bis sie im Eingang der ersten Klasse verschwand.

War sie die Ablenkung, die er so bitter nötig hatte?

IN DEN LETZTEN AUGENBLICKEN VOR der Abfahrt wurde es stets ruhig. Es war so still, dass man die Kommandos auf der Brücke hören und ihren Weg über das Schiff verfolgen konnte. Der Hafen blieb langsam hinter ihnen. Auf dem Hauptdeck unter ihr winkten die Menschen ihren Lieben, die sie zurückließen. Der Menge auf dem Dock winkte ebenso ernst und kräftig zurück.

Etwas schnürte Venetia die Kehle zu. Sie konnte sich nicht erinnern, wann sie das letzte Mal derart unkontrollierbare und starke Gefühle erlebt hatte.

Oder wann sie es das letzte Mal zugelassen hatte.

„Guten Morgen, Baronin."

Sie zuckte zusammen. Lexington stützte sich ein paar Meter von ihr entfernt mit einer unbehandschuhten Hand auf die Reling, lässig mit einem grauen Straßenanzug und einen Filzhut bekleidet, der vermutlich schon bei seinen Expeditionen zum Einsatz gekommen war. Er betrachtete das vorbeiziehende Hafengebiet New Yorks, die Landungsstege, Kräne und Warenlager, und verriet absolut kein Interesse an ihr.

Es war, als hätte ein Eisberg sie angesprochen.

„Kenne ich Sie, mein Herr?" Er hatte Deutsch geredet, also antwortete sie in derselben Sprache und war überrascht, dass sie dabei so ruhig und beinahe gelassen klang.

Er wandte sich ihr zu. „Noch nicht. Aber ich würde gerne Ihre Bekanntschaft machen."

Sie hatten im Fahrstuhl dichter beieinander gestanden. Doch während seine Nähe sie am Tag zuvor lediglich verärgert hatte, fühlte sie sich nun, als balanciere sie auf einem Drahtseil über den Niagarafällen

War sie bereit, das Spiel zu beginnen?

„Warum möchten Sie mich kennenlernen, Euer Gnaden?" Es war sinnlos, so zu tun, als ob sie seinen Titel nicht wüsste – das Hotelpersonal hatte ihn in ihrer Gegenwart offen benutzt.

„Sie sind anders."

Anders als die gierige Hure, die Sie als Affront gegen Schicklichkeit und Anstand ins Feld geführt haben?

Sie kämpfte ihren Ärger nieder. „Suchen Sie eine Geliebte?"

Du musst die Regeln kennen, ehe du spielst, hatte Mr Easterbrook immer gesagt.

„Würde das Ihre Zustimmung finden?" Er klang vollkommen gleichmütig, als habe er sie lediglich zum Tanzen aufgefordert.

Nach den Blumen hätte sie dies nicht überraschen sollen. Dennoch begann ihre Haut leicht zu prickeln. Gottseidank hatte sie ihren Schleier – sonst hätte sie ihren Abscheu nicht verbergen können. „Was, wenn ich nein sage?"

„Dann werde ich mich Ihnen nicht aufdrängen."

Sie hatte ihr Leben lang mit Männern zu tun gehabt, die hinter ihr her gewesen waren. Sie konnte vorgetäuschte Nonchalance eine Meile weit riechen. Doch sein gleichmütiges Verhalten war nicht gespielt. Wenn sie ablehnte, würde er seine Aufmerksamkeit einfach einer anderen zuwenden und keinen Gedanken mehr an sie verschwenden.

„Was, wenn ich mir nicht sicher bin?"

„Dann würde ich Sie gerne überzeugen."

Trotz der kühlen Brise auf dem Fluss drohte sie der Schleier zu ersticken. Möglicherweise war es auch gar nicht der Schleier, sondern seine Worte. Seine Anwesenheit. „Wie würden Sie das anstellen?"

Seine Mundwinkel hoben sich – er war amüsiert. „Soll ich es Ihnen zeigen?"

Sie hatte bisher nur seinen scharfen Verstand, sein kühles Auftreten und seine grenzenlose Bereitschaft zur Verleumdung kennengelernt. Doch nun, da etwas fast Spielerisches in seiner Stimme lag, er schlank und muskulös vor ihr stand und seine Finger abwesend über die Reling strichen, wurde sie sich drängend und unausweichlich seiner Sinnlichkeit bewusst.

Es war zu viel. Sie konnte das nicht. Nicht in einer Million Jahren. Auch nicht, wenn er der letzte Mann auf Erden wäre. Nicht einmal, wenn er der letzte lebende Mann *und* Hüter der letzten Nahrungsmittelvorräte auf Erden wäre.

„Nein", sagte sie, die Stimme voller Wut. „Ich möchte nicht, dass Sie es mir zeigen, und ich wäre dankbar, wenn ich Ihnen nie wieder begegnete."

Wenn ihre plötzliche Abweisung ihn vor den Kopf stieß, so ließ er es sich nicht anmerken. Er verneigte sich leicht. „In diesem Fall, Madam, wünsche ich Ihnen eine angenehme Reise."

MILLIES ZOFE BRIDGET KEHRTE MIT den Neuigkeiten von der Rezeption des Hotels zurück, Mrs Easterbrook habe sich noch nicht angemeldet.

„Glaubst du, sie ist in ein anderes Hotel gezogen?", fragte Millie Helena.

Helena begann sich Sorgen zu machen. „Lady Tremaines Fahrer hat aber gesagt, dass er sie gestern hierher gebracht hat."

„Ich rede selbst mit dem Portier", sagte Millie.

Sie trat mit Helena an die Rezeption und trug ihr Anliegen selbst vor. Der Angestellte überprüfte noch einmal das Gästebuch.

„Es tut mir leid, Ma'am, aber wir haben keinen Gast mit diesem Namen."

„Wie steht es mit Fitzhugh oder Townsend?"

Helena konnte sich nicht vorstellen, dass Venetia je wieder Tonys Namen verwenden würde. Auf ihren Visitenkarten stand nur Mrs Arthur Easterbrook.

Der Portier sah sie verzeihungsheischend an. „Nein, leider auch nicht."

„Hat jemand hier die Ankunft einer allein reisenden, schönen Dame beobachtet?", fragte Helena.

„Ich fürchte nein, Ma'am."

„Nun gut", sagte Millie. „Steht die für Lady Fitzhugh reservierte Suite zur Verfügung? Ich bin einen Tag früher angereist. Ich hoffe, das stellt kein Problem dar."

„Nein, Ma'am, das ist überhaupt kein Problem. Wir haben überdies eine Nachricht für Sie und Miss Fitzhugh."

Die Handschrift auf dem Umschlag sah nach Venetias Gekritzel aus − Gott sei Dank. Sie lasen die Nachricht, sobald sie in ihrer Suite angekommen waren.

Liebe Millie, liebe Helena,
ich habe mich entschlossen, New York mit einem früheren Dampfer zu verlassen. Macht euch keine Sorgen um mich. Ich erfreue mich bester Gesundheit und passabler Laune.
Wir sehen uns in London.

Alles Liebe,
V.

Helena biss sich auf die Lippen. Wenn sie nicht gewesen wäre, hätte Venetia den Vortrag nicht besucht.

Bevor sie sich mit Andrew eingelassen hatte, hatte sie alle möglichen Konsequenzen durchdacht − zumindest hatte sie das geglaubt. Aber auf so unerwünschte Folgen war sie nicht im Geringsten vorbereitet gewesen.

Die Sorgen ließen ihr keine Ruhe. Selbst, wenn sie sich das Schlimmstmögliche vorgestellt und sich darauf gefasst gemacht hatte, war es nun nicht leicht, mitzuerleben, wie schnell das Befürchtete eintrat.

*

CHRISTIAN ARBEITETE SICH KONTINUIERLICH durch die beiden Packen Briefe, die ihn in New York erreicht hatten. Das Meer, das glatt wie ein Tischtuch gewesen war, als die *Rhodesia* Sandy Hook passiert hatte und auf den Atlantik hinausgefahren war, wurde im Laufe des Tages immer unruhiger. Er hörte gezwungenermaßen auf, Berichte seiner Vertreter und Anwälte zu lesen, als das Schaukeln des Schiffes es nicht mehr zuließ. Beim Gang über Deck musste er sich fortwährend am Geländer festhalten, da das Schiff sich heftig von der einen Seite zur anderen neigte. Im Rauchersalon, in dem die Herren für gewöhnlich Wetten darauf abschlossen, welche Entfernung das Schiff am entsprechenden Tag zurücklegen würde, musste er seinem Aschenbecher nachjagen.

Zum Tee begann es erst leicht zu regnen. Doch nach nur kurzer Zeit schlugen die Tropfen mit der Wucht prasselnder Steine gegen die Fenster. Er betrachtete den Regen und dachte wieder an die Baronin.

Es war möglich, dass sie ihn immer noch beschäftigte, weil sie ihn verschmäht hatte und er Zurückweisung nicht gewohnt war. Doch das glaubte er nicht. Er machte sich eher über ihre heftige Reaktion Gedanken als über seine eigenen Gefühle. Sie schenkte ihm ein außergewöhnliches Maß an Aufmerksamkeit, war aber in einem noch größeren Maße beleidigt, wenn er ihr Beachtung schenkte. Das faszinierte ihn mehr als ihre Identität oder der Grund, warum sie ihr Gesicht verbarg.

Es war ein seltsames, aber nicht unbedingt unangenehmes Gefühl, sich gedanklich mit einer anderen Frau zu befassen als Mrs Easterbook.

Zu schade, dass die Baronin nichts mit ihm zu tun haben wollte.

EIGENTLICH HÄTTE ES VENETIA MIT Genugtuung erfüllen sollen, dass sie Lexington so vor den Kopf gestoßen hatte. In Wahrheit hatte sie ihn allerdings gar nicht abgewiesen. Sie war wie ein junges Mädchen vor dem ersten Jungen, der mehr wollte, als nur mit ihr zu flirten, vor allem geflohen, was an und in ihm männlich, selbstsicher und voller Kraft war.

Statt sich selbst dazu zu gratulieren, dass sie sich mit ihren Verlusten abgefunden und das wahnwitzige Ziel aufgegeben hatte, verbrachte sie den Rest des Tages vor sich hin brütend. War sie wirklich eine so nutzlose Frau? Hatte Tony recht damit gehabt, ihr vorzuwerfen, dass alles, was sie war, auf ihrem Aussehen beruhte? Blieb ihr ohne die Vorteile, die ihr Gesicht ihr verschaffte, keine Hoffnung, sich gegen Lexington behaupten zu können?

Sie starrte ihr Spiegelbild an. Miss Arnaud, die Kammerzofe, die sie gebeten hatte, ihr beim Ankleiden für das Abendessen zu helfen, hatte ihr Haar zu einem makellosen Nackenknoten frisiert, was ihr Gesicht betonte. „So ist es besser", hatte sie versichert. „Madame sind so schön, nichts darf das verdecken."

Venetia konnte das nicht beurteilen. Sie sah eine Ansammlung von Eigenschaften und Merkmalen, die ihr oft ein wenig eigentümlich vorkam: Ihre Augen standen *sehr* weit auseinander, ihr Kinn war für ihren Geschmack eher zu breit, ihre Nase war weder zierlich noch niedlich – sie war eigentlich sogar recht lang.

Doch all das war in Anbetracht der Umstände bedeutungslos. Um ihn zu erobern, musste sie den Krieg mit anderen Waffen als mit ihrer Schönheit führen.

Zumindest wenn sie den Mut fand, ihn noch einmal aufzusuchen.

Der Gedanke daran, seine Hände auf ihrer Haut zu spüren, ließ sie erschauern. Aber nicht unbedingt nur aus Widerwillen. Auch wenn sie ihn noch so sehr verachtete, er war ein gutaussehender Mann, und sein kalter Verstand und seine stoische Gelassenheit fesselten sie in gewisser Weise.

Sie musste ihre Entscheidung schnell treffen. Sie hatte Miss Arnaud schon vor einer Weile fortgeschickt. Im Speisesaal würde man bereits den letzten Gang des Abendessens servieren. Wenn sie ihn an diesem Abend verpasste, hätte er bis zum nächsten Tag mit großer Wahrscheinlichkeit eine andere Geliebte gefunden.

Eine Mischung aus Angst, Abscheu und dem feurigen, widernatürlichen Verlangen, sich diesen Mann gefügig zu machen, ließ sie erneut erbeben.

Sie griff nach ihrem verschleierten Hut.

Es schien, als sei ihr Entschluss gefasst.

SICH FORTZUBEWEGEN WAR SCHWIERIGER, als sie erwartet hatte. Sie wusste, dass die *Rhodesia* in einen heftigen Sturm geraten war. Doch da sie die Zeit damit verbracht hatte, auf einem festgeschraubten Stuhl zu sitzen und abwechselnd ihre geistige Gesundheit anzuzweifeln und rasend vor Wut mit ihrer Feigheit zu hadern, hatte sie nicht begriffen, wie unruhig der Atlantik inzwischen geworden war.

Auf den mahagonigetäfelten Gängen torkelte sie wie eine Betrunkene von einer Schiffswand zur anderen. Es war nicht so schlimm, wenn sich der Boden vor ihr hob. Doch jedes Mal, wenn er absackte, befand sie sich einen Moment lang in einem beunruhigend schwerelosen Zustand.

Die Lampen des Schiffes flackerten. Der Gang unter ihren Füßen neigte sich in einem derartigen Winkel, dass Kinder ihn als Rutsche hätten benutzen können. Sie griff nach einem Türknauf in der Nähe, um sich auf den Beinen zu halten. Die *Rhodesia*, die das Tal der Welle erreichte, begann, sich wieder aufzurichten. Venetia klammerte sich an einem Wandleuchter fest, um nicht nach hinten zu taumeln.

Man erreichte den Speisesaal über eine große Treppe, die ein Fries aus japanischem Goldpapier säumte. Die mit Schnitzereien verzierte Teakholzvertäfelung konnte sie nicht sehen, da ihr Damen mit Schmuckfedern im Haar und Herren im Frack entgegenströmten, die sich alle am Geländer festklammerten.

Panik stieg in ihr auf. War das Abendessen schon beendet? Kam sie zu spät? Da sich jedoch Lexington nicht unter den Entgegenkommenden befand, drang sie weiter vor und ignorierte dabei die neugierigen und missbilligenden Blicke.

Der Speisesaal war dreißig Meter lang und zwanzig Meter breit. Die Decke öffnete sich zur Mitte hin rechteckig zu einer hohen Glaskuppel, die sich über zwei Decks erstreckte. Bei gutem Wetter schien die Sonne durch die Kuppel herein und tauchte die korinthischen Säulen und die vier langen Tische, die beinahe von einem Ende des Raumes bis zum anderen reichten und jeweils Sitzplätze für mehr als einhundert Gäste boten, in ihr warmes Licht.

Auch in dieser stürmischen Nacht fiel helles, wenn auch flackerndes Licht in den Raum, das seinen Ursprung in einem riesengroßen, elektrischen Kerzenleuchter mit Silberarmen hatte, der im Rhythmus des schlingernden Ozeandampfers hin und her schwang. Wäre sie eine Stunde früher gekommen, hätte das Klingen von Silberbesteck und gedämpftes Lachen Venetia begrüßt, das gewohnte Gemurmel, das nach privilegierter Stellung und Zufriedenheit klang. Nun aber war kaum noch jemand im Speisesaal. Zwei der langen Tische waren absolut menschenleer, die

Teller und das Besteck längst abgeräumt und die festgeschraubten Stühle verlassen. Ein paar nervenstarke Passagiere weilten noch auf ihren Plätzen, ein extra dafür gefertigter Holzrahmen hielt ihre Teller und Gläser auf dem Tisch. Eine robust aussehende Frau mittleren Alters erzählte laut von ihren früheren Erfahrungen mit Nordostwinden.

Lexington trug formelle Abendkleidung, saß allein am Fenster und blickte in den Sturm hinaus. Vor ihm stand eine Tasse Kaffee. Sie hoffte inständig, dass sich der Rhythmus der *Rhodesia* nicht schlagartig veränderte – sie wollte den Weg nicht entlangstolpern, sondern den Raum wie ein Hai durchschneiden, geschmeidig und gefährlich.

Er sah in ihre Richtung. Durch den Schleier war es schwer, seinen Gesichtsausdruck zu deuten, doch sie glaubte, einen Funken Überraschung zu sehen – und Vorfreude.

Ihr Magen zog sich zusammen. Sie errötete. Sie hörte ihr Herz geräuschvoll in ihren Ohren pochen.

Als sie sich dem Tisch näherte, erhob er sich, setzte aber nicht zum Gruß an. Ein Kellner erschien aus dem Nichts, um ihr auf den Stuhl zu helfen, ein anderer reichte ihr eine Tasse Kaffee.

Lexington setzte sich wieder. Ohne den Blick von ihr abzuwenden, hob er seine Tasse und trank. Es schien, als habe er keineswegs vor, es ihr leicht zu machen.

Ehe sie ihre Meinung ändern konnte, begann sie zu sprechen. „Ich habe noch einmal über Ihren Vorschlag nachgedacht."

Er antwortete nicht. Die Luft zwischen ihnen beiden knisterte fast vor Spannung.

Sie schluckte. „Ich bin zu dem Schluss gekommen, dass ich Überzeugungsversuchen offen gegenüberstehe."

Der Dampfer hob sich. Ihre Hand schnellte vor, um die Kaffeetasse festzuhalten, und seine tat dasselbe. Seine Hand legte sich um ihre. Sie spürte den Schock seiner Berührung bis in die Schulter.

„Ich wollte gerade zurück in meine Kabine gehen", sagte er. „Würden Sie mich begleiten?"

Sie konnte einen langen Augenblick nicht antworten. Ihre Lippen zitterten. Der Gedanke daran, mit ihm allein zu sein, raubte ihr den Atem.

„Ja", flüsterte sie.

Er stellte seine Tasse ab und stand auf. Sie biss sich auf die Lippe und tat es ihm nach. Ihr gemeinsamer Aufbruch erntete interessierte Blicke von den verbliebenen Gästen. Lexington schenkte ihnen keine Beachtung. Es war seltsam, dass ihr die ungewollte Aufmerksamkeit, die sie auf dem Weg zu ihm auf sich gezogen hatte, nichts ausgemacht hatte. Nun aber fühlte sie sich wie am Pranger.

Sie ging voraus auf die große Treppe zu. Das Schiff neigte sich bedrohlich. Er hatte den Arm fest um ihre Taille gelegt.

„Es geht, danke."

Er ließ sie los. Sie erschrak ob ihres eigenen Tonfalls – sie klang nicht im Geringsten wie eine Frau, die sich dem Liebesspiel hingeben wollte. Es hätte nicht viel mehr Härte bedurft, und sie hätte die Abstinenzbewegung anführen können.

Die Victoria-Suite lag einige Decks über dem Speisesaal. Sie sprachen auf dem Weg dorthin kein Wort miteinander. An der Tür zu seiner Suite warf er ihr einen unergründlichen Blick zu, ehe er den Schlüssel in Schloss steckte und umdrehte.

Der Salon war schwach beleuchtet. Sie konnte nur die Standorte und groben Umrisse der Möbel erkennen: ein Schreibtisch und ein Windsor-Stuhl vor dem Fenster, eine Chaiselongue zu ihrer Rechten, gegenüber zwei Polsterstühle, Regale, die in die Schiffswand eingelassen waren.

Er schloss die Tür.

„Sie werden nicht darum bitten, mein Gesicht zu sehen", brach es in einem Anflug von Panik aus ihr heraus.

„Einverstanden", entgegnete er ruhig. „Möchten Sie etwas trinken?"

„Nein." Sie holte tief Luft. „Nein danke."

Er ging an ihr vorbei, weiter in den Raum hinein. Erst als er eine Hand ausstreckte, verstand sie, dass er dabei war, das Licht zu löschen. Schatten hüllten sie ein, erhellt nur vom gelegentlichen Aufzucken von Blitzen.

Er zog die Vorhänge zu, die metallenen Ringe glitten mit einer raschen Bewegung die Stange entlang. Die absolute Dunkelheit legte sich schwer auf ihre Brust. Der Lärm der tobenden Elemente verklang. Selbst das Schlingern der *Rhodesia* schien es hier nicht zu geben. Ihr Körper wusste sich gegen die unbeständigen Wellen des Meeres zu behaupten, doch der äußerst vorhersehbare Kurs, den

Lexington eingeschlagen hatte, führte geradewegs in einen Strudel, der drohte, sie auseinanderzureißen.

„Sind Sie auch der Meinung, dass ich jetzt nichts sehen kann?"

Er stand direkt vor ihr, auf der anderen Seite ihres Schleiers. Ihre Finger krallten sich in die Falten ihres Rockes. „Ja."

Er nahm ihr den verschleierten Hut vom Kopf. Ihr stockte der Atem. Sie hatte sich nie zuvor in ihrem Leben so nackt gefühlt.

Er streichelte mit dem Handrücken ihre Wange. Es fühlte sich an, als liebkose eine Fackel sie. „Die Tür ist nicht abgeschlossen. Sie können jederzeit gehen."

Plötzlich sah sie es vor ihrem geistigen Auge: Lexington tief in ihr, und sie, endlich übermannt, flehte darum, frei gelassen zu werden.

„Das werde ich nicht." Ihre Stimme war leise, aber herausfordernd.

Er antwortete nicht. Ihr flacher, unregelmäßiger Atem übertönte das Krachen der Wellen, die gegen den Rumpf der *Rhodesia* schlugen. Wieder berührte er sie. Sein Daumen strich über ihre Unterlippe, zeichnete eine brennende Spur.

„Sie wollen nicht mit mir schlafen. Weswegen sind Sie hier?"

Sie schluckte. „Ich will schon, aber ich habe Angst."

„Wovor?"

Er küsste sie dicht neben ihrem Mund. Sie erschauerte. „Es … ist eine ganze Weile her."

Seine Hände waren auf ihren Armen, ihre Hitze brannte sich durch die Atlasseide ihrer Ärmel. „Wie lange?"

„Acht Jahre."

Er umfasste mit einer Hand ihren Nacken und küsste sie. Ihre Lippen leisteten keinen Widerstand. Der Kuss schmeckte nach arabischem Kaffee, so unverkennbar und machtvoll wie sein Verlangen. Sie fühlte ein Begehren tief in sich, an Orten, die beinahe ein Jahrzehnt geschlummert hatten.

Viel zu früh löste er sich von ihr. Das Schiff schlingerte. Die tosende See war jedoch nichts im Vergleich zu dem Aufruhr in ihrem Inneren. Sie wünschte sich, er hätte nicht aufgehört.

„Wo ist die Tür?", fragte sie mit bebender Stimme.

Er antwortete nicht sofort. In die undurchdringliche Schwärze der Nacht mischte sich sein Atmen, ungleichmäßiger und unkontrollierter als zuvor.

„Fünf Schritte hinter Ihnen." Er schwieg einen Augenblick lang. „Soll ich Sie hinbringen?"

„Nein", entgegnete sie. „Bringen Sie mich in die andere Richtung."

DAS SCHLAFZIMMER WAR, wenn das überhaupt möglich war, sogar noch dunkler als der Salon. Christian hielt inne, als er das Bett erreichte. Unter seinem Daumen spürte er das wilde Pochen der zarten Ader am Handgelenk der Baronin, ein Herzschlag kaum vom nächsten zu unterscheiden.

Er spreizte die Finger ihrer geballten Faust auseinander. Sie war so angespannt, als befände sie sich im Krieg. Doch neben ihrer Verkrampftheit und dem Widerwillen durchströmte sie Begehren, das sich mit jedem ihrer stockenden Atemzüge einen Weg an die Oberfläche bahnte. Er konnte sich nicht erinnern, wann eine Frau ihn das letzte Mal so sehr erregt hatte.

Er nahm ihr Gesicht zwischen die Hände und küsste sie erneut. Sie schmeckte unglaublich rein, nach Regen, Schnee und Quellwasser. Ihr Duft war ebenso frisch, frei von schwerem Moschus oder süßlichen Blumen, ihr warmer Körper roch nur nach nackter Haut und frisch gewaschenen Haaren.

Wimmernde Laute stiegen aus ihrer Kehle hervor. Lust erfasste rasend jede Faser seines Leibes. Seine Finger waren ungeduldig, konnten sich fast nicht mehr zurückhalten, als er begann, ihr Korsett aufzuschnüren und aus den vielen Lagen Stoff zu befreien, die sie einsperrten.

Ihre Reaktionen interessierten ihn fast noch mehr als ihr Körper, doch die samtige Glätte ihrer Haut machte ihn schwindelig vor Begierde. Ein weiteres Mal nahm er ihre Lippen in Besitz, eroberte ihren Mund im Sturm. Mit seinem Körper presste er sie gegen das Fußende des Bettes.

Sie erbebte. Konnte sie ihn durch all das hindurch spüren, was sie beide noch trugen? Er war heiß und hart, schon jetzt kaum noch bei Verstand. Dann tat sie etwas, was noch mehr Öl in die Flammen seiner Lust goss: Sie half ihm mit dem Korsett, ihre Hände machten sich gemeinsam mit seinen daran, die Hacken vorne zu öffnen.

Das Korsett war wie das Tor zur Burg. Sobald es erst einmal offen war, war der Rest nur noch Formsache. Er zog die Nadeln aus ihrem Haar und entledigte sie mit so wenigen Berührungen wie möglich ihrer restlichen Kleider, seiner sonst so eisernen Selbstbeherrschung konnte er nicht mehr richtig trauen.

Als sie nackt war, fragte sie: „Kann ich immer noch gehen?"

„Ja", antwortete er, während er sie aufs Bett drückte. „Jederzeit."

„Was würden Sie tun, wenn ich jetzt ginge?"

„Schmollen."

Er küsste ihr Kinn, ihren Hals. Jede Stelle ihres Körpers war köstlich. Noch immer angespannt krallte sie ihre Finger in die Laken, als könnte sie sonst vom Bett fallen – ein durchaus im Bereich des Möglichen liegendes Szenario, denn die *Rhodesia* schwankte stetig hin und her. Er bezweifelte jedoch, dass sie dies bemerkte. Wen sie fürchtete, war nicht Gott, sondern ein Mann.

„Warum wollen Sie mein Gesicht nicht sehen?", wisperte sie.

„Habe ich je behauptet, dass ich Ihr Gesicht nicht sehen will?"

Er umschloss ihre Brust, die genau in seine Hand passte, und streichelte sanft die Unterseite. „Aber wenn Sie nicht wollen, dass ich es sehe, werde ich lernen, Sie an Ihrer Haut zu erkennen." Er rieb ihre vor Erregung bereits steife Brustwarze zwischen Daumen und Zeigefinger und entlockte ihr damit heftig zitternde Atemzüge. „An Ihrer Stimme", sagte er und nahm ihre Brustwarze in den Mund, „und an Ihrem Geschmack."

Sie stöhnte und wand sich unter ihm. Er war immer ein großzügiger Liebhaber gewesen – es war nur fair, der Dame für seine Befriedigung etwas zurückzugeben. Aber bei ihr wollte er, dass sie vor Lust fast wahnsinnig wurde, dass sie sich darin verlor, darin schwelgte. Er wollte, dass sie all ihre Anspannung und Angst vergaß.

SIE WAR NIE ZUVOR SO angespannt gewesen, so voller Angst.

Dass ausgerechnet er ihr einen solchen Genuss bereiten konnte, erschreckte sie. Doch sie konnte sich an niemand anderem festhalten als an ihm. Als er sie erneut küsste, packte sie seine Schultern und erwiderte den Kuss, weil sie einfach nicht wusste, was sie sonst hätte tun sollen.

Er reagierte heftig. Schnell entledigte er sich seiner restlichen Kleidung, ließ eine Hand unter ihren Po gleiten und drang tief in sie ein.

Ihr stockte der Atem. Ja, sie war die Frau eines anderen gewesen. Ja, Tony war zu Beginn ihrer Ehe ein guter Liebhaber gewesen. Aber hatte sie je zuvor derartige Erregung verspürt, war sie je so wild vor Verlangen gewesen, so glühend heiß, wie von einem Blitz getroffen?

„Kann ich … noch immer gehen?", hörte sie sich selbst fragen.

Er zog sich zurück und stieß dann erneut in sie. „Ja." Ein weiterer, langer, unendlich lustvoller Stoß. „Jederzeit."

Sie keuchte. „Was würden Sie tun, wenn ich ginge?"

Er stieß fest in sie. „Weinen."

Sie musste unweigerlich lächeln – nur ein wenig.

Er griff in ihr Haar und küsste sie. „Aber Sie werden nirgendwohin gehen."

Er tat schmutzige, köstliche Dinge mit ihr. Fachte das Feuer ihrer Leidenschaft weiter an, bis sie nur noch aus Fieber und Verlangen bestand. Ihre Lust ballte sich so überwältigend zusammen, dass sie es nicht mehr länger aushielt und dem Druck mit heftigem Zucken und einem Schrei nachgab.

„Es ist *wirklich* acht Jahre her", raunte er.

Seine Hand streichelte die Stelle, an der ihre Körper noch immer vereint waren. Wie gut es sich anfühlte, wie herrlich. Sie zitterte und konnte ein erneutes Stöhnen nicht unterdrücken.

„Bei mir sind es nur ein paar Monate, aber ich fange allmählich an zu glauben, dass es doch Jahre gewesen sein müssen."

Er zog sich zurück und drang dann ganz langsam wieder in sie ein. Sie atmete unruhig. Ihr wurde klar, dass er noch nicht zum Höhepunkt gekommen war.

Seine Finger streichelten sie wieder zwischen den Schenkeln, weckten neuerlich heißes Verlangen. Doch was sie erst richtig wieder entflammte, waren seine Lippen an ihrem Ohr. „Sie sind so empfindsam", flüsterte er begleitet von einem sanften Biss in ihr Ohrläppchen, den sie bis in die Zehenspitzen spürte, „die kleinste Berührung lässt sie erbeben."

Danach fiel kein weiteres Wort mehr. Er brachte ihre Körper so in Einklang, dass jede Berührung wie ein Feuerwerk war. Als er die Kontrolle verlor, stieß er sich wieder und wieder in sie, bis sie meinten, den Verstand zu verlieren. Sie war taub und blind vor Lust. Darin ertrinkend klammerte sie sich an ihn, ihre einzige Rettung im Sog ihrer Empfindungen.

Sie wurden langsamer. Er war fest und schwer über ihr. Sie lauschte seinen schnellen, kurzen Atemzügen und fühlte sich auf seltsam gute Weise entblößt, wie Haut, die lange von einem Verband bedeckt gewesen war und nun endlich wieder der Luft, dem Licht und Berührungen ausgesetzt wurde.

Denk nicht nach, ermahnte sie sich. *Denk an gar nichts. So lange, wie du nur kannst.*

KAPITEL 5

DAS GROLLEN DES DONNERS KLANG weiter entfernt. Der Regen prasselte nicht mehr so heftig auf das Deck. Die *Rhodesia* schlingerte noch leicht, neigte sich aber nicht mehr völlig unvermittelt in verschiedene Richtungen.

Christian rollte sich auf die Seite und zog die Baronin mit sich. Ihr kühles, samtweiches Haar kitzelte die Haut auf seinem Arm. Wenn sie ausatmete, streifte ihr Atem feucht und warm seine Halsbeuge. Ihr Körper war nun endlich entspannt, fast schlaff.

Er war mit sich zufrieden – vielleicht sogar zu sehr. Für einen Naturwissenschaftler gab es nichts Trivialeres als den Geschlechtsakt. Doch mit Baronin von Seidlitz-Hardenberg zu schlafen war alles andere als gewöhnlich gewesen. Im Gegenteil, es hatte ihm etwas bedeutet, war viel mehr gewesen als der Anfang einer Affäre, die eine Woche dauern würde.

Die berauschenden Ereignisse des Abends hatten ihn so gefesselt, dass er bis jetzt keinen Gedanken an einen Schwamm oder ein Kondom verschwendet hatte. Und das ihm, der er normalerweise in dieser Hinsicht so gewissenhaft war. Ebenfalls ungewohnt für ihn war, dass sie in seinem Bett lag. Er zog es gewöhnlich vor, bei seinen Liebschaften die Zügel in der Hand zu behalten, zu gehen oder zu bleiben, wie es ihm beliebte. Doch diesmal hatte er ihr die Kontrolle überlassen: Sie wollte ihre Angst überwinden, und das weckte seine Ritterlichkeit.

Er hob eine Haarsträhne von ihr an und wickelte sie sich um den Finger. „Ich bin froh, dass du dich entschlossen hast, meinen Vorschlag zu überdenken."

An seiner Schulter machte sie einen Laut, der sich wie *Hmmfft* anhörte.

Er ließ von ihrem Haar ab, drehte ihren Kopf und küsste sie auf den Mund. „Was hat dich dazu gebracht, deine Meinung zu ändern?"

Ihre Antwort bestand wieder aus einem *Hmmfft*, doch sie verkrampfte sich wieder – er konnte es an ihren Gesichtsmuskeln spüren.

Er ahnte, warum sie nicht gern darüber sprechen wollte: Sie dachte wahrscheinlich, er habe sie willkürlich angesprochen und hatte sich noch nicht damit abgefunden, dass sie letztendlich eingewilligt hatte.

„Du bist auf eine interessante Weise widersprüchlich. Du versteckst dein Gesicht, doch dein Gang ist alles andere als schüchtern."

Er wollte nicht nur, dass sie blieb, in dieser Nacht war sogar er derjenige, der das Gespräch suchte – eine absolute Kehrtwende für einen Mann, der danach für gewöhnlich allein sein wollte.

„Oh?", murmelte sie an seiner Wange.

„Dein Gang hat etwas Selbstsicheres. Es ist kein Stolzieren, sondern eine irgendwie souveräne, energische Art der Fortbewegung. Eine Frau, die mit verschleiertem Gesicht durch die Gegend läuft, erregt Aufmerksamkeit, was durchaus verunsichern kann. Aber du gehst einfach so deiner Wege, als ließe dich die Aufmerksamkeit völlig kalt, als durchquertest du jeden Tag ein Meer starrender Augen."

Sie reckte sich. „*Das* interessiert dich?"

„Deine *Gründe* interessieren mich. Ich habe mich gefragt, ob du auf der Flucht bist, aber das kann nicht sein, der Schleier führt ja eher dazu, dass du gesehen wirst. Es besteht auch die geringe Wahrscheinlichkeit, dass du Muselmanin bist, aber keine Muselmanin, die sich die Mühe macht, ihr Gesicht vollkommen zu verschleiern, würde je allein reisen. Es gibt also noch zwei Möglichkeiten. Entweder willst du einfach niemandem dein Gesicht zeigen, oder deine Züge sind höchst unregelmäßig."

Sie wich zurück. „Sie finden Gefallen an entstellten Frauen? Haben Sie mich aus diesem Grunde gefragt, ob ich Ihre Geliebte sein möchte?"

„Habe ich je gefragt, ob du meine Geliebte sein willst?"

„Natürlich haben Sie …" Sie hielt inne.

Als er gesagt hatte, dass er sie besser kennenlernen wollte, war *sie* es gewesen, die ihn gefragt hatte, ob er eine Geliebte suchte.

„Du hast einfach angenommen, dass ich mit dir schlafen möchte, und dann meine Frage beantwortet. Eine Frau mit einem sehr außergewöhnlichen Gesicht wäre vermutlich skeptisch ob meines Interesses an ihr gewesen, hätte mich höchstwahrscheinlich aber nicht bezichtigt, ihr ein sexuelles Angebot gemacht zu haben. Du hingegen hast es als selbstverständlich angesehen, dass ein Mann sich nur in dieser Hinsicht für dich interessieren kann. Nachdem du körperlich vollkommen gesund zu sein scheinst, würde ich lügen, wenn ich behauptete, dass ich dir gegenüber keine fleischlichen Gelüste empfände. Also habe ich mich dazu bekannt, aber das war nur einer der Gründe, die mich zu dir geführt haben. Wenn du mich aber gefragt hättest, hätte ich geantwortet, dass ich mich mehr für dein Geheimnis interessiere als für das Vergnügen, dich nackt in den Armen zu halten." Es fiel ihm leicht, mit dieser gesichtslosen Frau im Dunkeln zu reden, so als ob man mit dem Meer oder dem Himmel sprach. Er strich ihr das Haar von der Schulter. „Wobei ich dich, wenn ich gewusst hätte, welch gewaltiges Vergnügen mir dein nackter Körper bereiten würde, sicher mit mehr Nachdruck hätte überzeugen wollen."

Er musste abgrundtief versagt haben, ihr seine Beweggründe zu erklären – oder sie ein weiteres Mal gekränkt haben. Sie zog sich nämlich mit einem Mal zurück und setzte sich auf.

„Ich sollte gehen."

„SOLL ICH DIR HELFEN, deine Kleider zu finden? Sie könnten recht weit verstreut liegen. Es tut mir leid, aber ich habe mir nicht allzu viel Mühe gegeben, sie auf einem ordentlichen Haufen zu stapeln."

Er sprach ziemlich gut Deutsch, und in seiner Stimme lag ein Lächeln. Sie biss sich auf die Lippen. Warum hatte sie sich das nicht vorher überlegt? Wie sollte sie im Dunkeln ihre Kleidung finden – und sich dann auch noch halbwegs anständig anziehen?

Er stand im selben Augenblick auf wie sie. „Das gehört dir. Das ist meins. Was ist das? Ein Unterhemd?"

Sie stieß mit den Füßen gegen ihre Schuhe, die Strümpfe lagen daneben. Doch ehe sie beides aufheben konnte, stand er schon neben ihr und reichte ihr ein Bündel Kleidung. Als sie die Kleider entgegennahm, streifte sie mit der Hand seinen Arm.

„Brauchst du Hilfe beim Anziehen?"

„Nein, ich …"

„Wir tun einfach, als wären wir in einer Ausgrabungsstätte und gehen methodisch vor", sagte er, während er ihr die Kleider wieder abnahm. „Ich lege ein Kleidungsstück nach dem anderen aufs Bett, dann wissen wir, was wir schon haben und welche Teile noch fehlen."

Sie hatte nicht erwartet, dass er ihr so anstandslos helfen würde. Ihre Kleidung fiel leise aufs Bett. Er ging zur anderen Seite des Bettes, wahrscheinlich, um mit der Klassifizierung besagter Kleidungsstücke zu beginnen.

Sie beugte sich vor und hob ihre Strümpfe auf. Als sie sich aufrichtete, traf ihr Rücken auf etwas, dass sich wie eine sehr weiche Decke anfühlte. „Zieh das an, sonst erkältest du dich", sagte Lexington.

Es war ein Morgenmantel aus Merinowolle. Sie schnürte den Gürtel um ihre Taille. „Was ist mit Ihnen?"

„Ich habe meine Hose gefunden. Jetzt aber wieder zu deiner Kleidung. Dein Kleid" – etwas raschelte, und seine Stimme erklang wieder von der anderen Seite des Bettes – „wird ganz unten im Haufen liegen, alles andere kommt in umgekehrter Reihenfolge oben drauf. Wie viele Unterröcke hattest du an?"

„Einen."

„Nur einen?"

„Das Kleid hat einen geschlitzten Rock, daher hat es selbst schon einen bestickten Unterrock. Außerdem ist es eng geschnitten. Bei mehr als einem Unterrock würde es nicht mehr richtig sitzen."

Warum hatte sie ihm das so ausführlich erklärt? Es schien beinahe, als befürchtete sie, dass er das Fehlen weiterer Unterröcke mit einem Mangel an Moral gleichsetzen würde, und das praktisch unmittelbar, nachdem sie mit einem Mann geschlafen hatte, dem sie nicht einmal ordentlich vorgestellt worden war.

„Gute Wahl", murmelte er. Es lag wieder ein Lächeln in seiner Stimme. „Der Sitz hat jedenfalls nicht gelitten."

Sie fühlte sich, als sei sie in den Kaninchenbau gefallen. Vielleicht war er auch eine seltsame Inkarnation von Dr. Jekyll und Mr Hyde – aber statt im Dunkel böse zu werden, wurde er viel charmanter.

„Finden Sie sich hier zurecht?", fragte er und wechselte zum Sie zurück, weil sie es beharrlich vermied, ihn zu duzen. „Ich bin damit fertig, Ihre Sachen zu stapeln."

Sie ging um den Bettpfosten herum. „Wo sind Sie? Ich will Ihnen nicht auf die Füße treten."

„Hmm", sagte er, „Sie sprechen Deutsch mit Akzent."

Sie blieb stehen. Sie war mit einer deutschen Gouvernante aufgewachsen.

Muttersprachler bemerkten normalerweise, dass ihr der englische Akzent *fehlte*. „Was für ein Akzent?"

„Ich habe einige Zeit in Berlin gelebt, und Ihre Aussprache klingt nicht wie reinstes Hochdeutsch. Sie hören sich an, als kämen Sie weiter aus dem Süden – Bayern würde ich sagen."

Ihre deutsche Gouvernante stammte tatsächlich aus München und hatte einen ganz leichten bayerischen Dialekt gehabt. „Nicht schlecht für einen Engländer."

„Ich bin trotzdem nicht überzeugt, dass Sie Deutsche sind."

Zu gut für einen Engländer. „Warum nicht? Sie haben doch gerade selbst meinen bayerischen Akzent erkannt."

„Als ich Ihren Akzent erwähnte, sind Sie schlagartig stehen geblieben. Sie stehen übrigens immer noch an derselben Stelle."

Sie blieb, wo sie war. „Spielt es eine Rolle, ob ich Deutsche, Ungarin oder Polin bin?"

„Nein, wahrscheinlich nicht. Ist Ihr Name wirklich von Seidlitz-Hardenberg?"

„Was, wenn ich auch keine Baronin bin? Wird die *Rhodesia* davon untergehen?"

„Nein, aber bin ich überzeugt davon, dass es den Sturm heraufbeschworen hat."

In seinem Tonfall war wieder leise Belustigung zu hören – und zudem klang es ganz so, als stünde er sehr dicht bei ihr.

Er strich ihr mit den Fingern durchs Haar. „Wovor haben Sie eigentlich noch Angst?"

„Vor gar nichts." Nichtsdestotrotz hörte sie sich wie jemand an, der mit dem Rücken zur Wand stand.

„Das sollten Sie auch nicht. Was könnte ich Ihnen anhaben? Selbst wenn wir einander direkt in die Augen sähen, könnte ich Sie nicht erkennen, nachdem wir erst einmal von Bord gegangen sind."

Sie hatte allerdings bereits andere Pläne. In Southampton wollte sie sich ihm offenbaren und ihn wissen lassen, dass sie ihn getäuscht und betrogen hatte. Sie hatte sich diesen Augenblick in verschiedensten Varianten ausgemalt, die alle darauf hinausliefen, dass er völlig die Fassung verlor und am Boden zerstört war. Rückblickend kam es ihr vor, als habe sie eine Reise zum Mond geplant, während ihre einzige Qualifikation dafür aus Begeisterung für die wissenschaftlichen Romane Monsieur Vernes bestand.

Er strich ihr das Haar aus dem Gesicht und küsste sie dicht neben das Ohrläppchen. Das Gefühl, das sie dabei durchfuhr, war so heftig, dass es beinahe wehtat. Er knabberte sich sanft an ihrem Hals entlang, schob den Kragen des Morgenmantels beiseite und entblößte ihre Schulter.

„Sie sind schon wieder so angespannt, meine liebe Baronin, die Sie vielleicht gar keine Baronin sind."

„Sie machen mich nervös." Außerdem verursachte er ihr Schuldgefühle, obwohl sie bisher nichts Verwerflicheres getan hatte, als mit einem Mann zu schlafen, den sie nicht liebte – oder mochte.

Er hob sie hoch und setze sie auf die Bettkante. „Ein unverzeihlicher Fehler meinerseits. Ich möchte es wiedergutmachen."

Er öffnete den Gürtel des Morgenmantels. Sie kämpfte gegen die erneut aufsteigende Panik an. „Warum sind Sie so nett zu mir?"

„Ich mag Sie. Ich bin nie unfreundlich zu Menschen, die ich mag."

„Wie edelmütig."

„Ich habe hohe Ansprüche an mich selbst."

„Können Sie, ein Mann mit hohen Ansprüchen, sich erklären, warum Sie mich mögen, abgesehen davon, dass ich Ihnen sexuelles Vergnügen verschaffe?"

„Sie haben mich abgewiesen, und das spricht für Sie. Ein Mann, der wie ich mit so wenig Finesse und so wenig Umsicht vorgeht, hat eine Abfuhr verdient. Abgesehen davon haben Sie recht. Ich kann meine Sympathie Ihnen gegenüber nicht begründen. Dennoch war ich furchtbar geschmeichelt, als Sie Ihre Meinung geändert haben. Also werde ich es ganz unwissenschaftlich als Zuneigung bezeichnen."

Zuneigung. Während er ihr im realen Leben größtmögliche Abneigung entgegenbrachte.

„Es gibt es noch etwas anderes, das ich an Ihnen mag", fuhr er fort. Sie konnte sich nicht erinnern, wann er sie zum Bett gebracht hatte, aber sie lag mit völlig geöffnetem Morgenmantel neben ihm. Er streichelte sanft ihre Brüste und ihren Bauch. „Ich mag es, dass ich Sie, wenn auch noch so kurz, alles vergessen lassen kann, was Sie bedrückt."

WIEDER LIEBTE ER SIE. Als sie sich danach bemühte, ihre Atmung unter Kontrolle zu bringen, wusste Christian, dass sie nicht länger im seligen Zustand der Selbstvergessenheit weilte. Als sie diesmal sagte, sie müsse gehen, zog er seine Hose an und half ihr in ihr Kleid. Dann ging er in den Salon und holte ihren Hut.

„Was ist mit Ihrem Haar?" Er nahm die Nadeln und Kämme, die ihre Frisur zusammengehalten hatten. „Ich habe nur begrenzte Ahnung davon, wie man Damenfrisuren wieder herrichtet."

„Ich habe den Schleier", entgegnete sie. „Es wird schon gehen."

Sobald ihr Gesicht wieder sicher hinter dem Schleier verborgen war, machte er Licht und zog sich das Hemd über.

„Es ist spät. Ich werde Sie zu Ihrer Kabine begleiten."

Das Licht tanzte über das Muster ihres Schleiers, der sich kaum merklich hob, wenn sie ausatmete. Er hatte Eindruck, sie würde sein Angebot ablehnen, doch sie sagte: „Gut, danke."

Eine kluge Entscheidung, da er in jedem Fall darauf bestanden hätte.

Er blieb im Schlafzimmer. Sie ging langsam durch den Salon, musterte die Kassettendecke, die Bücher im Regal und die Vase mit roten und gelben Tulpen auf der Anrichte. Aus irgendeinem Grund hatte er geglaubt, ihr Abendkleid sei cremefarben, dabei war es in Wahrheit apricot, und der Rock war mit Perlen und Glastropfen bestickt.

Er streifte sich die Hosenträger über die Schultern, befestigte sie und zog Weste und Rock darüber. Seine Manschettenknöpfe, auf denen das Wappen der Lexingtons prangte, lagen auf dem Boden. Er bückte sich und hob sie auf.

Als er sich wieder aufrichtete, spürte er ihren Blick wie Nadelstiche auf seiner Haut. Er sah zu ihr hinüber. Sie schaute sofort weg, obwohl er hinter ihrem zart schimmernden Schleier ohnehin nichts erkennen konnte.

Sie vertraute ihm nicht oder mochte ihn eigentlich nicht, und dennoch hatte sie sich wiederholt von ihm verführen lassen – oder hatte sie ihn verführt? Er hätte sich selbst damit schmeicheln können, diesen Widersinn auf die große Anziehung, die er auf sie ausübte, zurückzuführen, doch er hatte so viele Jahre damit verbracht, sich zu objektivem Denken anzuhalten, dass er dieser Idee keinen Glauben schenken konnte.

Er befestigte die Manschettenknöpfe. Er machte sich sogar die Mühe, sich eine frische Krawatte umzubinden. Wenn man sie um diese Uhrzeit zusammen sah, reichte das bereits, um Verdacht zu erregen. Er wollte vermeiden, dem mit unordentlicher Kleidung auch gleich noch Beweise zu liefern.

„Bereit?" Er bot ihr den Arm.

Sie zögerte einen Augenblick, ehe sie ihre Hand in seine Armbeuge legte. Sie war noch immer aufgeregt, seine Baronin, fast so sehr wie bei der Ankunft in seiner Suite. Doch Fragen diesbezüglich machten sie nur noch nervöser, daher hielt er sich zurück.

Als sie die Suite verließen, fragte er stattdessen: „Warum waren Sie so lange enthaltsam? Weil Sie dem Andenken des verstorbenen Barons treu bleiben wollten?"

Sie gab einen Laut von sich, der sich nur als Schnauben bezeichnen ließ. „Nein."

Es war still auf der *Rhodesia*, abgesehen vom Dröhnen der riesigen Maschinen tief unten im Rumpf. Die Passagiere der ersten Klasse, ob schlafend, seekrank oder eifrig mit ihren Ehepartnern beschäftigt, besaßen die Höflichkeit, sich angemessen ruhig zu verhalten. Die erleuchteten Flure hätten genauso gut einem Geisterschiff gehören können.

„Wenn Sie nicht über den Tod des Barons trauern, kann ich mir nicht erklären, warum Sie es so lange ohne ausgehalten haben."

„Das ist doch nichts Außergewöhnliches."

„Das stimmt, aber Sie wirken nicht wie jemand, der jahrelang Entbehrungen in Kauf nehmen möchte."

Sie seufzte ungeduldig. „So sehr es Sie erstaunen mag, mein Lieber, eine Frau bedarf für ihre Befriedigung nicht immer eines Mannes. Dafür kann sie sehr gut selbst sorgen."

Er lachte auf. „Sie sind in dieser Hinsicht ohne Zweifel ungeheuer versiert?"

„Ich wage zu behaupten, dass meine Fertigkeiten in dieser Hinsicht durch all die Übung hinreichend sind", entgegnete sie fast unwirsch.

Er lachte wieder.

Er konnte den Blick, den sie ihm zuwarf, sogar durch den Schleier spüren. „Sind Sie hinterher immer so gut gelaunt?"

„Nein, absolut nicht." Er war üblicherweise eher ernst, manchmal regelrecht deprimiert. Die Frauen, mit denen er schlief, waren nie die eine, die er wirklich wollte, die ihn unveränderbar in ihrem Bann hielt. An diesem Abend hatte er jedoch kein einziges Mal an Mrs Easterbrook gedacht. „Sind Sie hinterher immer so gereizt?"

„Möglich. Ich kann mich nicht entsinnen."

„War der verstorbene Baron ein schlechter Liebhaber?"

„Das hätten Sie gern, nicht wahr?"

Er glaubte nicht, dass es ihn schon einmal interessiert hatte, ob eine Frau bessere oder schlechtere Liebhaber als ihn gehabt hatte. Doch in diesen Fall musste er sich eingestehen, dass er eine bestimmte Antwort hören wollte. „Ja. Am liebsten wäre es mir, wenn er vollkommen nutzlos gewesen wäre – am besten impotent."

Er wollte der Einzige sein, der sie zu einem beseligenden Höhepunkt nach dem anderen gebracht hatte.

„Es tut mir leid, Sie enttäuschen zu müssen. Er war kein Liebesgott, aber er hat sich nicht ungeschickt angestellt."

„Wie nonchalant Sie mir einen Strich durch die Rechnung machen, Baronin." Ihm kam ein Gedanke. „Was war *dann* das Problem?"

„Bitte?"

„Er war ein respektabler Liebhaber, und dennoch haben Sie sich nach seinem Tod auf sich selbst beschränkt ... auf das Geschick Ihrer eigenen Hände, und Sie haben *nicht* seines Andenkens wegen enthaltsam gelebt. Hat er Sie betrogen?"

Sie blieb stehen. Nicht lange – fast im selben Augenblick ging sie weiter, allerdings nun schneller als vorher. Seine Antwort hatte er dennoch erhalten.

„Er war ein Dummkopf", stellte er fest.

Sie zuckte die Achseln. „Es ist lange her."

„Nicht alle Männer sind Schürzenjäger."

„Ich weiß. Ich habe beschlossen, mich von Männern fernzuhalten, weil ich mir nicht mehr zutraue, die richtige Wahl zu treffen, nicht, weil ich den Glauben an sie alle verloren hätte."

„Das tut mir leid."

„Ungebunden zu sein hat Vorteile." Sie wandte ihm den Kopf zu. „Wenigstens war ich einmal verheiratet. Was ist Ihre Entschuldigung? Sollte ein Mann mit einem so vornehmen Titel nicht schon längst ein oder zwei Erben hervorgebracht haben?"

Er merkte, dass sie das Thema gewechselt hatte. Und das geschickt.

„Ja, das sollte er, und ich habe keine Entschuldigung, nicht meine Pflicht zu tun. Ich befinde mich auch auf dem Weg zur Londoner Saison."

„Sie klingen nicht besonders enthusiastisch. Die Idee zu heiraten gefällt Ihnen nicht?"

„Ich habe nichts gegen die Institution Ehe, aber ich glaube nicht, dass ich damit glücklich werde."

„Warum nicht?"

Wiederum führte ihre Anonymität dazu, dass er offen über Dinge sprach, die er anderen gegenüber nicht mal im Entferntesten erwähnt hätte.

„Es ist keine Frage, dass ich heiraten muss – und zwar schon bald. Aber ich habe wenig Hoffnung, eine junge Frau zu finden, die zu mir passt."

„Sie meinen, keine Frau ist gut genug für Sie."

„Im Gegenteil. Abgesehen von meiner Herkunft habe ich einer Frau wenig zu bieten. Ich bin weder besonders gesellig noch gesprächig, begebe mich lieber auf Expeditionen oder vergrabe mich in meinem Arbeitszimmer unter Büchern, und selbst wenn ich Lust dazu habe, mich im Salon aufzuhalten und ein wenig zu plaudern, bin ich nicht gerade umgänglich."

„Das sind Schwächen, die Ihnen viele Frauen liebend gern nachsehen würden."

„Ich will nicht, dass man mir meine Schwächen nachsieht. Mein Personal muss mit meinen Marotten leben, ob es nun will oder nicht. Meine Frau sollte den Mut haben, mir zu sagen, dass ich mich furchtbar benehme – wenn das der Fall ist."

„Sie wissen also, dass Sie sich manchmal schrecklich verhalten", sinnierte sie. „Wenn Sie doch aber derart hohe Anforderungen an eine Frau stellen, wenn sie in hohem Maß intelligent, tiefgründig und unerschrocken sein soll, warum haben Sie dann nicht früher mit der Suche angefangen? Warum beschränken Sie sich dann auf eine

Saison und einen Schwung Debütantinnen? Das ist keine besonders kluge Vorgehensweise."

Das war es sicher nicht. Er war die Sache auf die dümmstmögliche Weise angegangen, hatte sich selbst versichert, die Ehe stelle eine rein formelle unnatürliche Verbindung dar. Aber das konnte er nicht zugeben, ganz egal, wie wenig er die Baronin kannte.

„Ich werde unzweifelhaft dafür bezahlen."

„Sie klingen sehr britisch, voll männlicher Duldsamkeit und Resignation."

Ihr bitterer Tonfall gefiel ihm ausnehmend. „Wir sind in solchen Angelegenheiten recht leidenschaftslos. Das Streben nach Glück überlassen wir den Amerikanern, und romantische Liebesabenteuer sind in unseren Augen die Spezialität der Kontinentaleuropäer."

Sie sagte nichts. Das Schiff hob und senkte sich sanft, als läge es auf der Brust eines schlafenden Riesen. Die Perlen auf ihrem Rock glitten gegeneinander und machten leise klickende Geräusche, wie ein weit entfernter Perlenregen.

Sie gingen zwei Treppen hinunter und bogen um eine Ecke.

Sie blieb stehen. „Hier wohne ich."

Er merkte sich die Nummer ihrer Kabine. „Werde ich beim Frühstück das Vergnügen haben?"

„Sie möchten in der Öffentlichkeit mit mir gesehen werden?" In ihrer Stimme hallte ein Moment der Verblüffung nach.

„Sollte ich das vermeiden?"

„Man wird über Sie als den Mann, der die verschleierte Frau begleitet, sprechen."

„Das klingt doch recht akzeptabel."

Sie stand mit dem Rücken zur Tür, eine Hand auf dem Knauf – als wolle sie den Eingang vor ihm beschützen. „Was, wenn ich nein sage?"

„Sie werden mich jetzt nicht mehr so einfach los, Baronin. Wenn Sie zum Frühstück nein sagen, werde ich Sie fragen, ob Sie nach dem Frühstück mit mir spazieren gehen möchten."

„Was ist, wenn ich zustimme, mit Ihnen zu frühstücken, aber nie mehr mit Ihnen schlafen werde?"

„Sie sind entschlossen, mich leiden zu lassen, Madam."

Seine Finger bahnten sich den Weg zum Rand ihres Schleiers, der ihr bis einige Zentimeter unters Kinn reichte. Der Stoff glitt hauchzart über seine Haut. Sie wäre höchstwahrscheinlich zurückgewichen, aber er hatte sie bereits an die Wand gedrängt – genauer gesagt stand sie mit dem Rücken an der Tür.

„Sie haben meine Frage nicht beantwortet", sagte sie.

Es war eitel, das leichte Beben in ihrer Stimme zu genießen, das er hervorrief, doch es war ihm ein reines Vergnügen. „Abgemacht", sagte er. „Ich werde mein Bestes geben, Sie zu verführen, und Sie können jederzeit gehen. Sehen wir uns nun zum Frühstück?"

„Nein." Dann, einen endlosen Herzschlag später: „Ich kann mit dem Schleier nicht essen. Wir treffen uns zum Spaziergang."

Er hatte nicht geglaubt, dass sie ihn rundweg zurückweisen würde. Warum klopfte sein Herz dann vor Erleichterung so heftig?

„Sagen Sie mir, wann und wo."

„Neun Uhr früh. Auf dem Promenadendeck."

„Ausgezeichnet." Er beugte sich vor und küsste sie durch den Schleier hindurch auf den Mund. „Gute Nacht."

Sie schlüpfte in ihre Kabine und schloss ihm sanft, aber bestimmt die Tür vor der Nase.

VENETIA LEHNTE SICH MIT DEM Rücken an die Tür, unfähig, noch einen weiteren Schritt zu machen.

Was hatte sie getan – und was in Gottes Namen hatte er mit *ihr* gemacht?

Ihr Racheplan war ihr so einfach erschienen. Lexington hatte sie bösartig und reuelos verletzt. Dafür musste er bezahlen. Er befasste sich mit Fossilien. Sie befasste sich mit Männern. Demgemäß musste sie selbst mit verhülltem Gesicht in diesem allzu menschlichen Gefecht die Oberhand behalten.

Doch hier stand sie nun, berührte sacht ihre Lippen, auf denen noch sein sittsamer Abschiedskuss brannte.

Sie war an Bord der *Rhodesia* gegangen, um einen Mann zu bestrafen, aber dieser Mann war er nicht. Er war ein ganz anderer.

Nach ihrer Ehe mit Tony zweifelte sie nicht nur an ihrer Fähigkeit, einen guten Mann zu erkennen, sondern auch daran, einen Mann – irgendeinen Mann – glücklich machen zu können. Aber Lexington, der so hart über andere urteilte, war in ihrer Gesellschaft fast schon beschwingt gewesen. Nun zählte er zu den wenigen Männern, denen ihr Aussehen wirklich egal war.

Es war, als sei sie die Atlantiküberfahrt angetreten, um eine Route nach Indien zu finden, nur um dann einen ganz neuen Kontinent zu entdecken.

Hätte sie ihn in New York zur Rede gestellt, hätte sie in der Stadt untertauchen können. Aber auf der *Rhodesia* konnte sie sich nicht verstecken. Das wollte sie auch gar nicht. Der Herzog bestärkte sie darin, dass an ihr mehr war als ein attraktives Gesicht und die außergewöhnlich ebenmäßige Kombination ihrer Züge.

Langsam entkleidete sie sich und tastete sich zu ihrem Schlafplatz. Unter der Decke betete sie und flehte den Allmächtigen an, über Helena zu wachen und das Mädchen zur Vernunft zu bringen. Sie betete auch, dass Fitz auf der anderen Seite des Atlantiks weiter geduldig und diskret sein möge und dass sich Millie und Helena in Amerika keine allzu großen Sorgen über ihren zweiten abrupten Aufbruch in ebenso vielen Tagen machen würden, nachdem sie davon erfahren hatten.

Sie betete nicht für sich selbst. Auch wenn sie ihre Sorgen für wichtig genug halten würde, um den Herrgott damit zu belästigen, blieb die Tatsache bestehen, dass sie keine Ahnung mehr hatte, wie diese verpatzte Rache für sie ausgehen sollte. So lag sie lange da, die Hände auf dem Unterleib gefaltet, und dachte über die zahllosen Ereignisse und Zufälle nach – angefangen damit, dass Hastings Helena an drei Gelegenheiten in drei Nächten hintereinander gesehen hatte, wo sie nichts zu suchen gehabt hätte –, all das, was dazu geführt hatte, dass sie sich zu dieser Zeit an diesem Ort und in dieser misslichen Lage befand.

Sie wünschte, sie hätte eine Kristallkugel, um darin zu sehen, wo all dies enden würde.

KAPITEL 6

DAS MEER HATTE SICH BERUHIGT, doch die *Rhodesia* pflügte nun durch nicht enden wollenden Regen und eiskalte Winde. Nur wenige Seelen waren auf dem Promenadendeck unterwegs. Der Atlantik war eine einzige, riesige Fläche aus kaltem, diesigem Grau, das in seiner Tristesse nur gelegentlich durch das beherzte Springen eines Delfins erhellt wurde.

Lexington blickte auf seine Taschenuhr. Sie war seit fünfzehn Minuten für ihren Spaziergang überfällig. Er zitierte einen Steward zu sich. Der Mann sollte der Baronin einen Gruß von ihm ausrichten. Es war keine besonders raffinierte Art, sie an ihre Verabredung zu erinnern, aber sie wusste längst, dass er kein Mann verdeckter Anspielungen war.

Gerade als er dem Steward genauere Anweisungen gab, kam sie in einem wetterfesten, schwarzen Garbardinemantel um die Ecke. Der Wind bekundete großes Interesse an ihrem Regenschirm und ließ ihn in alle Richtungen flattern. Eine andere Frau hätte verkrampft und unbeholfen ausgesehen, sie aber bewegte sich mit der Würde und Grazie einer Primaballerina, die die Bühne betrat.

Er bedeutete dem Steward zu gehen. „Sie sind spät dran, Madam.“

„Gewiss“, antwortete sie bestimmt. Der Schleier, den sie mit einem Band um ihren Hals befestigt hatte, damit er dem Wind standhielt, wehte in ihr Gesicht, sodass sich unter dem Stoff volle Lippen und hohe Wangenknochen abzeichneten. „Damen sind keine Kutschen. Man kann nicht von uns erwarten, dass wir genau zur verabredeten Uhrzeit eintreffen.“

Es war die reizendste aller albernen Entschuldigungen, die er je gehört hatte. „Wozu verabredet man sich dann zu einer bestimmten Uhrzeit?“

„Sie wurden schon oft zum Abendessen eingeladen, obwohl Sie die feine Gesellschaft für gewöhnlich meiden, nicht wahr?“

„Ich habe mich noch keiner Londoner Saison ausgesetzt, aber ich meide Gesellschaft keineswegs, wenn ich zuhause bin. Ich esse bei Nachbarn zu Abend. Ich war sogar bekannt dafür, ein guter Gastgeber zu sein."

Ein heftiger Windstoß entriss ihr fast den Regenschirm. Er half ihr, ihn festzuhalten, indem er seine Hand um ihre legte. Aber nachdem der Wind abgeflaut war, ließ er nicht wieder los.

Sie warf ihm einen Blick zu – den er als streng bewertete. Als sie aber wieder zu sprechen begann, klang ihre Stimme in keiner Weise hart.

„Worüber sprachen wir gerade?"

Aus irgendeinem Grund setzte sein Herzschlag einen Augenblick lang aus. „Abendessen."

„Stimmt." Sie entzog den Schirm und ihre behandschuhte Hand seinem Griff. „Man setzt sich nicht sofort zu Tisch, wenn man zum Abendessen eingeladen ist. Stattdessen spaziert man ein wenig umher, wechselt ein paar freundliche Worte mit den anderen Gästen. Genauso verhält es sich mit Verabredungen mit Damen. Man wartet, geht auf und ab, denkt an sie – das macht ihre Ankunft nur noch schöner und bedeutsamer."

Er legte größten Wert auf Pünktlichkeit. Keiner anderen Frau hätte er eine derartige Verspätung durchgehen lassen, und dennoch ertappte er sich dabei zu lächeln. „Meinen Sie das ernst?"

Sie neigte den Kopf. „Meine Güte, haben Sie noch nie in Ihrem Leben auf eine Frau gewartet?"

„Nein."

„Hm. Lassen Sie uns nicht hier herumstehen." Sie setzte sich mit schnellen Schritten in Bewegung.

„Ich nehme an, es ist normal, dass Mätressen eher auf Sie warten als andersherum. Aber ich kann nicht glauben, dass Sie nie das Vergnügen hatten, eine Dame an Ihrer Seite zu haben."

„Das hatte ich, aber die, die nicht rechtzeitig eintrafen, mussten jedes Mal feststellen, dass ich bereits gegangen war."

Er fragte sich, ob er zu schroff klang. Es war nicht seine Absicht, ihr Vorwürfe zu machen, er wollte ihr nur wahrheitsgemäß antworten.

„Sie sind noch hier", murmelte sie.

„Ich wollte Sie sehr gerne wiedersehen."

Er hatte das schon einmal zu ihr gesagt. Dennoch duckte sie sich leicht und blickte dann von unten zu ihm hoch, fast so, als hätten seine Worte sie verschüchtert.

„Waren Sie unsicher, ob ich kommen würde?"

Er zögerte. Es war leicht, ehrlich zu sein, wenn die Antworten nur aus Meinungen bestanden, die nicht viel mit seinem Innenleben zu tun hatten. Eine ehrliche Antwort auf diese Frage beinhaltete jedoch nicht nur, dass er zu seiner Sehnsucht stand, sondern auch, dass er zugab, sich auf besondere Weise zu ihr hingezogen zu fühlen.

„Ja. Ich wollte gerade einen Steward zu Ihnen schicken, um Sie daran zu erinnern, dass ich auf Sie warte."

„Was hätten Sie getan, wenn das nicht dazu geführt hätte, dass ich zu Ihnen eile?" Sie hielt inne. „Blumen geschickt?"

In ihrer Stimme lang ein kaum hörbarer, aber für ihn dennoch deutlich vernehmbarer Unterton.

Er schüttelte den Kopf. „Ich habe noch nie einer Frau Blumen geschickt, die ich näher kennenlernen wollte."

Wahrscheinlich runzelte sie hinter dem Schleier die Stirn, sie hielt ihm jedenfalls ihr Gesicht hin, als erwarte sie, dass er ihren Ausdruck deutete. Nur einen kurzen Augenblick später − vermutlich als sie erkannte, dass er nichts sehen konnte −, fragte sie: „Was soll das bedeuten?"

„Mein Vater war ein ausgesprochener Weiberheld, der in seinem Leben unzählige Blumensträuße verschenkte. Blumen sind in meinen Augen falsche Geschenke. Ich würde Ihnen niemals welche schicken."

„Aber das haben Sie doch schon. Sie haben einen riesigen Strauß in mein Zimmer im New Netherlands Hotel schicken lassen."

Seine Verwirrung dauerte nicht lange an. „Ich glaube, ich weiß, was geschehen ist. Ich habe Blumen an eine Frau schicken lassen, an deren Bekanntschaft ich nicht interessiert bin. Die Anweisung mit dem Strauß habe ich demselben Pagen gegeben, der Ihnen Ihre Karte wiederbringen sollte − also ging Ihre Karte wohl an sie, und ihre Blumen erreichten Sie."

Die Baronin entgegnete nichts.

„Kränkt es Sie, dass ich Ihnen keine Blumen geschickt habe?"

Sie lachte trocken und reumütig. „Im Gegenteil. Es hat mich zutiefst gekränkt zu glauben, Sie hätten mir die Blumen geschickt. Mir hat eine so direkte Interessensbekundung absolut nicht gefallen."

„Einen riesigen Strauß Blumen sagten Sie?"

„Gewaltig, aufdringlich und ziemlich scheußlich."

„Es überrascht mich jetzt noch mehr, dass Sie Ihre Meinung geändert haben."

Sie schwieg eine Weile. „Ich habe langsam genug von diesem Wind. Wollen wir in einen der Salons gehen?"

DIE BLUMEN HATTEN SIE VON ihrem lähmenden Zorn befreit und zum Handeln veranlasst.

Hätten sie nicht in ihrem Zimmer gestanden, als sie zwei Nächte zuvor in ihre Suite zurückgekehrt war, hätte sie weiter vor Wut gekocht, sich seinen Kopf auf einem silbernen Tablett vorgestellt, hätte aber nicht diesen Kollisionskurs eingeschlagen.

Nun musste sie herausfinden, dass die Blumen gar nicht für sie bestimmt gewesen waren.

Ganz und gar nicht.

Machte ihn das nach wie vor zu einem Heuchler, der sie verdammte und zugleich begehrte? Oder war er nur so dumm gewesen, öffentlich Meinungen zu äußern, die er besser für sich behalten hätte?

Der beheizte Salon war nach der feuchten Kälte des Promenadendecks geradezu erschreckend warm. Sie löste ihren Schleier – hier drinnen stand die Luft zu sehr. Er führte sie an einen Ecktisch zwischen zwei Topffarnen.

„Sie sind sehr still", merkte er an.

„Ich bin ein wenig unkonzentriert."

„Es ist schrecklich, so etwas zu Ihrem Geliebten zu sagen, der sich durch nichts von Ihnen ablenken lässt."

Beim Wort *Geliebter* tat ihr Herz einen heftigen Schlag. „Was hätten Sie getan, wenn ich eine Passage auf einem anderen Dampfer gebucht hätte?"

„Dann hätte ich eine deutlich weniger angenehme Überfahrt gehabt."

„Es gibt an Bord noch andere Damen."

„Die interessieren mich nicht so sehr wie Sie."

„Wie können Sie das sagen? Sie kennen sie ja gar nicht."

Er wandte sich um und ließ seinen Blick schweifen. „Außer Ihnen sind elf Frauen in diesem Salon. Zwei davon sind alt genug, meine Großmutter zu sein, drei weitere könnten meine Mutter sein, und eine ist gerade mal fünfzehn, wenn überhaupt. Von den anderen fünf ist eine seit Kurzem verlobt – sie schaut ständig ihren Ring an, während sie einen Brief schreibt. Die im rosa Kleid denkt nur an Schokolade – ich sehe von hier, wie sie versucht, ein Stück aus dem Geheimvorrat in ihrer Tasche zu angeln. Die in der Redingote ist unfreundlich zu Kellnern – sie saß gestern beim Abendessen in meiner Nähe. Die in Gelb, Redingotes Schwester, nimmt die Aufmachung einer jeden Dame hier bis ins letzte Detail auseinander – sehen Sie, jetzt flüstert sie mit Redingote, wahrscheinlich über *Ihr* Kleid. Die Frau in Braun ist eine Gesellschafterin, die nicht länger Gesellschafterin sein möchte. Aber sie ist sehr praktisch veranlagt. Sie nimmt keine Notiz von mir, weil ich Sie an meiner Seite habe, sie sucht einen einsamen Herrn, der ungebunden ist und sie vielleicht trotz ihres niederen Standes heiratet."

Er wandte sich ihr wieder zu. „Sehen Sie, sie interessieren mich nicht so wie Sie."

Der Schleier verbarg das Farbspiel seiner Augen, doch es war nicht zu übersehen, mit welchem Vergnügen er sie betrachtete. Ihr Herzschlag wurde unregelmäßig – beziehungsweise noch unregelmäßiger. Bislang hatte ihr Herz in seiner Gegenwart kein einziges Mal gleichmäßig geschlagen.

Jetzt erst ging ihr auf, dass er eine viel bessere Beobachtungsgabe besaß, als sie angenommen hatte. Mit dieser Erkenntnis begannen bei ihr alle Alarmglocken zu schrillen. „Was wissen Sie denn über mich?"

„Sie haben wahrscheinlich recht jung geheiratet. Ihr Mann hatte gewaltigen Einfluss auf Sie – weil Sie ihn sehr liebten, weil er einige Jahre älter war als Sie, vielleicht auch beides. Bis heute sind Sie noch nicht völlig aus seinem Schatten herausgetreten. Aber Sie sehen Ihre Einsamkeit nicht als Zeichen dafür, dass Sie noch an ihm hängen. Wenn überhaupt, sind Sie froh, allein zu sein – und in Sicherheit."

Sie spürte, wie sie blass wurde. So viel hätte er nicht über sie wissen dürfen. „Ich hätte wahrscheinlich für mich bleiben sollen. Ich bezweifele, ob ich bei Ihnen in Sicherheit bin."

„Sagen Sie mir, was Sie über die Männer in diesem Raum denken."

Sie sah ihn an, war nicht sicher, was er wollte.

„Tun Sie mir den Gefallen", sagte er.

Außer ihm waren noch drei Männer anwesend. „Der eine wirft der Schokoladenliebhaberin verärgerte Blicke zu. Er ist höchstwahrscheinlich ihr Bruder. Vielleicht ist ihre Mutter seekrank, und er ist gezwungen, den Anstandswauwau zu spielen. Der junge Mann, der mit unserer Schokoladenfreundin spricht, erinnert mich ein wenig an meinen Bruder. Ihn umgibt diese gewisse Aura des Pflichtgefühls – jemand, der seine Verantwortung ernst nimmt. Ich würde sagen, unser Mädchen mit dem Schokoladenversteck und ihr Bruder sind auf Anordnung ihrer Mutter hier, um den verantwortungsvollen jungen Mann zu beeindrucken. Der ist aber abgelenkt. Er sieht ständig zu einer der Frauen hin, die alt genug sind, Ihre Mutter zu sein – und die durchaus auch *seine* Mutter sein könnte.

Die wiederum spricht mit einem Mann Mitte dreißig. Ich verstehe, warum der verantwortungsvolle junge Mann argwöhnisch ist. Er wippt die ganze Zeit mit dem Fuß und zwinkert zu oft. Sein Lächeln reicht nicht bis in seine Augen. Außerdem verändert sich sein Akzent ständig. Er versucht, sich als englischer Gentleman auszugeben, aber ich höre Spuren der amerikanischen Sprechweise."

„Aha", sagte Lexington, offensichtlich zufrieden.

„Was bedeutet das?"

„Gestern Nacht sagten Sie, Sie misstrauten Ihrer Fähigkeit, Männer zu beurteilen. Meine Liebe, Ihre Fähigkeiten in dem Bereich sind bewundernswert."

Sie wurde unruhig. Sie war es nicht gewohnt, Komplimente für etwas, was sie konnte, zu erhalten.

„Haben Sie als scharfe Männerbeobachterin an meinem Charakter oder Betragen etwas bemerkt, was Sie zu dem Schluss führt, Sie seien bei mir nicht in Sicherheit?"

„Nein", gab sie zu.

„Würden Sie mir dann erlauben, Sie zu einer Tasse heißem Kakao in meiner Kabine einzuladen?"

„Es wäre eine ziemliche Sauerei, mit diesem Schleier vor dem Gesicht Kakao zu trinken."

„Ich werde mir die Augen verbinden. Sie können den Schleier abnehmen."

„Das ist ein sehr freundliches Angebot, aber in Ihre Räumlichkeiten zu gehen, Sir, würde Sie ermutigen, und das liegt nicht in meiner Absicht."

„Wie kann ich Sie umstimmen?"

„Ich habe nicht vor, mich umstimmen zu lassen."

„Irgendetwas muss ich doch tun oder Ihnen geben können."

Sie biss sich auf die Innenseite ihrer Wange. „Glauben Sie, ich sei käuflich?"

„Es geht nicht darum, mir Ihre Gunst zu erkaufen, sondern zu beweisen, wie ernst es mir ist. Die fahrenden Ritter früher stellten sich schier unlösbaren Aufgaben, um zu beweisen, dass sie es wert waren, ihrer Dame zu dienen. Ich werde dasselbe tun. Sagen Sie etwas – irgendetwas –, und ich werde es für Sie auftreiben."

„Auf der *Rhodesia*?"

„Sie ist ein großer Ozeandampfer mit mindestens tausend Passagieren. Die Wahrscheinlichkeit ist groß, dass jemand an Bord besitzt, was auch immer Sie wollen, oder doch zumindest etwas ganz Ähnliches."

Aber wenn der Herzog mit einem riesigen Fossil um mich wirbt, wer weiß, wie ich ihn belohnen werde?

Sie sollte das nicht tun. Er hatte recht. Egal wie selten oder außergewöhnlich, es bestand die Wahrscheinlichkeit, dass jemand an Bord das gewünschte Objekt besaß.

„Sie sind Naturforscher", hörte sie sich sagen.

„Woher wissen Sie das?"

Sie fluchte im Geiste. Sie hatten nie darüber gesprochen, warum er England verlassen hatte. „Ich habe die Bücher in Ihrer Kabine gesehen und habe das geschlussfolgert."

„Geheimnisvoll *und* scharfsinnig." Er lächelte sie an.

Vielleicht hatte er sie schon vorher angelächelt, aber nie bei Licht, während sie ihn direkt ansah. Die Veränderung war erstaunlich. Die letzten Eisbergreste waren dahingeschmolzen, waren ersetzt worden durch die Tropen, nichts als Wärme und Liebenswürdigkeit.

Zu ihrem Leidwesen flatterte ihr Herz. Reichte es nicht, dass er bereits ihren Plan durchkreuzt hatte?

„Inwiefern ist es von Bedeutung, dass ich Naturforscher bin?", fragte er.

Sie war fast vollkommen sicher, dass weder er noch sonst jemand an Bord Zugang zu dem hatte, woran sie dachte, doch sie spürte ein Kribbeln in den Fußsohlen. „Ich will ein Dinosaurierskelett."

Er hob eine Braue. „Sie machen Witze."

„Absolut nicht. Haben Sie eins?"

„Nein. Ich bin nicht auf Dinosaurier spezialisiert."

Ihre Enttäuschung war beunruhigend groß. Sie wollte in die Räumlichkeiten des Herzogs, wie ihr jetzt klar wurde. Aber sie wollte, dass man ihr die Entscheidung abnahm, dass die Schicksalsgötter ihr Handeln lenkten.

„Ich habe aber etwas, das einen angemessenen Ersatz darstellen könnte."

Sie sollte nicht zulassen, dass er das mit ihr machte – in einer Sekunde ihre kaum begriffenen Hoffnungen zunichte zu machen, um sie im nächsten Atemzug wiederzubeleben.

Besonders jetzt nicht, da sie wusste, dass sie solche Hoffnungen gar nicht erst hegen durfte. „Ich will nicht die Überreste kleiner Amphibien oder Trilobiten sehen."

„Nichts dergleichen." Er erhob sich. „Kommen Sie in einer Stunde in meine Suite, ja? Ich werde es für Sie vorbereiten."

„Wenn es mir nicht den Atem verschlägt, werde ich auf dem Absatz kehrt machen und wieder gehen."

Er lächelte auf sie herab. „Was werden Sie tun, wenn es hält, was ich versprochen habe?"

Dieses Lächeln würde noch einmal ihr Untergang sein. „Dann bleibe ich vermutlich und bewundere es eine Weile. Etwas anderes sollten Sie nicht erwarten."

„Ich *erwarte* nichts. Aber ich versuche zu bekommen, was ich begehre."

Sie wollte, dass er bekam, was er begehrte. So lange jemand ihr die Entscheidung abnahm, war ihr egal, ob er oder die Schicksalsgötter diese Aufgabe übernahmen. „Ich würde gerne sehen, wie Sie das mit verbundenen Augen tun", sagte sie, so hochmütig sie konnte.

„Dann werde ich dafür sorgen, dass Sie zu mir kommen. Wenn Sie mich jetzt bitte entschuldigen würden – ich muss dafür sorgen, dass ein schwerer Gegenstand aus dem Frachtraum geholt wird."

CHRISTIAN HATTE MIT SCHWIERIGKEITEN GERECHNET, aber das, womit er sie zu bestechen gedachte, hatte sich als noch unkooperativer erwiesen, als er erwartet hatte. Bis das Ding in seiner Kabine stand und ausgepackt war, verging über eine Stunde. Doch dank der Angewohnheit der Baronin, fünfzehn Minuten zu spät zu kommen, hatten die Stewards gerade genug Zeit, die Kiste wegzubringen und die auf dem Teppich verstreuten Strohreste zusammenzufegen.

Sie traf ein, als die Bediensteten gerade gingen. Die Männer warfen ihr interessierte, wohlgefällige Blicke zu – sie hatte den schweren Umhang abgelegt und trug ein veilchenfarbenes Tageskleid, das ihre Figur aufs Vortrefflichste betonte. Sie hingegen nahm die Aufmerksamkeit der Stewards kaum wahr, sondern ging direkt auf den sehr großen Gegenstand in der Ecke des Salons zu.

Christian schloss die Tür. „Nur zu, enthüllen Sie es."

Sie zog das Leintuch weg, das bedeckte, wovon er hoffte, dass es sich als seine beste Erwerbung aller Zeiten erweisen würde. Der Sandsteinblock war mannshoch und einen guten Meter breit. Er wies zwei dreizehige Fußabdrücke in entgegengesetzter Richtung auf, die jeweils sechzig Zentimeter lang und fünfundvierzig Zentimeter breit waren. Dazwischen verlief eine diagonale Linie viel kleinerer Fußabdrücke, die kaum ein Viertel so groß waren, wie die größeren.

„Meine Güte." Sie atmete laut und tief ein. „Tetrapodosaurus."

Tetrapodosaurus war der wissenschaftliche Ausdruck für die versteinerten Fußabdrücke, die auf dem Block zu sehen waren. Offensichtlich war sie in paläontologischer Fachsprache ziemlich versiert.

„Darf ich es anfassen?"

„Gewiss. Auf meinem Schreibtisch liegen Papier und Kohle, falls Sie es abpausen möchten. Außerdem habe ich eine Augenbinde, die Sie mir umbinden können, falls Sie den Schleier abnehmen wollen."

Er hielt seinen weißen Seidenschal hoch. Sie drehte sich um.

„Sie müssen versprechen, dass Sie die Augenbinde aufbehalten."

„Versprochen."

Sie nahm ihm den Schal ab, band ihn ihm um und führte ihn zur Chaiselongue. Es war nicht leicht, aber er hielt sich davon ab, sie mit sich auf die Chaiselongue zu ziehen. Er wollte ihren Duft wieder einatmen, diesen unendlich reinen Geruch.

Ihre Schritte durchquerten schnell den Salon, als sie zu den Abdrücken zurückkehrte.

Ihr Interesse faszinierte ihn. „Sind Sie auch Naturforscherin?"

„Nein, aber bei Dinosauriern mache ich eine Ausnahme."

Er stellte sich vor, wie sie sich begeistert über die Platte beugte und lächelte angesichts dieser Vorstellung. Es war wahrscheinlicher, dass sie die Abdrücke respektvoll und staunend begutachtete. „Diese Wesen waren erstaunlich."

„Ja. Ich habe selbst einen ausgegraben."

Das bekam er nicht oft zu hören. „Wann? Wo?"

„Als ich noch nicht ganz sechzehn war, bin ich im Urlaub mit meiner Familie auf ein fast vollständig erhaltenes Skelett gestoßen. Es war ein riesengroßes Tier. Ich wusste natürlich nicht, dass es so groß sein würde, als ich einen Teil des Rippenbogens aus dem Boden ragen sah, aber ich habe den Rest meiner Ferien damit verbracht, es überglücklich herauszufinden."

„Sie haben es ganz allein ausgegraben?"

„Natürlich nicht. Meine Geschwister haben geholfen, genauso wie Kinder aus dem nahegelegenen Dorf, und einige junge Männer, die wissen wollten, was es mit der ganzen Aufregung auf sich hatte."

„Was war es denn genau?"

Ein langer Augenblick der Stille. „Ein ... äh ... ein schwäbischer Lindwurm."

„Ein *Plateosaurus*? Die mag ich. Schöne Tiere. Was haben Sie mit dem Skelett gemacht?"

„Ich wollte es zu Hause ausstellen, durfte das aber nicht."

Er lachte leise. „Ich verstehe warum."

Ein ausgewachsener *Plateosaurus* konnte mehr als zehn Meter lang werden. Selbst in einem palastartigen Domizil wie Algernon House hätte so ein Ausstellungsstück das ganze Gebäude und seine Atmosphäre dominiert.

„Ich kam nach einiger Zeit zur Vernunft und habe es stattdessen einem Museum gestiftet."

Das Geräusch eines Kohlestiftes, der auf Papier kratzte – sie hatte begonnen, einen Fußabdruck abzupausen. „Welchem Museum?"

„Das sollte lieber geheim bleiben."

„Haben Sie Angst davor, dass ich Nachforschungen anstelle und herausfinde, wer Sie sind?"

„Ich bin sicher, Sie haben wesentlich wichtigere Dinge zu tun, aber ich möchte es nicht riskieren."

„Warum nicht? Sie sind doch bereits das größte Risiko seit langer Zeit eingegangen?"

Das Kratzen des Kohlestiftes verstummte – und setzte dann wesentlich energischer wieder ein. „Gerade weil ich mich in Luft auflösen kann, habe ich es getan. Was glauben Sie, was das ist?"

Es dauerte einen Augenblick, bis er verstand, dass sie von den fossilen Fußabdrücken sprach. Sie hatte wieder mal das Thema gewechselt. „Es könnte ein junger Iguanodon gewesen sein. Oder vielleicht ein Raubsaurier."

„Was glauben Sie, aus welchem Zeitalter es stammt?"

„Ich würde schätzen, spätes Jura bis frühe Kreidezeit."

„Erstaunlich", murmelte sie, „dass etwas so Zerbrechliches und Vergängliches wie Fußabdrücke einhundertfünfzig Millionen Jahre überdauert."

„Unter den richtigen Umständen kann alles geschehen." Er berührte die Augenbinde mit den Fingerspitzen. Sie hatte sie fest und sicher verknotet. Hinter seinen Lidern war es aber nicht schwarz – eher ein dunkles Ocker, das von bronzefarbenen Schlieren durchzogen wurde. „Haben Sie anderweitig schon einmal nach Fossilien gesucht?"

„Nein."

„Warum nicht, wenn es Ihnen doch so viel Freude bereitet?"

Sie antwortete nicht.

„Vergessen Sie bitte nicht, meine Liebe, dass ich Sie nicht sehen kann. Achselzucken und Augenrollen scheiden also als Antwort aus."

„Ich habe nicht mit den Augen gerollt."

„Aber Sie haben die Achseln gezuckt?"

Er deutete ihr Schweigen als Ja. „Sie haben erzählt, dass Sie sechzehn waren, als Sie den schwäbischen Lindwurm gefunden haben. Wie alt waren Sie, als Sie geheiratet haben?"

„Siebzehn."

„Fand Ihr verstorbener Ehemann, es sei kein angemessener Zeitvertreib für eine Frau, mit scharfen Werkzeugen und alten Knochen herumzufuhrwerken?"

Es blieb wieder still – also wieder schweigende Zustimmung.

„Wenn ich mich recht erinnere", sagte er, „sind einige der bedeutendsten Funde in der Geschichte der britischen Paläontologie einer Frau zu verdanken."

„Ja, Mary Anning. Ich habe von ihr gelesen. Mein Mann sagte, ihre Funde basierten auf purem Glück."

Er schnaubte. „Wenn Gott es für richtig hielt, einer Frau so viel blindes Glück zu schenken, kann er absolut nichts dagegen haben, wenn sie sich einer solchen Aufgabe widmet."

Das Kratzen des Stifts verstummte. Ihre Schritte bewegten sich auf den Schreibtisch zu – um ein weiteres Blatt Papier zu holen? „Sie versuchen, mich mit Worten zu verführen", sagte sie tadelnd.

„Das heißt nicht, dass ich es nicht ernst meine. Begleiten Sie mich auf meine nächste Ausgrabung, wenn Sie mir nicht glauben."

„Ich dachte, es sei unmissverständlich klar, dass ich mich in Luft auflöse, sobald Land in Sicht kommt."

„Aber nichts hält Sie davon ab, zu mir zurückzukommen, oder nicht? Sie wissen, wer ich bin. Sie wissen, wo Sie mich finden."

„Sie werden bald heiraten, das ist Hinderungsgrund genug."

„Ich kann die Hochzeit verschieben." Seine Stiefmutter würde ihm den Kopf abreißen, aber für die Baronin würde er einen Tobsuchtsanfall der verwitweten Herzogin in Kauf nehmen.

„Das wird nichts ändern."

Er schüttelte den Kopf. „Sie sind herzlos, Baronin."

Ohne einen Moment zu zögern sagte sie: „Und Sie, Herzog, wollen zu viel."

NACH DIESEM WORTWECHSEL LIEß ER sie in Ruhe, aber Venetias Konzentration war dahin.

Warum musste ausgerechnet er sich als so aufgeschlossen erweisen und sie auf eine richtige Expedition einladen? Sie träumte seit Jahren davon. Jedes Mal, wenn sie von einer bedeutenden Entdeckung gehört hatte, hatte sie sich gewünscht, dass sie diejenige gewesen wäre, die eine Ader sedimentreicher Schichten gefunden und das Privileg gehabt hätte, die verborgene Geschichte der geologischen Vergangenheit ans Licht zu holen.

Nach einer Viertelstunde sammelte sie die angefertigten Zeichnungen ein und setzte ihren Hut wieder auf. Es wäre unhöflich gewesen, ihn die Augenbinde noch länger tragen zu lassen. „Vielen Dank. Es war mir ein Vergnügen. Ich finde selbst hinaus."

Ging sie vorsätzlich zu nah an der Chaiselongue vorbei? Ihr stockte der Atem, als er sie herab und auf sich zog. Er stieß ihr den verschleierten Hut vom Kopf und küsste sie verlangend. Das Blut in ihren Adern erhitzte sich. Bestimmte Regionen ihres Körpers begannen, vor Begierde zu pulsieren.

„Ich will nicht zu viel", flüsterte er an ihren Lippen. „Wenn Sie am Ende unserer Reise verschwinden werden, ist es nur fair, dass ich Sie für den verbleibenden Rest nicht mehr aus den Augen lasse."

Er hätte mit der Augenbinde hilflos aussehen müssen. Er wirkte aber absolut zielstrebig und selbstsicher. Ihr Herz raste. „Ich muss gehen."

„Wann werde ich Sie wiedersehen?"

„Sie müssen mich nicht wiedersehen."

„Doch, das tue ich, und zwar mit absoluter Sicherheit – ich habe seit sehr langer Zeit nichts halb so sehr genossen wie Ihre Anwesenheit."

Warum nahm er sie dann nicht auf der Stelle? Sie spürte sein erregtes Glied an ihrem Bauch. Sie wollte, dass er sie wie ein plündernder Barbar davontrug und sich über ihren Willen hinwegsetzte.

„Süßholzraspeln ist bei mir vergebens", erklärte sie, ein Bekenntnis aus stockenden Silben.

„Ich habe in meinem ganzen Leben noch nie Süßholz geraspelt", erklärte er mit Nachdruck. „Wenn ich mit anderen Frauen zusammen bin, dann ist es, als sei nur ein Teil von mir da, und der Rest möchte woanders sein. Aber bei Ihnen fühle ich mich nicht innerlich zerrissen. Mich quälen keine anderen Gedanken oder Wünsche. Sie können sich nicht vorstellen, wie gut das tut – voll und ganz im Hier und Jetzt zu sein."

Er dagegen konnte sich nicht vorstellen, mit welcher Zufriedenheit sie das Kompliment annahm, solch magische Fähigkeiten zu besitzen. Sie konnte nichts für ihr Aussehen, aber sie durfte stolz darauf sein, wenn ein Mann aufgrund ihrer Präsenz und nicht wegen ihres Gesichts nicht von ihr lassen konnte, oder?

„Sie müssen nirgendwo hingehen", flüsterte er.

„Doch." Sie hatte Angst davor, Verantwortung für ihre Entscheidung zu übernehmen. Das letzte Mal, als sie sich derart in etwas gestürzt hatte, hatte sie damit auf Jahre Qual und Kummer Tür und Tor geöffnet.

„Aber Sie kommen zurück", sagte er, endlich energisch. „Das ist nicht verhandelbar. Sie werden hier zu Abend essen, mit mir."

Sie betrachtete die seine Lippen, die deutlichen, kantigen Konturen seines Kinns und die perfekt sitzende Augenbinde. Unter ihrer Hand hob und senkte sich seine Brust. Sie musste die Faust ballen, um sich davon abzuhalten, auf der Stelle die Knöpfe seines Hemdes zu öffnen.

„Nun gut", sagte sie. „Aber nur ein Abendessen."

KAPITEL 7

„ICH LEIDE UNTER ENTZUG", sagte Christian.

Sie hatte Wort gehalten und war zum Abendessen erschienen. Er hatte bereits gegessen, damit sie sich nicht gezwungen sah, ihn zu füttern, während seine Augen verbunden waren. Danach hatte sie ihn zur Chaiselongue geführt, wo er ein weiteres Glas Wein genießen konnte, und sich dann in die gegenüberliegende Ecke zurückgezogen, um die versteinerten Fußabdrücke weiter zu bewundern.

„Ich befinde mich in Ihrer Kabine – Sie sollten entzückt sein." Sie kannte kein Pardon.

„Ich *bin* entzückt. Aber das ändert nichts daran der Tatsache, dass ich unter Entzug leide. Wenn ich Ihr Gesicht schon nicht sehen kann, sollte es mir wenigstens erlaubt sein, den Rest von Ihnen sehen zu können, und wenn ich nichts von Ihnen sehen kann, sollte ich Sie wenigstens nach Belieben berühren dürfen."

Sie gab einen Laut von sich, der nicht im Geringsten klang, als hätte sie Mitleid mit ihm.

Er schmunzelte. Sein Titel und sein oft unnahbares Gebaren schüchterten die meisten Frauen ein – und auch viele Männer. Sie aber hatte keine Scheu, ihn in seine Schranken zu verweisen.

Seine Finge ertasteten etwas, es war ihr Hut. Er nahm ihn und drehte ihn in der Hand. „Sagen Sie mir, was Sie tun."

„Selbstverständlich begutachte ich die Abdrücke. Warum sonst sollte ich hier sein?"

Er vergnügte sich damit, sich vorzustellen, wie sie die Steinplatte ableckte. „Es ist der gleiche Grund, aus dem Sie gestern hier waren – um mich besser kennenzulernen."

„Gestern hat mir für die nächsten paar Jahre gereicht."

Er lachte und legte ihren Hut ans Fußende der Chaiselongue. „Ich bin mir nicht sicher, ob ich das als Kompliment oder als Beleidigung werten soll."

„Wenn ich Ihnen ein Kompliment mache, Sir, werden Sie es merken."

„Ha. Sie haben mich in meinem Entschluss bestärkt, Madam. Ehe die Nacht um ist, *werden* Sie mir ein Kompliment gemacht haben."

„Sie haben sehr schöne Fossilien, Sir – und das ist das einzige Kompliment, das Sie bekommen werden."

Er schmunzelte wieder und nippte an seinem Wein. „Ich liebe Herausforderungen."

SOLCH UNGENIERTE ZUVERSICHT. Nicht wie Tonys spröde Prahlereien, die sie erst als solche erkannt hatte, als es zu spät gewesen war.

„Stammen Sie eigentlich aus einer aufgeklärten Familie?", fragte sie.

Er machte es sich auf der Chaiselongue bequem, legte den Kopf zurück und rührte keinen Finger. Dennoch hatte sie den Eindruck, dass er wachsamer geworden war … lauernder. Er hatte das Interesse gerochen, das sie nicht hätte zeigen dürfen.

„Nein", antwortete er ruhig und freundlich, ohne auch nur den leisesten Anschein zu erwecken, dass er auf der Jagd sein könnte. „Wenn überhaupt, waren die Montforts schon immer engstirnig. Wir haben uns bis zu Shakespeares Zeiten nicht dazu herabgelassen, Englisch zu sprechen."

Sie fuhr mit der behandschuhten Hand einen der kleineren Fußabdrücke nach. „Sind Sie nicht auf Widerstand in Ihrer Familie gestoßen, als Sie sich entschieden haben, Naturforscher zu werden?"

„Mein Vater hat das außerordentlich missbilligt."

Er leerte sein Glas bis zur Neige. Sie konnte den Blick nicht von seinem Hals wenden. „Hat das Unannehmlichkeiten mit sich gebracht?"

Er stellte das Glas auf dem Teppich ab. War das ein Signal, dass er bereit war, sich auf sie zu stürzen? „Er ließ hier und dort ein paar Tiraden los, aber es ist nicht leicht, mich von einem einmal gewählten Weg abzubringen. Ich habe ihn weitestgehend ignoriert."

Mit dem Finger fuhr er fast zärtlich den Rand des Glases nach. Sie musste sich unweigerlich an die vergangene Nacht erinnern, als er sich mit solch geschickten Berührungen ihren Körper gefügig gemacht hatte. „Den meisten jungen Männern fällt es schwer, sich elterlichen Anordnungen zu widersetzen."

Er setzte sich auf und legte in einer ausladenden und selbstsicheren Geste beide Arme auf die Rückenlehne der Chaiselongue. „Mein Vater nahm sich ungeheuer wichtig, er war aber kein besonders ernstzunehmender Mann, was es mir leicht machte, nicht auf ihn zu hören. Abgesehen davon wusste ich, wo die Küche war. Ich hatte also keine Angst davor, ohne Abendessen ins Bett zu müssen."

Sie hatte sich mit dem Rücken praktisch gegen den Steinblock gelehnt. „Meine Familie war immer äußerst darauf bedacht, dass ich nicht allzu egoistisch werde. Dies und die Ansichten meines Ehemanns haben genügt, um mich davon zu überzeugen, dass es flatterhaft und selbstsüchtig wäre, meinem Wunsch zu folgen, Fossilien auszugraben."

Ein Lächeln spielte um seine Lippen. „Lassen Sie sich so leicht entmutigen?"

Sprachen sie noch über Fossilien? „Ich kann mein Interesse selbst nicht vollkommen gutheißen. Ich will versteinerte Skelette finden, die größer, besser und überraschender daherkommen als alles, was bisher gefunden wurde, und nicht, weil ich eine echte Naturforscherin sein will, die versucht, die Welt zu verstehen."

Er stand auf. „Es ist nicht ehrenrührig, größer, besser und überraschender sein zu wollen. Der Reiz der Jagd ist es, der uns alle antreibt, ob wir nun den nächsten Planeten suchen, ein neues Prinzip in der Physik oder genau das schwer zu findende Fossil, das erklären würde, wie das Leben den Ozean verließ und sich aufs Land ausweitete."

Er war noch immer am anderen Ende des Raumes, hatte noch immer verbundene Augen.

Sie bekam schon jetzt kaum noch Luft. „Ich sollte gehen", sagte sie übergangslos.

Er neigte den Kopf ein wenig. „Sie sind bei mir in Sicherheit. Das wissen Sie."

Das stimmte nicht. Sie war sehr, sehr lange nicht mehr in so großer Gefahr gewesen. Wie dumm sie gewesen war, anzunehmen, dass er die Entscheidung für sie fällte. Sie spielte nicht mit dem Feuer, sie jonglierte Dynamitstangen, die bereits angezündet waren.

Jedes Quäntchen Vergnügen, das sie sich jetzt gönnte, würde sie später mit einem Pfund Leid bezahlen.

„Danke für das Abendessen und für das Vergnügen, die Versteinerungen sehen zu dürfen." Ihre Worte überschlugen sich fast vor Eile, mit der sie gehen wollte.

„Sie sorgen dafür, dass ich eine sehr lange Nacht vor mir habe."

„Es tut mir leid, aber ich kann wirklich nicht bleiben."

Er hielt den Kopf, als sähe er ihr geradewegs ins Gesicht. „Dann gute Nacht. Ich treffe Sie morgen zur gleichen Zeit am gleichen Ort für unseren Spaziergang."

Sie schüttelte den Kopf. „Es gibt keinen Anlass für ein Wiedersehen."

„Ich dachte, ich hätte mehr als deutlich gezeigt, wie sehr ich Ihre Anwesenheit schätze, auch wenn Sie nicht nackt neben mir liegen."

Sie bekam einen trockenen Mund. Erinnerungen an ihre Wollust der vergangenen Nacht, die er ihr bereitet hatte … Sie musste sich räuspern, ehe sie wieder sprechen konnte. „Nachdem wir ohnedies in einer Weile getrennte Wege gehen werden, können wir das genauso gut gleich tun."

Er setzte sich wieder aufrecht hin und hielt mit einer Hand ihren Hut fest. „Ich finde es sehr bedauerlich, dass unsere Wünsche so weit auseinander gehen", sagte er langsam, während seine Finger über den Saum des Schleiers strichen.

Sie wollte seine Hände auf ihrem Körper spüren, wollte, dass er sie einfach berührte, weil er es wollte. „Wenn Sie mir nun bitte meinen Hut reichen würden. Ich möchte gehen."

„Wenn ich Sie nie mehr wiedersehen darf, verdiene ich einen Abschiedskuss", erwiderte er. Aus seiner sorglos-liebenswürdigen Art wurde im Handumdrehen eine äußerst fordernde Haltung, in der er nicht mit sich diskutieren ließ.

„Das ist töricht", sagte sie, aber es klang nicht überzeugt.

„Ich werde Ihren Hut weiter festhalten. Sie schulden mir wenigstens diesen Kuss."

Warum konnte sie sich nicht einfach nur eine Sache wünschen? Warum musste sie sich nach dem Reiz der Gefahr sehnen und gleichzeitig so krampfhaft an ihrer Sicherheit festhalten – einer einsamen Sicherheit, die doch der einzige Zufluchtsort war, den sie je gekannt hatte?

Sie riss sich von dem Stein los, schritt durch den Raum, setzte sich auf die Kante der Chaiselongue und berührte für den Bruchteil einer Sekunde seine Lippen mit ihren.

„Sie schummeln. Das war kein Kuss."

Der Duke of Lexington hatte gesprochen, er würde keinen Widerspruch dulden.

Sie stützte sich auf die Armlehne der Chaiselongue und beugte sich wieder vor. Ihre Lippen streiften seine. Sie holte tief Luft und überließ sich dem Kuss.

Er schmeckte nach Wein – einem vollmundigen Bordeaux, älter als sie beide zusammen – und Begierde. Sie war es gewöhnt, begehrt zu werden, und dennoch vernebelte ihr, als sie mit der Zunge an der Kante seiner Zähne entlangtastete, die Anspannung jeder Faser seines Körpers, als ob er sich mühsam zurückhalten musste, sie zu übermannen, die Sinne.

Niemand hatte sie je so sehr gewollt. Nicht einmal annähernd.

Sie beendete den Kuss, zog sich aber nicht zurück. Ihre Lippen schwebten wenige Zentimeter über seinen. Ihr Atem wurde eins, ein fiebriger, erregter Luftstrom. Er verzehrte sich nach ihr, ihr Herzschlag verriet die gleiche Sehnsucht. Ihre Wangen glühten, als ob sie ganz dicht am Feuer stünde.

Ohne nachzudenken, presste sie ihre Lippen nochmals auf seine. Er zog sie an sich. Die Kraft und der unbedingte Wille, mit denen er dies tat, erregten sie. Sie konnte es plötzlich nicht mehr aushalten. Ihre Hände tasteten nach seinem Hosenbund. Er schob ihre engen Röcke hoch. Sie stöhnte auf, als seine Finger sich ihren Weg durch die Unterkleidung zu ihrer Haut bahnten.

Er unterbrach ihren Kuss. „Ich habe irgendwo einen Schwamm." Er klang, als sei er eine Stunde lang Treppen gestiegen.

„Nicht nötig. Ich kann nicht schwanger werden." Sie krallte ihre Finger in sein Haar und küsste ihn fester, übermannt von Lust, die seiner in nichts nachstand.

Danach tauschten sie keine Worte mehr, zwischen ihnen waren nur Hitze, drängendes Verlangen und blanke Lust.

CHRISTIAN SPIELTE MIT DEN SCHMALEN, geschmeidigen Fingern der Baronin.

Er war drei Mal zum Höhepunkt gekommen. Ihre hatte er nicht gezählt – es hatte am Ende beinahe gereicht, in sie zu dringen, um sie auf den Gipfel der Lust zu führen. Danach war sie lange auf äußerst zufriedene Weise entrückt gewesen.

Er schmunzelte. Dank ihrer war er von sich selbst beeindruckt. Das war untypisch für ihn. Er glaubte, ein Gentleman *müsse* im Bett gewisse Fähigkeiten besitzen, grundlegende Kenntnisse wie im Umgang mit Pferden oder Schusswaffen, nichts, womit man prahlte, und dennoch fühlte er sich in diesem Augenblick wie ein Hahn, der durch den gesamten Hühnerstall getobt war: bereit, als Nächstes aufs Dach zu springen und laut zu krähen.

Er konnte sich nicht an die Einzelheiten erinnern, aber irgendwann hatte er das Licht gelöscht, sich die Augenbinde vom Kopf gerissen und sie ins Bett getragen. Nun lagen sie warm und gemütlich unter der Decke, und ihr Kopf ruhte auf seiner Schulter.

„Ich glaube, ich war noch nie so stolz auf mich, nicht mal, als ich meinen ersten Vortrag in der Royal Society gehalten habe."

„Hmpf", murmelte sie. Einen Augenblick lang fragte er sich, ob sie sich wieder in sich zurückgezogen hatte. Doch sie fügte hinzu: „Sie schätzen merkwürdige Dinge, Herzog."

„Sie sind merkwürdig, Baronin, und ebenso schön."

Sie regte sich. „Sie wissen nicht, wie ich aussehe."

„Macht Sie das weniger schön? Ich glaube nicht."

„Wir kennen einander seit zweieinhalb, drei Tagen. Ich habe den Großteil der Zeit damit verbracht, mich zu weigern, mit Ihnen zu schlafen, oder es doch zu tun. Was ist daran besonders schön?"

Er nahm ihr Gesicht zwischen seine Hände. „Erinnern Sie sich an unser Gespräch heute Morgen und Ihre Beobachtungen bezüglich der männlichen Passagiere im Salon? Ein junger Mann war dort mit einer älteren Verwandten, die von einem äußerst geschickten Betrüger bezirzt wurde. Er hat mir erzählt, dass Sie ihn schon vor Mr Egbert gewarnt haben."

„Das würde doch jeder tun."

„Das sollte jeder tun, aber die meisten machen sich nicht die Mühe." Er strich eine zerzauste Strähne ihres Haars glatt. „Wissen Sie, warum Sie Ihre Bestrebungen aufgegeben haben, den nächsten bedeutenden Fossilienfund zu machen? Weil Sie das Wohl Ihres Mannes über Ihr eigenes gestellt haben. Er hat es nicht verdient, das ändert aber nichts an der Tatsache, dass *Sie* umsichtig und fürsorglich waren."

„Oder einfach ein sehr junges Mädchen, dass sehr unsicher war."

Er drehte den Kopf und küsste sie aufs Kinn. „VersuchenSie etwa mich dazu zu bringen, schlechter von Ihnen zu denken?"

„Nein, aber ich will auch nicht, dass Sie besser von mir denken, als ich es verdiene."

Sie hatte ihre Hand aus seiner Umklammerung gelöst. Als er seine Finger von ihrem Gesicht nahm, merkte er, dass sie die Hände unterhalb des Halses übereinander gelegt hatte, ihre Unterarme lagen schützend auf ihrem Busen. Es war ganz so, als habe sie wieder ihre Verteidigungshaltung eingenommen, nun, da ihre Leidenschaft verflogen war.

Er küsste ihre Schulter, berührte mit den Lippen ihre samtweiche Haut. „Wie sollte man denn dann von Ihnen denken?"

Sie gab keine Antwort.

„Sie haben es mit einem Wissenschaftler zu tun, meine Liebe. Um meine Meinung zu ändern, reichen Verallgemeinerungen nicht, es bedarf handfester Beweise. Andernfalls werde ich weiterhin glauben, Sie seien eine Heilige im Körper einer Kurtisane."

Sie seufzte widerstrebend. „Ich habe Ihnen doch bereits gesagt, dass ich keine Kinder bekommen kann. Als wir achtzehn Monate verheiratet waren, entschloss sich mein Gatte dazu, einen Arzt zu konsultieren. In den darauffolgenden zwei Jahren haben wir viele Ärzte aufgesucht. Ich werde", sie geriet ins Stocken, „ich werde Ihnen die Einzelheiten ersparen. Sie liegen falsch, wenn Sie glauben, er habe darauf bestanden, sie alle zu konsultieren. Nein, nachdem der erste bescheinigt hatte, dass ich keine Kinder bekommen kann, bin ich von Arzt zu Arzt gereist, habe mich einer Untersuchung nach der anderen unterzogen, nur um zu beweisen, dass man *ihn* für unsere Kinderlosigkeit verantwortlich machen musste. Würden Sie das umsichtig und fürsorglich nennen?"

„Das vielleicht nicht, aber Sie werden mich nicht dazu bringen, für ihn Partei zu ergreifen." Tatsächlich hätte er die Überreste des Mannes am liebsten wieder ausgraben, um ihm einen kräftigen Tritt zu verpassen. Welcher Mistkerl würde seine Frau solchen Strapazen aussetze, und das nach nur eineinhalb Jahren, während viele eheliche Verbindungen noch viel länger keine Kinder hervorbrachten? „Was hat letztlich dazu geführt, dass Sie aufgegeben haben?"

Sie presste die Hände fest ineinander. „Eines unserer Dienstmädchen kam zu mir. Sie sagte, mein Mann habe in der

Vergangenheit ihre Vorzüge genossen. Sie erzählte, sie sei in anderen Umständen und habe einen weiteren Verehrer, der vielleicht gewillt sei, sie zu heiraten, wenn ich sie mit einer kleinen Mitgift ausstattete. Ich gab ihr das Geld, sie verschwand, und ich habe keine weiteren Ärzte mehr bemüht."

Er zog sie an sich und hielt sie fest im Arm. „Das tut mir sehr leid."

„Ich war damals furchtbar jung. Ich wollte nicht einmal ein Kind. Alles, was ich mir wünschte, war, meinem Mann zu beweisen, dass er mit meiner Unfruchtbarkeit unrecht hatte. Ich muss geglaubt haben, dass ich ihn auch in allem anderen widerlegen konnte, sobald mir das gelungen war, und so sollte eine liebevolle, edelmütige Person nicht gerade denken."

„Da liegen Sie falsch", sagte er bestimmt. „Lassen Sie mich Ihnen etwas über meine Stiefmutter erzählen, einer der liebevollsten und edelsten Menschen, deren Bekanntschaft mir je vergönnt war. Mein Vater zählt nicht zu dieser Gruppe. Wissen Sie, was sie tat? Jedes Mal wenn, er eine neue Mätresse mit in unser Haus brachte, warf sie Dartpfeile auf sein Porträt, das er ihr zur Hochzeit geschenkt hatte. Ich machte mit und verbrachte so einige der schönsten Stunden meiner Jugend damit, sein Angesicht zu verunstalten.

Ich habe sie deswegen nicht weniger geachtet. Ganz im Gegenteil, ich wusste zu schätzen, dass sie ihn nicht in Schutz nahm. Er war ein Schwachkopf. Warum hätte sie so tun sollen, als ob es anders sei – und warum hätten Sie Ihrem Mann nicht beweisen wollen, dass er unrecht hatte? Leider zeigt auch eine kaputte Uhr zwei Mal am Tag die richtige Zeit an, das heißt aber nicht, dass er auch in allen anderen Belangen recht hatte."

Ihre Hände lösten sich aus seinem festen Griff. Sie küsste ihn flüchtig auf die Wange. „Danke. Ich habe selten nettere Worte gehört."

Er hauchte ihr ebenfalls einen zarten Kuss auf die Stirn. „Sie bleiben also über Nacht?"

Sie antwortete mit gequälter Stimme: „Es könnte passieren, dass ich mich in einen Kürbis verwandle, sobald der Morgen dämmert."

„Ich lasse beim Schlafen einfach die Augenbinde an. Dann muss ich keine Angst davor haben, dass mein Blick beim Aufwachen als Erstes auf ein Gemüse fällt."

Sie lachte. „Das würden Sie für mich tun?"

„Natürlich. Für Sie würde ich noch viel mehr tun."

Sie legte eine Hand auf seine Wange. „Das müssen Sie nicht – ich werde bleiben."

Sie liebten einander noch einmal. Danach schlief sie ein. Er lauschte ihrem Atem, der mit dem Schlaf immer tiefer wurde, dessen Rhythmus und ruhiges Gleichmaß ihm ein Gefühl von Nähe gaben, das er noch nie erlebt hatte.

CHRISTIAN ERWACHTE ZUERST. Er war schon immer ein Frühaufsteher gewesen.

Er fand keinen Kürbis in seinem Bett vor. Stattdessen lag noch immer eine Frau mit zarter, warmer Haut und weichem Haar in seinem Arm. Sie hatte eine Ecke der Bettdecke von sich getreten. Im Halbdunkel konnte er undeutlich ihre wohlgeformten Füße und Waden ausmachen.

Wenn er den Kopf drehte, würde er ihr Gesicht sehen.

Er hatte ihr versprochen, es nicht zu tun. Doch nicht nur sein Stolz hielt ihn davon ab. Es war … befreiend, ihr Gesicht nicht zu sehen, sich nicht von den Vorurteilen leiten zu lassen, die sonst seine Meinung über Frauen beeinflussten.

Er hob die Bettdecke an, ging aus dem Schlafzimmer und kam nicht zurück, ehe er die Augen fest verbunden hatte.

DIE FRAU IM SPIEGEL WAR SCHÖN.

Venetia starrte ihr Ebenbild an. Die ihr wohlbekannten Züge hatten sich durch Begeisterung, Euphorie und über Bord geworfene Bedenken verändert. Sie sah aus wie eine Frau, deren Leben gerade erst begann, nicht wie eine, die ihre Träume aufgegeben hatte und nun niedergeschlagen und erstarrt war.

Sie war nicht die Einzige, die das bemerkte. „Madame est très, très belle ce matin – même plus que d'habitude", bemerkte Miss Arnaud.

Madame sind heute Morgen sehr, sehr schön, noch schöner als sonst.

„Merci", flüsterte sie.

„On dit que Monsieur le Duc est beau."

Man erzählt sich, der Herzog sähe sehr gut aus.

Das Gerücht, dass sie eine Affäre hatten, war also schon im Umlauf. Es war nur zu erwarten gewesen, da die *Rhodesia* eine eigene kleine Welt für sich war.

Es klopfte. Ihr Herz begann, heftig zu klopfen. War der Herzog gekommen, sie zu besuchen? Sie ging wie selbstverständlich davon aus, dass ihr Rückzugsort – genau wie ihre Identität – ausschließlich ihr gehörte.

„Wer ist da?", fragte Miss Arnaud.

„Deckstewards", antwortete die Stimme eines Mannes in breitem Irisch. „Wir haben etwas für die Baronin."

Stewards. Was war dieses Etwas, dass es mehr als einen Mann brauchte, um es zu überbringen?

Drei Stewards brachten mithilfe eines Handkarrens ein riesengroßes, rechteckiges Objekt in ihre Kabine, das in eine Plane gehüllt war.

„Von Seiner Gnaden, dem Duke of Lexington", gab einer der Stewards kund.

Venetia hielt sich eine Hand vor den Mund. Sie konnte es nicht fassen. Sie wies die Männer an, die Plane und das darunter zum Vorschein kommende Leintuch zu entfernen.

Der Herzog hatte ihr die versteinerten Fußabdrücke zukommen lassen.

„Es ist sehr beeindruckend. Aber ich bevorzuge *chocolat*", bemerkte Miss Arnaud.

Schokolade, pah. Venetia wäre mehr als bereit gewesen, Schokolade für immer zu entsagen, wenn im Gegenzug von Zeit zu Zeit ein so überwältigendes Zeugnis prähistorischen Lebens ihren Weg kreuzte. Sie gab allen ein großzügiges Trinkgeld – einschließlich Miss Arnaud. „Kaufen Sie sich dafür Schokolade."

Als sie wieder allein war, kniete sie sich vor die Steintafel und fuhr mit dem saubersten Paar Handschuhe an den Händen über die Abdrücke. „Das", murmelte sie, „ist genau das, was *ich* gern habe."

Ehe sie die Kabine für das Treffen mit dem Herzog verließ, musterte sie sich ein weiteres Mal im Spiegel. Die Frau, die zurückblickte, war atemberaubend, denn nichts war schöner als Glück.

KAPITEL 8

DIE BARONIN HATTE RECHT. Es war angenehm, auf ihre Ankunft zu warten, bereitete ihm fast schon Freude. Christian fühlte sich jung und war so aufgeregt, als sei er wieder Kind und habe früher Unterrichtsschluss.

Es war ein kalter, aber schöner Tag. Auf dem Promenadendeck drängten sich Passagiere, die Delfinschulen dabei zusahen, wie sie aus dem Wasser sprangen und herumtollten. Spitzenbesetzte Sonnenschirme wogten, Gehstöcke wurden geschwungen und man deutete mit ihnen auf Bemerkenswertes. Die Stimmung war so heiter und lebhaft wie das Meer.

Als sie in einem Promenadenkleid aus grüner Seide unter einer hauchdünnen und durchsichtigen Schicht Gazestoff erschien, war es, als ob der Frühling Gestalt angenommen hatte. Die leichte, luftige Gaze fing das Sonnenlicht ein wie das Meer, in sich kräuselnden Wellen, ein faszinierendes Spiel von Licht und Farbe.

Alle drehten sich nach ihr um: Es war offensichtlich, dass sie das pikanteste Klatschthema an Bord geworden waren. Bislang war er immer äußerst diskret vorgegangen. Nun unterhielt er vor aller Augen eine Affäre. Das machte ihm aber nicht nur absolut nichts aus, sondern erfüllte ihn mit einem seltsamen Übermut, der darauf beruhte, dass diese prachtvoll gekleidete Frau geradewegs auf ihn zusteuerte, und nur auf ihn.

„Ich wäre gerne früher gekommen", sagte sie, als sie bei ihm ankam, „aber ich wurde aufgehalten."

„Oh?"

„Danke für Ihr Geschenk. Sie sind zu großzügig."

„Ganz und gar nicht. Es hat mir nie mehr Vergnügen bereitet als zu dem Zeitpunkt, als ich es Ihnen schickte."

„Sie haben mir unendliche Freude bereitet, Euer Gnaden."

Er lächelte. „Nenn mich doch Christian."

Er hatte keiner anderen Geliebten bisher die Vertraulichkeit des Duzens oder den Gebrauch seines Vornamens angeboten. Sie neigte den Kopf. „Wirklich?"

„Ich finde schon. Wie soll ich dich nennen?"

„Hm, wie wäre es mit Liebling?"

„Liebling. Das gefällt mir. Bezaubernd."

Sie lehnte sich zurück. Er war sicher, dass sie hinter ihrem Schleier lächelte. „*Bezaubernd?* Ich bin schockiert, dieses Wort aus Ihrem Mund zu hören, Sir. Ich dachte, Sie seien ein ernster Zeitgenosse."

Er grinste. „Ich auch."

Sie schnalzte mit der Zunge. „Ach, die Helden sind gefallen."

„Als ich klein war, habe ich an der Küste der Isle of Wight und am Bristolkanal im Meer gebadet, manchmal auch in Biarritz, je nachdem wohin mein Vater im August segeln wollte. Mit sechzehn bin ich jedoch zum ersten Mal im Mittelmeer geschwommen. Eine Woche in diesem herrlich warmen Wasser hat mich für den Atlantik für alle Zeit verdorben." Er küsste den Rücken ihrer behandschuhten Hand. „Sie, Baronin, haben mich in allen Belangen, die einen ernsten, gesetzten Mann ausmachen, verdorben."

„Meine Güte, ein äußerst großzügiges Geschenk *und* der Vergleich mit dem herrlichen Wasser des Mittelmeers. Sind Sie sicher, dass sie jemals ein ernster, gesctzter Mann waren?"

„Sehr sicher. Ich wusste nur nicht, was ich verpasse."

Sie gab ihm durch den Schleier einen Kuss auf die Wange und sagte die Worte, auf die er sehnsüchtig gewartet hatte. „Dann lass mich dich doch weiter verderben."

„NEIN!" VENETIA KICHERTE, zu gleichen Teilen vor Entsetzen und vor Vergnügen.

„Doch, so war es. Ich ohrfeigte ihn – und es war nicht nur ein Klaps mit dem Handschuh. Ich dachte, er hätte ihr Gewalt angetan. Also riss ich ihn vom Bett, schleuderte ihn gegen die Wand und brach mir fast die Hand, als ich ihm ins Gesicht schlug."

Sie kuschelte sich enger an ihn. Sie lagen wieder in seinem Bett und verbrachten den Nachmittag mit den Dingen, die Liebende nun mal bevorzugt taten. „Was dann?"

„Chaos. Meine Stiefmutter riss mich von Mr Kingston fort, während ich wie ein Irrer Laken über sie warf, um ihre Blöße zu bedecken, Mr Kingston blutete und fluchte. Es war ein echtes Fiasko."

„Ich liebe Fiaskos, vor allem wenn alles ein glückliches Ende nimmt." Sie sollte besser auf sich achtgeben. Sie war dabei, Teil eines Fiaskos zu werden, das ganz sicher kein glückliches Ende nehmen würde. Aber wenn sie später ohnehin für ihre Unvernunft würde bezahlen müssen, konnte sie genauso gut jedes Quäntchen Leichtigkeit und Glück aufsaugen, das die wenigen verbleibenden Tage ihrer Reise für sie bereithielten. „Hast du dich wenigstens ordentlich geschämt, als sich herausstellte, dass dein Tun gar nicht so heldenhaft war, wie du geglaubt hattest?"

„In Grund und Boden. Der *Dowager Duchess* habe ich ein Porträt von mir angeboten, damit wir zusammen Dartpfeile darauf werfen können."

Sie legte ihre Hand über sein Herz. „Wie rührend."

Er lachte. Er war so jung und anziehend, ihr Herzog mit den verbundenen Augen. Wie sehr sie sich wünschte, in solchen Augenblicken auch seine Augen sehen zu können.

„Ich wusste mir nicht anders zu helfen", sagte er. „Sie hat das aber strikt abgelehnt. Wir haben stattdessen Dartpfeile auf einen Baum geworfen."

„Was wurde aus dem armen Mr Kingston?"

„Ich habe ihm ein Fohlen meiner preisgekrönten Stute geschenkt. Wir haben uns wie anständige Männer unterhalten und dabei sowohl meine Stiefmutter als auch den Vorfall außen vor gelassen. Ich habe mich auf diesem Weg bei ihm entschuldigt, und er hat die Entschuldigung angenommen. Einen Monat später haben sie geheiratet."

Sie seufzte. „Eine sehr schöne Geschichte."

Er wandte sich ihr ganz zu. „Du solltest auch wieder heiraten."

„Und du solltest besser froh darüber sein, dass ich das bisher nicht getan habe – sonst würde ich mich nicht auf Affären auf Ozeandampfern einlassen." Vielleicht lag es an seiner Offenherzigkeit, dass sie das Bedürfnis verspürte, ihm die Wahrheit zu sagen. „Außerdem *war* ich danach noch einmal verheiratet – es war allerdings nur eine Scheinehe."

„Wirklich?"

Sie nickte. „Er liebte einen anderen Mann und hatte Angst davor, dass jemand dies ausnutzen würde, um ihn zu zerstören."

„Warum hast du dich darauf eingelassen?"

„Aus den üblichen Gründen. Mein erster Ehemann hatte mich ziemlich mittellos zurückgelassen, und ich wollte meinem Bruder nicht länger zur Last fallen."

Er stützte den Kopf in die Hand. „Du hast einen Bruder?"

„Einen Bruder und eine Schwester – Zwillinge –, beide zwei Jahre jünger als ich."

„Wie alt bist du, mein Liebling?"

Sie schnaubte laut. „Ich weigere mich, diese Frage zu beantworten."

„Ich werde in zwei Wochen neunundzwanzig", sagte er.

„Meine Güte, du bist quasi noch ein Kind." Sie war erleichtert: Er war nur einige Monate jünger als sie.

„Du schenkst mir doch etwas? Kinder lieben Geschenke."

„Ich schätze, ich werde mich dazu durchringen können, die einen gravierten Füllfederhalter zu schicken."

„Über einen gravierten Füllfederhalter würde ich mich außerordentlich freuen, vorausgesetzt, du überreichst ihn mir persönlich."

Er scheute sich nicht, seinem Wunsch in aller Deutlichkeit Ausdruck zu verleihen, ihre Bekanntschaft nach dem Aufenthalt auf der *Rhodesia* fortzuführen. Sie war erstaunt, dass er ihr das so offen mitteilte. Es war ihr erst im Nachhinein klar geworden, dass Tony sich von Anfang an bedeckt gehalten hatte. Er war nur zu glücklich gewesen, dass sie ihn mehr geliebt hatte und er diese Macht über sie ausnutzen konnte.

Sie fuhr mit einem Finger den unteren Rand seiner Augenbinde entlang, über seine Nase und seine Wange. Einen Augenblick später zog sie ihn heftig an sich, schob ihr Bein über seine Hüfte und küsste ihn auf den Mund. Sie wollte es. Sie wollte ihn. Sie wollte mit ihren Berührungen seine Furchtlosigkeit in sich aufsaugen, bis auch sie offenherzig, mutig, und dieser Nähe und Vertrautheit würdig war, die sie zu einem besseren, glücklicheren Menschen machte.

ES WAR DIE DRITTE NACHT an Bord der *Rhodesia*. Christian fühlte sich wie Ali Baba, der am Eingang der Höhle der vierzig Räuber stand, voller Vorfreude auf Schätze, die so unermesslich waren, dass er sie sich nicht einmal vorstellen konnte.

Sie war der Schatz, den er sich nicht hatte vorstellen können.

Es brachte ihn fast um den Verstand, so glücklich zu sein. Ihrem Herzschlag zu lauschen und die Verse eines Sonetts zu hören. Ihre Hand zu halten und zu wissen, dass er sich nie mehr etwas anderes wünschen würde. In die undurchdringliche Dunkelheit zu blicken und eine Zukunft zu sehen, die voller ungeahnter Möglichkeiten war.

Saß er in einem Kartenhaus? Einem Luftschloss, gebaut aus albernen Traumgebilden? War dieses Glück nur maßlose Völlerei, auf die unweigerlich Reue folgen musste?

Sie strich ihm mit den Fingern durch das Haar.

„Ich dachte, du schläfst", sagte er und küsste ihre andere Hand.

„Ich habe beschlossen, keine Zeit mehr mit Schlaf zu vergeuden."

Die *Rhodesia* schaukelte sanft wie eine Wiege. Doch auch er war hellwach, sich nur allzu sehr bewusst, wie schnell die Zeit verrann. Für gewöhnlich nahm er das Geräusch der Schiffsmotoren nach ein paar Tagen auf See nicht mehr wahr. Dieses Mal drang es jedoch immer wieder in seinen Geist. Jede Drehung der beiden gewaltigen Schrauben brachte ihn näher an das Ende der Reise.

„Erzähl mir, wie es ist, in einer Scheinehe zu leben."

„Nichts im Vergleich zu dem hier, so viel ist sicher – ohne jungen, gut gebauten Liebhaber, der mir nächtliches Vergnügen bereitet."

Er musste unweigerlich lächeln. „Genau. War das nicht sehr anstrengend für dein Handgelenk?"

Sie lachte und boxte ihm in den Arm. „Ich sollte mich dafür schämen, das verraten zu haben, aber seltsamerweise tue ich das nicht", erklärte sie, während sie die Stelle rieb, die sie getroffen hatte. „Aber es stimmt schon."

„Mein Gott, welch Verschwendung eines so knackigen …"

Sie hielt ihm kichernd den Mund zu.

Er schob ihre Hand lachend beiseite. „Was? Ich habe schon viel schlimmere Dinge gesagt, und es hat dir gefallen."

„Es ist etwas anderes, wenn wir mitten im Liebesakt sind."

Er rollte sich auf sie. „Dann werde ich es mitten im Liebesakt sagen."

Er sagte es – und noch viel schlimmere Dinge. Ihren Reaktionen nach zu urteilen mochte sie sie alle.

„War dein zweiter Mann ansonsten gut zu dir?", fragte er hinterher, den Kopf in ihrem Schoß, während ihre Finger wieder durch sein Haar strichen.

„Oh ja. Er war ein langjähriger Freund der Familie – tatsächlich sogar ein sehr entfernt verwandter Vetter meiner Mutter. Jemand, den ich mein ganzes Leben gekannt hatte. Mein Vater ist früh gestorben, also brachte er mir bei, Schusswaffen zu benutzen und Karten zu spielen."

„Ein älterer Herr?"

„Älter als meine Eltern und ziemlich reich. Dass er mir den Antrag gemacht hat, war das Beste, was mir passieren konnte. Ich musste mir um Geld keine Sorgen mehr machen. Ich wäre wieder Herrin meines eigenen Haushaltes, und ich würde mich nicht mit einem Mann herumärgern müssen, der mich unglücklich machen konnte. Wir schmiedeten Pläne …"

„Pläne?"

„Ja, es wäre seltsam gewesen, wenn sein Liebhaber sich ohne Grund die ganze Zeit in unserem Haus aufgehalten hätte. Also entschlossen wir uns dazu, so zu tun, als hätte *ich* eine Affäre mit ihm. Wir wurde uns einig und standen prompt vor dem Altar."

„Und sie lebten glücklich und mit ermatteten Handgelenken …?"

Sie kicherte. „Er nicht – er hatte seinen Liebhaber, erinnerst du dich?"

„Du hast sie beneidet", erkannte er.

„Und wie. Sie gingen in der Gesellschaft des anderen auf. Manchmal habe ich mich ehrlich überflüssig gefühlt, wie eine Anstandsdame, die nicht weiß, wann sie zu gehen hat – obgleich ich in meinem eigenen Zuhause war."

Er wusste, wovon sie sprach. Jedes Mal, wenn er seine Stiefmutter und Mr Kingston besuchte, führte die Erfüllung, die die beiden ineinander gefunden hatte, dazu, dass ihm die Aussichtslosigkeit seiner eigenen Zukunft nur allzu deutlich vor Augen geführt wurde.

„Hast du dich in den letzten Jahren weniger einsam gefühlt?"

„Mein Bruder hat die Liebe seines Lebens aufgegeben, um eine reiche Erbin zu heiraten. Ich vermute, dass seine Frau ihn all die Zeit unerwidert liebt, und meine Schwester, möge Gott uns beistehen, liebt einen verheirateten Mann. Im Vergleich zu ihnen erscheint mir meine Einsamkeit schrecklich nichtig, etwas, was man leicht ertragen kann." Sie zeichnete mit dem Finger Kreise auf seinen Arm – oder waren es Herzen? „Was ist mit dir? Warst du je einsam? Oder warst du stets so selbstgenügsam, dass du es nicht bemerkt hast?"

Er hob eine Hand und spielte mit ihrem Ohrläppchen. „Ich glaube, das hat mich noch nie jemand gefragt."

Sie hielt inne. „Entschuldige. Ich wollte nicht indiskret sein. Manchmal vergesse ich, dass nur ich den Luxus der Anonymität genieße."

Es war leicht, angesichts der Intensität ihrer Affäre so einiges zu vergessen. Manchmal fühlte er sich, als hätte er nie etwas anderes gekannt als das Meer, die *Rhodesia* und sie. „Bitte entschuldige dich nicht dafür, Interesse an mir als Person zu haben – es gibt mir die Gewissheit, dass du mich nicht nur für ein intimes Abenteuer benutzt."

Der Klang ihres Lachens war wie eine vorwitzige Welle in der Nacht. Es erstaunte ihn noch immer, nicht nur, dass sie überhaupt lachte, sondern dass sie es auch durchaus häufig tat. Es erstaunte ihn noch mehr, dass er derjenige war, der dieses Lachen hervorgerufen hatte. Wenn sie lachte, war alles möglich. Er hätte den Mount Everest besteigen, die Sahara durchqueren und das versunkene Reich Atlantis wieder aufsteigen lassen können, alles an nur einem Tag.

„Es ist bei uns Engländern nicht üblich, sich über seine Befindlichkeiten auszutauschen", erklärte er. „Nicht, dass wir nicht wissen, was vor sich geht, wir reden nur einfach nicht darüber. Meine Stiefmutter etwa hat mich noch nie gefragt, warum meine Stimmung manchmal düster ist. Aber sie achtet dann darauf, die beste Gesellschaft zum Abendessen einzuladen und einen der erlesensten Weine aus Mr Kingstons Keller aufzumachen. Oder wir unternehmen einen langen Spaziergang, und sie erzählt mir den neuesten Tratsch aus ihrem Freundeskreis."

„Du magst Tratsch?"

„Ich habe in der Hälfte aller Fälle keine Ahnung, über wen sie spricht, und die meiste Zeit gehen ihre Geschichten zu einem Ohr herein und zum anderen hinaus. Aber ich mag das Gefühl, dass sie sich auf meine Rückkehr gefreut hat und mir alles erzählen will. Es tut gut, daran erinnert zu werden, dass ich ein außerordentlich glücklicher Mann bin, auch wenn ich nicht alles haben kann, was ich gerne hätte."

„Darf ich fragen, was du nicht haben kannst?"

Er hätte es ihr zuvor nicht sagen können, nun aber waren die Mauern gefallen. „Als ich neunzehn war, habe ich mich in eine verheiratete Frau verliebt."

„Oh", flüsterte sie. „Also ... als du sagtest, dass du dich anderswo hin wünschst, wenn du mit Frauen zusammen bist, war sie dieses Anderswo?"

„Ja." Mrs Easterbrook war der Duft einer Opiumhöhle, der nach einem schon lange Süchtigen rief.

„Liebst du sie noch?"

„Seit ich dich getroffen habe, habe ich nicht mehr an sie gedacht."

In der Stille waren nur das Rauschen des Meeres und ihre schnellen Atemzüge zu hören.

Er richtete wieder eine Frage an sie: „Bist du sicher, dass du gehen musst, sobald wir an Land sind?"

Und sie, gütiger Gott, sagte endlich die Worte, die er so gerne hören wollte. „Lass mich ... darüber nachdenken."

MILLIE, COUNTESS FITZHUGH, starrte auf den langsam verschwindenden amerikanischen Kontinent.

Hatte sie erst einmal England erreicht, blieb fast keine Zeit mehr, ehe sie endlich Fitz' Frau werden würde. Tatsächlich.

Wie hatten die Jahre so schnell vergehen können? Acht Jahre. Für ein sechzehnjähriges Mädchen waren acht Jahre die Hälfte ihres Lebens, eine unheimlich lange Zeitspanne, die in einer Zukunft enden würde, die so fern war wie die Sterne, und doch war sie nun gekommen, war so nah, dass man sie fast schon greifen konnte.

Sie bereute ihre Abmachung nicht. Sie hatten sich beide in einer schwierigen, unglücklichen Lage befunden. Den Vollzug ihrer Ehe aufzuschieben, hatte es für beide leichter gemacht und ihnen ermöglicht, sich auf einer freundschaftlichen Ebene zu begegnen.

Was sie letztlich bereute, war die Dauer ihrer Übereinkunft. Wären es sieben Jahre gewesen, hätte ihre erste Nacht im selben Bett – und was auch immer danach kam – bereits hinter ihr gelegen.

Wären es neun Jahre, hätte sie noch mehr Zeit gehabt, sich an den Gedanken zu gewöhnen.

Aber sie hatten sich auf acht geeinigt, und acht Jahre vergingen schnell.

Fitz vertraute ihr. Er mochte und achtete sie. An manchen Tagen wäre sie sogar so weit gegangen zu behaupten, er bewundere sie. Aber er liebte sie nicht. Wenn ein Mann sich nach fast acht gemeinsamen Jahren nicht in eine Frau verliebt hatte, wie wahrscheinlich war es dann, dass er es je tat?

„Du musst doch frieren", sagte Helena, die neben Millie am Ende des Promenadendecks erschien. „Du bist schon lange hier draußen."

„So lange kann es nicht sein – ich bin noch nicht festgefroren", entgegnete Millie mit einem Lächeln. „Wie geht es dir, meine Liebe? Wie kommst du voran?"

„Nicht besonders gut", erwiderte Helena.

Würde Fitz ihr Abkommen vergessen, wenn sich die Lage um Helena als zu schwierig erwies? Er hatte das Datum in keinem Kalender eingetragen. Ihm standen viele Frauen zur Befriedigung seiner fleischlichen Gelüste zur Verfügung, und im Großen und Ganzen behandelte er sie wie eine weitere Schwester. Was, wenn der Tag einfach vorüberging und sie allein in ihrem Bett blieb?

Würde ihr das gefallen oder ihr das Herz brechen?

Millie legte eine Hand auf Helenas Arm. „Sorge dich nicht zu sehr um Venetia."

„Ich kann nicht anders. Ich hoffe, sie versteckt sich nicht allein in ihrer Kabine."

„Nach allem, was wir wissen, könnte sie genauso gut eine leidenschaftliche Affäre haben", sagte Millie.

Es war vielleicht nicht klug gewesen, das zu sagen – jedenfalls nicht, wenn man nicht vorhatte, Helena gegenüber irgendwelche Andeutungen zu machen.

Helenas Miene versteinerte. „Ich hoffe es. Sie ist eine erwachsene Frau, die von ihrer Freiheit zu wenig Gebrauch gemacht hat."

Bist du also eine erwachsene Frau, die zu viel Gebrauch von ihrer Freiheit gemacht hat?

Aber was wusste Millie schon von Liebe, die leidenschaftlich erwidert wurde, Liebe, deren Sehnsucht durch Raum und Zeit hindurch brannte, sie, die für immer diejenige war, die eine solche Liebe zerstört hatte?

Sie war allerdings sicher, dass Fitz niemals eine unverheiratete Frau kompromittiert hätte, wie Mr Martin es getan hatte. Helena galoppierte ungebremst auf einen Abgrund zu, aus dem sie keiner von ihnen mehr retten konnte, wenn sie erst mal hineingestürzt war.

Sie wollte nicht, dass Helena etwas zustieß. Sie und Venetia hatten Millie von Anfang an akzeptiert und waren immer freundlich zu ihr gewesen, vor allem zu einer Zeit, in der Fitz sich kaum dazu durchringen konnte, ein Wort mit ihr zu wechseln. Sie wollte, dass Helena glücklich war, und wenn das nicht ging, sollte sie wenigstens vor Ruin und Ausgrenzung bewahrt werden.

Sie nahm Helenas Arm. „Wenn du dich nicht auf deinen Artikel konzentrieren kannst, was hältst du dann von einem langen, erfrischenden Spaziergang über Deck?"

KAPITEL 9

DER WESTHIMMEL ERSTRAHLTE IN GOLDENEM Glanz. Der Horizont war wie in gleißenden Feuerschein getaucht. Die letzten Sonnenstrahlen verliehen den weiten ausgedehnten Federwolken die goldene Farbe von erlesenem Calvados.

Christian hatte nie zuvor einen wundervolleren Sonnenuntergang gesehen. Die Baronin war leider nicht in der Nähe und konnte so seine Aussicht auf das gleißende Schauspiel nicht teilen – stattdessen war sie in ihrer Kabine, um sich frisch zu machen.

Es war ihr sechster Tag auf See. Das Schiff sollte am nächsten Morgen Queenstown erreichen und am Morgen danach Southampton. Aus diesem Grund hatte er keine Mühen gescheut, sie davon zu überzeugen, am Kapitänsdinner teilzunehmen. Sie hatte ihn für verrückt erklärt, er aber war beharrlich geblieben. Er wollte ihr zeigen, dass sie sich durchaus gemeinsam in der Öffentlichkeit zeigen konnten, ohne dass sie ihren Schleier lüften müsste. Dass sich die übrige Gesellschaft seinem Wunsch beugen und sie akzeptieren würde, wie sie war.

Er würde alle Hindernisse aus dem Weg räumen, ihn ihr ebnen und ihn mit den seltensten Versteinerungen pflastern, nur damit sie den Platz in seinem Leben einnahm, der einzig und allein ihr gehörte.

VENETIA HATTE BEGONNEN, über mögliche Strategien nachzudenken.

Vielleicht würde die Baronin in einem Brief erwähnen, ihre Freundin Mrs Easterbrook lebe in London. Möglicherweise würde Venetia, wenn sie Christian irgendwann in der Londoner Saison traf, anmerken, dass ihre entzückende Busenfreundin Baronin von Seidlitz-Hardenberg erwähnt hatte, dass auch sie vor Kurzem auf der *Rhodesia* gereist war, und vielleicht sollte sie vor allem dafür sorgen, engere Bekanntschaft mit Christians Stiefmutter zu schließen

– und zwar so, dass letztere gerne dazu bereit wäre, für Venetias Charakter zu bürgen.

Dies war der Grund, warum vernünftige Menschen es vermieden, ein Doppelleben zu führen, dachte sie, als sie sich voller Reue ihre langen Handschuhe überstreifte: Es gab einfach keinen eleganten Weg, eine einmal entzwei gerissene Existenz wieder in eine einzige, unkomplizierte zurückzuverwandeln.

Miss Arnaud hatte die glitzernden Pailletten von einem anderen Abendkleid entfernt und den Schleier damit zu einem Accessoire gemacht, das zwar noch immer sehr sonderbar wirkte, nun allerdings einen gewissen Glanz versprühte. Venetia trat einen Schritt vom Spiegel weg und drehte sich um die eigene Achse. Ihre Anwesenheit sollte seinem Ansehen Glanz verleihen, ihm keinesfalls schaden. Das kobaltblaue Abendkleid war sicher überaus elegant – und es hätte zu ihrer Augenfarbe gepasst, wenn man diese denn hätte sehen können …

Sie schüttelte den Kopf. Es führte kein Weg an diesem Verstoß gegen die guten Sitten vorbei, sie konnte nur seinem Beispiel folgen und hoffen, den übrigen Gästen in angenehmer Erinnerung zu bleiben.

ER WARTETE AM ABSATZ DER TREPPE, die hinab in den Speisesaal führte, auf sie und sah in seinem Abendanzug unglaublich attraktiv aus.

„Du bist die schönste Frau des Abends, Liebling", sagte er, als er ihr den Arm hinhielt.

Jedes Mal, wenn er dieses Kosewort benutzte, tat ihr Herz einen kleinen Satz.

„Das bezweifle ich nicht. Dir ist bewusst, dass wir sehr unverschämt vorgehen?"

„Unverschämtheit ist etwas für gewöhnliche Sterbliche", sagte er. „Der Duke of Lexington hingegen legt fest, was sich ziemt – oder definiert es, wenn nötig, neu."

„Wenigstens bist du amüsant."

Er beugte sich zu ihr hinab. „Ich verrate dir ein nicht sonderlich gut gehütetes Geheimnis: Niemand anderes sagt das, nicht einmal meine Stiefmutter."

Sie drehte den Kopf. Sie standen so dicht beieinander, dass ihre Nasen einander beinahe berührten – in der Tat eine wahre

Unverschämtheit. „Ja, bleibe genau so. Ich möchte dich heute von deiner vornehmsten und eisigsten Seite sehen."

„Für dich bin ich gerne bereit, das zu tun. Falls ich jedoch elend versage – wenn ich mich nicht ausreichend herablassend verhalte, oder, Gott bewahre, nett zu jemandem bin – wisse, dass du und nur du allein die Schuld daran trägst."

„Welch unerwartete Wendung: Jahrhunderte ungebrochenen Hochmuts stehen auf dem Spiel."

Er drückte für einen kurzen Augenblick ihre Hand. „Wenigstens ist dir klar, was du angerichtet hast."

Ihnen wurden nebeneinander liegende Plätze zugewiesen. Rechts von Venetia saß ein junger Amerikaner und erzählte ausführlich von seiner geplanten Grand Tour in der Alten Welt. Offenbar hatte ihm jemand gesagt, dass sie der englischen Sprache nicht mächtig war, denn der junge Amerikaner, Mr Cameron, begrüßte sie auf Deutsch mit „Guten Abend, gnädige Frau."

Er sprach Deutsch mit mehr Courage als Können, scherte sich aber nicht um seine Fehler und unterhielt sich offenbar gern mit ihr. Sie sprachen über seine geplante Route. Statt einer Besichtigung der Relikte der Antike entgegenzufiebern, konnte Mr Cameron es kaum erwarten, den Eiffelturm zu besichtigen und dieses moderne Wunder sogar zu besteigen. Charmant und offenherzig setzte er Venetia darüber in Kenntnis, dass die Spitze des Turmes vom Wind majestätisch hin und her gebogen wurde und er, stark wie er war, genau im richtigen Moment zu erscheinen plane, um eine junge Dame aufzufangen, die vor Angst ohnmächtig wurde.

Christian, der in eine Unterhaltung mit Mrs Vanderwoude, eine Matriarchin aus Manhattan, vertieft gewesen war, drehte sich um und sagte: „Viel Glück, Mr Cameron. Ich war zur Exposition Universelle dort, und die Spitze des Turmes war so überfüllt, dass jede bewusstlose junge Dame so lange aufrecht stehengeblieben wäre, bis sie von selbst wieder zu sich gekommen wäre."

Mr Cameron brach in schallendes Gelächter aus. Venetia konnte nicht anders, als ebenfalls zu lächeln. Er konnte das natürlich nicht sehen, hatte aber einen unheimlichen Spürsinn dafür zu merken, wenn sie hinter ihrem Schleier lächelte – und erwiderte ihr Lächeln.

Ihr wurde ganz warm ums Herz.

„Entschuldigen Sie, Sir", sagte eine junge Dame von der anderen Seite des Tisches aus. Man hatte sie Venetia als Miss Vanderwoude vorgestellt.

„Sie sind nicht der Herzog, der in Harvard einen Vortrag gehalten hat?"

Venetia erstarrte.

„Gloria, musst du mit derart laut sprechen?" Mrs Vanderwoude war nicht entzückt.

„Entschuldige, Großmama", sagte Miss Vanderwoude. Ihre Lautstärke hatte sich kein bisschen verändert. „Sind Sie es, Sir?"

„Ja", sagte Christian und nahm einen Schluck Wein.

„Was für ein Zufall!" Miss Vanderwoude klatschte beinahe in die Hände. „Mein Cousin und seine Frau, die mich letzte Woche besuchten, waren bei Ihrem Vortrag."

„Es freut mich zu hören, dass sie nicht vor Langeweile gestorben sind."

Es war eine komische Bemerkung, und Venetia wollte wieder lächeln. Doch sie konnte nicht. Es lief ihr kalt den Rücken herunter.

„Ihr Vortrag hat ihnen sehr gut gefallen. Die Frau meines Cousins mochte vor allem Ihre Anekdote über die schöne Frau mit dem Herzen einer Lady Macbeth sehr gerne."

Venetias legte sich die Hand auf den Hals. Sie hatte das Gefühl, keine Luft mehr zu bekommen.

„Das ginge wirklich zu weit", sagte Christian. „Ich habe der Dame nie unterstellt, einen Mord begangen zu haben oder bei einem behilflich gewesen zu sein."

Das war kaum eine Verteidigung, oder doch?

„Aber wenn sie ihren Ehemann doch frühzeitig ins Grab beförderte …"

„Miss Vanderwoude, Begebenheiten, die in chronologischer Reihenfolge passieren, müssen nicht zwingend ursächlich miteinander zusammenhängen. Die Frau mag ihren Ehemann unglücklich gemacht haben, aber es liegt in der Natur der Ehe, dass die Beteiligten einander von Zeit zu Zeit gegenseitig zugrunde richten – jedenfalls hat man mir das so zu verstehen gegeben. Weder Sie noch ich wissen über die näheren Umstände dieser Ehe Bescheid. Lassen Sie uns daher davon Abstand nehmen, bösartige Spekulationen zu verbreiten."

Venetia atmete auf.

„Aber wir sind doch unter Freunden, oder nicht?", erkundigte sich das Mädchen verschwörerisch. „Was halten Sie davon, uns zu sagen, um wen es sich handelt, und *wir*, meine Freunde und ich, werden ganz genau herausfinden, wie viel Schuld – oder eben vielleicht auch nicht – die Dame am frühen Tod ihres Ehemanns trägt."

„Gloria!", begehrte ihre Großmutter auf. „Euer Gnaden, bitte entschuldigen Sie die Unverschämtheit dieses Kindes."

Christian nickte und nahm die Entschuldigung damit an. Nun richtete er den Blick auf Miss Vanderwoude. Ihr verschmitztes Lächeln verschwand. Sie begann, sich nach rechts und links umzuschauen, als halte sie Ausschau nach jemandem, der seine Aufmerksamkeit von ihr ablenken konnte. Als niemand etwas sagte oder tat, versuchte sie, seinem Blick mit einem verlegenen Lächeln zu begegnen, das aber sofort wieder erstarb.

Die Umsitzenden hielten allesamt gespannt den Atem an. Sie alle waren überzeugt davon, er werde sie deutlich und furchtbar zurechtweisen. Was aber, wenn er die Idee gar nicht von Grund auf schlecht fand, schoss es Venetias durch den Kopf. Was, wenn er stattdessen nur Miss Vanderwoudes öffentliche Ausführungen darüber missbilligte?

„Nein", sagte er. „Das ist keine gute Idee."

Venetias Herz schaffte einen schwachen Schlag. Die Umsitzenden atmeten ob der Form und Milde des Tadels erleichtert auf. Miss Vanderwoudes Lippen zitterten, ehe sie sich zu einem noch zögerlichen Lächeln formten. „Damit haben Sie sicher recht, Sir."

Er machte deutlich, dass es zu diesem Thema nichts mehr zu sagen gab, indem er sich zu Venetia umdrehte: „Sie scheinen Ihre Garnelen nicht angerührt zu haben, Baronin."

Es war ein kleiner Scherz unter ihnen beiden, denn sie aß nie etwas, wenn sie ihren Schleier trug. „Ich werde dem unverzüglich Abhilfe schaffen", sagte sie mit zusammengepressten Lippen.

Mrs Vanderwoude wollte seine Meinung zu irgendetwas hören.

Venetia beugte sich zu Mr Cameron. „Miss Vanderwoude, reist sie nach London?"

„Nein, auf den Kontinent, wie ich selbst. Wir gehen in Hamburg von Bord, reisen nach Paris und von dort aus in den Osten und Süden."

„Hat sie tatsächlich vor, die Identität der Dame, die sie erwähnte, herauszufinden?"

Mr Cameron lachte sanft. „Es würde mich überraschen, wenn sie sich morgen früh überhaupt noch an die Idee erinnert. Sie ist so sprunghaft und vergesslich wie ein Grashüpfer."

Dennoch war Venetias Abend ruiniert. Die Realität hatte sich allzu deutlich ihren Weg zu ihr gebahnt. Wenn Miss Vanderwoude, die den Vortrag nicht selbst besucht hatte, von der empörenden Geschichte wusste, die der Herzog erzählt hatte, würde es andere geben, die davon hörten und die keinen Detektiv brauchten, um die Frau zu identifizieren, über die er geredet hatte.

Was aber, wenn er erfuhr, dass Venetia − nicht die Baronin, sondern Mrs Easterbrook − zur selben Zeit nicht nur in Amerika, sondern gar in Cambridge, Massachusetts gewesen war, als er seinen Vortrag in Harvard gehalten hatte?

Man konnte nur eine gewisse Zeit mit Dynamitstangen jonglieren, ehe sie eine nach der anderen explodierten.

„Es tut mir leid, Liebling", sagte Christian, als er und die Baronin seine Kabine erreicht hatten.

Sie sah ihn an, und die Pailletten auf ihrem Schleier reflektierten das Licht wie eine Vielzahl winziger Spiegel. Aus ihrer Stimme war jedoch jeglicher Glanz gewichen. „Warum entschuldigst du dich?"

„Ich habe dich verärgert."

Er hatte sich selbst verärgert. Miss Vanderwoudes ungehobeltes Benehmen hatte ihm schmerzlich vor Augen geführt, dass sein Fehlverhalten mehr Schaden angerichtet hatte, als er ursprünglich angenommen hatte. Das Unbehagen der Baronin war aber, wenn das überhaupt möglich war, noch größer und drängender als sein eigenes.

Obwohl sie nach dem Vorfall die gesamte Zeit weiterhin tapfer mit Mr Cameron Scherze ausgetauscht hatte, hatte ihn das Wissen darum, dass er so weit in ihrer Gunst gesunken war, kaum einen Bissen anrühren lassen.

Sie nahm auf der Chaiselongue Platz, ihre Haltung zeugte von Anspannung und Überdruss. Die Art, wie sich ihre Hände aneinanderklammerten, deutete jedoch auf mehr hin als bloße Enttäuschung.

Sie hatte Angst.

„Bitte sag etwas."

Sie legte den Kopf in den Nacken, als hoffe sie auf Hilfe vom Himmel.

„Miss Vanderwoude war bereit, Zeit und Geld zu opfern, um in den Privatangelegenheiten einer Frau herumzuschnüffeln, die sie noch nie getroffen hat und nur vom Hörensagen kennt. Ich frage mich, was du erzählt haben musst, um zu derart ungehörigem Benehmen zu ermutigen."

Ihre niedergeschlagenen Worte bohrten sich wie Nägel in sein Herz.

„Es tut mir leid. Ich hätte das nicht tun dürfen."

„In der Tat. Wegen deiner Bemerkungen wird nun jemand als unzweifelhaft schlecht hingestellt."

Er setzte sich neben sie und nahm ihre Hand. „Ich habe es nicht aus Gemeinheit getan, wenn es das ist, was dich betrübt. Ich habe diese Anekdote weniger aus dem Grund erzählt, dass ich meinem Publikum ein objektives Beispiel präsentieren wollte, vielmehr diente sie mir selbst als Mahnung."

„Das verstehe ich nicht."

Er würde es ihr erklären müssen, sich so weit öffnen, wie er es noch nie getan hatte. Die Erniedrigung war ihm aber fast egal. Das Einzige, was zählte, war, dass sie sich nicht von ihm abwandte.

„Die Frau, die ich in Harvard als Beispiel anführte – sie ist mein Anderswo."

Sie entriss ihm ihre Hand. Ehe sie aufspringen konnte, hielt er sie am Arm fest. „Bitte hör mir zu."

„Mein Gott", sagte sie. Ihre Augen sahen überall hin, nur nicht zu ihm. „Mein Gott."

Wenn er sich nur das Herz hätte herausreißen können, um es ihr zu zeigen. Ihm standen aber nur Worte zur Verfügung, schwerfällige, umständliche, nutzlose Worte. „Besagte Frau ist bezaubernd schön. Ich war ein Jahrzehnt lang völlig von ihrem Liebreiz gefesselt. Ich habe einen Artikel über die evolutionäre Bedeutung der Schönheit geschrieben, um mir klar vor Augen zu führen, dass ich, der diese Theorie so gut verstand, der magischen Anziehungskraft der Schönheit dieser einen bestimmten Frau nichtsdestotrotz rettungslos erlegen war."

Ihr Schleier hob und senkte sich unter ihrem hastigen Atem. „Das hat nicht gereicht, der Artikel? Du musstest der Öffentlichkeit davon berichten?"

„Meine Besessenheit raubte mir den Verstand. Ich musste mich von Orten fernhalten, die sie besuchte. Wenn ich sie sah, wurde es völlig bedeutungslos, ob sie ihren Mann nun schneller ins Grab gebracht hatte oder nicht. Ich hätte sie sofort geheiratet, nur um sie zu besitzen."

In ihrem Schoß zitterten ihre gefalteten Hände deutlich. Auch er zitterte – allerdings innerlich. In ihm drohten Angst und Bedauern die Hoffnung zu ersticken, die so unbekümmert wie die um die *Rhodesia* springenden Delfine in ihm erwacht war.

„Ich habe mich lange für diese Besessenheit geschämt, aber sie haftete an mir wie ein Blutegel. Dieses Mal werde ich mich zudem nicht von ihr fernhalten können – sie ist eine feste Größe der Londoner Saison. Ich machte mir Sorgen, dass ich vielleicht schwach werden und mich ihr nähern würde, allem Anstand und Stolz zum Trotz." Der Traum, der gottverdammte Traum. „Es lag nie in meiner Absicht, sie so abzuurteilen, bitte glaub mir das."

Sie riss sich los, erhob sich und trat ein paar Schritte zur Seite.

VENETIA FÜHLTE SICH WIE IN Stücke gerissen, so als seien all die Dynamitstangen, mit dem sie jongliert hatte, auf einmal losgegangen.

Sie hatte nicht zufällig als Beispiel gedient, er hatte sie nicht wahllos aus seinem Erfahrungsschatz gepickt, um eines seiner Argumente zu veranschaulichen. Stattdessen war sie sein Untergang, seine Nemesis.

Sie konnte es nicht fassen. Beim bloßen Gedanken daran blieb ihr der Mund offen stehen, als erblickte sie ein Seeungeheuer mit Tentakeln, das die *Rhodesia* zum Sinken auf den Meeresgrund ziehen wollte.

Er hatte gesagt, er sei neunzehn gewesen. Sie war demzufolge ebenfalls neunzehn gewesen – also noch verheiratet. Ihre anfänglichen romantischen Illusionen waren allerdings bereits am massiven Felsen Tonys unzerstörbarer Selbstliebe zerschellt.

Ein Spieler aus Harrow konnte nicht aufhören, dich anzustarren. Wenn ihm jemand Besteck gereicht hätte, er hätte dich ohne Zögern verschlungen.

Er war dieser Spieler aus Harrow gewesen. Von ihr war er so leidvoll besessen gewesen, und sie war gleichzeitig seine Erlösung – von ihr selbst.

Panik tobte mit der Macht eines Orkans in ihr.

Bis zu diesem Augenblick war es denkbar und möglich gewesen, dass er ihr die List verzieh.

Nun war es ausgeschlossen. Nicht, nachdem er ausgerechnet derjenigen Person seine Achillesferse offenbart hatte, die unter normalen Umständen seine allerletzte Wahl gewesen wäre.

Das würde er ihr nicht verzeihen. Nie.

Er erhob sich. „Bitte sag etwas."

Sie brachte kein Wort heraus. Die steigende Verzweiflung ließ sie nur eines klar sehen: Ihre Affäre musste enden, ehe die Dinge einen noch schlimmeren Lauf nehmen konnten.

SIE KEHRTE IHM DEN RÜCKEN ZU. Sie stützte sich mit beiden Händen auf den Schreibtisch, als könne sie ihr eigenes Körpergewicht nicht mehr tragen. Der Gedanke daran, die Frau verletzt zu haben, die ihm nur Wärme und Glück beschert hatte, schnürte ihm die Kehle zu.

Er löschte das Licht, ging zu ihr und entfernte den Schleier.

Ihr stockte der Atem. Er legte seine Hände auf ihre, küsste ihr Haar und sog ihren reinen, süßen Duft tief in sich ein.

„Ich liebe dich." Die Worte kamen wie von selbst, wie Schmetterlinge, die aus ihrem Kokon schlüpften, sobald die Zeit gekommen war. Er hatte sich auch verändert, war von einem Jungen, der drängende Leidenschaft mit Liebe verwechselte, zu einem Mann geworden, der endlich verstand, was in seinem Herzen vor sich ging.

Sie erschauerte.

„Du bist die, auf die ich mein ganzes Leben lang gewartet habe."

Sie drehte sich um und legte ihm eine Hand auf den Mund.

Er schob ihre Hand weg. „Von Anfang an – erinnerst du dich an den Aufzug? Du hast meine gesamte …"

Sie küsste ihn leidenschaftlich. Erleichterung durchflutete ihn – sie wollte ihn noch immer, und zwar mit einer solchen Inbrunst, als könne sie es keinen Moment länger ohne ihn aushalten. Ihr Feuer entflammte ihn. Er hob sie auf den Schreibtisch und zog ihre Röcke hoch. Sie nestelte ungeduldig an ihrer Unterwäsche. Er wollte auf die Knie gehen, um sie zu liebkosen, doch sie weigerte sich, von seinen Lippen abzulassen.

Stattdessen öffnete sie seine Hose und nahm ihn ohne Umschweif in sich auf. Er war unsagbar erregt. Wie sie sich anfühlte, wie sie nach klarem Regen schmeckte, wie sehr sie ihn begehrte. Sie keuchte und bebte vor Verlangen, nahm ihn ohne Hemmungen und wollte, dass er dasselbe mit ihr tat. Sie war das Einzige, was zählte. *Sie* waren das Einzige, was zählte. In den herannahenden Wellen blanker Lust würden sie zu einer untrennbaren Einheit verschmelzen.

Es gab keine Geheimnisse mehr.

Nichts konnte sie mehr trennen.

ALS CHRISTIAN ERWACHTE, umgab ihn unheimliche Stille, als habe das Herz der *Rhodesia* aufgehört zu schlagen. Desorientiert brauchte er einen Augenblick, um zu verstehen, dass die Maschinen verstummt waren.

Das Schiff war in Queenstown vor Anker gegangen.

Instinktiv streckte er die Hand nach ihr aus, doch sie lag nicht in seinem Bett, in das sie sich zurückgezogen hatten, um sich weiter ihrem Liebespiel und ihrer immer größer werdenden Leidenschaft hinzugeben, die sie fast die gesamte Nacht noch enger aneinandergeschweißt hatte. Er rief nach ihr, dachte, sie wäre im Salon oder auf der Toilette. Totenstille antwortete ihm.

Ein Schauer lief ihm über den Rücken – sie war bisher nie ohne ein Wort verschwunden. Er griff nach seiner Taschenuhr auf dem Nachttisch. Fünf vor neun – ziemlich spät für ihn. Wahrscheinlich hatte sie seinen Schlaf nicht stören wollen. Er zog sich schnell etwas über, kritzelte eine Nachricht auf ein Blatt Papier, die sein Zuspätkommen zu ihrem Spaziergang erklären sollte, und läutete nach dem Steward, damit er sie ihr brachte.

Als der Steward wieder zurückkam, war Christian gerade dabei, Rasierseife auf seinem Gesicht zu verteilen. „Sir, der Steward der Baronin sagte mir, dass sie von Bord gegangen ist."

Christian drehte sich um. „Um einen Ausflug zu machen?"

Ozeandampfer füllten in Queenstown ihre Vorräte auf. Es war nicht ungewöhnlich, dass die Passagiere die Zeit für einen Ausflug in die irische Natur nutzten.

„Nein, Sir. Sie ließ auch ihr Gepäck an Land bringen."

Sie reiste ab, und die vergangene Nacht, die für ihn eine neue, gemeinsame Ära verheißen hatte, war für sie nichts als ein langer, wortloser Abschied gewesen. Sie glaubte nicht an seine Liebe. Sie vertraute nicht darauf, dass er seine frühere Obsession hinter sich gelassen hatte, und sie konnte sich keine gemeinsame Zukunft für sie beide vorstellen.

All die Möglichkeiten, die in ihrer Gegenwart hoffnungsvoll zum Leben erwacht waren, brachen in tausend Scherben – und sein Herz mit ihnen.

„Sie könnte noch in der Schlange der von Bord Gehenden stehen, Sir", sagte der Steward. „Soll ich nachsehen?"

Die Ausschiffung. Natürlich, die *Rhodesia* hatte nicht angelegt. Sie befand sich im Hafen. Die Passagiere und ihr Gepäck mussten darauf warten, mit Beibooten an Land gebracht zu werden.

Christian wusch sich die Seife vom Gesicht, warf sich einen Gehrock über, griff nach seinem Hut und eilte hinunter zum Hauptdeck. Der Himmel war bleiern. Der Atlantik war bleiern. Selbst das sonst so grüne, wunderschöne Irland war nur ein weiterer Flecken ungebrochener Ödnis.

Er bahnte sich einen Weg durch die Menge und suchte verzweifelt nach der wohlbekannten Silhouette. Alle Schiffsreisenden schienen sich in der Nähe der Beiboote versammelt zu haben. Alte Damen gingen langsam in Paaren umher. Kinder wurden hochgehoben, damit sie über die Reling schauen konnten. Junge Amerikaner plauderten über den Buckingham Palace und das Wohnhaus Shakespeares, während sie einem Boot winkten, das in Richtung *Rhodesia* gerudert wurde.

Endlich sah er sie an der Reling. Erleichterung machte sich in ihm breit. Die Menge teilte sich, als spüre sie, wie eilig er es hatte, und die Menschen in ihrer Nähe traten aus dem Weg, um ihm Platz zu machen. Als er bei ihr ankam, würdigte sie ihn keines Blickes. Sie starrte weiter auf die Wellen, die gegen den Schiffsrumpf klatschten.

„Warum gehst du?"

„Ich bin am Ziel."

„Liegt es daran, dass du glaubst, dass ich Mrs Anderswo immer noch liebe?"

„Nein."

„Sag es mir ins Gesicht."

Sie drehte den Kopf in seine Richtung. Ihr Griff um die Reling wurde fester, als überraschte sie sein Aufzug. Früher am Tag hatte er noch geschwitzt. Aber wie er nun unrasiert auf dem offenen Deck stand, war die Kälte gnadenlos.

„Nein", wiederholte sie. „Du hast immer gesagt, ich kann jederzeit gehen. Nun gehe ich. Ich muss mich nicht erklären."

Er fröstelte. Er wusste nicht, ob es vor Kälte oder wegen ihrer Worte war. „Bedeutet es dir nichts, dass ich dich liebe?"

„Du liebst mich nicht. Du hast dich in eine Vorstellung verliebt, die deiner eigenen Fantasie entsprungen ist."

„Das ist nicht wahr. Ich muss dein Gesicht nicht sehen, um dich zu kennen."

„Ich bin eine Heuchlerin, erinnerst du dich? Es gibt keine Baronin von Seidlitz-Hardenberg."

„Glaubst du, das habe ich vergessen? Ich brauche keine Baronin. Wer du bist, wie du bist, ist mir mehr als genug."

Ihr Lachen klang bitter. „Lass uns darüber nicht streiten."

Er legte eine Hand auf ihren Arm. „Das werde ich nicht, wenn du bleibst."

Sie schüttelte den Kopf. „Mein Gepäck ist schon auf dem Dock."

„Es kann ohne Weiteres zurück an Bord gebracht werden."

Sie schüttelte den Kopf energischer als zuvor. „Lass es. Manche Dinge sind großartig, gerade weil sie kurz sind."

„Andere Dinge aber sind großartig, weil sie selten sind und wunderschön − und man sollte ihnen die Chance geben, anzudauern."

Sie schwieg. Sein Herz raste. Dann gab sie ihm durch den Schleier einen Kuss auf die Wange. „Auf Wiedersehen."

Es war das Ende der Welt. Wo einst Städte voller Hoffnung gestanden hatten, deren Kuppeln golden in der Sonne glänzten, blieb nichts als Trümmer. Bestürzung und Verzweiflung nahmen nach und nach von ihm Besitz. Chaos herrschte. Ihm war kalt, so kalt, und der Wind strich eisig über seine Haut.

Doch ebenso plötzlich meldete sich der Optimismus, den er in seiner Jugend als selbstverständlich erachtet hatte, in ihm zurück. Vielleicht war es auch nur der Verstand eines Spielers, der alle Spielzüge durchdacht und Möglichkeiten in Betracht gezogen hatte, als er die Karten auf den Tisch legte.

„Heirate mich", sagte er.

SIE TAUMELTE. Sie hatte sich eine Liebeserklärung und nun auch noch einen Heiratsantrag erschwindelt. Er würde sie so sehr hassen, dass das Schicksal von Sodom und Gomorrha im Vergleich wie ein Märchen wirken würde.

Was für eine Ironie – denn das war genau das, was sie anfangs angestrebt hatte.

„Ich kann nicht", sagte sie schwach. „Wenn wir heiraten, würde es nicht als gültig anerkannt werden."

„Lass uns wieder zusammenkommen und darüber sprechen, was wir tun müssen, damit es gültig ist."

Es hatte sie schockiert, ihn unrasiert, ohne seinen Kragen, seine Halsbinde, seine Weste und seinen Mantel zu sehen, als sie sich zu ihm umgedreht hatte, und allenfalls seine Aufregung hatte die Verwirrung noch übertroffen. Nun strahlte er jedoch Durchsetzungskraft und Zielstrebigkeit aus. Er hatte einen Entschluss gefasst, und nichts würde ihn davon abbringen.

In ihr hatte sich jedoch noch größere Angst als zuvor breit gemacht. „Worüber sollten wir denn dann reden?"

„Die Umstände natürlich. Irgendein Dilemma hält dich davon ab, deinen Namen zu gebrauchen. Gestehe mir zu, bei unserem Wiedersehen die Wahrheit zu erfahren, ohne dass du irgendetwas zurückhältst."

Er hätte ihr genauso gut einen Eimer Teer und den Inhalt einer Bettdecke reichen können. „Das wird nichts bringen. Nichts wird sich ändern."

„Du vergisst, wer ich bin. In welchen Schwierigkeiten du auch immer steckst, ich kann dir helfen."

„Selbst der Duke of Lexington kann nicht jedes Hindernis mit einem Wink aus dem Weg räumen."

„Nicht, wenn du mir nicht die ganze Wahrheit sagst. Aber wir werden uns treffen, und du wirst mir sagen, was dich zurückhält – wenigstens das schuldest du mir."

Sie sah die Schlagzeile bereits vor sich: Duke of Lexington stranguliert Schönheit der guten Gesellschaft.

„Du willst doch mit mir auf Expeditionen gehen?", fragte er sanft. „Habe ich dir je erzählt, dass ich zu Hause ein kleines Museum und

Schubladen über Schubladen voller riesiger, versteinerter Zähne besitze, die dich doch ganz sicher sehr interessieren werden?"

Warum tat er ihr das an?

„Es gibt außerdem einen aufgegebenen Steinbruch auf meinem Grundstück, mit wundervoll ausgebildeten, unterschiedlichsten Gesteinsschichten und einer Fülle von Fossilien. Heirate mich, und das alles gehört dir."

Nimm den Schleier ab, schrie eine Stimme in ihr. *Nimm den gottverdammten Schleier ab. Beende es hier und jetzt.*

Sie konnte es nicht. Sie konnte seine Wut nicht ertragen. Genauso wenig wie die Tatsache, dass seine Liebe mit großer Wahrscheinlichkeit erlöschen würde, sobald er ihr Gesicht das erste Mal sah. War es falsch, es bei ihrer Affäre zu belassen, nicht zuzulassen, dass etwas die wunderschönen Erinnerungen zunichtemachte?

„Sind Sie bereit, Madam?", rief einer der Seeleute auf dem Beiboot.

Das Schiff war zur *Rhodesia* gerudert, hatte die Neuankömmlinge abgesetzt und nahm nun die letzten Passagiere an Bord, die an Land wollten.

„Ich muss gehen", flüsterte sie.

„Die Dame braucht noch einen Moment", sagte Christian.

Sein Tonfall ließ keine Widerrede zu. Der Schiffer berührte die Krempe seiner Kappe. „Aye, Sir."

Ihr Liebhaber nahm ihre Hände in seine. „Ich werde nun auf Wiedersehen sagen, aber ich erwarte, dich in London zu treffen. Im Savoy, in zehn Tagen. Bring mir den gravierten Füller als Geburtstagsgeschenk mit, und wir stoßen auf unsere Zukunft an."

Sie stieß einen langen, langgezogenen Atemzug aus. Sie hätte zu allem Ja und Amen gesagt, um endlich fortzukommen. „Gut."

Er ließ sie aber nicht so leicht gehen. „Gibst du mir dein Wort?"

Womöglich scherte sich niemand anderes darum, ob eine schöne Frau auch Ehre besaß, sie aber hatte noch nie zuvor jemals ihr Wort gebrochen. Sie schloss die Augen. „Ja."

Er beugte sich zu ihr herunter und küsste sie durch den Schleier auf die Wange. „Ich liebe dich, und ich werde auf dich warten."

*

LANGE NACHDEM DER RIESIGE OZEANDAMPFER hinter der schmalen Einmündung aus dem Hafen von Cork verschwunden war, stand Venetia noch immer am Pier.

Sie musste sich um die Überfahrt nach England kümmern und dafür ein Ticket kaufen, Fitz ihre neue Ankunftszeit telegrafieren und nicht zuletzt Träger für die Steinplatte finden, die eine Vierteltonne schwer war … und die Christian ihr geschenkt hatte. Eine dieser Aufgaben anzugehen hätte aber das Ende ihrer letzten Stunde als Baronin von Seidlitz-Hardenberg bedeutet.

Das Ende der glücklichsten Woche ihres Lebens.

Sie wusste nicht, wie lange sie dort stand. Sie merkte nicht einmal, dass es angefangen hatte zu regnen, bis ihr ein Träger einen Regenschirm brachte. Sie bedankte sich und ließ sich von ihm in die Unterkunft bringen, zurück in das perfekte Leben der charmanten Mrs Easterbrook.

KAPITEL 10

MEIN LIEBLING,

ohne Dich ist die Rhodesia *eine Wüste.*

Ich habe den Großteil des Tages auf dem Achterdeck verbracht, obwohl Queenstown schon lange nicht mehr am Horizont zu sehen war. Meine Hülle sitzt hier, am Schreibtisch – auf dem wir gestern noch Erinnerungen schufen –, aber der Rest ist in Irland, bei Dir.

Vor mir liegt eine lange Nacht in dieser Kabine, mit der Du so vertraut wurdest. Selbst die Luft ist anders, irgendwie schwerer ohne Dich. Meine Augenbinde ist ein nutzloser Streifen Seide, der seinen Sinn für immer verloren hat.

Hat man Dich in Queenstown gut empfangen? Hat man Dir Abendessen und ein warmes Bett zur Verfügung gestellt? Die Menschheit hat Kabel verlegt und damit Erdteile verbunden, die durch einen riesigen Ozean getrennt sind. Ich wünschte, die Konstrukteure fänden auch einen Weg, zwei Menschen so zu verbinden. Ich würde all meinen Besitz hergeben – und mir dazu noch Unsummen leihen –, um nie wieder ohne Nachricht von Dir zu sein.

Dein Dir ergebener
C.

MEIN LIEBLING,

ich bin auf meinem Landsitz angekommen, dem Zuhause, das ich in nicht allzu ferner Zukunft hoffentlich mit Dir teilen werde.

Lass Dir gesagt sein, dass das Herrenhaus vor allem als Prunkbau konzipiert wurde, das in den Besuchern Ehrfurcht und Staunen hervorrufen soll. Es ist kein gemütlicher, heimeliger Wohnsitz und wird das auch nie sein. Die Decken sind so hoch, dass es in den meisten Gesellschaftsräumen im Winter immer kalt ist, ganz egal, wie häufig man den Kohleeimer bemüht. Zum Glück ist der Flügel, den unsere Familie bewohnt, wärmer und behaglicher, und wir hatten – bis jetzt – noch keine Frostbeulen zu verzeichnen.

Das Grundstück ist riesengroß und in seiner Aufteilung in Wälder und Gärten sehr englisch. Warst Du je im Englischen Garten in München? Wenn er Deinen Geschmack trifft, wirst Du an dem Anwesen hier Deine Freude haben.

Dir wird aber natürlich der Steinbruch am besten gefallen. Ich war heute Nachmittag dort, habe die Ausgrabungswerkzeuge überprüft, die sich in einem nahegelegenen Schuppen befinden, und angeordnet, dass die Meißel geschärft werden. Sie werden für Dich bereit liegen.

Dein Dir ergebener
C.

P. S.: Ich dachte, es sei am zweiten Tag leichter zu ertragen, dass wir nicht länger beieinander sind. Ich hätte mich nicht mehr täuschen können.

MEIN LIEBLING,

ich schreibe Dir aus dem Haus meiner Stiefmutter in Cheshire. Die Dowager Duchess und Mr Kingston erfreuen sich bester Gesundheit und Laune. Meine Niedergeschlagenheit hat sich in ihrer ausgezeichneten Gesellschaft etwas gelegt und meine Laune gebessert. Ich wünschte, Du wärst mit mir hier: Sie sind die geistreichsten, umgänglichsten und liebenswürdigsten Freunde, die man sich nur wünschen kann, und Du hättest sie mit deiner Ausstrahlung, deiner Wärme und deinem Esprit beeindruckt. Ich wäre der stolzeste Mann auf Erden gewesen.

Dein Dir ergebener
C.

P. S.: Ich gewöhne mich langsam an den Schmerz in meiner Brust.

MEIN LIEBLING,

die Dowager Duchess fragte mich vorhin, wem ich schreibe. Zum Glück sagte Mr Kingston im selben Augenblick etwas zu ihr. Ich habe ein anderes Blatt Papier hervorgezogen, und als sie schließlich dazu kam, mich *erneut zu fragen, konnte ich ihr wahrheitsgemäß antworten, dass ich einem deutschen Geologen mit dem Namen Otto von Schetterling antworte.*

Ich frage mich, ob ich mich ihr offenbart hätte, wenn Mr Kingston nichts gesagt hätte. Wahrscheinlich schon: Ich habe ein schrecklich großes, kaum zu unterdrückendes Bedürfnis, von dir zu sprechen. Voller Stolz davon zu berichten, dass ich das außerordentliche Glück hatte, auf dem gleichen Ozeandampfer zu reisen wie du.

Bisher habe ich mich zurückgehalten. Wie lange mir das weiter gelingt, weiß ich nicht.

Ich war noch nie so glücklich und habe mich auch noch nie so elend gefühlt. Angeblich sind erst vier Tage vergangen. Doch das kann nicht stimmen: Es ist Jahrzehnte her, dass ich dich das letzte Mal sah.

Wenn wir uns wiedersehen, wirst du einen buckligen alten Mann vorfinden. Vielleicht brauche ich sogar eine Brille, um deinen Schleier wiederzuerkennen.

Aber eines bleibe ich für immer:

Dein Dir ergebener
C.

MEIN LIEBLING,

heute hat mir die Dowager Duchess *eine Liste junger Frauen gegeben, die sie als geeignet erachtet, meine Herzogin zu werden. Ich war kurz davor, sie darüber in Kenntnis zu setzen, dass ich meine Hand bereits versprochen habe, konnte mich aber unter großen Anstrengungen davon abhalten: Sie könnte sich Sorgen darüber machen, dass ich einer Fata Morgana nachjage.*

Du bist aber keine Fata Morgana. Du bist eine echte Oase, für die es wert ist, durch die Wüste zu irren und unter der Angst zu leiden, Dich nie wiederzufinden.

Ich werde morgen nach London aufbrechen, um die Vorbereitungen für unser Abendessen im Savoy zu treffen. Endlich tue ich etwas für Dich – für uns.

Ich habe das seltsame, von Vorfreude geprägte Gefühl, dass ich Dir begegnen werde. Wenn du mich siehst, komm bitte und stell dich vor, damit ich Dir wenigstens meine Briefe geben kann. Wenn Du auch meinen Namen annimmst, werde ich der glücklichste Mensch auf der Welt sein.

Dein Dir ergebener

C.

P.S.: Es war seltsam, eine einseitige Korrespondenz zu führen, aber ich fühle mich Dir näher, wenn ich meine Gedanken zu Papier bringe, und ich muss wohl nicht eigens erwähnen, dass ich alles täte, um Dir näher zu sein.

KAPITEL 11

„WER IST ER?"

Venetia zuckte zusammen. Sie drehte sich zu Fitz um. „Warum schreist du mir ins Ohr?"

Ein nahender Zug – höchstwahrscheinlich der, der Millie und Helena nach Hause brachte – pfiff in der Ferne. Die Schienenräumer veranlassten die Menge auf dem Bahnsteig, von den Gleisen zurückzutreten, um genug Platz für die zu schaffen, die bald aussteigen würden.

„Weil ich dir diese Frage bereits drei Mal gestellt habe, meine Liebe", entgegnete Fitz mit leiserer Stimme, „und du mich nicht gehört hast."

Sie lächelte schwach. „Entschuldige. Was hast du gesagt?"

„Wer ist er, der Mann, an den du denkst? Ich habe dich seit deiner Heimkehr beobachtet. Du isst kaum. Du kommst beim Sticken höchstens zwei Stiche voran. In einem Augenblick lächelst du übers ganze Gesicht, im nächsten musst du dich bemühen, nicht zu weinen – und vergiss nicht, dass ich heute Morgen über fünf Minuten neben deinem Sessel stand, ohne dass du das auch nur im Geringsten bemerkt hast."

Irgendwann hatte er ihr auf die Schulter getippt und sie damit aus einem Tagtraum gerissen, der sich außerordentlich echt angefühlt hatte und in dem der erste Gang des Abendessens an Christians Geburtstag kalt wurde, während sie auf dem Tisch über einander herfielen.

Wäre das Claridge's nicht wegen eines Neubaus abgerissen worden, hätte sie sich dort eine Suite für die gesamte Saison gemietet, und Fitz wären die Symptome ihres Herzschmerzes entgangen. Da das Hotel jedoch noch immer im Bau war – und es nicht schadete, wenn noch jemand ein Auge auf Helena hatte –, hatte sie Fitz' Einladung, in seinem Stadthaus zu wohnen, angenommen.

„Es liegt an den Sorgen um Helena. Ich bin unkonzentriert", sagte sie mit belegter Stimme.

Fitz hatte in einem Punkt recht: Sie war ständig den Tränen nahe.

Manchmal kam es ihr vor, als sei die Überfahrt auf der *Rhodesia* ebenso lange her, wie die Antike – als der imposante Leuchtturm von Alexandria noch Seefahrern den Weg wies. Manchmal fragte sie sich, ob sie sich den Mann, der sie wegen ihres Charakters liebte und nicht wegen ihres Aussehens, nur eingebildet hatte.

In den Nächten erinnerte sie sich mit brennender Sehnsucht an jeden seiner Küsse. Morgens tastete sie nach ihm, bis ihr wieder einfiel, dass er nie wieder neben ihr liegen würde. Die Einsamkeit, die sie so lange einfach hatte erdulden können, war dabei, sie zu ersticken wie eine Schlingpflanze ihren Wirtsbaum.

Als ob er sie nicht gehört hatte, bemerkte Fitz: „Ich weiß, dass er kein Amerikaner ist – du hast in Millies alter Ausgabe von Debrett's Adelskalender gestöbert."

Sie konnte den langen Eintrag über den Duke of Lexington unterdessen auswendig.

„Wer ist er also, und warum hat er mir nicht längst die Tür eingerannt, um dir einen Antrag zu machen?"

Sie wollte Fitz nicht belügen. Aber sie konnte genauso wenig verraten, was auf der *Rhodesia* geschehen war.

„Millie und Helena werden dir noch früh genug erzählen, was es damit auf sich hat. Es ist jedenfalls nicht das, was du denkst."

Sie hatte angenommen, Millie habe in einem ihrer fast täglichen Briefe an Fitz bereits etwas erwähnt, da ihr Bruder sie nicht ein einziges Mal gefragt hatte, warum sie den Rest seines Weibsvolks verlassen hatte und allein zurückgekehrt war.

Fitz legte ihr eine Hand auf die Schulter. „Das tut mir leid. Mir gefällt die Idee, du könntest verliebt sein. Du hast dich viel zu lange vor allem verschlossen."

Ihre Augen brannten. Sie blinzelte die Tränen weg. „Oh, schau! Ich glaube, das ist ihr Zug."

Es war Venetias Idee, das Mittagessen gemeinsam im Savoy einzunehmen. Ein masochistischer Zug: Nun konnte sie sich das Abendessen, das sie mit Christian nie erleben würde, bis ins kleinste Detail ausmalen, und da es einige abgeschiedene Speisezimmer im

Hotel gab, würde sie sich irgendwann das zeigen lassen, was er nur für sie ausgewählt hatte, sodass der Ort der Mahlzeit in ihrer Vorstellung nicht nur ziemlich präzise, sondern historisch genau werden würde.

Das Mittagessen mit der Familie verlief ohne Zwischenfälle. Millie und Helena erzählten von ihrer Zeit in Amerika. Fitz teilte ihnen in Kurzfassung die Neuigkeiten über ihre Freunde und Bekannten mit. Venetia war gänzlich damit beschäftigt, sich das Muster der Tapete und den eingravierten Kranz auf dem Griff ihrer Gabel einzuprägen.

Niemand stellte peinliche oder gefährliche Fragen. Helena erkundigte sich vorsichtig nach Venetias Gesundheit, da sie ihr ungewöhnlich teilnahmslos vorkam, wie sie sagte. Herzen brachen nun mal nicht voller Elan, man musste mit Erstarrung und Abgeschlagenheit rechnen. Venetia murmelte etwas darüber, dass sie in der letzten Nacht lange gelesen hatte.

Sie saßen wieder in Fitz' geschlossenem Einspänner, der sich gerade in Bewegung setzte, als sie Christian aus seiner eigenen Kutsche steigen sah. Er trug denselben schiefergrauen Mantel, den er bei ihrem ersten Morgenspaziergang an Deck getragen hatte, und denselben Gehstock mit Elfenbeinknauf. Doch er hatte abgenommen – seine Wangen waren eingefallen. Unter seinen Augen waren außerdem Ringe, als ob auch er nachts nicht hatte schlafen können.

Die Last auf ihrem Herzen verwandelte sich in einen stechenden Schmerz. Er war in London. Wenn sie nur eine Minute später vom Mittagstisch aufgestanden wäre, wären sie einander in die Arme gelaufen.

Beinahe angsterfüllt wartete sie darauf, dass Millie oder Helena etwas sagten. Millie hatte den Kopf jedoch in Richtung ihres Ehemanns gedreht und lauschte versunken seiner Analyse einer Haushaltsangelegenheit. Helena sah aus dem Fenster auf der anderen Seite der Kutsche und nagte an ihrer Unterlippe.

Niemand sonst hatte ihn gesehen.

Ihre Apathie war verschwunden, sie vibrierte förmlich vor unkontrollierbarer Energie. Als die Kutsche um eine Ecke bog und er aus ihrem Sichtfeld verschwand, konnte sie sich gerade noch davon abhalten, aus dem fahrenden Gefährt zu springen.

Es war ein Schock gewesen, ihn zu sehen, ein elektrisierender Impuls, und nun, da er wieder verschwunden war, blieb nur noch eine große Leere.

Helena schaute Venetia verwundert hinterher.

Am Bahnhof hatte sie erschöpft ausgesehen. Im Savoy hatte sie wie unter Hypnose Kristallgläser und Stuckprofile angestarrt und das Geschehen um sich herum kaum mitbekommen. Nun aber rannte sie einen Augenblick, nachdem sie durch die Eingangstür gekommen waren, bereits wieder hinaus und hatte irgendeinen Unsinn von sich gegeben, dass sie angeblich ihren Fächer im Hotel habe liegen lassen.

Sie hatte keinen Fächer dabei gehabt, und selbst wenn, hätte sie jemanden hinschicken können, um ihn zu holen. Helena hatte nur eine Erklärung für Venetias seltsames Verhalten – dass sie es noch immer nicht ertrug, daran erinnert zu werden, was in Harvard geschehen war, und das war Helenas Fehler – zumindest teilweise.

„Da kommt Mrs Wilson mit deiner neuen Kammerzofe", verkündete Fitz.

Ihr Kopf ruckte hoch. „Seit wann habe ich eine neue Zofe?"

„Seit gestern, glaube ich. Venetia sagte, du brauchst eine."

Das Dienstmädchen, das Mrs Wilson in den Salon folgte, war so alt wie Helena, wirkte beherrscht und scharfsichtig. Sie sah aus, als könne man sie nicht so einfach mit freien Nachmittagen bestechen. Sie wirkte auch nicht, als würde sie bei der kleinsten Ermutigung mit einem Verehrer durchbrennen. Nein, ihr stand die verantwortungsvolle zukünftige Haushälterin ins Gesicht geschrieben.

„Susie Burns, Mylady, Miss", sagte Mrs Wilson.

Die Zofe knickste vor Millie, dann in Richtung Helenas.

„Miss Fitzhughs Gepäck sollte bereits auf ihrem Zimmer sein", sagte Millie zu Susie. „Meine Zofe kann dir zeigen, wohin alles gehört."

Ehe Susie ihr „Ja, Madam" sagen konnte, kam Cobble, der Butler, ins Zimmer und verkündete: „Lord Hastings", und schon trat der Mann ein, der an allem Schuld war.

In ihrer Vorstellung blieb Hastings immer der kleine, hagere Störenfried, den Fitz das erste Mal mit nach Hause gebracht hatte, als sie vierzehn Jahre alt waren.

Manchmal war sie geneigt, ihm zuzugestehen, nicht mehr klein und hager zu sein, aber er war und blieb ein Störenfried.

„Wohin verschwindet Mrs Easterbrook denn in solcher Eile? Sie hat mich fast umgerannt", bemerkte Hastings, während er in Millies Richtung spazierte. „Wie schön, Sie nach so langer Zeit wieder zu sehen, Lady Fitz. Sie sehen absolut bezaubernd aus."

Er nahm ihre Hände und küsste sie. Millie lächelte. „Aber nie so bezaubernd wie Sie, Hastings."

Helena konnte dem Kerl nichts abgewinnen. Er flirtete schamlos, war ein Libertin, ein Faulpelz und − das hatte sie leider erst viel zu spät herausgefunden − ein Verräter.

Er wandte sich ihr zu. „Miss Fitzhugh, wie sehr ich Sie vermisst habe, während sie Blaustrümpfe durch ganz Amerika jagten. Wie nervtötend sie Ihnen vorgekommen sein müssen."

„Erlauben Sie mir, Sie daran zu erinnern, dass ich ebenso Blaustrumpf und nervtötend bin, Mylord."

„Papperlapapp, Sie doch nicht. Wir wissen doch alle, dass Sie nur aufs Lady Margaret Hall gegangen sind, weil es in Mode war."

Er hatte ein Talent dafür, in ihr mit höchstens zwei Sätzen den Wunsch zu wecken, mit einem schweren Gegenstand nach ihm zu werfen.

Cobble hatte den Salon schon verlassen. Auch Mrs Wilson und Susie zogen sich gerade taktvoll zurück.

„Susie, lass mein Gepäck bis auf Weiteres unangetastet. Lüfte zuerst die Kleider, die ich nicht mitgenommen hatte."

Man sprach in Anwesenheit von Gästen eigentlich nicht mit seinen Bediensteten, da es den Eindruck vermittelte, sie wüssten nicht, was sie zu tun hatten. Helena hatte aber darauf vertraut, Andrews Briefe an einem sicheren Ort verstauen zu können, ehe jemand anderes sich mit ihren Reisetruhen befasste.

„Ja, Miss", antwortete Susie.

Fitz und Millie entging ihre Anweisung nicht. Sie wechselten einen Blick.

„Würden Sie mit mir im Garten spazieren gehen, Miss Fitzhugh?", fragte Hastings.

Das war die Gelegenheit, auf die sie gewartet hatte. „Gewiss. Lassen Sie mich nur bequemere Schuhe anziehen."

Wenn Hastings sich aufgrund seiner langen Freundschaft mit Fitz im ganzen Haus einfach Zutritt verschaffen konnte, musste auch

Helena keinen Wert mehr auf Etikette legen. Sie eilte hinauf in ihr Zimmer, schickte Susie etwas völlig Unwichtiges einkaufen, öffnete ihre Truhe und sammelte Andrews Briefe ein. Am nächsten Tag würde sie sie mit in ihr Büro im Verlagshaus nehmen, für den Moment schloss sie sie in ihrer Nachttischschublade ein.

Hastings wartete schon am Fuß der Treppe auf sie, als sie wieder herunterkam.

„Liebesbriefe", brummte er. „Man ist so dankbar, wenn man sie bekommt, doch danach machen sie einem nur Ärger."

Sie tat, als habe sie ihn nicht gehört. „Ich bin froh, dass Sie die Zeit gefunden haben, uns einen Besuch abzustatten, Hastings, obwohl Sie doch so ein vielbeschäftigter Mann sind, der seine Zeit mit Weibergeschichten und Nichtstun verbringt."

Er bot ihr den Arm an, den sie ignorierte.

Hinter dem Haus der Fitzhughs lag ein privater Garten, der auch von den angrenzenden Häusern benutzt wurde. In ein paar Wochen würden die Platanen ihre Blätter voll ausgebildet haben und grün gesprenkelten Schatten spenden. Nun waren die Blätter jedoch erst kleine grüne Knospen, die zu scheu waren, um sich zu entfalten. Finken sprangen von einem kahlen Ast zum nächsten und pickten die Samen des Vorjahres auf. Ein dreistöckiger Springbrunnen im italienischen Stil glänzte in der Sonne.

„Hallo Penny", rief Hastings fröhlich.

„Hastings, alter Freund", entgegnete Lord Vere, einer der Nachbarn, von seinem Platz am Rande des Springbrunnens. „Was für ein angenehmer Oktobertag, nicht wahr?"

„Wir haben April, Penny."

„Wirklich?" Lord Vere blickte verwirrt drein. „Dieses oder letztes Jahr?"

„Dieses Jahr natürlich."

„Nun", schnaubte Lord Vere verärgert, „dann weiß ich nicht, was ich im April hier draußen zu suchen habe. Jeder weiß, dass es im April immer regnet. Guten Tag, Hastings. Guten Tag, Miss Fitzhugh."

Hastings schaute zu, wie Lord Vere in sein Haus zurückkehrte.

„Sie hätten annehmen sollen, als er letztes Jahr um sie angehalten hat. Wenn Sie Lady Vere wären, würde es nur Sie etwas angehen, wo und mit wem Sie Ihre Nächte verbringen."

Es sah Hastings ähnlich, das Thema auf so direkte Weise anzusprechen. „Ich heirate keinen Mann, der nicht weiß, welchen Monat wir haben."

„Doch Sie schlafen gerne mit einem Mann, der sich mit Jungfrauen vergnügt?"

Sie ignorierte diese verbale Ohrfeige. Es war in höchstem Maße scheinheilig, dass ein Mann, der mit allem schlief, das bei drei nicht auf den Bäumen war, sie dafür kritisierte, für ihre große Liebe Risiken in Kauf zu nehmen. „Macht es Sie wenigstens glücklich, meine Familie in Kenntnis gesetzt zu haben?"

„Was hätten Sie denn an meiner Stelle getan? Wenn die Schwester *Ihres* besten Freundes geradewegs auf einen Abgrund zusteuerte?"

„Sparen Sie sich Ihre Übertreibungen. Ich war zu keinem Zeitpunkt auch nur in der Nähe irgendeines Abgrundes, und wenn es die Schwester meines besten Freundes wäre, würde ich sicher kein doppeltes Spiel treiben."

Hastings hob eine Braue. „Erlauben Sie mir, Ihr Gedächtnis aufzufrischen, Miss Fitzhugh. Ich versprach, für einen Kuss die Identität Ihres unerlaubten Liebhabers für mich zu behalten. Ich habe nicht versprochen, Ihre Familie vollkommen über Ihre heimlichen Aktivitäten im Dunkeln zu lassen."

„Das tut nichts zur Sache", sagte sie und setzte ein falsches Lächeln auf. „Sie heuchlerisches Schwein."

„Geben sie es zu – der Kuss hat Ihnen gefallen."

„Ich würde lieber eine lebende Schnecke essen, als so etwas noch einmal ertragen zu müssen."

„Oh", flüsterte er mit einem gespannten Gesichtsausdruck. „Mit oder ohne Haus?"

Abschätzig schnippte sie mit dem Finger. „Sparen Sie sich das, was Sie für Witz halten, für eine naivere Frau. Was wollen Sie von mir, Hastings?"

„Ich wollte noch nie etwas von Ihnen, Miss Fitzhugh. Ich wollte Ihnen nur zu Diensten sein."

Sie schnaubte. Diese Worte aus dem Mund des Kerls, der früher immer versucht hatte, sie in einen Schrank zu locken, um sie dann nur gegen Küsse wieder freizulassen.

„Nachdem ich es war, der Ihnen Andrew Martin vorgestellt hat", fuhr er fort, „fühle ich mich in hohem Maße für Ihr Wohlergehen verantwortlich. Ich habe mich entschlossen, Ihnen zu Diensten zu stehen, auch wenn ich dafür meine Gesundheit aufs Spiel setze."

Sie hatte sich seit seiner Ankunft zurückgehalten, konnte es aber nicht mehr länger: Sie verdrehte unweigerlich die Augen.

„Ihre Barmherzigkeit ist erstaunlich, Hastings. Ich bin schockiert, dass Sie nicht bereits heiliggesprochen wurden."

„Ganz meine Meinung, liebe Miss Fitzhugh." Er beugte sich zu ihr, sprach mit leiserer Stimme weiter: „Eine unverheiratete Frau, die leidenschaftlich genug ist, alle Regeln über Bord zu werfen und in das Bett eines Mannes zu hüpfen? Ihre Ansprüche könnten mich zum Krüppel machen."

Hitze stieg ihr den Hals hinauf. Sie lief schneller und sagte mit eiskalter Stimme: „Ich bin gerührt von Ihrer Bereitschaft, sich zu opfern. Trotzdem muss ich Ihr so großzügiges wie großherziges Angebot ablehnen."

Er hielt mit ihr Schritt. „Das ist bedauerlich. Ich bin nämlich die wesentlich bessere Wahl, da ich nicht schon einer anderen Frau gehöre."

„Es ist nur zu schade, dass Sie sonst keinerlei Qualitäten besitzen, Mylord."

„Ich dachte mir schon, dass Sie immer noch vollkommen unvernünftig sind. Nun gut, wenn Sie nicht an sich selbst denken wollen, denken Sie doch an Ihren Geliebten. Seine Mutter ist keine besonders sanftmütige Person, und er fürchtet sich davor, dass sie schlecht von ihm denken könnte. Stellen Sie sich ihre Reaktion vor, wenn sie erfährt, dass er eine Jungfrau verführt hat."

Es stand außer Frage, dass Andrew große Ehrfurcht, ja fast sogar Todesangst vor seiner Mutter hatte.

„Glauben Sie bloß nicht, dass sie ein solches Verhalten dulden würde, nur, weil sie gegen Sie nichts einzuwenden hätte. Sie würde es missbilligen. Sie würde ihn ihren geballten Zorn spüren lassen."

Helena biss sich auf die Innenseiten ihrer Wangen. „Wir haben nicht vor, uns erwischen zu lassen."

„Dessen bin ich sicher, aber haben Sie bedacht, dass Mrs Monteth ein geradezu rattenhaftes Talent dafür hat, Fehlverhalten zu erschnüffeln?"

Mrs Monteth war Andrews Schwägerin, eine arrogante Frau, deren Berufung darin bestand, die Fehler und Schwächen aller Menschen in ihrer Umgebung offenzulegen.

„Wenn Sie ihn lieben, lassen Sie ihn in Ruhe." Hastings war von seiner überaffektierten Sprechweise zu stählerner Härte übergegangen. Es erstaunte sie, dass er seinen Tonfall so einfach von zuckersüßer Gefälligkeit in kalte Unerbittlichkeit ändern konnte. „Glauben Sie mir, andernfalls werden Sie der Grund dafür sein, dass er den Rest seines Lebens unglücklich ist."

Er verbeugte sich. „Mehr habe ich nicht zu sagen. Ich wünsche Ihnen einen schönen Tag, Miss Fitzhugh."

Als er auf der Treppe, die zum Haus führte, angekommen war, drehte er sich mit einem spöttischen Grinsen um, jetzt wieder ganz der Casanova. „Falls Sie neugierig sind, mein Angebot steht noch."

„MEIN LIEBER JUNGE", sagte die Dowager Duchess of Lexington, die mit Christian nach London gereist war.

„Den Ton kenne ich, Stiefmama", entgegnete er vom Fenster aus. „Dir ist ein besonders pikantes Stück Klatsch zu Ohren gekommen."

Kinder liefen durch den kleinen Park auf der anderen Straßenseite, ließen Drachen steigen, fütterten Enten und spielten Verstecken. Es gelang einem Jungen, seinem Kindermädchen lange genug zu entwischen, um ein Pferd, das vor eine in der Nähe stehende Droschke gespannt war, mit einem Apfel zu füttern.

„Es handelt sich dabei auch noch um ein Gerücht der seltensten Sorte: Es betrifft dich."

„Verstehe." Zu hoffen, dass es nicht die Runde machte, ehe er sich der Hand seiner Liebsten ganz sicher sein konnte, wäre zu viel des Guten gewesen.

Das Kindermädchen des Jungen schimpfte und zog seine Hand weg vom Fell des Pferdes, zweifellos warnte sie ihn dabei vor Flöhen und anderem Ungeziefer, das sich mit Sicherheit auf einem Tier tummelte. Bewegte sich der Vorhang am Fenster der Droschke? Der Kutscher, der seine Zeitung fertig gelesen hatte, zog nun etwas aus seinem Mantel, das aussah wie ein zerknittertes Groschenheft.

„Seit wir heute Morgen in London angekommen sind, habe ich nicht eine, nicht zwei, sondern drei verschiedene Nachrichten erhalten, die von einer leidenschaftlichen Affäre berichten, die du während deiner Überfahrt hattest. Vor aller Augen."

Endlich konnte er über sie sprechen. „Ja, es ist wahr. Alles."

Umfassten behandschuhte Finger die Ränder des Vorhanges in der Droschke?

„Sicher nicht alles. Einige Gerüchte besagen, du hättest sie geheiratet."

Er drehte sich um. „Das nicht. Nicht dass ich es nicht versucht hätte."

Seine Stiefmutter, die gerade dabei gewesen war, das Tulpengesteck auf dem Konsolentisch umzudekorieren, hielt inne. Sie drehte sich um – eine hübsche Frau Anfang vierzig, nur dreizehn Jahre älter als Christian. Doch statt unüberlegt etwas zu sagen, setzte sie sich auf einen seiner Stühle im Stil Ludwig XIV. und zupfte angelegentlich ihre Röcke zurecht. „Du hast ihr einen Antrag gemacht?"

„Ja."

„Du hast kein Wort darüber verloren."

„Die Situation gestaltet sich schwierig. Ich wollte nicht, dass du dir Sorgen machst."

„Du dachtest, ich mache mir weniger Sorgen, wenn ich auf diese Weise davon erfahre?"

Er senkte den Kopf, um ihr zu bedeuten, dass er den Tadel in ihrem Tonfall gehört hatte. „Ich bitte um Entschuldigung."

„Was, bitte schön, ist so kompliziert an der Situation? Wenn der Duke of Lexington einen Heiratsantrag macht, nimmt die freudestrahlende Dame ihn an. So einfach ist das."

Wenn es nur so einfach gewesen wäre. „Sie ist unter einem Decknamen gereist."

Sobald er englischen Boden betreten hatte, hatte er ein Treffen mit jemandem, der sich mit deutschem Adel auskannte, in die Wege geleitet. Die Seidlitz waren eine namhafte preußische Familie. Die Hardenbergs waren ein schlesisches Adelsgeschlecht. Es gab aber keinen Vermerk über einen Baron von Seidlitz-Hardenberg – und somit auch keine einzige Baronin von Seidlitz-Hardenberg.

So viel zu der klitzekleinen Chance, dass sie ihren richtigen Namen verwendet hatte – und dass er sie finden konnte, ohne den gesamten Kontinent auf den Kopf zu stellen.

Die Witwe des Herzogs atmete tief durch die Nase ein. „Ein Deckname?"

„Ich habe außerdem nie ihr Gesicht gesehen."

Sie blinzelte überrascht.

„Wie ich schon sagte, es ist recht kompliziert."

„Wirklich, Christian." Sie tippte mit den Fingern auf die Armlehne des Stuhls. „Zu Hause warten Hunderte hervorragend geeigneter junger Damen, und du machst einer Frau einen Antrag, die du nicht mal erkennen würdest, wenn du auf der Straße an ihr vorbeigehen würdest?"

„Ich liebe sie." Diese Begründung hätte genügen müssen, doch sie klang in Anbetracht der zahlreichen Unbekannten in der Gleichung irgendwie unzureichend. „Du wirst sie in dein Herz schließen – sie macht aus mir einen ganzen Menschen."

Ihre Gnaden war nicht überzeugt. „Ich würde sie gerne treffen und das selbst beurteilen."

„Ich werde dafür sorgen, sobald ich sie überzeugt habe, meinen Antrag anzunehmen."

„Wie schnell wird dir das gelingen?"

„An meinem Geburtstag, hoffe ich. Sie hat zugestimmt, mich zum Abendessen im Savoy zu treffen."

Seine Stiefmutter erhob sich. „Du weißt, dass ich deinem Urteilsvermögen vertraue, Christian. Ich habe darauf vertraut, seit wir uns das erste Mal trafen. Ich würde jedoch meine Pflicht vernachlässigen, wenn ich dich nicht deutlich auf die mehr als außergewöhnlichen Umstände hinweisen würde. Du bist dieses Mal ein wirklich großes Risiko eingegangen – und ich meine nicht für dein Ansehen oder für deinen Besitz."

Er hatte diese Warnung verdient. „Ich fürchte, ich habe mein Herz verloren. Ich werde zutiefst unglücklich sein, wenn ich sie nicht heirate."

„Du kannst in einer Ehe ebenso unglücklich werden – aber dann wird es zu spät sein."

„Es ist bereits zu spät. Wenn ich sie nicht haben kann, will ich keine."

Sie seufzte. „Bist du dir ganz sicher?"

„Ja."

Das Echo von etwas – vielleicht Angst – durchzuckte ihn, als er diese eindeutige Antwort gab. Als er Mrs Easterbrook das allererste Mal gesehen hatte, war er sich ganz genauso sicher gewesen, dass sie der Schlüssel zu seinem Glück wäre.

„Sei vorsichtig, mein Lieber", sagte seine Stiefmutter. „Mache ihr nur erneut einen Antrag, wenn sie sich als würdig erweist."

Er versuchte, das Gespräch durch einen Witz aufzulockern. „Das sagt die Frau, die vorher glücklich darüber gewesen wäre, wenn ich nur irgendein weibliches Wesen heirate, das einen Puls hat."

„Nur, weil diese eine die Macht hat, dir weh zu tun, mein Lieber. Nur deshalb."

DA DIE VORHÄNGE IN DER DROSCHKE alle zugezogen waren, um Venetia vor Blicken zu schützen, wurde die bereits mit Tabak- und Gin geschwängerte Luft im Inneren mit jeder Minute muffiger.

Es hätte ihr nicht gleichgültiger sein können.

Der Blick auf ihren Geliebten hatte sie in eine Art Delirium fallen lassen. Sie konnte nicht klar denken. Das Einzige, was zählte, war, ihn wiedersehen zu können. Sie hatte keine Ahnung, was sie sich davon erhoffte, aber die Macht, die sie zu ihm zog, war größer als alles in ihr, was sie davon hätte abhalten können.

Sie war nach ihrem Aufbruch aus Fitz' Haus zunächst zu Fuß gegangen. Irgendwo auf dem Weg war ihr klar geworden, dass es viel zu lange dauern würde, zum Savoy zu laufen, also war sie stehengeblieben und hatte sich eine Droschke genommen.

Ihr Taxi erreichte das Savoy Hotel genau in dem Moment, als der Herzog wieder in seine eigene Kutsche stieg und davonfuhr. Sie folgte ihm zu seiner Wohnung in einem kunstvollen neoklassizistischen Gebäude, das sie hasste. Wenn die Mauern aus Glas gewesen wären, hätte es ihr vielleicht nicht so viel ausgemacht. Dann hätte sie ihn im Inneren sehen können, während er tat, was auch immer er eben tat, wenn er nicht gerade damit beschäftigt war, sie Hals über Kopf in ihn verliebt zu machen. Sie sah jedoch nichts. Die Kindermädchen und Gouvernanten im Park wurden allmählich misstrauisch ob der Droschke. Es würde nicht mehr lange dauern, bis ein Konstabler kommen und den Kutscher fragen würde, was er sich dabei dachte, vor den Anwesen von Herzögen und Grafen herumzulungern.

Sie konnte nicht für immer an diesem Ort bleiben.

Ein flüchtiger Blick. Sie wollte nur einen weiteren kurzen Blick auf ihn werfen können.

Die Götter erhörten sie. Eine Kutsche, auf der das Wappen der Lexingtons prangte, fuhr vor. Eine Minute später verließ er das Gebäude durch die Vordertür und stieg in die Kutsche.

Sie hatte ihren „einen flüchtigen Blick" bekommen. Es fühlte sich jedoch so an, als ob sie ein einziges Reiskorn erhalten hatte, nachdem sie bereits eine Woche lang hungerte.

„Folgen Sie dieser Kutsche", wies sie den Fahrer an. „Und verlieren Sie sie nicht aus den Augen."

Ein weiterer kurzer Blick. Nur ein einziger, wenn er die Kutsche an seinem Zielort verließ.

„Madam, Sie hätten ihn schneller, wenn Sie ihn 'nen Blick auf Sie werfen lassen würden", bemerkte der Fahrer.

Wie sehr sie sich wünschte, dass das wahr wäre. „Beeilen Sie sich."

Seine Kutsche fuhr in westliche Richtung. Sie vermutete zunächst, dass er zu seinem Club in der St. James's Street wollte, doch die Kutsche hielt erst in der Cromwell Road, direkt vor dem großartigen Monument zu Ehren des Tierreichs, dem British Museum of Natural History.

Wo *ihr* Dinosaurier ausgestellt wurde.

Sie warf dem Kutscher eine Handvoll Münzen zu, sprang aus der Droschke und verfluchte die engen Röcke ihres Kleides, die es ihr unmöglich machten, irgendetwas auf nur annähernd athletische Weise zu tun.

Er stieg die Treppe zum Eingang hinauf und ging durch die wunderschönen romanischen Torbögen hinein ins Museum. Das zentrale Ausstellungsstück in der Eingangshalle war ein nahezu vollständiges Skelett – es fehlten lediglich drei Rückenwirbel – eines fünfzehn Meter langen Pottwals. Sie hatte es bei keinem ihrer früheren Besuche versäumt, das Skelett zu bewundern, nun aber hielt sie panisch nur nach ihm Ausschau.

Lass ihn in den Westflügel gehen, um zwischen den Vögeln und Fischen umherzuschlendern. Oder lass ihn in den ersten Stock gehen. Aber nein, er löste sich gerade aus der Besuchermenge, die sich vor dem Walskelett versammelt hatte, und ging in den Ostflügel, der die paläontologische Sammlung beherbergte.

Glücklicherweise befanden sich in der Galerie, die Besucher nach Betreten des Ostflügels zuerst durchschritten, nur Säugetiere: das große amerikanische Mastodon, das perfekt erhaltene Mammut, das in Essex ausgegraben worden war, das nashornähnliche Uintatherium, die Stellersche Seekuh, die so lange gejagt wurde, bis sie gegen Ende des vorigen Jahrhunderts ausgestorben war.

Vielleicht waren sie es, denen er an diesem Nachmittag einen Besuch abstatten wollte. Oder die Fossilien von Menschen und Primaten, in den an der Südwand aneinandergereihten Schaukästen. Oder die ausgestorbenen Vögel im Pavillon am Ende der Galerie. Die Moas waren sehr interessant, genauso wie die Eier der Elefantenvögel, einer Vogelart, die eine halbe Tonne gewogen haben sollte.

Er schenkte den Wundern aus aller Welt, die zusammengetragen worden waren, um ihn zu erfreuen und zu bilden, jedoch nur wenig Beachtung und bewegte sich weiter in Richtung der Galerie, die parallel zur Säugetierabteilung verlief und in der die Überreste von Reptilien aufbewahrt wurden.

Sie hatte die Hoffnung noch immer nicht aufgegeben. Mehrere Galerien voller Meereskuriositäten gingen von der Reptiliengalerie ab. Vielleicht … vielleicht …

Oder vielleicht auch nicht. Er wurde langsamer, blieb vor dem Skelett eines Pareiasaurus aus dem Karoo-Becken in Südafrika stehen und beugte sich nach vorn, um die kleine Tafel zu lesen, auf der die Namen der Entdecker und Stifter standen.

Ihr Herz pochte. Ihr Name stand auf einer Tafel, die kaum fünfzehn Meter von ihm entfernt war. Obwohl er die Zusammenhänge nicht auf der Stelle erkennen würde, musste er danach nur noch davon erfahren, dass sie den Atlantik ungefähr zur selben Zeit wie er überquert hatte, um zu verstehen, dass es kein Zufall sein konnte und dass Baronin von Seidlitz-Hardenberg und Mrs Easterbrook ein und dieselbe Person waren, ganz egal wie sehr er sich gegen diesen Gedanken wehren würde.

Er wandte sich vom Pareiasaurus ab. An der Südwand der Galerie befanden sich die großen Meeresechsen: die Plesiosaurier und die Ichthyosaurier. An der Nordwand standen die Schaukästen mit den Landungeheuern.

Wie von einem inneren Kompass geleitet, schritt er auf die Nordwand zu.

WARUM ER AUSGERECHNET DURCH das herausragendste *britische* Naturkundemuseum stiefelte, wusste Christian nicht – soweit er sich erinnerte, wurde hier nicht einmal ein Schwäbischer Lindwurm ausgestellt. Er hätte wenn überhaupt im Berliner Museum für Naturkunde oder am Institut für Paläontologie der Ludwig-Maximilians-Universität in München danach suchen sollen.

Dennoch hatte ihn irgendetwas hierher getrieben. Sie war möglicherweise bereits in London angekommen. Und wenn es so war, hätte sie dann nicht das Bedürfnis gehabt, sich mit der besten Sammlung von Dinosauriern in ganz England zu umgeben?

Es war ein sonniger, frischer Tag und die Galerie war nicht besonders voll: ein halbes Dutzend junger Männer, die aussahen wie Studenten, ein Paar mittleren Alters, einfallslos, aber teuer gekleidet, eine Gouvernante mit zwei Schützlingen, die sie von Zeit zu Zeit ermahnte, sich ruhig zu verhalten, wenn sie vor Aufregung zu laut wurden.

Aus einer völlig absurden Hoffnung heraus, blickte er mehrere Male in Richtung der Gouvernante. Es war ihm in den Sinn gekommen, dass die Baronin möglicherweise eine ganz einfache Bürgerliche war, und sich daher nicht wert genug fühlte, eine Verbindung mit einem Herzog einzugehen. Das war allerdings seine geringste Sorge. Was nutzte es ihm, Herzog mit einer acht Jahrhunderte zurückreichenden Ahnenreihe zu sein, wenn er nicht die Frau heiraten konnte, die er wollte?

Der Gouvernante, einer streng aussehenden Person in den Dreißigern, gefiel seine Aufmerksamkeit ganz und gar nicht. Sie warf ihm einen finsteren Blick zu und wandte sich demonstrativ wieder an ihre Schützlingen, denen sie verkündete, dass sie sich nun besser zu den Fischfossilien begaben, wenn sie alles sehen wollten, ehe es Zeit war, zum Tee nach Hause zurückzukehren.

Erhobenen Hauptes komplimentierte sie die Kinder hinaus, wobei ihre Nase fast direkt zur Decke zeigte. Während sie dies tat, betrat eine andere Frau die Galerie auf der gegenüberliegenden Seite. Sie blieb stehen, um die Fossilien der Flugdrachen zu begutachten, die in Schaukästen an der Wand hingen.

Ihm blieb fast das Herz stehen. Sie trug ein einfaches hellgraues Kostüm, das mit den romantischen, sanft fallenden Kleidern der Baronin nicht zu vergleichen war. Doch ihrem Rücken, ihrer Größe und Statur nach, und der Art und Weise, wie die Kleidung an ihr saß … Hätte er eines der Kleider der Baronin behalten, es hätte ihr perfekt gepasst.

Die Frau drehte sich um.

Die Erde hörte auf, sich zu drehen. Die Jahre waren vergessen. Er war wieder ein neunzehnjähriger Junge auf dem Cricketrasen von Lord's, der sie mit einem Pfeil im Herzen anstarrte.

Mrs Easterbrook.

Francis Bacon hatte einmal geschrieben: „Es gibt keine herausragende Schönheit, die in ihren Proportionen nichts Eigentümliches hat." Der Mann musste Mrs Easterbrook im Sinn gehabt haben. Ihre Nase war bemerkenswert lang. Der untere Wimpernansatz verlief so ungewöhnlich, dass ihre Augen nicht in der Mitte am weitesten waren, sondern am äußeren Rand. Und diese Augen hätten sicherlich absolut lächerlich ausgehen, wenn sie nur einen Millimeter weiter auseinander gestanden hätten. Doch im Einklang mit ihren hohen Wangenknochen und ihren vollen Lippen wirkten sie einfach atemberaubend.

Er wollte Gipsabdrücke von ihr nehmen. Er wollte einen Messschieber anlegen und jeden Abstand in ihrem Gesicht ganz genau vermessen. Er wollte, dass ihr Blut und ihr Gewebe von den besten Chemikern der Welt analysiert wurden. Es musste sich etwas in ihrer Physis finden lassen, das anders war und ihn dazu brachte, derart zu reagieren, als ob man ihm eine Droge gegeben hatte, für die die Wissenschaft noch keinen Namen gefunden hatte.

Doch mehr als alles andere wollte er …

Er rief sich zur Besinnung: Er war ein Mann, der versprochen hatte, einer anderen zu gehören. Die Baronin mochte seine Liebe nicht erwidern, doch er erwartete mehr von sich, wenn er sein Wort gegeben hatte.

„Abscheuliche Viecher, nicht wahr?", fragte die hinreißende Mrs Easterbrook, während sie ihre Handtasche am Rand des Schaukastens abstellte.

Er blickte in den Kasten neben sich. Gerade eben hatte er noch neben ausgestellten Riesenschildkröten gestanden, nun stand er jedoch vor einem Cetiosaurus. Er musste gedankenverloren auf sie zugegangen sein.

„Ich finde eigentlich, dass es ganz schöne Exemplare sind. Besonders dieses."

Sie schaute ihn an, ihr Blick streichelte seine Haut.

„Pah", sagte sie. „Dick und hässlich."

Sie stand so nah bei ihm, dass sie sich fast berührten, aber ihre Worte drangen nur leise an sein Ohr, als ob Nebel oder eine große Entfernung sie dämpften. Als er den Kopf wegdrehte, um ihr nicht mehr direkt in die Augen zu sehen, wurde er ihres subtilen, aber dekadenten Dufts nach Jasmin gewahr.

„Wenn Ihnen Gottes Schöpfungen nicht gefallen, Madam", sagte er barsch, „sollten Sie vielleicht nicht unbedingt ein naturkundliches Museum besuchen."

MIT DIESEN WORTEN MACHTE IHR Geliebter auf dem Absatz kehrt und ging davon.

Als sie aufeinander zu gegangen waren, hatte die Luft für einen kurzen Moment vor Spannung geknistert. Das Gefühl, das sie ergriff, als sich die Distanz zwischen ihnen immer weiter verkürzte, war ihr so vertraut. Jeden Augenblick würde er lächeln und ihr seinen Arm anbieten. Sie würden beieinander stehen und ihre großartige Entdeckung bewundern. Und nichts, absolut nichts würde sie je wieder voneinander trennen.

Dann war ihr sein Gesichtsausdruck aufgefallen: der eines Mannes, der schlafwandelte. Der eines Mannes, der verhext war, seines Willens beraubt und von seinem Verstand verlassen.

Er hatte nicht übertrieben.

Wenn ein Mann so auf sie reagierte, kränkte es sie. Es war eine Bestätigung dafür, dass sie außergewöhnlich aussah. Doch in seinem Fall genoss sie es. Sie *wollte*, dass er sie für immer anstarrte. Es änderte ja nichts daran, dass er sie für ihren Charakter liebte.

Und vielleicht, nur vielleicht, konnte sie ihr Aussehen als Lockmittel benutzen, ihn damit einfangen und ihn bei sich behalten, bis er erkannte, dass er sie doch gern hatte. Dass er sie eigentlich sogar durch und durch und sogar sehr leidenschaftlich gern hatte.

Doch dann war er sich seiner selbst wieder bewusst geworden – und geflohen. Die Selbstvorwürfe standen ihm ins Gesicht geschrieben. Er fand es unverzeihlich, dass er sich selbst und die Baronin für einen winzigen Augenblick völlig vergessen hatte.

Ihre Hoffnung, dass er langfristig Kontakt zwischen ihnen zulassen würde, war dahin. Sie fühlte sich wie ein abgeerntetes Feld, ihre Früchte waren fort, und es lag nichts als ein langer, karger Winter vor ihr.

Langsam hob sie ihre Handtasche, die sie genau über der Plakette abgesetzt hatte, auf der geschrieben stand:

Cetiosaurus, Geschenk von Miss Fitzhugh, Hampton House, Oxfordshire, die das Skelett 1883 in Lyme Regis, Devon, ausgegraben hat.

Sie hatte ihm erzählt, dass es sich bei dem Dinosaurier um einen Schwäbischen Lindwurm handelte, weil der Cetiosaurus ein so typisch englisches Fossil war und sie ihm ihre englischen Wurzeln nicht hatte offenbaren wollen. Sie betrachtete das Skelett, den großen Kopf, die dicken Beine und die massive Wirbelsäule, die für immer mit dem Hochgefühl des Entdeckens und den grenzenlosen Möglichkeiten der Jugend verbunden waren.

„Madam", sagte ein Mann in seinen frühen Zwanzigern, den sie nie zuvor getroffen hatte, dicht an ihrer Seite. „Madam, meine Freunde und ich, wir rudern für Oxford. Und wir haben uns gefragt … wir haben uns gefragt, ob Sie vielleicht vorhaben, die Henley Regatta anzusehen?"

Offensichtlich hatte die wunderschöne Mrs Easterbrook wieder zugeschlagen.

„Ich wünsche Ihnen viel Glück, Sir", antwortete sie, „doch ich werde leider nicht dort sein."

KAPITEL 12

MILLIE KONNTEN DEN BLICK KAUM von ihrem Mann wenden.

Sie hatten den ganzen Tag zusammen verbracht. Den Großteil des Nachmittags hatten Angelegenheiten im Zusammenhang mit Cresswell & Graves in Anspruch genommen, der Konservenfabrik, die Millie von ihrem Vater geerbt hatte. Nach dem Tee hatten sie die in diesem Jahr anstehenden Renovierungsarbeiten in Henley Park erörtert. Bis Venetias Nachricht gekommen war, in der sie sie bat, im Arbeitszimmer auf sie zu warten, hatte er ihr die Veränderungen gezeigt, die er in ihrer Abwesenheit im Stadthaus vorgenommen hatte.

Man hätte meinen sollen, so viele Stunden am Stück wären genug gewesen. Aber je länger sie ihn ansah, desto mehr wollte sie ihn ansehen. So war das immer schon gewesen. Doch an diesem Tag war es schlimmer als sonst. Als sie aus dem Zug ausgestiegen war, hatte sie festgestellt, dass er den Vollbart abgenommen hatte, den er in den vergangenen beiden Jahren getragen hatte. Die Wirkung seiner glattrasierten Züge, der klaren Linien und Kanten, hatte ihr den Atem geraubt.

Er war Helenas Zwillingsbruder, doch im Bezug auf Physiognomie und Farbgebung ähnelte er mit seinen dunklen Haaren und blauen Augen eher Venetia. Ein unglaublich gut aussehender Mann – sehr zu Millies Leidwesen. Auch wenn sie sich ursprünglich in ihn verliebt hatte, weil er attraktiv war, so beruhte ihre Liebe jetzt auf der Erkenntnis, dass sie sich nicht vorstellen konnte, ihr Leben mit jemand anderem zu verbringen.

Als er ihr eine halbe Stunde zuvor die eine Neuanschaffung für das Stadthaus offenbart hatte, die nicht auf ihrer Liste stand, eine brandneue, blaulackierte Toilettenschüssel mit weißen Gänseblümchen – ein kleiner Scherz, den nur sie beide verstehen konnten –, hatten sie so gelacht, dass sie sich an die Wand lehnen mussten, um nicht umzufallen. Danach hatte er sie angelächelt, und sie hatte sich wieder gefühlt, als schwebte sie.

Doch jetzt war sein Gesicht ernst, als er ihrem Bericht der Ereignisse bei dem Vortrag in Harvard lauschte, der wesentlich detaillierter ausfiel, als sie es in dem Telegramm, das sie ihm zuvor geschickt hatte, geschrieben hatte und in dem sie ihm geraten hatte, bei Venetias Rückkehr nicht zu viele Fragen zu stellen. Nicht, dass es nötig wäre, dass sie ihn daran erinnerte – man konnte immer darauf zählen, dass Fitz taktvoll und einfühlsam war.

„Ich finde es seltsam, dass sie nicht wütend ist", bemerkte er. „Ist dir aufgefallen, dass sie, seit sie wieder da ist, abwesend und melancholisch ist, aber nicht wütend?"

Millie zögerte, dann schüttelte sie den Kopf. Nicht, weil er sich irrte, sondern weil sie in den Stunden seit ihrer Rückkehr nur Augen für ihn gehabt hatte.

Es klopfte an der Tür zum Arbeitszimmer. Venetia kam herein. „Tut mir leid, dass es so lange gedauert hat. Helena war noch bei mir. Ich weiß nicht, warum sie sich solche Sorgen um mich macht. Sie sollte sich viel eher um sich selbst sorgen."

Millie sah sich Venetia genau an und versuchte abzuschätzen, ob Fitz recht hatte. Aber die grimmige Entschlossenheit in Venetias Gesichtsausdruck ließ keinen Raum für anderes.

Fitz überließ ihr seinen Stuhl. „Nimm Platz, Venetia."

Er trat hinter Millies Stuhl und umfasste dessen Rückenlehne. Sie wünschte, sie säße nicht so kerzengerade. Liebend gern hätte sie sich ein wenig zurückgelehnt und gespürt, wie seine Finger ihren Nacken streiften.

Venetia setzte sich. „Auf der Überfahrt fand ich unter meinen Sachen eine von Helenas Jacken. Ich bin nicht sicher, wann sie versehentlich in meinen Koffer geraten ist, aber da sie mir nicht passt, habe ich sie ignoriert. Als ich mich heute Nacht bettfertig machte, fiel mir die Jacke wieder ein, ich nahm sie aus dem Kleiderschrank – und fand das hier."

Sie legte ein Stück Papier auf den Schreibtisch, einen Brief. Millie nahm ihn, Fitz schaute ihr über die Schulter. Mit jeder Zeile wurde ihr Herz schwerer.

Fitz ging zum Fenster hinüber.

„Keine Unterschrift, aber er erwähnt sein Buch und das Haus seiner Mutter in diesem Brief namentlich", sagte Millie in die drückende Stille hinein. „Das enthebt uns aller Zweifel."

„Ich weiß nicht, ob ich erleichtert oder unsagbar enttäuscht sein soll, es sicher zu wissen", sagte Venetia. „Ich schätze, ich hatte mich noch immer an die Hoffnung geklammert, wir hätten vollkommen überreagiert."

Millie sah ihren Mann an. Er stand mit vor der Brust verschränkten Armen da, sein Gesicht war völlig ausdruckslos.

„Was sollen wir tun, Fitz?", fragte Venetia.

„Ich denke darüber nach", sagte er. „Du siehst nicht gut aus, Venetia. Geh schlafen. Ruh dich aus. Überlasse das Sorgenmachen zur Abwechslung einmal mir."

Millie betrachtete Venetia genauer. Manchmal brauchte sie eine Weile, bis sie außer deren Schönheit etwas sah, besonders, wenn sie eine Weile weg gewesen war. Venetia wirkte, als sei ihr übel.

Sie erhob sich und lächelte matt. „Das ist der Steinbutt vom Abendessen. Der ist mir nicht so gut bekommen."

„Aber du hast beim Abendessen kaum etwas angerührt", bemerkte Fitz.

„Sollen wir einen Arzt rufen?", fragte Millie.

„Nein, macht euch bitte keine Umstände!" Venetia hielt inne, als sei sie ob der Heftigkeit ihrer Antwort selbst überrascht. Sie sprach ruhiger weiter: „Ein paar Verdauungsbeschwerden sind noch lange kein Grund zur Beunruhigung. Ich habe ein paar Sodatabletten genommen. Es wird mir im Handumdrehen wieder gutgehen."

Venetia ging. Fitz setzte auf den freigewordenen Stuhl. „Du solltest auch zu Bett gehen, meine Liebe", sagte er zu Millie. „Es ist spät, und du hast eine lange Reise hinter dir."

„Lang vielleicht, aber doch nicht anstrengend." Sie erhob sich dennoch. Sie waren lange genug verheiratet, dass sie erkannte, dass er allein sein wollte. „Gehst du noch weg?"

„Vielleicht."

Wahrscheinlich um weibliche Gesellschaft zu suchen. Schließlich, sagte sie sich, war sie das doch gewohnt. Es war auch besser so. Warum eine so gute Freundschaft wie die ihre aufs Spiel setzen? „Gute Nacht."

„Gute Nacht."

Er sah sie nicht an, sondern las erneut Andrew Martins Brief.

Sie gestattete sich, ihn noch einen Augenblick zu betrachten, ehe sie die Tür hinter sich schloss.

„VERDAMMT NOCH MAL, FITZ!" Hastings knickte ein, die Hände auf den Bauch gepresst. „Von so etwas kann man einen Milzriss bekommen."

Fitz spreizte die Finger. Der Hieb in Hastings' Magen hatte nicht wehgetan, der in sein Gesicht schon. Der Schädel dieses Mannes war hart wie Stahl. „Du hättest ihn verdient. Du wusstest, dass es Andrew Martin war, oder? Und du hast mir kein Wort gesagt."

Hastings richtete sich ächzend auf. „Woher weißt du es?"

„Ich habe eure Gesichter gesehen, als du mit ihr durch den Garten gegangen bist. Es war unübersehbar, dass du etwas gegen sie in der Hand hast."

Er hätte sich früher um Hastings kümmern sollen, aber die Entscheidungen in Sachen Cresswell & Graves hatten keinen Aufschub geduldet. Außerdem hatte er sich in Millies Gegenwart so wohl gefühlt, dass er seinen Aufbruch von zu Hause immer wieder aufgeschoben hatte. Es wusste selbst nicht so genau warum. Sie war seine Frau, er konnte ihre Gesellschaft genießen, wann immer er wollte.

Ächzend schleppte sich Hastings zu dem Kaffeeservice, das kurz zuvor hereingebracht worden war. „Ich habe dir genug gesagt."

Er reichte Fitz eine Tasse Kaffee. Fitz nahm das Friedensangebot an. „Du hast uns hoffen lassen, du Hohlkopf. Wenn meine Schwester ihre Zukunft an irgendeinen Bastard wegwirft, will ich nicht meine Tage damit vertun zu beten, dass ich mich irre. Ich will ohne den geringsten Zweifel alles wissen, um handeln zu können."

„Was wirst du deswegen tun?"

„Mir bleibt keine große Wahl, oder?"

„Soll ich mitkommen?"

Fitz schüttelte den Kopf. „Das Letzte, was ich will, ist, einen ihrer abgewiesenen Verehrer mitzubringen."

„Ich bin keiner ihrer Verehrer", erklärte Hastings, aber es klang verdächtig nach einem Jungen, den man mit der Hand in der Keksdose erwischt hatte. „Ich habe ihr nie den Hof gemacht."

„Nur, weil du zu stolz bist."

Hastings mochte den Rest der Welt täuschen, aber für Fitz war er ein offenes Buch.

„Ach, hör auf." Hastings betastete vorsichtig seine Wange, die von Fitz' Schlag aufgeschürft war. „Warum musst du mich auch so gut kennen?"

„Nur deshalb mag ich dich."

„Wenn du deiner Schwester etwas verrätst …"

„Ich habe ihr dreizehn Jahre lang nichts verraten. Warum sollte ich jetzt damit anfangen?" Er stellte den Kaffee ab. „Ich mache mich dann mal auf den Weg."

„Richte Martin auch schöne Grüße von mir aus, ja?"

„Das werde ich tun, keine Sorge."

VENETIA WARF IHRE DECKE von sich und verließ das Schlafzimmer.

Es machte ihr nichts aus, sich im Bett herumzuwälzen, aber die Schmerzen in ihren Brüsten − eine unbekannte Empfindlichkeit in den Brustspitzen − beunruhigten sie. Sie hatte auch früher schon unter gebrochenem Herzen gelitten, aber diesmal hatte ihr Elend zunehmend Ausdruck in diversen Beschwerden und immer wieder Anfällen von Übelkeit gefunden, die nichts mit Liebeskummer zu tun hatten.

Sie war so müde. Trotz all der Gedanken, die wie Heuschrecken in ihrem Kopf schwärmten, war sie nach dem Tee eingeschlafen.

Nach dem *Tee*, obwohl sie doch in ihrem ganzen Leben noch nie Mittagsschlaf gehalten hatte … und ganz sicher nicht zu so ungewöhnlicher Stunde.

Sie ging die Treppe hinunter. In Fitz' Arbeitszimmer stand eine Enzyklopädie mit einem Eintrag über versteinerte Fußabdrücke. Ihre waren eingelagert − Christian durfte um Gottes Willen nicht herausfinden, dass Mrs Easterbrook so etwas erworben hatte. Eine Abbildung in einem Buch war bei Weitem nicht dasselbe, aber etwas anderes besaß sie nicht, und sie brauchte eine greifbare Erinnerung daran, dass er aktiv um das Vergnügen ihrer Gesellschaft gekämpft hatte, dass ihm ihre ständige Präsenz in seinem Leben ebenso wichtig gewesen war wie der tägliche Sonnenaufgang am östlichen Horizont.

Doch Fitz war bereits im Arbeitszimmer, in Hemdsärmeln, eine Flasche Cresswell & Graves-Apfelschaumwein und ein Glas neben sich.

„Kannst du wieder nicht schlafen, Venetia?"

Sie setzte sich ihm gegenüber. „Ich habe nach dem Tee zu lange geschlafen. Was tust du …"

Sie vergaß, was sie hatte sagen wollen, als sie den kleinen Fleck auf seiner Hemdbrust sah. „Ist das Blut?"

„Hastings'."

„Warum hast du einen Fleck von Hastings' Blut?"

„Lange Geschichte. Wie auch immer, ich hatte ein Tête-à-Tête mit Andrew Martin."

„Mit deiner Faust?"

„Das hatte ich vor, aber das wäre gewesen, als schlüge ich den Osterhasen."

Mr Martin hatte eines dieser ewig unschuldigen Gesichter. „Was hast du getan?"

„Ich habe ihm die Risiken für Helena aufgezeigt. Dass andere es auch herausfinden können, wenn es uns gelungen ist. Dass er sich von ihr fernhalten muss, wenn er sie liebt."

„Glaubst du, das wird er tun?"

„Er wirkte recht zerknirscht. Ich habe ihm jedenfalls klipp und klar gesagt, ich würde ihn entmannen, wenn er mir auch nur den geringsten Grund zum Argwohn gibt." Fitz holte noch ein Glas und füllte beide mit Apfelschaumwein. „Jetzt du, Venetia."

„Ich?"

„Dein Magen kann keine Probleme mit dem Steinbutt haben. Ich habe dich beobachtet. Du hast das Filet geschnitten und die Stücke herumgeschoben, aber nichts davon gegessen."

„Vielleicht liegt es an etwas anderem."

„Vielleicht."

Warum hatte sie das Gefühl, dass Fitz nicht von einer anderen Speise sprach? „Ich glaube, ich gehe wieder in Bett."

Als sie dir Tür erreichte, fragte Fitz: „Er ist nicht verheiratet, oder?"

Ohne sich umzudrehen, sagte sie: „Wenn du den Duke of Lexington meinst, bin ich recht sicher, dass die Antwort nein lautet."

„Den meine ich nicht."

Ein echter Geniestreich, wenn sie das von sich selbst behaupten durfte. Jetzt konnte sie ganz ehrlich antworten: „Dann weiß ich nicht, wen du meinst."

CHRISTIAN WARF EIN WEITERES ZERKNÜLLTES Blatt Papier weg.

Er genoss es, an die Frau zu schreiben, die er liebte – eine Anekdote aus seinem Tag, ein Gedanke hier und da, fast als spräche er mit ihr. Aber in dieser Nacht waren ihm die wenigen Zeilen unsagbar schwer gefallen.

Was konnte er sagen? *Als ich Mrs Easterbrook sah, geriet ich sofort wieder in ihren Bann. Es wird Dich freuen zu hören, dass alles gut war, sobald ich meine sieben Sinne wieder beisammen hatte. Aber bis dahin galt Dir erst mein allerletzter Gedanke …*

Er konnte auf jegliche Erwähnung von Mrs Easterbrook verzichten. Schließlich war er im Savoy gewesen und hatte mit seiner Stiefmutter über seine Geliebte gesprochen – mehr als genug, um einen mittellangen Brief zu füllen. Aber das hätte bedeutet, die Unwahrheit zu sagen, ohne zu lügen.

Es war undenkbar, der Frau, die er liebte, nicht die ganze Wahrheit zu sagen.

Mein Liebling,

heute erwuchs mir eine Prüfung in Gestalt von Mrs Anderswo, und ich kann nicht behaupten, sie bestanden zu haben: Ich bin gegen ihre Reize nicht so immun, wie ich behauptet habe. Ich habe nichts getan, wofür ich Dich um Verzeihung bitten müsste, doch es fällt mir schwer zu rechtfertigen, in welche Richtung meine Gedanken gingen.

Ich brauche Dich. Wenn die Entfernung zwischen uns meine Schwäche verschärft, ist es nur logisch, dass Deine Gegenwart mich stärken wird.

Komm bald. Du kannst mich mühelos finden.

Dein Dir zutiefst ergebener
C.

KAPITEL 13

MILLIE SCHLITZTE DEN OBERSTEN BRIEF ihres morgendlichen Poststapels auf. „Mein Lieber, ich weiß aus zuverlässiger Quelle", sagte sie, während sie die Seite überflog, „dass du der armen Letty Smythe das Herz gebrochen hast."

Venetia und Helena hatten sich das Frühstück auf ihre Zimmer bringen lassen. Millie und Fitz konnten also über private Angelegenheiten sprechen, da sie das Frühstückszimmer für sich allein hatten.

„Das ist eine bösartige und haltlose Unterstellung", antwortete Fitz mit einem Lächeln. „Ich habe lediglich aufgehört, mit ihr zu schlafen."

„Genau das meinte ich."

„Findest du es nicht ziemlich unfair, dass die Klatschtanten immer mir die Rolle des gefühlskalten Bösewichts zuteilen? Es war ein angenehmes Intermezzo, das ein Ende fand."

„Denkt Mrs Smythe genauso?"

„Sie wird mir früher oder später zustimmen."

Millie schüttelte tadelnd den Kopf, als sprächen sie lediglich über einen unerzogenen Welpen. „Ich erwähne es nur ungern, aber ich habe dir gesagt, dass du dich nicht mit ihr einlassen sollst."

„Ja, ich hätte deinem Rat folgen sollen."

„Danke. Darf ich Lady Quincy vorschlagen? Sie ist attraktiv, wortgewandt und vor allem vernünftig: Sie wird sich nicht lächerlich machen, wenn eure Affäre endet."

„Ich glaube eher nicht."

„Hast du etwas gegen Lady Quincy einzuwenden?"

„Gar nichts. Aber meine Affären dauern was … drei, vier Monate? Es wäre dir gegenüber respektlos, mich dir zu nähern, während ich gleichzeitig die Vorzüge einer anderen Frau genieße."

Der Pakt. Es war das erste Mal seit Jahren, dass sie das Thema ansprachen. Sie verteilte einen großen Löffel Marmelade auf ihrem

Toast und hoffte, dabei so ungezwungen auszusehen wie er. „Unsinn. Wir sind schon so lange verheiratet. Hab ruhig deinen Spaß. Ich kann warten."

„Ich bin anderer Meinung", sagte er ruhig. „Zuerst die Pflicht."

Ihre Blicke trafen sich. Ihr wurde plötzlich heiß. Sie sah weg, auf Briefe, die darauf warteten, geöffnet zu werden, und nahm den obersten vom Stapel. „Wie du möchtest", sagte sie, während sie den Umschlug mit dem Brieföffner aufschlitzte.

Zunächst tat sie nur so, als lese sie. Doch es war, als drängten die Worte aus dem Brief und zwängen sie, ihnen Aufmerksamkeit zu schenken.

Sie las den Brief einmal, zweimal, dreimal, ehe sie die Hand senkte und ihn auf den Tisch legte.

„Ich fürchte, ich habe schlechte Neuigkeiten."

VENETIA KONNTE SICH NICHT ERINNERN, wann sie sich das letzte Mal übergeben hatte. Doch gerade eben hatte der Geruch eines Toasts mit Butter, etwas, das sie sich, seit sie ihre Milchzähne hatte, täglich auf ihren Teller aufgetan hatte, ihr Inneres in solchen Aufruhr versetzt, dass sie zum nächsten Klosett gehetzt war, um dort sterbenselend einige Minuten damit zu verbringen, ihren Mageninhalt in die Schüssel zu leeren.

Sie wischte sich den Mund ab und wusch sich das Gesicht. Als sie aus der Toilette kam, stieß sie beinahe mit Millic zusammen. Millie, die sanfteste Person, die sie kannte, griff nach ihrem Arm und zog sie mit sich.

„Was ist denn?"

„Wir reden in deinem Zimmer", sagte Millie, während sie Venetias Tür öffnete.

Sie empfing der Anblick von Helena, die wie wildgeworden Venetias Kleiderschrank durchwühlte.

„Ich habe deine Jacke meinem Dienstmädchen gegeben", sagte Venetia. „Sie reinigt sie vermutlich."

„Ich sehe besser nach." Helena stürzte in Richtung der Tür. „Sie weiß möglicherweise nicht, wie man es richtig macht."

„Vergiss deine Jacke, Helena", sagte Millie, während sie die Tür schloss. „Venetia, es wäre wahrscheinlich besser, wenn du dich setzt."

Venetia folgte der Aufforderung. Etwas in Millies Stimme beunruhigte sie zutiefst. „Was ist?"

„Lady Avery war beim Vortrag des Dukes of Lexington."

Venetia spürte, wie ihr vor Angst schwindelig wurde. Sie umklammerte die Armlehnen ihres Stuhls.

Helena stützte sich mit einer Hand auf Venetias Bettpfosten, als könne sie ihr eigenes Gewicht nicht mehr tragen. „In Harvard?"

Welchem *sonst?*

„Sie war zur selben Zeit wie wir in Boston, um die Hochzeit des amerikanischen Schwagers ihres Sohnes zu besuchen", sagte Millie. „Sie kam vorgestern zurück. Gestern war sie zum Abendessen bei ihrer Nichte und erzählte jedem am Tisch, was der Herzog von sich gegeben hat."

Die Damen bei Tisch waren danach sicherlich zu ihren nächtlichen Tanzveranstaltungen und Bällen gegangen, die Herren in ihre Clubs, und die Nachricht hatte sich mit der Geschwindigkeit der Beulenpest verbreitet.

Die Übelkeit kehrte zurück. Diesmal war Venetias Magen jedoch bereits leer. Sie biss die Zähne zusammen, bis das Gefühl vorüber war. „Glauben alle, dass er von mir gesprochen hat?"

„Viele."

„Glauben sie ihm?"

„Nicht alle", antwortete Millie vorsichtig.

Das bedeutete, dass es einige waren.

„Er ist der begehrteste Junggeselle des Landes", fuhr Millie fort. „Du bist die schönste Frau. Dass er dich diffamiert haben könnte … Allein die Möglichkeit ist mehr als sensationell."

Venetia fühlte sich, als steckte sie bis zum Hals in Treibsand.

Helena sah unglücklicher aus, als Venetia sie je zuvor gesehen hatte. „Das ist alles …"

Sie schreckte davor zurück zu sagen, dass das alles ihr Fehler war. Es hätte bedeutet, zuzugeben, dass ihre Geschwister sie zu Recht aus dem Land geschafft hatten.

Venetia erhob sich. „Er hat sich in Boston extrem taktlos verhalten. Vielleicht dachte er, dass er sich das so weit entfernt von der Heimat leisten könnte. Ich bin aber sicher, dass er mittlerweile erkannt hat, dass er einen Fehler gemacht hat. Ein Mann wie er ist für gewöhnlich nicht daran interessiert, einen Sturm im Wasserglas heraufzubeschwören."

„Du hast ein ziemlich schmeichelhaftes Bild von ihm“, sagte Fitz, der ins Zimmer gekommen war und sich neben Millie gestellt hatte.

„Meine Ansicht über ihn sollte meine Einschätzung der Situation in keiner Weise beeinflussen. Ich bin sicher, dass er fast ebenso wenig erfreut über die Gerüchte ist wie wir und nichts tun wird, um noch mehr Öl ins Feuer zu gießen.“

„Sein Schweigen wird genauso prekär sein“, erklärte Helena. „Er muss die Gerüchte öffentlich dementieren.“

„Dann müsste er lügen. Das wird er nicht tun.“

„Was sollen wir denn sonst machen?“

„Das wird wohl ein Test werden, welche meiner Freunde zu mir stehen. Wenn sie wirklich meine Freunde sind, werden sie nicht zulassen, dass jemand mein Verhalten oder meinen Charakter in Frage stellt.“

„Ich werde dafür sorgen, dass meine Freunde sich genauso verhalten“, erklärte Fitz ruhig.

„Es ist zwar ziemlich kurzfristig, aber wir sollten es schaffen, morgen Abend vierzig Gäste zum Essen zu empfangen – um unsere Truppen in Stellung zu bringen“, fügte Millie hinzu.

„Gut“, sagte Venetia. „Die Tremaines veranstalten morgen Abend einen Ball. Nach dem Dinner werden wir geschlossen dorthin gehen.“

„Bis dahin sollten wir es darauf anlegen, so viel wie möglich in der Öffentlichkeit gesehen zu werden“, sagte Helena. „Vergiss nicht, deiner Modistin einen Besuch abzustatten. Du wirst sicher jeden umwerfen wollen, der dir im Weg steht – natürlich auf die bezauberndste Art und Weise.“

„Ja, ich glaube, ich habe da genau das Richtige“, murmelte Venetia.

Sie hatte während ihrer Ehe mit Tony entdeckt, dass ein perfektes Äußeres oft ausreichte, um die Leute davon zu überzeugen, dass sie glücklich war. Ihre Erscheinung am kommenden Tag würde niemanden daran zweifeln lassen, dass sie ihr Leben voll und ganz im Griff hatte.

Stille breitete sich im Raum aus. Millie und Fitz dachten sicher beide an die Einzelheiten ihrer notwendigen Vorbereitung. Was Helena betraf, so hatte Venetia keine Ahnung, was ihr durch den Kopf ging. Sie hoffte, dass Helena sich nicht wieder selbst die Schuld an allem gab. Wenn überhaupt, war sie froh über Helenas

Fehlverhalten – es hatte ihr die schönste Woche in ihrem Leben beschert.

„Ich komme schon zurecht", sagte sie.

In ihrer wilden Entschlossenheit abzureisen hatte sie es damals nicht richtig begriffen. Doch das Schlimmste war bereits geschehen. Sie hatte den Mann verloren, den sie liebte.

Alles andere war nichts als die Asche des einstigen Feuers.

DA CHRISTIAN NICHT AN DEN Geselligkeiten der Londoner Saison teilnahm, hatte die Gesellschaft in diesen Kreisen eine übertriebene Vorstellung davon, wie viel Zeit er zu seinem Vergnügen im Ausland verbrachte. Er war jedoch selten mehr als vier Monate des Jahres unterwegs. In der übrigen Zeit kümmerte er sich um sein Erbe.

Die de Montforts waren seit jeher vom Glück begünstigt gewesen. Andere ebenso vornehme Familien besaßen Ländereien und Anwesen, die fast nichts mehr wert waren. Doch die de Montforts waren eher zufällig in den Besitz von Steinbrüchen, Minen, Wasserstraßen und Landstrichen gekommen, die seit Generationen bei Investoren und Bauträgern sehr begehrt waren.

Direkt und indirekt, durch älteren Besitz und neuere Unternehmungen, war Christian für den Lebensunterhalt von sechshundert Männern und Frauen verantwortlich. Er sorgte für die Beschulung ihrer Kinder und unterstützte ehemaliges Personal, das sich zur Ruhe gesetzt hatte.

Er verfügte über ein gewaltiges Einkommen, doch die Kosten waren ebenso atemberaubend. Deshalb war er bei den Treffen mit seinen Agenten und Rechtsbeiständen stets äußerst aufmerksam. An diesem Tag jedoch reichte seine Aufmerksamkeit nur, um einem Gesuch an den Schah von Persien zuzustimmen, das die Bitte beinhaltete, auf dessen Land nach Petroleum zu suchen.

Danach bekam er kaum noch mit, was von den Männern um ihn herum diskutiert wurde.

Der Traum war zurück – Mrs Easterbrook, die sich nach dem Liebesakt ohne Eile ankleidete, während er ihr mit unendlicher Freude dabei zusah. Als sie sich dieses Mal umgedreht hatte, hatte sie allerdings Deutsch gesprochen – mit der Stimme der Baronin.

Das Schlimmste daran war, dass er glücklich aufgewacht war.

Es klopfte. McAdams, der Anwalt, blickte verstimmt zur Tür.

„Sir", sagte Richards, Christians Butler, „die *Dowager Duchess* möchte Sie sehen."

Ihre Gnaden hatte nie zuvor darum gebeten, ihn während eines Treffens mit seinen Agenten zu sehen. War Mr Kingston etwas passiert? Als sie gestern aufgebrochen waren, hatte er sich bester Gesundheit erfreut.

Sie wartete im Salon auf ihn und schloss die Tür, sobald er eingetreten war. „Ganz London redet davon, Christian. Lady Avery berichtet, du hättest Mrs Easterbrook bei deinem Vortrag in Harvard beschuldigt, ihre Ehemänner mit ihrer Habgier ins Grab getrieben zu haben."

Als das Wort *Harvard* fiel, hatte er das Gefühl, als bliebe die Zeit stehen. Die Lippen der *Dowager Duchess* bewegten sich mit der Geschwindigkeit eines Gletschers. Jede zusätzliche Silbe brauchte ein Äon, bis sie ausgesprochen war.

Aber den Rest musste er auch gar nicht mehr hören. Er kannte ihn schon. Die Zeit war gekommen, da er seinen Fehltritt teuer bezahlen musste.

„Lady Avery war bei dem Vortrag?" Er hörte seine eigene Stimme, losgelöst, wie aus weiter Ferne.

Sie legte die Stirn in Falten. „Oh Christian, bitte sag, dass es nicht wahr ist."

„Ich habe Mrs Easterbrooks Namen nie erwähnt."

„Aber du hast *tatsächlich* über sie geredet?"

Er konnte es nicht zugeben, nicht einmal gegenüber der Frau, die ihm beides, Mutter und Schwester gewesen war. „Es spielt keine Rolle, über wen ich geredet habe. Sei versichert, dass ich alles Nötige tun werde, um die Sache richtigzustellen."

„Was ist nur mit dir los, Christian?" Ihre Sorge war deutlich auf ihrem Gesicht zu lesen. „Erst eine öffentliche Affäre und jetzt das. Das sieht dir gar nicht ähnlich."

„Ich werde mich um alles kümmern", versprach er. „Ich werde alles wieder in Ordnung bringen."

Zumindest nach außen hin.

Es war erstaunlich, wie viel man auch mit leerem Magen schaffen konnte, wenn es nun einmal viel zu erledigen gab.

Venetia sorgte dafür, dass man sie überall sah: im Park, im Theater, in der neusten Ausstellung des British Museums. Während

Millies Dinner lächelte und plauderte sie, als ob sie überhaupt keine Sorgen kennen würde. Nach dem Dinner legte sie ihre Rüstung an und machte sich auf den Weg zu den Bällen.

Die Rüstung bestand aus einem purpurnen Samtkleid, das einen sehr tiefen Ausschnitt hatte und sehr eng saß. Sie hatte es zwei Saisons zuvor aus einer Laune heraus anfertigen lassen, war dann aber wieder zur Besinnung gekommen und hatte es nie getragen. Sie fungierte auf Bällen als Anstandsdame und Vermittlerin und gehörte somit nicht zu denjenigen, die Aufmerksamkeit auf sich lenken sollten. Aber an diesem Abend wollte sie alle Blicke auf sich ziehen, wenn sie tanzte und lachte, als ob sie noch nie von Amerika und schon gar nicht vom Duke of Lexington gehört hatte.

Als sie den Ball der Tremaines, ihren dritten und letzten, erreichte, war es schon nach Mitternacht. Lady Tremaine begrüßte sie am oberen Ende der Treppe mit einem anerkennenden Nicken.

„Weckt schöne Erinnerungen an meinen letzten großen Auftritt – auch in rotem Samt, wenn ich mich nicht irre."

„Du irrst dich absolut nicht", sagte Lord Tremaine, der seiner Ehefrau nie weit von der Seite wich, „und die Erinnerungen daran sind wirklich sehr schön."

Venetia schüttelte den Kopf. „Würden Sie bitte aufhören, in der Öffentlichkeit mit Ihrer Frau zu flirten, Sir? Sie verschrecken ja die anderen Gäste."

Lady Tremaine lachte. „Kommen Sie herein, Mrs Easterbrook. Es heißt, Byron würde sich aus seinem Grab erheben, um sein ‚Sie wandelt in Schönheit' neu zu verfassen, wenn er Sie eine Treppe hinabschreiten sehen könnte."

Venetia konnte Treppen so vornehm hinunterschreiten wie kaum eine andere. Sie wandte dieses Können nicht oft an – wiederum, weil es sich als bloße Anstandsdame nicht gehörte –, aber wenn sie es doch tat, war ihr Kopf leicht zur Seite geneigt, ihre Schultern waren gerade, ihre Arme locker, ein ganz zart angedeutetes Lächeln umspielte ihre Lippen, und man hatte sowohl von Männern als auch Frauen gehört, die ihr Getränk bei diesem Anblick hatten fallen lassen.

An diesem Abend hielt der gesamte Ballsaal bei ihrem Auftritt den Atem an. Dann folgte ein Gerangel um Plätze auf ihrer Tanzkarte.

Doch es ging dabei nie um die Männer: Eine attraktive Frau konnte sich immer der Unterstützung einigerMänner sicher sein. Die Gesellschaft wurde jedoch hauptsächlich von Frauen regiert und war vor allem für Frauen gedacht, und diese waren viel unversöhnlicher, wenn es um ihre Geschlechtsgenossinnen ging.

Die jüngeren Mädchen waren aufgeregt – und einige in Anbetracht eines möglichen großen Eklats regelrecht außer sich. Einige ältere Damen musterten sie mit einer Mischung aus Ablehnung und – sie hoffte, dass sie sich täuschte – Mordlust. Sie waren zu vernünftig, um sich sofort auf sie zu stürzen und sie als Mörderin ihrer beiden Ehemänner zu beschimpfen, aber zumindest einige von ihnen hätten das sicher gerne getan, einfach zum Zeitvertreib und wegen des Spektakels.

Sie waren es letztlich, die ihr den Platz in diesem Kreis wieder zugestehen mussten.

Währenddessen drehten Venetias Verbündete ihre Runden im Ballsaal und ließen die Anwesenden subtil, aber deutlich spüren, dass sie nicht dabei zusehen würden, wie man sie ächtete. Dass sie bereit waren, mit jedem sofort zu brechen, der es wagte, den ersten Stein zu werfen.

Sie war dankbar. Aber sie war auch Realistin. Wenn diese Situation länger andauerte, würde ihr Ruf mit jedem Tag weiteren Schaden nehmen. Zu guter Letzt würde es nicht mehr nötig sein, vorzutreten und sie zu denunzieren. Die allgemeine Vorsicht – und der Wunsch, auf keinen Fall mit einer anrüchigen Person in Verbindung gebracht zu werden – würden absolut ausreichen, um sie an den Rand der Gesellschaft zu drängen, an dem sie zwar in einigen wenigen Haushalten noch immer willkommen sein würde, in allen anderen jedoch nicht.

Atemlos und ein bisschen benommen vom Tanz zu Strauss' „Wein, Weib und Gesang" mit Lord Tremaine, überhörte sie beinahe die Ankündigung, dass der Duke of Lexington angekommen sei.

Der Ballsaal war vom Gelächter der eifrig Tanzenden erfüllt gewesen. Nun war es so still wie im Lesesaal des British Museums, während aller Augen auf den Herzog gerichtet waren, der hinter seiner Stiefmutter den großen Treppenaufgang herunterschritt und einen Mann an der Seite hatte, von dem Venetia glaubte, es sei Mr Kingston.

Lord Tremaine war gerade dabei gewesen, Venetia zu Fitz und Millie zu bringen, doch nun änderte er die Richtung und brachte sie zu seiner Frau. Die beiden nahmen sie in die Mitte. Es konnte also kein Zweifel daran bestehen, dass sie sie unterstützten.

Christian steuerte mit der ihm eigenen Direktheit geradewegs auf die Tremaines zu – und auf Venetia.

Spannung lag greifbar in der Luft. Dies würde keine offen feindselige Begegnung werden, die Anwesenheit der *Dowager Duchess* garantierte ein gewisses Maß an Höflichkeit auf Seiten ihres Stiefsohnes. Nichtsdestotrotz fühlte sich Venetia wie ein junger Gladiator, der in wenigen Augenblicken das erste Mal ins Kolosseum geworfen würde, um gegen einen gestandenen Krieger anzutreten, während die versammelten Zuschauer nach ihrem Blut gierten.

Lord Tremaine tauschte Höflichkeiten mit seinen Gästen, hieß sie so wortreich wie herzlich willkommen, drehte sich dann leicht zur Seite, als habe er Venetia gerade erst neben sich bemerkt und sagte zur *Dowager Duchess*: „Euer Gnaden, darf ich Ihnen eine gute Freundin vorstellen, Mrs Easterbrook?"

Die *Dowager Duchess* war äußerst freundlich, wenn auch ein bisschen entgeistert, wie viele, die Venetia zum ersten Mal trafen.

„Mrs Easterbrook", fuhr Lord Tremaine fort, „erlauben Sie mir, Ihnen Seine Gnaden, den Duke of Lexington, und Mr Kingston vorzustellen. Meine Herren, Mrs Easterbrook."

Venetia neigte leicht den Kopf. Christian schenkte ihr den Blick, mit dem seine normannischen Vorfahren wahrscheinlich auch jeden lästigen Angelsachsen bedacht hatten, und erwiderte ihren Gruß mit einem kurzen Nicken.

Es war geschafft. Er hatte die Vorstellung zugelassen und würde sie zukünftig zu seinem Bekanntenkreis zählen. Noch deutlicher hätte er Lady Averys Schilderung der Ereignisse nicht widerlegen können. Er würde sich nun galant entfernen, vielleicht mit einem geeigneten jungen Mädchen tanzen, das die Billigung seiner Stiefmutter gefunden hatte, und dann wieder gehen.

Für einen Augenblick sah es so aus, als habe er genau das vor. Doch die *Dowager Duchess* legte ihre Hand auf seinen Arm. Stumm gab sie ihm etwas zu verstehen.

Entschlossenen Blickes sagte er: „Es glaube, es wird erwartet, dass man eine Dame zum Tanz bittet, wenn man ihr vorgestellt wurde."

Wenn sie nicht auf der *Rhodesia* gereist wäre, hätte sie die Gelegenheit ergriffen, ihm zu sagen, dass ihre Bekanntschaft ihr genauso wenig bedeutete wie ihm. Dass er trotz seines Titels und seines Reichtums der letzte Mann war, dessen Arm sie bereit war zu akzeptieren.

Doch sie war auf der *Rhodesia* gereist, hatte sich innerhalb einer Woche unsterblich in ihn verliebt und seitdem jede Minute damit verbracht, an ihn zu denken. Sie hatte stundenlang in einer muffig riechenden Droschke vor seinem Haus gesessen, nur um sein Gesicht noch einmal zu sehen.

Venetia würde die Gelegenheit, mit ihm zu tanzen, nicht ungenutzt verstreichen lassen, ganz egal, wie flegelhaft seine Aufforderung formuliert war.

„Es wäre mir ein Vergnügen", entgegnete sie.

IN DEM AUGENBLICK, als Christian sie sah, verschwand der restliche Ballsaal. Selbst wenn er in Flammen gestanden hätte, die Pfeiler geborsten und die Gäste geflohen wären, hätte er nur den Widerschein des Feuers in ihren Augen wahrgenommen.

Seine Stiefmutter musste ihm einen Schubs geben, damit er sich daran erinnerte, sie zum Tanz aufzufordern.

Mrs Easterbrook schenkte ihm ein Lächeln, das so wundervoll war wie ein Sonnenaufgang und so gefährlich wie eine Pistolenkugel.

Seit seiner Rückkehr hatte er sich nie mehr als jetzt nach der Baronin gesehnt. Die Welt mochte ihn für verrückt halten, aber er selbst brauchte keine Rechtfertigung für seine Liebe zu ihr. Sie beruhte auf echten Gefühlen und Erlebnissen. Nichts an dem, was er für sie empfand, war oberflächlich oder beschämend.

Jede Reaktion, die Mrs Easterbrook ihm abnötigte, war oberflächlich und beschämend.

Die Musiker stimmten die ersten Töne von „Liebliches Wien" an. Er hielt ihr seinen Arm entgegnen, und sie legte ihre Hand mit einer Bewegung darauf, die so schön war wie sie selbst – ein Geschöpf, das man einfach nur anbeten konnte.

Erst als sie Seite an Seite in die Mitte des Ballsaals schritten – und er ihr nicht direkt in die Augen sah –, überkam ihn ein merkwürdiges Gefühl. Er war sicher, dass sie einander nie zuvor berührt hatten, dennoch fühlten sich ihre Finger auf seinem Arm seltsam vertraut an.

Nach der beschaulichen Ouvertüre wurde der Walzer mit einem Mal heiter und fröhlich. Es war an der Zeit zu tanzen.

Das Ineinandergreifen ihrer Hände, ihr Rücken unter seiner Hand, ihre Körperspannung, als er sie in eine Reihe von Drehungen führte, als er merkte, dass sie gar nicht so üppig war, wie er immer angenommen hatte, sondern eher geschmeidig und schlank, wurde das Gefühl von Vertrautheit nur noch größer, obwohl es ihn eigentlich hätte verwundern müssen. Sie erinnerte ihn …

Nein, er durfte keine Vergleiche zwischen ihnen anstellen. Das Letzte, was er wollte, war, im Geiste Mrs Easterbrooks Gesicht auf den noch immer weißen Fleck unter dem Schleier der Baronin zu übertragen.

Dann würde sie seinen Erwartungen nicht mehr gerecht werden können.

Dieser unerwartete, viel zu ehrliche Gedanke machte ihn wütend. Es spielte keine Rolle, wie seine Geliebte aussah. Es war umso besser, wenn sie Mrs Easterbrook in keiner Weise glich.

„Habe ich Euer Gnaden vorgestern im Naturhistorischen Museum gesehen?", flüsterte Mrs Easterbrook.

Etwas in ihm, was er verachtete, war freudig erregt darüber, dass sie sich an ihn erinnerte. „Ja."

Ihm fiel auf, dass er ihr unerwartetes Erscheinen an besagtem Tag einfach hingenommen hatte, als gehöre es zu den Irrungen und Wirrungen, die er einfach überstehen musste, ehe er die Baronin wiedersehen konnte. Aber warum war sie im Naturkundemuseum gewesen? Es war überdies mehr als seltsam, dass er sie das *letzte* Mal, dass es sie gesehen hatte, vor fünf Jahren, direkt vor dem Museum erblickt hatte.

Es gehörte sich für einen Mann, beim Walzer über die Schulter der Dame zu schauen, doch er war dankbar, eine Entschuldigung dafür zu haben, sie anzuschauen. Das Gefühl, ihren Körper schon einmal gespürt zu haben, wurde so stark, dass es ihn zunehmend beunruhigte, und sein Verstand, den er in ihrer Gegenwart ohnehin nie unter Kontrolle hatte, war fest davon überzeugt, genau zu wissen, wo er sie berühren musste, um sie zum Schmelzen zu bringen.

Ihre Blicke trafen sich. Doch statt seinen unaufhaltsamen Strom an Gedanken zu unterbrechen, weckte ihre Schönheit in ihm lediglich das barbarische Gefühl, von ihr Besitz ergreifen zu wollen.

Er wollte sie in seinem Haus einschließen und niemand anderem erlauben, sie anzusehen.

Sie lächelte ihn wieder an. „Ich hoffe, Sie haben Ihren Aufenthalt genossen."

Er sah weg. „Es war nett. Haben Sie sich vom scheußlichen Anblick der Riesenreptilien erholt?"

„Ich fürchte nein. Ich weiß auch nicht, warum ich mich solcher Hässlichkeit aussetze."

„Warum haben Sie es denn getan?"

„Was soll ich sagen? Aus weiblicher Launenhaftigkeit heraus?"

Warum begehrte er dieses charakterlose Wesen? Warum wünschte er sich, dass der Tanz niemals enden möge, wenn er doch eigentlich an jemand anderen denken sollte?

Es war nicht mehr viel Zeit bis zu ihrem verabredeten Treffen, und dieses Mal würde er sie nicht wieder gehen lassen.

„Wie finden Sie London nach Ihrer langen Abwesenheit, Sir?", fragte sie leise.

„Unerquicklich."

„Da sind wir ganz einer Meinung."

Der Klang ihrer Stimme … wo hatte er sie vorher schon einmal sprechen gehört?

„Ich werde Ihnen morgen Nachmittag einen Besuch abstatten, Mrs Easterbrook", sagte er, „und wenn es Ihnen genehm ist, werden wir ein Stück durch den Park spazieren fahren. Das sollte genügen, um das Gerede aus der Welt zu schaffen."

„Werden Sie danach aufhören, mich zu besuchen?"

„Selbstverständlich."

„Schade", bemerkte sie. „Sind die Gefühle Eurer Gnaden bereits … anderswo gebunden?"

Bildete er es sich nur ein, oder hatte sie absichtsvoll eine Pause gemacht, ehe ihr das Wort „anderswo" über die Lippen gekommen war? Auf Englisch klang es ganz anders als auf Deutsch, aber es war dennoch unheimlich.

Er sah sie wieder an. Sie blickte geradewegs über seine Schulter. Es war ein wenig leichter, mit ihr umzugehen, wenn sie ihn nicht direkt anblickte, doch sie war nichtsdestoweniger unerträglich schön.

Die Götter hätten geweint.

„Das geht Sie nichts an, Madam."

„Natürlich nicht, aber man hört Gerüchte. Es ist sehr umsichtig von Ihnen, mich nicht länger aufzusuchen, sobald Lady Averys Erzählungen an Bedeutung verloren haben. Ihre Dame wäre sicher nicht besonders erfreut, wenn Sie andauernd mit mir gesehen werden würden. Ich habe … nun, sagen wir, auf Männer eine gewisse Wirkung."

Er verachtete ihren Dünkel. „Meine Dame, Sie müssen sich über rein gar nichts Sorgen machen."

Sie warf ihm einen Blick zu, der Achilles dazu gebracht hätte, seinen Schild niederzulegen und auf alle Reichtümer Trojas zu verzichten.

„Wenn Sie es sagen, Sir."

SIE TANZTEN DEN WALZER ZU ENDE, ohne ein weiteres Wort zu wechseln. Venetia war erleichtert, dass sie nicht noch mehr Dinge sagen musste, die Mrs Easterbrook wie das absolute Gegenteil der Baronin von Seidlitz-Hardenberg erscheinen ließen. Doch der Klang seiner Stimme fehlte ihr, auch wenn er nun in frostigem Ton Englisch mit ihr sprach, im Gegensatz zu seinen zärtlichen deutschen Worten.

Da war er, ihr Geliebter, wieder in ihren Armen – ein herzzerreißendes Wunder, aber dennoch ein Wunder. Es fiel ihr schwer, sich zurückzuhalten, ihm nicht mit der linken Hand über die Schulter zu streifen, mit dem Daumen ihrer Rechten nicht seine Handfläche zu streicheln, sich nicht nach vorne zu beugen und ihren Kopf an seine Schulter zu schmiegen.

Sie wünschte sich, der Tanz möge ewig dauern.

Doch viel zu bald neigte sich der Walzer dem Ende zu. Überall um sie herum trennten sich die Tanzpaare. Auch der Herzog machte Anstalten, sich von ihr zu lösen, doch Venetia, die in Erinnerungen an ihre Nähe und Vertrautheit versunken war, ließ ihn nicht gehen.

Sie bemerkte ihren Fehler nur eine Sekunde später. Doch eine Sekunde war in diesem Fall eine Ewigkeit. Sie hätte ebenso gut ihr Mieder aufknöpfen können, es hätte ihn nicht mehr schockiert.

Schockiert war er in der Tat. Er sah sie mit der verurteilenden Strenge an, die denen vorbehalten war, die nicht nur gegen die Gebote der Moral verstoßen, sondern sich auch völlig fernab des guten Geschmacks verhalten hatten. Als sei sie eine einfache

Straßendirne, die uneingeladen auf dem Ball erschienen war und ihn belästigt hatte.

Sein Schweigen, als er sie von der Tanzfläche führte, war quälend.

„ER IST NICHT DA", sagte Hastings. „Seine Mutter ist erkrankt. Er ist pflichtbewusst nach Worcestershire gereist, um ihr einen Besuch abzustatten."

Helena musste nicht nachfragen, wer „er" war. Anfänglich war sie zu sehr in Sorge darüber gewesen, wie man sie empfangen würde. Nun aber, nachdem der Herzog erschienen und nach einem überraschenden und gleichzeitig verblüffend effektiven Manöver wieder verschwunden war, hatte sie sich erlaubt, in der Menge Ausschau nach Andrew zu halten. Die Familie seiner Mutter verfügte über weitverzweigte Verbindungen, sodass es zu erwarten war, dass er Einladungen zu so begehrten Veranstaltungen erhielt.

„Meinen Sie, ich sollte Mrs Martin meine Aufwartung machen, liebe Miss Fitzhugh?", flüsterte er. „Martin wirkt nicht gerade, als habe er genug Durchhaltevermögen, zwei Frauen zu beglücken, und ich vermute mal, dass Sie wahrscheinlich selbst Casanova erschöpfen würden."

Wieder diese Unterstellung, sie litte an Nymphomanie. Hinter ihrem Fächer näherte sie ihre Lippen ganz dicht seinem Ohr. „Sie haben ja keine Ahnung, lieber Lord Hastings, welch heißes Verlangen mich nächtens beinahe versengt, wenn ich keinen Mann haben kann. Meine Haut brennt darauf, berührt zu werden, meine Lippen wollen geküsst werden, und mein ganzer Körper sehnt sich nach leidenschaftlichen Zärtlichkeiten."

Hastings war ausnahmsweise sprachlos. Er starrte sie mit einer Mischung aus Amüsement und Erregung an.

Sie klappte schlagartig ihren Fächer zusammen und schlug ihm damit so fest sie konnte auf die Finger, bemerkte mit großer Genugtuung, wie er nur mit Mühe einen Schmerzschrei unterdrückte.

„Von jedem außer Ihnen", sagte sie und wandte sich ab.

FÜR DIE FAHRT DURCH DEN PARK wählte Christian seinen größten Landauer – damit er so weit wie möglich von Mrs Easterbrook entfernt sitzen konnte.

Was nicht weit genug war, um der Anziehungskraft ihrer Schönheit zu entkommen.

Im Gegensatz zur Baronin hielt sie ihren Sonnenschirm nicht ständig in Bewegung, sondern ganz still. Sie war insgesamt so reglos wie eine Skulptur des Pygmalion, kalt, herzlos und nichtsdestotrotz hinreißend genug, um einen Mann völlig verrückt zu machen.

Ihr rosa Kostüm ließ ihre Wangen leicht errötet erscheinen. Ihre Augen waren im Schatten ihres cremefarbenen Sonnenschirms aquamarinblau, genau die Farbe des Mittelmeers, das den versteckten Genussmenschen in ihm geweckt hatte. Ihre Lippen, weich, voll, perfekt geformt, verhießen den Geschmack von Rosenblättern und Bereitwilligkeit.

Erst als sie zu sprechen anhob, bemerkte er, dass er in Gedanken bereits begonnen hatte, sie auszuziehen, die samtbezogenen Knöpfe ihres Mieders einfach abzureißen wie Johannisbeeren von der Rispe.

„Sie sind in Gedanken versunken, Sir. Vielleicht denken Sie bereits voller Vorfreude an das Abendessen mit Ihrer Dame?"

Ihre Stimme riss ihn aus seinen Gedanken. Woher wusste sie von dem Abendessen? Gleich darauf hatte er Schuldgefühle: Am Vorabend seiner lang ersehnten Wiedervereinigung mit der Baronin beging sein gieriger Geist einen Akt der Untreue.

Er wollte Mrs Easterbrooks Verhalten dafür verantwortlich machen, die Art, wie sie sich am Ende des Walzers an ihm festgehalten hatte: Sie hätte ihm ebenso gut zwinkernd den Schlüssel zu ihrem Haus geben und ihm einen Kuss zuhauchen können. Ihre Absichten hatten ihm seitdem keine Ruhe gelassen.

Hätte er sie aber weniger begehrt, wenn sie sich ihm gegenüber völlig gleichgültig verhalten hätte? Hätte dies seine Gier nach ihr nicht einfach noch verstärkt und sie zu einer noch begehrenswerteren Trophäe gemacht?

„Es wird erzählt, Sie hätten für morgen Abend ein ziemlich aufwändiges Abendmahl im Savoy in Auftrag gegeben", fuhr Mrs Easterbrook fort.

Wäre sie eine andere Frau gewesen, hätte er ihr ohne Umschweife deutlich gemacht, dass seine Angelegenheiten sie absolut nichts angingen. Doch unter den gegebenen Umständen war es angebracht, auf die zärtlichste Weise von der Baronin zu sprechen, die in der Öffentlichkeit erlaubt war.

„Ja", sagte er. „Ich freue mich schon auf einen wundervollen Abend."

Wenn sie kam.

Sie musste. Sie konnte ihn nicht inmitten dieses Elends verlassen.

Doch – der Gedanke schoss ihm plötzlich durch den Kopf – wenn sie bereits in London war, würde sie dann nicht von seinem Intermezzo mit Mrs Easterbrook erfahren? Würde sie die Aufmerksamkeit, die er Mrs Easterbrook in aller Öffentlichkeit schenkte, nicht völlig falsch verstehen?

Mrs Easterbrook lächelte sanft. „Sie kann sich überaus glücklich schätzen, Ihre Dame."

„Nein, ich bin es, der sich glücklich schätzen kann."

Ihren Gesichtsausdruck zu deuten war, als versuche man, die Stärke des Sonnenlichts zu messen, indem man direkt hineinsah.

Er glaubte jedoch, Wehmut in ihrem Blick zu erkennen. „Ich nehme an, es ist das letzte Mal, dass ich Sie sehe."

„Was sicher eine Erleichterung für Sie ist."

Sie hob eine Braue. „Sie glauben zu wissen, was ich denke?"

„Nun gut, *ich* werde erleichtert darüber sein."

Sie hielt ihren Schirm ein Stück von sich weg. „Es gibt Leute, die mich dafür mögen, wie meine Nase in meinem Gesicht sitzt. Ein lächerlicher Grund, jemanden zu mögen. Aber es ist ebenso grotesk, jemanden deswegen nicht zu mögen – wie es bei Ihnen der Fall ist."

„Ich missbillige Ihren Charakter, Mrs Easterbrook."

„Sie kennen meinen Charakter gar nicht, Sir", entgegnete sie entschieden. „Sie kennen nur mein Gesicht."

KAPITEL 14

CHRISTIAN LUD NICHT HÄUFIG ZUM ABENDESSEN, und wenn, dann kümmerte sich üblicherweise seine Stiefmutter um alle erforderlichen Arrangements. Aber bei diesem speziellen Abendessen wachte er persönlich über jedes kleinste Detail.

Mehrere private Speisesäle hatte er als entweder zu bieder oder als zu überladen ausgestattet abgelehnt. Als er sich schließlich für einen entschied, ließ er das Hotel das gesetzte Stillleben an der Wand gegen eine Meereslandschaft austauschen, die an das Gemälde in der Victoria-Suite erinnerte. Statt Blumen bestellte er als Schmuck für die Tischmitte eine Eisskulptur spielender Delfine.

Er bestimmte auch, dass es kein grelles elektrisches Licht geben sollte, sondern nur Kerzen – aber auch die nicht aus Talg: für sie nur die besten Bienenwachskerzen.

Den Menüvorschlag schickte er mit der Anmerkung zurück, das Essen solle aus einer Consommé, in Brühe pochierter Seezunge, geschmorter Jungente, mit Kräutern gebratenem Lammkarree und Wildfilet bestehen. Nichts weiter. Was den Koch ziemlich gekränkt hatte, der offenbar glaubte, ein romantisches Dinner habe abzulaufen wie ein Staatsbankett.

L'amour, erklärte er und drohte Lexington spielerisch mit dem Finger, müsse durch viel Nahrung und vor allem viel Fleisch gestärkt werden. Der Herr selbst sei bereits zu dünn. Seine Nacht mit der gnädigen Frau würde sich ja anhören, als klapperten zwei Skelette in einem medizinischen Kabinett.

Lexington gab nicht nach. Er hatte nicht vor, seine Dame ins Koma zu füttern. Schließlich gab der Franzose in Bezug auf die Hauptgerichte auf. Bei den Desserts aber wollte er sich nicht einschränken – nichts von diesem Unsinn mit frischem Obst *à la nature*.

Es würde Charlotte Russe mit *Crème renversée* geben, Vanillesouff19é, Mousse au chocolat, eine Birnentorte und einen Pflaumenkuchen.

„Da essen wir ja bei Tagesanbruch noch", sagte Lexington nicht ohne Bewunderung für die Hingabe des Mannes an seine Ideale.

Der Franzose küsste seine Fingerspitzen. „*Et après* werden Sie umso besser fähig zu *l'amour* sein, mein Lord."

Christian kam eine halbe Stunde zu früh zum Dinner. Als er den Raum betrat, wurde gerade der Tisch gedeckt. Kristallene Fingerschalen, silberne Salzfässchen und befußte Schüsseln, in denen sich Trauben, Feigen und Kirschen befanden, wurden in genau bemessenen Abständen auf das blaue Damasttuch gestellt.

Dieses Warten war in keiner Weise vergleichbar mit der angenehmen Vorfreude an Bord der *Rhodesia*. Normalerweise war er diszipliniert – ein Gentleman zappelte nicht –, aber er musste sich mehrfach zusammenreißen, um nicht mit den Fingern auf dem Fenstersims zu trommeln. Er wollte ein Glas hochprozentigen Alkohol und eine Zigarette. Er wollte andere Vorhänge für den Raum. Er wollte das Gemälde noch einmal austauschen lassen.

Wenn sie nur kam, war alles gut.

Doch was wenn nicht?

Die Kerzen brannten, die Gläser funkelten im flackernden Licht. Die Eisskulptur wurde hereingebracht, und die Delfine sprangen anmutig aus gefrorenen Wellen. Eine sechzig Jahre alte Flasche Champagner wurde ehrfürchtig auf der Anrichte platziert, bereit zum Entkorken in dem Augenblick, da sie erschien.

Sie müsste schon da sein. Die Etikette schrieb vor, dass man zum Dinner mindestens eine Viertelstunde zu früh erschien, wenn schon aus sonst nichts, dann aus Respekt für die anfällige Natur von Soufflés.

Herrschten auf dem Kontinent andere Bräuche? Das hätte er wissen müssen, er hatte einige Zeit in Kontinentaleuropa verbracht. Aber er war außerstande zu denken.

Er war in einem Zustand der Geistesleere, eine Stufe vor haltloser Panik – aber nur eine.

Um acht fragte ein Hotelbediensteter diskret nach, ob Seine Gnaden zu essen beginnen wünsche.

„Noch eine Viertelstunde", sagte er.

Nach einer weiteren Viertelstunde gab er dieselbe Anweisung.

Um halb neun fragte ihn niemand mehr etwas. Das Hotelpersonal, das sich in der vergangenen Stunde dienstbeflissen gezeigt hatte, machte sich jetzt rar. Aus dem Nichts tauchte eine Flasche Whisky auf. Genau wie Zigaretten, Streichhölzer und ein geschnitzter Elfenbeinaschenbecher.

Sie hatte ihm ihr Wort gegeben. War ihr das so wenig wert? Aber wenn sie ihr Wort von Anfang an hatte brechen wollen, warum hatte sie ihm dann nicht einen Brief geschrieben und es ihn wissen lassen?

Konnte ihr etwas Unvorhergesehenes zugestoßen sein? Was, wenn sie krank und hilflos irgendwo lag? Aber auch dann hätte sie schreiben können, und er wäre im Handumdrehen an ihrer Seite gewesen.

Doch das setzte voraus, dass sie frei und fähig war zu kommunizieren.

Was, wenn sie überwacht wurde, seit sie dahin zurückgekehrt war, wo sie hatte hingehen müssen?

Über diese Möglichkeit dachte er mehrere Minuten lang angsterfüllt nach, ehe ihm klar wurde, wie lächerlich melodramatisch das war. Eine Frau unter so mittelalterlicher Überwachung hätte nie allein den Atlantik überqueren, geschweige denn vor den Augen aller anderen Passagiere eine Affäre haben dürfen.

Die Erklärung für ihre Abwesenheit starrte ihm schon die ganze Zeit ins Gesicht, aber er hatte sie nicht sehen wollen: Die Affäre bedeutete ihr nichts. Nur er war mit Leib und Seele behext gewesen. Für sie war er nur eine vorübergehende Quelle der Unterhaltung gewesen, ein Mittel, sich die sonst langweiligen Stunden auf dem Ozean zu vertreiben.

Er hatte auf eine Fortsetzung ihrer Affäre nach der Reise gedrängt. Er hatte ihr sein Herz, seine Hand, sein intimstes Geheimnis geboten. Sie hatte ihm nicht einmal ihren wahren Namen verraten und ihm natürlich auch nie ihr Gesicht gezeigt.

Nein, er konnte nicht an ihr zweifeln. Dann hätte er auch gleich sein gesamtes Urteilsvermögen in Zweifel ziehen können. Es musste so sein, wie er befürchtet hatte: Sie hatte von Mrs Easterbrook gehört.

Gott, was, wenn sie sie am Vortag bei ihrer gemeinsamen Fahrt gesehen hatte? Die Blicke zu sehen, die er Mrs Easterbrook zugeworfen hatte, hätten all seine Behauptungen, seine Obsession überwunden zu haben, als Lügen entlarvt.

Doch selbst wenn sie nichts gesehen oder gehört hatte … Verdiente er sie denn überhaupt noch, er, der mit Mrs Easterbrooks Worten im Ohr zum Dinner erschien: *Sie kennen meinen Charakter nicht, Sir. Sie kennen nur mein Gesicht.*

Er hatte in der vergangenen Nacht wieder von Mrs Easterbrook geträumt, ein noch verstörenderes, häusliches Bild von ihnen beiden, wie sie vor einem lodernden Feuer saßen. Er schrieb Briefe, sie las ein ziemlich dickes Buch, das aussah, als stamme es aus seiner Bibliothek. Von Zeit zu Zeit blickte sein Traum-Ich von seiner Betätigung auf und sah sie an. Nur dass er statt der heißen, unglücklichen Anflüge von Besitzdenken, die ihn in letzter Zeit geplagt hatten, nur simple Zufriedenheit empfunden hatte, sie in seiner Nähe zu sehen.

Von der Baronin hatte er noch nicht geträumt.

Dennoch beobachtete er zwanghaft die Kutschen, die vor dem Hotel zum Stehen kamen. Der Londoner Verkehr war zu bestimmten Tageszeiten berüchtigt stark. Wenn er erst einmal zum Stillstand gekommen war, dauerte es oft sehr lange, bis der Stau sich auflöste. Vielleicht hielt das sie auf.

Vielleicht kochte sie vor Ungeduld, während er hier langsam in Verzweiflung versank. Vielleicht …

Plötzlich wurde ihm bewusst, dass er nicht mehr allein im Zimmer war. Er wirbelte herum, das Herz voller zusammenhangloser Ängste und Hoffnungen.

Doch es war nicht sie. Es war nur ein uniformierter Hotelpage.

„Euer Gnaden, eine Lieferung für Sie."

Für die nächsten drei Sekunden gestattete er sich noch Hoffnung. Vielleicht plante sie einen großen Auftritt. Vielleicht würde sie sich hereintragen lassen wie Kleopatra, eingerollt in einen kostbaren Teppich. Vielleicht …

Drei keuchende Hotelpagen zerrten etwas auf einem Handwagen herein.

Vor ihm tat sich eine Schlucht auf, und sein Herz fiel hinein. Er musste die Abdeckplane, in die die Lieferung gehüllt war, nicht entfernen. Er erkannte den Steinblock an seiner Form und seinem Gewicht.

Sie hatte ihm sein Geschenk zurückgegeben. Sie wollte nichts mehr mit ihm zu tun haben.

*

ES DAUERTE NOCH EINE STUNDE, bis der Herzog das Hotel verließ.

Dieses Mal wartete Venetia nicht in einer übelriechenden Droschke, sondern in einem sauberen, eleganten, geschlossenen Einspänner mit quastenverzierten Samtpolstern, Fußleuchten und Tulpenblüten in langhalsigen Vasen, die in Halterungen zwischen den Fenstern steckten.

Die Baronin hatte die Kutsche gemietet. Sie hatte sogar ihren Hut mit dem Schleier auf dem Sitz neben sich liegen.

Noch kannst du, flüsterte eine leichtsinnige Stimme in ihr wie schon in den zurückliegenden drei Stunden. *Los, halte ihn auf. Nur für heute Nacht.*

Aber diesmal würde er sie nicht wieder gehen lassen. Er würde sie entschleiern. „Nur für heute Nacht" gab es nicht.

Vielmehr gab es kein Morgen: Er würde sie hinauswerfen, sobald er ihr Gesicht sah, und nie wieder mit ihr reden.

Sie konnte nur zusehen, wie der Mann, den sie liebte, mit versteinertem Gesicht in seine Kutsche stieg und davonfuhr.

DIE GANZE NACHT SCHWANKTE CHRISTIAN zwischen Zorn und Verzweiflung hin und her. Am Morgen jedoch rief er seine Kutsche und kehrte ins Hotel zurück.

Vielleicht war er töricht gewesen. Höchstwahrscheinlich war er sogar mehr als dumm gewesen. Aber er war offen und ehrlich gewesen und verdiente mehr Höflichkeit.

Eine Erkundigung im Hotel ergab rasch, dass der Steinblock drei Tage zuvor per Kurier eingetroffen war. Am Morgen des Vortags war eine maschinengeschriebene Notiz mit Anweisungen gekommen, ihn ihm am Abend um Viertel vor acht zu übergeben.

Der Hoteldirektor entschuldigte sich wortreich. Es hatte tagsüber einen Personalwechsel gegeben, und das Personal der nächsten Schicht hatte sich erst um Viertel vor neun an den Steinblock erinnert.

Christian bat darum, den Originalumschlag der Notiz sehen zu dürfen.

Den hatte man leider weggeworfen. Doch der Mitarbeiter, der den Umschlag geöffnet hatte, erinnerte sich sehr deutlich, dass er eine Briefmarke der Stadt London getragen hatte und am selben Tag abgestempelt gewesen war.

Wie wahrscheinlich war es, dass sie selbst nach London gekommen war, nur um ihm den Laufpass zu geben? Nicht sehr. Dennoch wies er einen Privatdetektiv an, herauszufinden, ob in einem der großen Hotels Londons eine allein reisende Deutsche zwischen siebenundzwanzig und fünfunddreißig abgestiegen war.

Er selbst nahm den Zug nach Southampton, um mit den Eigentümern der Kurierfirma Donaldson & Söhne zu sprechen.

Viel konnten sie ihm nicht sagen: Der Gegenstand, den sie ins Savoy in London geliefert hatten, war ihnen von Spediteuren aus dem Hafen zugestellt worden. Deren Aufzeichnungen waren etwas hilfreicher, denn sie zeigten, dass die Tafel von der *Campania* stammte, einem Schiff der Cunard-Linie, das am Tag nach der *Rhodesia* in Southampton festgemacht hatte.

Christian begab sich in die Niederlassung der Cunard-Linie in Southampton und bat darum, die Passagierliste der *Campania* bei dieser Fahrt sehen zu dürfen. Keiner der Namen auf der Liste sagte ihm etwas, doch er erfuhr, dass das Schiff zwei Tage vor der *Rhodesia* in New York abgelegt, aber aufgrund technischer Probleme auf See neun Tage für die Atlantiküberquerung gebraucht hatte.

Da er ohnehin schon in Southampton war, besuchte er als Nächstes die Niederlassung der Great Northern Line und bat darum, die Passagierliste der *Rhodesia* sehen zu dürfen. Die Baronin war sicher mit einem Dienstmädchen gereist. Deren Identität zu ermitteln sollte möglich sein.

In Queenstown waren ziemlich viele Männer und nur wenige Frauen von Bord gegangen. Von diesen trugen die meisten denselben Namen wie einer der Männer – Ehefrauen, Schwestern und Töchter. Von den vieren, die nicht mit aussteigenden Männern verwandt waren, waren zwei katholische Nonnen und eine ein junges Mädchen in der Obhut der Schwestern, die es zu ihrer Familie in der Alten Welt zurückbegleiteten. Die vierte war die Baronin selbst.

Erstaunt fragte sich Christian, ob da ein Fehler vorlag. Man riet ihm, bis zum nächsten Tag zu warten: Am Morgen wurde die aus Hamburg zurückkehrende *Rhodesia* im Hafen erwartet.

Seine Nacht war schlaflos, aber seine Mühe wurde belohnt.

Am nächsten Morgen sprach er direkt mit dem Chefsteward der *Rhodesia* und erfuhr, dass die Baronin von Seidlitz-Hardenberg keine Passagen für Domestiken gebucht hatte. Vielmehr hatte sie an Bord der *Rhodesia* eine der Kammerzofen des Schiffs vorübergehend als persönliches Dienstmädchen genutzt, eine junge Französin namens Yvette Arnaud, die natürlich nichts dagegen hatte, Seiner Gnaden, dem Duke of Lexington, ein paar Fragen zu beantworten.

Die Zofe erschien eine halbe Stunde später ordentlich und kompetent wirkend in dem privaten Büro, in das man Lexington gebracht hatte. Er bot ihr einen Stuhl an und schob ihr über den Schreibtisch eine Guinee zu. Sie ließ die Münze diskret mit einem gemurmelten Danke in ihrer Tasche verschwinden.

„Wie hat die Baronin Sie ausgesucht, und in welcher Funktion dienten Sie ihr?", fragte er auf Französisch.

„Ehe die *Rhodesia* in New York City ablegte, sagte der Kabinensteward, ein allein reisender weiblicher Gast brauche eine Zofe. Mehrere von uns meldeten sich freiwillig, es klang nach gutem Trinkgeld. Der Steward notierte unsere Qualifikationen und legte sie der Baronin vor.

Ich war früher Lehrling bei einer Schneiderin und sagte, ich wisse, wie man mit kostbaren Stoffen umgeht. Aber ich dachte nicht, dass sie mich nehmen würde. Ich hatte noch nie als Zofe bei einer vornehmen Dame gearbeitet, und unter uns waren einige, die das bereits getan hatten und die Empfehlungsschreiben früherer Dienstherrinnen in London und Manchester vorweisen konnten."

Sie hatte sie ausgewählt, weil ihre Qualifikationen unter den gegebenen Umständen perfekt gepasst hatten – eine Dame, die niemandem ihr Gesicht zeigte, brauchte keine Zofe mit hervorragenden Frisierfertigkeiten.

Aber er fragte dennoch, es konnte nicht schaden zu hören, wie ein anderer Verstand dieselben Fakten analysierte. „Warum haben Sie am Ende den Zuschlag bekommen?"

Das Mädchen zögerte ein paar Sekunden. „Ich glaube, weil ich keine Engländerin bin."

Diese Antwort hatte Lexington nicht erwartet. Ihm blieb fast das Herz stehen. „Wie das?"

„Ihr Name war deutsch, sie sprach Französisch mit mir, aber ihre Sachen waren englisch."

„Welche Sachen?"

„Ihre Koffer stammten von einem Londoner Kofferhersteller. Ich habe das Firmenzeichen auf der Innenseite des Deckels gesehen. Ihre Stiefel stammten von einem Londoner Schuster. Ihre Hüte – die ohne Schleier – stammten von einem Geschäft namens Madame Louise's in der Regent Street. Ich weiß, die Regent Street ist in London, denn meine frühere Arbeitgeberin, die Schneiderin, träumte davon, dort eines Tages auch einen Laden zu haben."

Viele englische Produkte galten in Machart und Qualität als überlegen. Es war nicht unmöglich, dass eine Fremde Dinge aus England besaß. Aber eine Garderobe, die überwiegend aus englischen Gegenständen bestand?

Hätte eine Kosmopolitin vom Festland ihre Einkäufe nicht in Paris, Wien und Berlin getätigt?

„Warum glauben Sie sonst noch, dass sie Engländerin ist?"

„Sie spricht Französisch wie Sie, Sir, mit englischem Akzent."

Das war ein wesentlich stichhaltigerer Beweis. Akzente waren bekanntermaßen schwierig zu verbergen. Wenn eine französische Muttersprachlerin feststellte, dass jemand mit englischem Akzent sprach, konnte er ihr eigentlich nur glauben.

Aber wenn die Baronin Engländerin war, war ihr Verschwinden nur noch unbegreiflicher. Bei Gott, er hatte ihr die Ehe versprochen. Eine Fremde mochte nicht begreifen, was das bedeutete, aber eine Engländerin verstand sicher, was er an Prestige und Vermögen in eine solche Verbindung mitbrachte. Selbst wenn er davor nur eine flüchtige Zerstreuung für sie gewesen war, sollte der Anreiz, zur nächsten Duchess von Lexington zu werden, sie zum Bleiben veranlasst haben.

„Was können Sie mir sonst noch über sie sagen?"

„Sie gibt gute Trinkgelder. Ehe sie von Bord ging, schenkte sie mir eine Haarnadel mit einem Opal und Zuchtperlen. Sie hat eine enorme Garderobe, die schönsten Kleider, die ich je gesehen habe – nicht so schön wie sie selbst natürlich, aber dennoch …"

„Sie fanden sie schön?"

„Aber ja, sie ist mit Abstand die allerschönste Frau, die ich je gesehen habe. Ich sagte zu den anderen Kammerzofen, dass es kein Wunder ist, dass sie sich verschleiert. Hätte sie den Schleier gelüftet, hätte es Aufstände auf der *Rhodesia* gegeben."

Wie viele Frauen auf der Welt waren schön genug, um Aufstände auszulösen? Nicht sehr viele. Lexington kannte nur eine.

„Haben sie Ihnen geglaubt?"

„Nein, sie dachten, ich übertreibe maßlos, da niemand anders ihr Gesicht gesehen hatte. Aber Sie, Sir, wissen, wie wunderschön sie war. Sie wissen, dass ich nicht übertreibe."

Wusste er das? Mit dem Ekel einer alten Jungfer, die an einem übelbeleumundeten Haus vorbeieilte, weigerte sich sein Geist, über Yvette Arnauds Enthüllungen nachzudenken, die verschiedenen Informationsbruchstücke zu einer schlüssigen Erklärung zusammenzusetzen, wie es ein Mann der Wissenschaft hätte tun sollen.

Er legte eine weitere Guinee auf den Tisch und ließ sie wortlos allein.

DAS AUSMAß DER KRISE und die aufregende Nähe des Herzogs – egal wie schlimm sie sich gleichzeitig seinetwegen gefühlt hatte – hatten die verschiedenen körperlichen Leiden, die Venetia plagten, gemildert. Ihre Übelkeit ließ nach, ihre Erschöpfung wich einer seltsamen Furcht und Erregung, die ihr Herz bis zum Hals schlagen ließ.

Doch nun, da die Krise abgewendet war, beschloss Venetias Körper, sie daran zu erinnern, dass er sich nicht erholt hatte.

Im Gegenteil.

Am Morgen musste sie zweimal auf das Klosett eilen, zuerst als das Frühstück aufgetragen wurde und dann noch einmal, als Helena ihr besorgt eine Tasse Tee brachte, die schon Milch und Zucker enthielt.

Das erste Mal bekam es nur ihre Zofe mit, die seit zehn Jahren bei ihr und überaus verschwiegen und vertrauenswürdig war. Beim zweiten Mal hatte sei jedoch weniger Glück. Helena war bereits dabei, einem Diener aufzutragen, einen Arzt zu holen, als Venetia ihre Anweisung aufhob.

Helena willigte zögernd ein, noch einen Tag zu warten, ob ein Arzt wirklich nötig sei. Aber bis zum nächsten Tag dauerte es gar nicht.

Mitten am Nachmittag erhob sich Venetia von ihrem Schreibtisch, nachdem sie einen Stapel Einladungen fertiggeschrieben hatte. Das Nächste, was sie wusste, war, dass sie auf dem Perserteppich lag und ihr Dienstmädchen panisch mit einem Riechsalzfässchen vor ihr herum wedelte.

Der Arzt war leider schon unterwegs.

CHRISTIAN SCHICKTE DEN GESCHLOSSENEN Einspänner fort, der ihn an der Waterloo Station erwartete, als er London erreichte.

Er wollte nicht zurück in sein Stadthaus. Er hätte gar nicht aus seinem Privatwaggon aussteigen, sondern dafür sorgen sollen, dass er bis nach Edinburgh fuhr, um ganz Großbritannien zwischen sich und die Wahrheit zu bringen, die an ihm zu nagen begann.

Also überquerte er die Themse und ging weiter, ohne zu wissen oder darüber nachzudenken, wohin.

Engländerin. Schön.

War es möglich, diese Worte wieder zu vergessen? Zur Hölle mit wissenschaftlicher Vorgehensweise und der Forderung, jeden Stein umzudrehen. Verdammt sollte seine indignierte Selbstgerechtigkeit sein, die nicht eher ruhen würde, als bis er seine Antworten hatte.

Er versuchte es mit Selbstironie: Er zog voreilige Schlüsse. *Engländerin* plus *schön* waren nicht gleich Mrs Easterbrook. Außerdem war das Schönsein Mrs Easterbrooks einziger Lebenszweck. Sie würde genauso wenig ihr Gesicht bedecken, wie die Königin abdanken.

Irgendwann merkte er, wie hungrig er war, und betrat einen Teesalon, nur um wie angewurzelt stehenzubleiben. Eine ganze Wand des Teesalons, dessen Gäste in erster Linie Damen waren, war bedeckt mit gerahmten Fotografien von Schönheiten der Gesellschaft.

Mrs Easterbrook war darunter.

Auf dem Foto sah man nur wenig von der Intensität und schieren Präsenz ihrer Schönheit. Sie war nur ein hübsches Gesicht in einem Meer hübscher Gesichter und wäre ihm vielleicht nicht einmal gleich aufgefallen, hätte sie nicht diesen Schirm über der Schulter getragen.

Dunkle, konzentrische Achtecke auf weißer Spitze.

MISS REDMAYNE, EINE IN PARIS ausgebildete Ärztin, setzte sich an Venetias Bett. Millie und Helena standen an der anderen Seite.

„Miss Fitzhugh sagt, Sie seien vor etwa einer Stunde ohnmächtig geworden und hätten seit Tagen Leibsschmerzen."

„Richtig."

Miss Redmayne legte die Hand auf Venetias Stirn und fühlte ihren Puls. „Kein Fieber. Ihr Puls ist in Ordnung, wenn auch etwas langsam. Gibt es etwas, das zu dieser Ohnmacht geführt haben könnte?"

„Nicht, dass ich wüsste. Ich habe mich vermutlich nie von den Folgen des Steinbutts erholt."

„Haben Sie den Steinbutt auch gegessen, Miss Fitzhugh?"

„Ja."

„Hat er Ihnen Probleme bereitet?"

„Nein, das könnte ich nicht behaupten."

Miss Redmayne wandte sich an Millie und Helena.

„Lady Fitzhugh, Miss Fitzhugh, würden Sie uns bitte allein lassen? Ich muss die Patientin vielleicht genauer untersuchen."

„Natürlich", sagte Millie ein wenig erstaunt.

Als sie und Helena den Raum verlassen hatten, deutete Miss Redmayne auf die Bettdecke. „Darf ich?"

Ohne die Antwort abzuwarten, schlug sie sie zurück und drückte leicht auf Venetias Unterleib.

„Hmmm", sagte sie. „Mrs Easterbrook, wann war der erste Tag Ihrer letzten Menstruation?"

Die Frage, die Venetia gefürchtet hatte. Sie biss sich auf die Unterlippe und nannte ein fast sechs Wochen zurückliegendes Datum.

Miss Redmayne blickte nachdenklich drein.

„Aber das kann nicht sein", sagte Venetia flehentlich. „Ich bin unfruchtbar."

„Das Problem könnte durchaus nicht bei Ihnen, sondern bei Ihren verstorbenen Gatten gelegen haben, Mrs Easterbrook. Wenn ich so offen fragen darf, hatten Sie seit Ihrer letzten Monatsblutung einen Geliebten?"

Venetia schluckte. „Ja."

„Dann fürchte ich, Sie sind schwanger, so ungern Sie diese Diagnose auch hören mögen."

Sie hatte es seit dem ersten Anfall von Morgenübelkeit gewusst, oder? Sie hatte Umgang mit genügend anderen verheirateten Frauen gehabt, um von diesem Symptom gehört zu haben.

Doch solange es ihr gelungen war, sich um eine offizielle Bestätigung ihres Zustandes zu drücken, hatte sie ignorieren können, was ihr Körper ihr zu sagen versuchte.

Vorbei.

„Miss Redmayne, sind Sie sicher, dass ich keinen Tumor oder so etwas habe?"

„Ziemlich", sagte Miss Redmayne. Sie war sehr teilnahmsvoll, doch die Autorität in ihrer Stimme war nicht zu überhören.

Venetia grub ihre Finger in das Bettlaken. „Wie lange, bis mein Zustand sichtbar wird?"

„Manchen Frauen gelingt es, ihn mit Hilfe von Spezialkorsetts und dergleichen bis weit in die Schwangerschaft hinein zu verbergen, was wir aber nicht empfehlen, da es Mutter und Kind schadet."

Eine Dame zog sich aus der Gesellschaft zurück, wenn sie ihre Schwangerschaft nicht mehr verbergen konnte. Venetia hatte in der Tat Gerüchte über Frauen gehört, die ihren schwellenden Leib bis wenige Wochen vor der Geburt geheim hielten.

„Aber ich vermute, danach haben Sie nicht gefragt", fuhr Miss Redmayne fort. „Vom ersten Tag Ihrer letzten Menstruation an gemessen sind Sie im zweiten Monat schwanger. Im Allgemeinen hat man bis zum fünften oder sechsten Monat, bis der Zustand unübersehbar wird."

Wenigstens hatte sie noch Zeit. „Danke, Miss Redmayne. Kann ich in dieser Angelegenheit auf Ihre Diskretion zählen?"

Miss Redmayne nickte. „Natürlich, Mrs Easterbrook."

CHRISTIAN ERINNERTE SICH AN EINE ZEIT, da das Museum für Naturgeschichte jeden Nachmittag um vier seine Pforten schloss. Ach, wäre dem doch immer noch so gewesen! Denn es war nach fünf, als er sich vor seiner Terrakotta-Fassade wiederfand. Wäre das Museum schon geschlossen gewesen, wäre er zu Sinnen gekommen und wäre so schnell wie eine von einem Löwen gehetzte Antilope davongelaufen. Doch das Museum war noch geöffnet, und seine Füße trugen ihn aus eigenem Willen am Gerippe des Blauwals vorbei in den Ostflügel.

Mehrmals wäre er beinahe umgedreht. Einmal blieb er sogar stocksteif stehen, sehr zum Verdruss eines wie ein Professor wirkenden Mannes, dem er im Weg stand. Doch er konnte den schrecklichen Schwung nicht bremsen, der ihn schließlich wieder vorwärts trieb, an den Säugetieren vorbei in die Reptilien-Ausstellung.

Ohne wirklich sagen zu können warum, ging er direkt zum *Cetiosaurus*, vor dem er und Mrs Easterbrook Worte gewechselt hatten – ihre frivol, seine feindselig.

Wenn er ihr nicht ins Gesicht gestarrt hatte, hatte er die Handtasche fixiert, die sie auf den Rand des Glaskastens gestellt hatte, denn ihre Finger hatten unbewusst mit der Kordel daran gespielt.

Die Handtasche selbst war aus hellgrauem Brokat gewesen, bestickt mit Tauben mit Ölbaumzweigen in den Schnäbeln.

Wo sie gestanden hatte, befand sich eine Plakette.

Cetiosaurus, Geschenk von Miss Fitzhugh, Hampton House, Oxfordshire, die das Skelett 1883 in Lyme Regis, Devon, ausgegraben hat.

KAPITEL 15

„OH, GUT", SAGTE FITZ, der gerade einen Brief überflog. „Venetia kommt zurück in die Stadt."

Millie strich sich mehr Butter auf ihren Toast. „Dann musst du nicht hinfahren."

Venetia hatte den Großteil der vergangenen Woche auf dem Land verbracht, um sich von der hartnäckigen Krankheit zu erholen, die sie sich auf der Überfahrt eingefangen hatte. Fitz, der sie nach Oxfordshire begleitet hatte, hatte sich zunehmend Sorgen gemacht, sie habe beschlossen, sich vom Rest der Welt abzukapseln.

Als er sich zum Frühstück niedersetzte, hatte er Millie mitgeteilt, er werde in der nächsten Stunde zum Bahnhof aufbrechen.

Sie warf einen Blick auf einen kleinen Berg Briefe neben seinem Teller. Er hatte den Stapel durchgesehen, bei Venetias Brief innegehalten und ihn zuerst gelesen. Jetzt schlitzte er einen weiteren Umschlag auf.

„Von wem ist der?", fragte sie und strich sich noch mehr Butter auf ihren Toast.

„Leo Marsden."

Mr Marsden war in Eton im selben Haus gewesen wie Fitz. Nach der Annullierung seiner Ehe hatte er England den Rücken gekehrt.

„Ist er noch in Berlin?"

„Nein, er ist seit letztem Herbst in Amerika, schreibt aber, er werde vielleicht als Nächstes nach Indien gehen."

Bei der bloßen Erwähnung von Indien wurde Millies Brust eng.

„Ist das Butter auf Toast oder Toast auf Butter?" Er lächelte sie an. „Wenn du willst, kannst du die Butter halbpfundweise essen."

Er hatte es also bemerkt. Sie biss in ihren Toast … und schmeckte nichts.

Fitz las Mr Marsdens Brief zu Ende, legte ihn weg, um ihn später zu beantworten und sah den Rest des Stapels durch. Wie sie es erwartet hatte, erstarrte er.

Langsam drehte er den Umschlag um. Auf der Rückseite sah er in ihrer kühnen Handschrift die Absenderadresse: *Mrs John Englewood, Northbrook Hotel, Delhi.* Millie hielt den Kopf gesenkt und griff blind nach etwas aus ihrem eigenen Briefstapel.

Aus dem Augenwinkel sah sie, dass er nur ein Blatt Papier in der Hand hatte. Die ihr zugewandte Rückseite war halb leer – kein sehr langer Brief. Aber dass Mrs Englewood überhaupt geschrieben hatte, nachdem sie Fitz seit dem Tag seiner Hochzeit nicht mehr kontaktiert hatte, war ein Ereignis, das die Welt in ihren Grundfesten erschütterte.

„Die Featherstones haben uns zum Abendessen eingeladen", bemerkte Millie.

Es war, als müsse sie etwas sagen, den Anschein von Normalität wahren. „Mrs Brightly hat den Termin ihrer Hochzeit mit Lord Geoffrey Neels festgelegt und möchte, dass wir kommen. Oh, und Lady Lambert sagt ihr Gartenfest ab: Ihr Vater ist verstorben, und sie ist in Trauer."

Wie langweilig sie klang. Wie grässlich uninteressant. Aber was konnte sie schon tun? Solche Sachen sagten Fitz und sie zueinander.

Er hörte sie nicht einmal. Er hatte die Rückseite des Blattes erreicht. Als er fertig war, drehte er es sofort um und begann wieder von vorn.

Sie macht sich nicht mehr die Mühe, so zu tun, als interessiere sie sich für etwas anderes.

Er las hochkonzentriert, als habe er den Brief beim ersten Mal zu schnell überflogen und müsse jetzt jedes Wort langsam in sich aufnehmen.

Als er ihn zum zweiten Mal gelesen hatte, legte er ihn nicht zu Mr Marsdens Brief auf den zu beantwortenden Stapel, sondern ließ ihn sorgsam samt Umschlag in die Innentasche seines Morgenrocks gleiten.

Sie wandte den Kopf wieder ab, zurück zu den völlig unbedeutenden Einladungen und Ankündigungen.

„Mrs Englewood kommt nach England zurück", sagte Fitz in bemerkenswert gemessenem Tonfall.

Millie blickte ihn an. Der Nachricht nicht wenigstens so viel Aufmerksamkeit zu schenken wäre unnatürlich gewesen. „Dann hat Captain Englewood den Dienst quittiert?"

Fitz griff nach seinem Kaffee. „Captain Englewood ist tot."

„Oh", sagte Millie. Mrs Englewood war Witwe. Der Gedanke schien in ihrem Kopf wie ein Echo nachzuhallen. „Wie ist er gestorben? Er war in deinem Alter, oder?"

„Tropenfieber. Und er war fünf Jahre älter als ich."

„Verstehe. Wann ist er gestorben?"

„Letzten März."

Millie blinzelte. Mrs Englewood war nicht nur Witwe, sondern auch Witwe, die bereits für Jahr und Tag getrauert hatte und sich wieder frei in der Gesellschaft bewegen konnte. „Das war vor dreizehn Monaten. Warum erfahren wir das erst jetzt?"

„Ihr zufolge war Captain Englewoods Mutter krank. Da die Ärzte ihr nicht mehr lange zu leben gaben, beschloss man, sein plötzliches Hinscheiden der Öffentlichkeit zu verschweigen, da der Tod ihres Erstgeborenen ihr in ihren letzten Tagen zu großen Kummer bereitet hätte. Doch dann hat sie länger durchgehalten als allgemein angenommen."

Millie verspürte eine schmerzliche Welle des Mitleids mit Captain Englewoods Mutter, die zweifellos gehofft hatte, ihren Sohn noch ein letztes Mal zu sehen. „Man hätte ihr die Wahrheit sagen sollen. So ist sie vielleicht im Glauben gestorben, er habe keine Zeit gefunden, sie zu besuchen."

„Am Ende hat man es ihr gesagt", sagte Fitz ruhig. „Zehn Tage später starb sie."

Tränen brannten in Millies Augen. Sie musste an das Sterbebett ihrer eigenen Mutter denken. Fitz hatte Himmel und Hölle in Bewegung gesetzt, damit sie rechtzeitig nach England zurückkam, und dafür würde sie ihm ewig dankbar sein.

Sie holte tief Luft. „Wann wird Mrs Englewood zurückerwartet?"

„Im Juni."

Einen Monat, bevor im Juli ihr Achtjahrespakt ablief. „Ich verstehe, genau richtig, um etwas Spaß in London zu haben. Sicher freut sie sich schon darauf."

Fitz antwortete nicht.

Millie biss erneut in ihren Toast, schluckte den Bissen mit Hilfe einer ganzen Tasse Tee und erhob sich. „Oh, es ist schon spät. Ich sollte besser schauen, dass Helena fertig wird. Sie hat heute Morgen eine Anprobe, und ich musste Venetia schwören, dass ich das nicht vergesse."

„Du hast kaum etwas gegessen", stellte er fest.

Warum musste ihm auch das auffallen? Warum tat er diese Kleinigkeiten, die ihr Hoffnung machten?

„Ich war schon satt, als du kamst", sagte sie. „Wenn du mich jetzt entschuldigen würdest …"

CHRISTIAN ARBEITETE.

Er inspizierte die Hälfte seiner Besitztümer persönlich, lass zahllose Berichte und Abrechnungen und erfüllte sogar seine Pflicht als Mitglied des Oberhauses. Seine Kollegen waren erstaunt, ihn zu sehen: Die Familie Lexington hatte schon immer einen Sitz im Oberhaus gehabt, aber der aktuelle Herzog war berühmt für sein Desinteresse an Politik und zeigte sich selten im Parlament.

Rechnungsbücher und Briefe füllten alle verbleibenden Minuten seiner wachen Stunden.

Aber so gründlich hätte er nicht sein müssen. Sein Geist, der so lange auf Wahrheit und Rationalität getrimmt gewesen war, erwies sich jetzt als durchaus fähig zu der Art von Selbstbetrug, die er zuvor verabscheut hatte. Fast eine ganze Woche lang mied er wie ein Einbrecher, der auf Zehenspitzen durch die Nacht schlich, jegliche Erinnerung und Einsicht, die auch nur die geringste Beunruhigung hätte auslösen können.

Dann brach alles mit einem Mal über ihn herein. Die Logik war unwiderlegbar. Er konnte die Wahrheit nicht länger leugnen. Die Beweise hatten sich Zeit gelassen, warteten darauf, dass sein Geist in einen Zustand trügerischer Sicherheit versank, um dann einen Frontalangriff auf seine schlummernden Abwehrmechanismen zu unternehmen.

Es hatte nie eine Baronin von Seidlitz-Hardenberg gegeben.

Es war immer nur Mrs Easterbrook gewesen, und er hatte ihr alles gestanden.

Alles.

Kein Wunder, dass sie so begierig darauf gewesen war, die *Rhodesia* zu verlassen.

Sie hatte ihm alles Wissen um seine innere Unruhe entlockt. Es hatte nichts mehr zu erfahren gegeben. Kein Wunder auch, dass sie seither jedes Mal, wenn er sie traf, so selbstzufrieden gewesen war. Sie würde ihn auf ewig ansehen und lachen können, da sie ja nun wusste, wie sehr und wie umfassend sie ihn sich untertan gemacht hatte.

Ihr Plan war schäbig, der Erfolg jedoch überwältigend. Er hatte mit ganzem Herzen mitgemacht und sie mit allem geliebt, was in ihm gut und wertvoll war.

Er warf die goldgeprägten Speisekarten, die er für das Abendessen im Savoy hatte drucken lassen, ins Feuer und bedeckte die Asche mit allen Briefen, die er ihr geschrieben hatte, einen für jeden Tag bis zu dem Abendessen und den letzten, während er auf die Rückkehr der *Rhodesia* aus Hamburg wartete. Er konnte es nicht recht glauben: Er hatte noch geschrieben, nachdem sie ihr Versprechen gebrochen und sein Geschenk zurückgegeben hatte. Er hatte erst aufgehört, nachdem er im Museum die Plakette mit ihrem Mädchennamen gesehen hatte.

Er stocherte mit dem Schürhaken in den brennenden Briefen herum.

Der Schürhaken lag schwer und stabil in der Hand. Er wollte etwas, nein, sehr vieles damit zerschlagen: das marmorne Kaminsims, den goldgerahmten Spiegel, die Sèvres-Vasen.

Er wollte den Raum demolieren, bis nur noch Schutt und Trümmer übrig waren.

Aber er war Christian de Montfort, der Duke of Lexington.

Er stellte seinen Schmerz nicht offen zur Schau. Er gab sich nicht kindischen Wutanfällen hin. Er würde Haltung und Würde bewahren, auch wenn man sein Herz durch einen Wald aus Messern gezerrt hatte.

Es klopfte an der Tür. Christian runzelte die Stirn. Er hatte dem Personal deutlich gesagt, dass er nicht gestört werden wollte.

Sein Personal war gut ausgebildet und höchst kompetent. Er konnte nur annehmen, dass ein Notfall vorlag.

„Mrs Easterbrook ist hier, Euer Gnaden", sagte Owens, einer der Lakai.

Sein Herz raste. War sie gekommen, ihn zu verspotten?

„Hatte ich nicht deutlich gesagt, dass ich heute Nachmittag für niemanden zu Hause bin?"

„Doch, Sir", sagte Owens entschuldigend. „Aber Mrs Easterbrook sagte, Sie würden sie sehen wollen."

Natürlich, wie konnte jemand mit ihrer strahlenden, hypnotischen Schönheit vor Augen annehmen, er wolle sie nicht sehen?

Owens zu tadeln würde nichts bringen. Dass sie hier auftauchte, zu ihrem Betrug stand, war ein Akt der Freundlichkeit, ob sie das begriff oder nicht. Sollte ihre Affäre doch heute mit einem völligen Bruch enden, alles ans Tageslicht kommen, alle Illusionen und falschen Hoffnungen sich vor dem Erschießungskommando der Wirklichkeit an der Wand aufreihen.

„Ich werde sie hier empfangen", erklärte er, „in fünf Minuten."

Solange würde er mindestens brauchen, um sich zu sammeln.

VENETIA WAR LEICHT ÜBERRASCHT, dass Christian bereit war, sie zu empfangen – leicht, weil sie nicht imstande war, außer Entsetzen, einem aufgedunsenen Ding mit Klauen in ihrem Magen und Tentakeln in ihrer Kehle, viel zu empfinden.

Die paar Tage fernab von London waren gut für ihre Gesundheit gewesen – eine spartanischere Ernährung hatte geholfen, ihren Magen zu beruhigen und weitere Anfälle von Morgenübelkeit zu verhindern –, aber ihre Besorgnis hatte sich bei der Abwägung der verschiedenen Möglichkeiten, die ihr zur Verfügung standen, nur gesteigert.

Sie hatte das Glück, sowohl ausreichend Mittel als auch Bewegungsfreiheit zu besitzen. Sie konnte Herbst und Winter im Ausland verbringen, heimlich das Kind auf die Welt bringen und ihm danach hier in England ein gutes Heim suchen – wenn sie es über sich brachte, sich von dem Kind zu trennen.

Sie hatte ganz ernsthaft überlegt, Fitz und Millie um Hilfe zu bitten. Millie konnte mit ihr kommen und dann bei der Rückkehr nach England behaupten, es sei ihr Kind. Das war unter den gegebenen Umständen vermutlich die beste Lösung.

Sie traute ihrem Bruder und ihrer Schwägerin zu, gute Eltern zu sein, und sie selbst konnte als fürsorgliche Tante, so oft sie wollte, zu Besuch kommen und das Kind aufwachsen sehen.

Wenn das Baby allerdings ein Junge war, würde er als Fitz' Erbe gelten und Fitz' und Millies eigenem Erstgeborenen, so sie denn in Zukunft einen bekamen, seines Geburtsrechts berauben. Andere scheinbar unfruchtbare Paare hatten nach langen Jahren erfolgloser Versuche doch noch Nachwuchs bekommen, und es wäre selbstsüchtig von Venetia gewesen, anzunehmen, dass Fitz und Millie das nicht schaffen würden.

Blieb die Option, selbst zu heiraten. Einen passenden Bräutigam zu finden sollte möglich sein. Es gab noch andere Männer wie Mr Easterbrook. Oder vielleicht einen Witwer mit Sohn, der sie ausreichend liebte, dass es ihm nichts ausmachte, dem Kind eines anderen seinen Namen zu geben.

Doch ihre Gedanken kehrten immer wieder zum Herzog zurück. Es war auch sein Kind. Vielleicht wollte er nicht, dass sein Kind im Haus eines anderen Mannes aufwuchs, und möglicherweise verdiente er es sogar zu wissen, dass er Vater werden würde.

Nur dass sie, damit er das erfuhr, alles würde gestehen müssen, eine Aussicht, die sie in die Flucht schlug, als sei er der Vesuv und sie eine hilflose Bewohnerin Pompejis. Wie konnte sie sich freiwillig seinem Zorn aussetzen?

Doch hier stand sie im Vorzimmer seines Hauses, mit feuchten Händen und unruhigem Magen, und ihr Herz klopfte so heftig, dass ihr fast schlecht wurde.

Der Lakai kehrte zurück. „Hier entlang bitte, Mrs Easterbrook."

Sie ging, spürte aber ihre Füße nicht richtig. Noch war es nicht zu spät, sich umzudrehen und die Flucht zu ergreifen, argumentierte die Stimme ihres Selbsterhaltungstriebs. Der Herzog würde sie nicht auf die Straße hinausverfolgen, um herauszufinden, warum sie ihn hatte sehen wollen.

Flieh. Du bildest dir nur ein, in der Lage zu sein, das zu schaffen, weil du es nicht gründlich durchdacht hast. Dieses Geständnis ist kein kurzer Schmerz, den es für eine halbe Stunde auszuhalten gilt. Du hast keine Ahnung, was er tun wird. Wenn er will, kann er dir den Rest deines Lebens zur Hölle machen.

Der Diener öffnete die Tür zu einem Arbeitszimmer. „Mrs Easterbrook, Sir."

Es schnürte ihr die Kehle zu. Sie konnte nicht einmal schlucken. Sie verharrte auf der Schwelle – zwei Sekunden oder hundert Jahre? –, dann stand sie plötzlich im Zimmer, und der Diener schloss die Tür hinter ihr.

Beinahe sofort fiel ihr Blick auf ein Foto auf dem Kaminsims. Sie war zu nervös gewesen, um irgendetwas im Haus zu bemerken, aber dieses Porträt sah sie nur allzu deutlich: der junge Herzog und seine Stiefmutter, beide mit einer Handvoll Darts, standen nebeneinander vor einem Baum.

Wir haben stattdessen Pfeile auf einen Baum geworfen.

Er war offen und ehrlich gewesen, und sie alles andere als das. Nun musste sie die Konsequenzen ihres Handelns tragen.

Der Herzog erhob sich nicht, um sie zu begrüßen. Er stand schon an einem Fenster. „Mrs Easterbrook", sagte er, ohne sich umzudrehen, und behielt die Straße unten im Auge. „Welchem Umstand verdanke ich das Vergnügen dieses Besuchs?"

Sie hatte sich das Hirn zermartert, wie sie die Sache angehen sollte, aber aus ihrer wie ausgedorrten Kehle drangen nur die einfachsten Worte. „Euer Gnaden, ich bin schwanger."

Abrupt hob er den Kopf. Eine schreckliche Stille senkte sich über den Raum. Schließlich sagte er: „Was geht mich das an?"

„Es ist Ihr Kind."

„Sind Sie sicher?"

Seine Kaltblütigkeit war so schockierend, dass sie sie vorübergehend aus ihrer Angst riss. Er hätte toben sollen, doch da stand er und tat, als sei ihre Schwangerschaft die einzige unerwartete Neuigkeit.

„Sie wissen, dass ich die Frau auf der *Rhodesia* war? *Woher?*"

„Ist das wichtig?" Sein Ton war frostig.

Sie blickte auf den Teppich. Ihre Taten waren ungeheuerlich genug. Doch dass er ihre Täuschung irgendwie selbst entdeckt hatte, machte alles nur noch schlimmer. „Um Ihre Frage zu beantworten, ja, ich bin sicher, dass es Ihr Kind ist."

„Sie sind eine reiche Frau. Ich vermute, Sie sind nicht hier, um Geld von mir zu verlangen."

„Nein."

„Was wollen Sie?"

„Ich … ich hatte gehofft, Sie würden mir einen Rat geben."

„Wieso glauben Sie, ich könnte Ihnen etwas raten? Sehe ich aus, als hätte ich es mir zur Gewohnheit gemacht, regelmäßig Frauen zu schwängern?"

„Nein, natürlich nicht."

„Sagten Sie nicht, Sie seien unfruchtbar?"

Glaubte er, sie habe ihn bewusst in die Irre geführt, um sich in diese unhaltbare Situation zu manövrieren? „Doch."

„Woher weiß ich, dass Sie die Wahrheit sagen?"

„Was meine frühere Unfruchtbarkeit betrifft? Ich kann Ihnen die Namen der Ärzte geben, die mich untersuchten."

„Nein, hinsichtlich Ihres derzeitigen Gesundheitszustandes."

Er meinte ihre Schwangerschaft. Sie riss den Kopf herum. „Glauben Sie etwa, ich würde in diesem Punkt lügen?"

Sie bedauerte es sofort. Das war genau das Falsche gewesen.

Er nutzte ihren Fehler sofort aus. „Sie müssen zugeben, Mrs Easterbrook, dass Sie über erstaunlich viele Dinge Lügen erzählen."

Sie holte tief Luft. „Ich gebe zu, dass ich kaum erwarten darf, Ihnen glaubwürdig zu erscheinen. Aber welchen Vorteil hätte ich davon, eine Schwangerschaft vorzutäuschen? Das ist in höchstem Maße unangenehm."

„Oh, ich bin sicher, es hat keinerlei Vorteil, mit meinem Kind schwanger zu sein."

Sie hatte nicht damit gerechnet, dass das Gespräch sich in ausgerechnet diese Richtung bewegen würde. War es wirklich so vorteilhaft, als unverheiratete Frau das Kind des Duke of Lexington zu erwarten?

Oder verschloss er die Augen vor der Wahrheit, wie sie es getan hatte? Die Schwangerschaft als Tatsache anzuerkennen bedeutete, dass er diese Affäre nicht einfach vergessen konnte, dass sie in absehbarer Zukunft und darüber hinaus für sein gesamtes Leben Bedeutung haben würde.

„Gibt es nicht ein wissenschaftliches Prinzip, nach dem die einfachste Erklärung meist die richtige ist?"

„Wie lautet denn Ihre einfache Erklärung, Mrs Easterbrook?"

„Dass ich dumm war und die Möglichkeit einer Empfängnis nicht in Betracht gezogen habe."

Endlich drehte er sich um. Ihr Herz schmerzte. Er war noch dünner geworden, seine Wangenknochen zeichneten sich scharf ab.

„Was *hatten* Sie denn in Betracht gezogen?"

„Bitte?"

„Eine Frau wie Sie bedeckt nicht ohne Grund ihr Gesicht. Was wollten Sie erreichen?"

Sie wollte ihm ihr gesamtes Leben bis zu seinem Vortrag in Harvard erklären, den Strauß, der versehentlich in ihrem Zimmer gelandet war, und ihren wutentbrannten, leicht wirren Plan. Sie wollte ihm sagen, wie er ihr gesamtes Vorhaben vereitelt und ihr Herz erobert hatte, wollte ihn wissen lassen, dass es der größte Fehler ihres Lebens gewesen war, ihm nicht in dem Augenblick alles zu gestehen, in dem sie erkannte, dass sie sich verliebt hatte.

Aber er würde ihr kein Wort glauben. Jetzt nicht und – wie ihr plötzlich klar wurde – nie mehr.

Denn er war immer dazu angehalten worden, nur Fakten zu sehen, und die unbestreitbaren Fakten lauteten, dass sie ihn unter Vorspiegelung falscher Tatsachen verführt und ihm einen Heiratsanatrag entlockt hatte, dann prompt verschwunden war und anschließend ihr Versprechen gebrochen hatte, ihn wiederzusehen, dabei aber mit ihm getanzt und gesprochen und tatenlos zugesehen hatte, wie Angst und Kummer an ihm nagten.

Er würde nicht hören wollen, dass sie sich anders entschieden hatte. Dass es ihr das Herz gebrochen hatte, ihn gehen zu lassen – und noch viel mehr das Herz brach, jetzt als verachtete Fremde vor ihm zu stehen. Diese Gefühle ließen sich nicht wissenschaftlich überprüfen, deshalb waren sie unerheblich, völlig irrelevant und bedeutungslos.

Das wusste sie schon. Sie hatte es von Anfang an gewusst. Doch die Schwangerschaft musste ihren gesunden Menschenverstand beeinträchtigt haben. Denn sie war voller Angst, aber nicht ohne einen Hoffnungsschimmer gekommen. Vielleicht konnte sie Licht in die Angelegenheit bringen, ein so helles Licht der Vernunft, dass er ihren Standpunkt begriff.

Wo doch ihre Liebe der irrationalste und unerklärlichste Aspekt der gesamten Geschichte war.

„Haben Sie etwas zu Ihrer Verteidigung zu sagen?", fragte er.

Die Kälte seiner Stimme durchbohrte sie wie ein spitzes Messer. Sie hatte seine Verachtung gefürchtet. Sie hätte nie gedacht, dass sie sie dieser Gleichgültigkeit vorgezogen hätte. Verachtung war ein leidenschaftliches Gefühl, getrieben von intensiven Emotionen. Diese Gleichgültigkeit war … gar nichts.

Gegen diese abweisende Kälte konnte sie nicht mit Worten von Liebe und hilfloser Sehnsucht ankommen. Gegen diese abweisende Kälte kam sie nicht an, indem sie ihm erzählte, wie sie vor seinem Stadthaus gewartet hatte, um einen Blick auf ihn zu erhaschen. Gegen diese abweisende Kälte konnte sie nichts mit Worten über ihre Hoffnung für die Zukunft ausrichten, darüber, diese scheinbar ausweglose Situation zu überwinden und eine neue Zukunft zu finden.

Angesichts dieser kalten, abweisenden, herablassenden Art konnte sie nur die Große Schönheit sein. Für die Große Schönheit sprach nicht viel. Aber die Große Schönheit tat niemand einfach ab.

„Was ich wollte, war natürlich Ihr Herz auf einem Silbertablett", sagte die Große Schönheit.

CHRISTIAN WAR TROTZ DES IM KAMIN lodernden Feuers kalt, so kalt wie die Bäume in seinem Garten, die unter dem Regen zitterten.

„Was für ein Interesse genau hatten Sie an meinem Herzen?"

Sie lächelte. „Ich wollte es brechen. Ich war bei Ihrem Vortrag in Harvard."

Wie konnte Grausamkeit je schön sein? Doch sie war strahlend wie ein Stern. „Wegen meiner Worte?"

„Genau."

„Bestätigt das nicht meine Meinung von Ihnen?"

„Vielleicht. Aber Sie hätten auch ein gebrochenes Herz gehabt, nicht wahr?"

In seinem Augenwinkel zuckte ein Muskel. Endlich wusste er, mit wem er es zu tun hatte. „Ein raffinierter Plan", sagte er langsam. „Verachtenswert, aber dennoch elegant."

Sie zuckte die Achseln. „Leider war ich dann doch fruchtbar. Ich würde Sie lieber ein für allemal vergessen."

Ohne jeden Grund dachte er daran, wie schön es gewesen war, den Kopf in ihren Schoß zu legen, sodass sie ihm mit den Fingern durch das Haar streichen konnte, während sie über Gott und die Welt redeten. Er hätte es auf sich beruhen lassen sollen, dann hätte er wenigstens die Erinnerungen genießen können. Jetzt hatte er gar nichts. Weniger als nichts.

„Das glaube ich gerne", sagte er mit ausdrucksloser Stimme.

„Nun denn, ich habe Ihre Zeit lange genug in Anspruch genommen", bemerkte sie breit lächelnd. „Guten Tag, Sir. Ich finde selbst hinaus."

Erst als sie fast an der Tür war, besann er sich. „Noch nicht. Wir haben noch nicht besprochen, was aus dem Kind wird."

Wieder zuckte sie die Achseln. „Das Kind stellt für eine Frau wie mich kein Problem dar. Ich werde jemanden finden, der mich heiratet, das sollte genauso einfach sein, wie einen neuen Hut auszusuchen. Einfacher noch, wenn ich das sagen darf: Die Auswahl eines Hutes ist dieser Tage kompliziert und zeitintensiv. Im Ernst, das letzte Mal habe ich eine Stunde gebraucht, um mich für einen Besatz zu entscheiden."

Christian kniff die Augen zusammen. „Der arme Narr wird ahnungslos den Bastard eines Anderen großziehen?"

Seine finstere Miene war berüchtigt vernichtend. Auf Mrs Easterbrook zeigte sie keinerlei Wirkung.

„Ich kann es ihm sagen, wenn Sie wollen. Soll ich ihm auch Ihre Identität verraten?"

Sie lachte, fand ihre Bemerkung offenbar sehr witzig. Ihr Lachen klang wie ein Windspiel, klar und melodiös. So arrogant und abgebrüht sie auch sein mochte, nichts von ihr, was seine Sinne erreichte, war weniger als perfekt.

„Ich werde nicht zulassen, dass mein Kind im Haushalt eines Mannes aufwächst, der dumm und verführbar genug ist, Sie zu heiraten."

„Nun, das nimmt Sie zweifellos aus dem Rennen, oder? Sie, Sir, wollten mich doch auch heiraten, wenn ich mich recht entsinne."

Sie wagte es tatsächlich, ihn daran zu erinnern. Scham und Zorn rangen in ihm, und beide waren sengend heiß. „Ich wollte die Baronin von Seidlitz-Hardenberg heiraten, was gegen meine Intelligenz spricht, aber nicht annähernd so schlimm ist, als wenn ich *Sie* hätteheiraten wollen."

Sie lächelte unergründlich und majestätisch. „Wir können den ganzen Tag hier stehen und Schmähungen austauschen, Euer Gnaden. Aber ich habe Termine – und muss neue Hüte aussuchen. Wenn Sie nicht wollen, dass Ihr Kind in einem respektablen Haushalt aufwächst … haben Sie einen besseren Vorschlag? Bedenken Sie, dass ich mir einen Skandal nicht leisten kann: Ich muss noch eine Schwester verheiraten."

„Schwören Sie beim Leben Ihrer Schwester, dass es mein Kind ist."

„Ich schwöre es."

„Dann werde ich Sie um des Kindes willen heiraten. Aber wenn Sie lügen, werde ich mich so öffentlich wie möglich von Ihnen scheiden lassen."

Sie musterte ihn eine Minute lang mit klarem, schwer zu deutendem Blick. „Ich gehe davon aus, dass ich mich, wenn ich ja sage, weder um ein Hochzeitskleid noch um ein Hochzeitsessen kümmern muss."

„Genau. Ich werde eine Sondererlaubnis beantragen. Wir werden in aller Stille heiraten. Wenn Sie Ihre Familie einladen wollen, bitte. Aber ich werde meinen Angehörigen diese Verlegenheit ersparen."

„Was passiert danach? Gehen wir getrennte Wege?" Das sagte sie leichthin und mit einem Anflug von Sarkasmus.

„Das überlasse ich Ihnen. Sie können in Ihr eigenes Haus zurückkehren oder hier einziehen. Mir ist das egal."

„Wie verlockend. Ich bin sicher, ich habe nie einen rührenderen Antrag bekommen."

Der Muskel rechts von seinem Auge zuckte wieder.

Sie legte die Hand auf die Türklinke. „Sie haben vierzehn Tage für die Sondererlaubnis, Euer Gnaden. Danach werde ich in Umlauf bringen, dass ich einen Ehemann brauche."

KAPITEL 16

MADAM,

ich möchte Sie hiermit darüber in Kenntnis setzen, dass ich die Sondererlaubnis erhalten habe. Wir werden morgen früh um zehn Uhr in der St. Paul's Church am Onslow Square heiraten.

Lexington

Werter Sir,

ich möchte Sie hiermit darüber in Kenntnis setzen, dass ich mich nun doch entschlossen habe, meinen Wohnsitz auf Ihr Anwesen zu verlegen. Bitte sorgen Sie dafür, dass alle hierzu notwendigen Vorkehrungen bis zu meiner Ankunft getroffen sind.

Ergebenst,
Mrs Easterbrook

Madam,

ich werde morgen Nachmittag nach Algernon House übersiedeln.

Lexington

Sir,

natürlich, Flitterwochen auf dem Land. Das findet meine Zustimmung. Ergebenst,

Mrs Easterbrook

P.S.: Auf dem Land benötige ich eine schnelle, ausdauernde und sanftmütige Stute sowie Laken mit Lavendelduft.

VENETIA HATTE DAS BLAUE BROKATKLEID AUFGEHOBEN, in dem sie Mr Easterbrook geheiratet hatte, doch sie wagte es nicht, das Haus in etwas zu verlassen, was so offensichtlich kein Promenadenkleid war.

Sie konnte immer noch nicht glauben, dass der Herzog sie heiraten würde. Das Schreckliche daran, dass sie ihn in so unsagbar vielen Punkten belogen hatte, war das Gefühl, dass er es ihr in keiner Weise schuldete, ehrlich zu ihr zu sein. Dass sie niemanden als sich selbst dafür verantwortlich machen konnte, wenn er nur ein übles Spiel mit ihr spielte.

Sie erreichte die Kirche fünfzehn Minuten zu früh. Er saß schon auf einer der Kirchenbänke und hatte den Kopf gesenkt.

Als er ihre Schritte hörte, erhob er sich langsam, drehte sich um – und sah sie finster an. Er trug einen Cut, das erlesenste Kleidungsstück, das ein Mann tagsüber tragen konnte, *das* Kleidungsstück für die eigene Hochzeit. Sie hingegen sah aus, als ob sie lediglich einen Spaziergang durch den Park gemacht hatte und nur aus Neugier auf das Innere der Kirche hineingegangen war.

„Nun, hier bin ich", sagte sie. „Ich habe Sie nicht warten lassen."

Seine Miene verfinsterte sich. Nachträglich fiel ihr ein, wie gerne er auf der *Rhodesia* auf sie gewartet hatte. Sie schien ein echtes Talent dafür zu entwickeln, immer das Falsche zu ihm zu sagen.

„Bringen wir es hinter uns", bemerkte er eisig.

„Wo sind Ihre Trauzeugen?"

„Mit den Blumengestecken in der Sakristei beschäftigt."

Der Geistliche stand schon vor dem Altar. Er starrte Venetia an, als sie näherkam. Sie erkannte die Gefahrensignale. Als sie dem Herzog erzählt hatte, sie habe auf Männer eine gewisse Wirkung, war das keine Übertreibung gewesen. Es geschah nicht bei jedem Mann und auch nicht immer, doch wenn sich ihre Wirkung entfaltete, regnete es zumeist Heiratsanträge wie Konfetti, und für gewöhnlich waren zu guter Letzt alle reichlich verlegen.

Schweißperlen bildeten sich auf der Stirn des Mannes. „Wollen Sie ...""

„Ja, ich bin willens, Seine Gnaden zu heiraten", sagte sie schnell. „Würden Sie bitte unsere Trauzeugen holen?"

Das schien nicht zu genügen. „Ich weiß, wir sind einander noch nie begegnet", sagte der Geistliche, „aber Madam ..."

„Ich bin sehr dankbar, dass Sie uns so kurzfristig trauen können, Reverend. Bitte, wenn es etwas gibt, was wir für Ihre Gemeinde und für diese reizende Kirche tun können, müssen Sie es uns wissen lassen."

Der Mann räusperte sich. „Ich ... äh ... ich ... äh ... ja, das werde ich sehr gerne tun, Madam."

Venetia atmete erleichtert auf. Sie erhaschte einen Blick auf den Herzog. Er blickte teilnahmslos: Sie mochte den Geistlichen davon abgehalten haben, noch weiter einen Narren aus sich zu machen, aber der Herzog wusste genau, was der Mann vorgehabt hatte, und gab ihr die Schuld dafür.

Die Trauzeugen kamen. Der Geistliche, wieder zur Vernunft gekommen, sah nun überall hin, nur nicht zu Venetia. Er spulte eilends die Gebete ab und forderte sie dann dazu auf, ihm das Ehegelübde nachzusprechen.

Als sie die gemurmelten Worte des Geistlichen wiederholte, fühlte sie sich plötzlich und unweigerlich elend. Was tat sie da? Hielt sie immer noch an der Illusion fest, er würde eines Tages wieder ihr Geliebter werden, wie auf der *Rhodesia*? Verwettete sie darauf ihr gesamtes Leben? Selbst Ehen, die voller Hoffnung und mit gegenseitiger Gunst geschlossen wurden, konnten sich entsetzlich entwickeln. Was durfte man für eine Verbindung erhoffen, die auf derartiger Feindseligkeit und solchem Misstrauen aufgebaut war?

Der Herzog sagte sein Gelübde mit bemerkenswerter Gleichgültigkeit auf. Venetia hatte gehört, wie Fitz selbst lateinische Deklinationen mit mehr Gefühl aufsagte. Wo war der Mann, der jede Minute seines Lebens mit ihr verbringen wollte? Der bereit war, jeden Widerstand zu überwinden, um in ihrer Nähe zu sein?

Das Schlimmste an dieser unfreiwilligen Hochzeit war, dass sie auf der *Rhodesia* wirklich sie selbst gewesen waren. Die zwei Menschen, die an diesem Tag den Bund der Ehe eingingen, waren dagegen nur Fassaden, die Große Schönheit und der hochmütige, gefühlskalte Herzog.

Würde sie je sein wahres Selbst wiedersehen? Und würde sie es je wagen, ihm ihres zu zeigen?

HELENA DROHTE DEN VERSTAND ZU VERLIEREN.

Die Kosten für Papier waren wieder gestiegen. Zwei Manuskripte, auf die sie gewartet hatte, ließen weiter auf sich warten. Susie, ihre neue Gefängniswärterin, saß vor ihrem Büro und bestickte mit der Geduld einer hundert Jahre alten Schildkröte ein Paar Handschuhe. Trotzdem wäre es Helena gut gegangen, wenn Andrew an diesem Morgen zu seinem offiziellen Termin bei Fitzhugh & Co. erschienen wäre, um das druckfrische erste Exemplar des zweiten Bandes seiner „Geschichte Ostangliens" in Empfang zu nehmen.

Drei Wochen waren seit ihrer Ankunft in England vergangen, drei lange, frustrierende Wochen, besonders seit sie den letzten Brief von ihm am Tag nach dem Ball der Tremaines erhalten hatte. Er hatte sich unterwürfigst entschuldigt und behauptet, sein Fehlverhalten eingesehen zu haben und ihren Ruf nie wieder in Gefahr bringen zu wollen.

Zum Teufel mit ihrem Ruf. Dachte denn niemand an ihr Glück?

Andrews Mutter hatte sich gänzlich von ihrem Fieber erholt, das alle so beunruhigt hatte. Helena hatte sie sogar bei einem offiziellen Anlass gesehen. Sie hatte geschwächt, aber entschlossen gewirkt. Er blieb aber weiterhin jeglichen Kreisen der Gesellschaft fern. Er war ihr nur einmal über den Weg gelaufen, als sie mit Millie unterwegs gewesen war, und sie hatte nicht mehr als ein Lächeln und ein Nicken gewagt. Und nun hatte er ihre Verabredung abgesagt.

Sie ging auf und ab. Das brachte sie aber nur noch mehr auf. Also setzte sie sich, überflog einen Stapel Briefe und öffnete ein Paket mit einem Manuskript. Das Manuskript war das eines Kinderbuchs. Fitzhugh & Co. veröffentlichte keine Kinderbücher, doch die Zeichnung der zwei Entchen auf der Vorderseite war so niedlich, dass sie gegen ihren Willen die erste Seite umblätterte – und eine verzauberte Stunde verbrachte.

Das Manuskript beinhaltete eine Handvoll Geschichten, die sich alle um die Abenteuer derselben bezaubernden Tiercharaktere drehten. Sie liebte sie, doch sie waren nicht in der richtigen Reihenfolge angeordnet. Ein paar Kniffe und Veränderungen würden genügen, um sie nach Jahreszeiten und damit chronologisch zu sortieren. Sie würde die erste Geschichte im September publizieren und von den elf übrigen dann je eine im Monat. Die Bekanntheit und Beliebtheit der Geschichten würden mit der Zeit zunehmen, und dann könnte sie sie alle zusammen in einem schönen

Schuber an Weihnachten des kommenden Jahres noch einmal herausbringen.

Sie riss sich aus ihrer Versunkenheit und betrat schwungvoll den Nebenraum.

„Miss Boyle, ich möchte, dass Sie auf der Stelle einen Brief an", sie warf einen Blick auf das Manuskript in ihren Händen, „Miss Evangeline South schreiben und ihr hundertundzwanzig Pfund für die Rechte an ihrer Geschichtensammlung anbieten. Oder unsere Standardbeteiligung. Schreiben Sie ihr, dass sie so schnell wie möglich …"

Hastings saß am Fenster und trank Tee.

„Was tun Sie denn hier?"

„Ich habe mich freiwillig dazu bereiterklärt, Sie hier abzuholen. Mrs Easterbrook hat ein Familienessen angesetzt", entgegnete er. „Sie könnten sich übrigens ruhig mal einen Fernsprechapparat anschaffen, dann hätte ich den weiten Weg nicht auf mich nehmen müssen."

„Das mussten Sie doch nicht. Es liegt doch in der Natur der Sache, dass man zur Freiwilligkeit nicht gezwungen wird, oder etwa nicht?", konterte sie. „Warum nehmen Sie an einem Mittagessen innerhalb meiner Familie teil?"

„Ich habe nicht gesagt, dass ich daran teilnehme, ich werde Sie nur zu Fitz bringen."

„Aber Miss Boyle und …"

„Ich habe einen Essenskorb bei Harrod's bestellt. Ihr Personal wird ein ausgezeichnetes Mittagessen bekommen. Können wir? Meine Kutsche wartet."

Nachdem sie keine weiteren Argumente dagegen vorbringen konnte, jedenfalls keine, die sie vor ihrer Zofe und ihrer Sekretärin hätte äußern können, gab sie Miss Boyle noch ein paar Anweisungen, ehe sie ihre Jacke zuknöpfte und ihm zur Tür hinaus und in die Kutsche folgte.

„Hundertzwanzig Pfund für Veröffentlichungsrechte, die Sie mindestens zweiundvierzig Jahre besitzen. Das ist schon ein ziemlich knauseriges Angebot, oder?", fragte Hastings, während er dem Kutscher bedeutete, loszufahren.

„Ich werde Ihnen etwas sagen: Miss Austen erhielt genau hundertzehn Pfund für die Rechte an ‚Stolz und Vorurteil', und das zu einer Zeit, in der das Pfund aufgrund der Ausgaben für die Napoleonischen Kriege eher schwach war."

„Miss Austen ist übers Ohr gehauen worden. Werden Sie Miss South auch übers Ohr hauen?"

„Es steht Miss South frei, mir ein Gegenangebot zu machen. Sie hat außerdem die Möglichkeit, stattdessen an den Abverkäufen beteiligt zu werden, wenn sie die doch beachtliche Summe im Voraus nicht annehmen möchte."

Hastings lächelte. „Sie sind eine gewiefte Frau, Miss Fitzhugh."

„Danke, Lord Hastings."

„Was es für mich zu einem noch größeren Rätsel macht, was Sie an Mr Martin finden."

„Das kann ich Ihnen gerne sagen, Sir: Er ist aufgeschlossen, hat sich die Fähigkeit bewahrt zu staunen und ist in keiner Weise zynisch."

„Wissen Sie, was ich in ihm sehe, Miss Fitzhugh?"

„Nein."

„Feigheit. Als Sie ihn das erste Mal trafen, war er noch nicht einmal verlobt."

Hastings hatte ein absolutes Talent dafür, den wunden Punkt zu finden.

„Es gab eine langjährige Übereinkunft, von der erwartete wurde, dass er sie achtete."

„Ein Mann sollte nicht danach leben, was andere von ihm erwarten."

„Nicht jeder lebt sein Leben einzig und allein um seines eigenen Vergnügens willen."

„Doch, wir beide tun das."

Nur ein Jahr zuvor hätte sie diese Behauptung energisch zurückgewiesen. Das jetzt zu tun, hätte aus ihr jedoch eine Heuchlerin gemacht. Sie wandte den Kopf in Richtung des Fensters und wünschte sich wieder einmal, Andrew gedrängt zu haben, sich seiner Mutter zu widersetzen.

Dass sie das nicht getan hatte, hatte sie verändert. In vielerlei Hinsicht zum Besseren: Als sie ihr Erbe ausgezahlt bekommen hatte, hatte sie keinen Augenblick gezögert, es als Kapital für ihr Verlagsgeschäft zu verwenden. Sie würde nie wieder einen ihrer Herzenswünsche aufgeben. Sobald sie alle Vorbereitungen abgeschlossen hatte, hatte sie Andrew energisch dazu angehalten, sein Manuskript nicht länger unter Verschluss zu halten. Die Rezensionen, die er für den ersten Band erhalten hatte, ließen Andrew monatelang wie auf Wolken schweben, und er dankte ihr jedes Mal überschwänglich, wenn sie einander sahen.

Doch zur gleichen Zeit hatte sich mit dem Verlust Andrews eine unsichtbare Tür in ihrem Inneren geschlossen. Das Glück, das sie einst geteilt hatten, wurde heilig und unantastbar. Kein anderer Mann konnte ihn auch nur annähernd ersetzen. Kein Mann hätte das auch nur versuchen sollen.

Das Einzige, was sie wollte, war das, was ihr in einer perfekten Welt zugestanden hätte.

FITZ PFIFF VOR SICH HIN, während er den Bericht überflog, den er in den Händen hielt. Als er frei von der Last eines überschuldeten Besitzes gewesen war, hatte Millie ihn noch nicht gekannt. Für einen Mann, dessen Hoffnungen und Wünsche im Leben mit Ausnahme einer kurzen Zeitspanne auf derart brutale Art erstickt worden waren, hatte er sich stets bemerkenswert würdevoll verhalten, seine Enttäuschung heruntergeschluckt und sich stattdessen ganz seinen Pflichten gewidmet.

Es war nicht würdelos, wenn ein Mann in der Abgeschiedenheit seines eigenen Zuhauses vor sich hin pfiff. Sie wünschte sich nur, dass er das schon früher getan hätte. Dass es keines Briefes von Mrs Engelwood bedurft hätte, um ihm Anlass dazu zu geben.

Sie fand, sie hatten auch gute Zeiten erlebt. Die Weihnachtsfeierlichkeiten in Henley Park waren eine liebgewonnene Tradition geworden. Ihre Freunde freuten sich schon im Voraus auf ihren jährlichen Jagdausflug im August. Ganz zu schweigen davon, welchen Erfolg sie damit gehabt hatten, die nahezu insolvente Firma Cresswell & Graves wieder zu einem florierenden Unternehmen zu machen.

Allerdings hatte ihn keines dieser Dinge je dazu gebracht zu pfeifen.

Es war auch nicht nur das Pfeifen. Es war sein entrückter Blick, das heimliche Lächeln auf seinen Lippen. Sein gesamtes Gebaren hatte sich verändert. Er war vom pflichtbewussten, verheirateten Mann, der sich mit Buchhaltung, Pächtern und Bankiers herumschlug, wieder zu einem unbeschwerten, jungen Mann geworden, der nur seine Träume und die Abenteuer, die auf ihn warteten, im Sinn hatte.

Der Junge, der er gewesen war, ehe das Schicksal zugeschlagen hatte.

Das war etwas, was Millie nie mit ihm würde teilen können: die wunderbare, sorglose Zeit, die er in seiner Jugend erlebt hatte, ehe sie in sein Leben getreten war und dem ein Ende gesetzt hatte.

„Ich hoffe, ich habe euch keine zu großen Schwierigkeiten damit bereitet, aus heiterem Himmel ein Familienessen anzuberaumen."

Venetias Stimme riss Millie unsanft aus ihren Gedanken. Ihre Schwägerin schlenderte in den Salon und sah unbeschreiblich schön dabei aus. „Nein, natürlich nicht", sagte Millie. „Ich war ohnehin schon zuhause und freue mich sehr über Gesellschaft."

Fitz legte den Bericht beiseite und lächelte seine Schwester an. „Hast du uns seit dem Frühstück vermisst, oder gibt es einen anderen Grund für …"

Er verstummte mit einem Mal. Millie sah es im gleichen Augenblick: der Ring an Venetias linker Hand.

„Ja", sagte Venetia mit einem Blick auf ihren Ehering. „Ich habe heimlich geheiratet."

Millie sah völlig entgeistert ihren Mann an, der gar nicht so verblüfft schaute, wie sie erwartet hatte.

„Wer ist der Glückspilz?", fragte er.

Venetia strahlte. Millie konnte nicht sagen, ob es wirklich vor Freude war, aber es war ein so strahlendes Lächeln, dass kleine Punkte vor ihren Augen tanzten. „Lexington."

Endlich sah Fitz so schockiert aus, wie Millie sich fühlte. „Interessante Wahl."

Helena kam schwungvoll in den Raum. „Warum sprechen wir schon wieder über Lexington?"

Venetia streckte Helena die linke Hand hin. Der goldene Ring an ihrem Finger glänzte matt. „Wir haben geheiratet, Lexington und ich."

Helena brach in Gelächter aus. Als sich ihr niemand anschloss, hielt sie mit offenem Mund inne. „Das ist nicht dein Ernst, Venetia. Das ist unmöglich."

Venetias Fröhlichkeit ließ in keiner Weise nach. „Als ich das letzte Mal nachsah, war heute nicht der erste April."

„Aber warum?", rief Helena.

„Wann?", fragte Fitz im selben Augenblick.

„Heute Vormittag. Die Bekanntgabe wird morgen in der Zeitung stehen." Venetia lächelte erneut. „Ich kann es nicht erwarten, sein Museum zu sehen."

Millie brauchte einen Moment, um sich an Lexingtons private naturgeschichtliche Sammlung zu erinnern und daran, mit welcher Begeisterung Venetia davon gesprochen hatte. Doch das war auf einem anderen Kontinent passiert und eigentlich nur Theater gewesen. War Venetias scheinbare Freude auch nur gespielt?

„Aber warum so früh?", fragte sie.

„Und warum hast du uns nichts gesagt?" Helena war außer sich. „Wir hätten dich vor dieser schrecklichen Entscheidung bewahren können."

Fitz zog die Brauen zusammen. „Helena, hältst du das für eine angemessene Art, mit Venetia an ihrem Hochzeitstag zu sprechen?"

„Du warst nicht dabei", sagte Helena eindringlich. „Du hast all die abscheulichen Dinge nicht gehört, die er über sie gesagt hat."

Fitz musterte Venetia. Sein Blick fiel auf ihre Taille. Es war ein flüchtiger, diskreter Blick. Wäre Millie nicht äußerst aufmerksam gewesen, hätte sie ihn nicht bemerkt.

„Sei bitte ehrlich zu mir, Venetia", sagte er. „Hast du deine Überfahrt genossen?"

Die Frage schien völlig zusammenhanglos. Zu Millies Überraschung errötete Venetia.

„Ja", entgegnete sie.

„Und du bist dir sicher, Lexingtons Charakter zu kennen?"

„Ja."

„Dann meinen Glückwunsch."

„Du kannst ihr doch nicht gratulieren", protestierte Helena. „Das ist ein ganz furchtbarer Fehler."

„Helena, du wirst in Zukunft davon absehen, in meiner Gegenwart so respektlos über deinen Schwager zu sprechen. Wenn Lexington weit genug in Venetias Achtung gestiegen ist, dann ist es wirklich an der Zeit, dass du deine Voreingenommenheit ablegst und ihre Entscheidung akzeptierst."

Fitz übernahm selten die Rolle des Familienoberhauptes, doch diese ruhig ausgesprochene Anweisung duldete keine Widerrede. Helena biss sich auf die Lippen und blickte zu Boden. Venetia sah ihn dankbar und überrascht an.

„Venetia, wirst du bereits in Kürze zu deiner Hochzeitsreise aufbrechen?", fragte Fitz.

„Ja, heute Nachmittag."

„Dann sollten wir nicht länger hier herumstehen", sagte er. „Du wirst bis dahin noch etliche Dinge regeln müssen. Sollen wir mit dem Essen beginnen?"

DA GENTLEMEN KEINE EHERINGE zu tragen pflegten, behelligte Christians Stiefmutter ihn nicht sofort mit Fragen. Doch sie musste sich darüber im Klaren sein, dass er nicht um ein Treffen unter vier Augen gebeten hätte, wenn er ihr nichts Wichtiges mitzuteilen gehabt hätte.

Sie ließen sich beide viel Zeit. Er erkundigte sich nach den Annehmlichkeiten des Hauses, das sie und Mr Kingston die Saison über gemietet hatten. Sie berichtete von dem herrlichen kleinen Garten, der dazu gehörte. Erst als sie das Essen beendeten, kamen sie auf sein Privatleben zu sprechen.

„Gibt es Neuigkeiten bezüglich der Dame von der *Rhodesia*, mein Lieber?"

Er rührte in der Tasse Kaffee, die vor ihm stand. „Stiefmama, du weißt, was ich von Leuten halte, die nicht zu ihrem Wort stehen."

Sie hatte ihm am Morgen eine Nachricht zukommen lassen, in der sie nach dem Abendessen gefragt hatte, und er hatte ihr die Wahrheit gesagt   dass er versetzt worden war. Er hatte in seiner Antwort geschrieben, er habe vor, die Gründe für das Nichterscheinen seiner Dame in Erfahrung zu bringen, und werde die *Dowager Duchess* darüber in Kenntnis setzen, sobald er etwas herausfand. Letzteres Versprechen hatte er allerdings nicht ganz gehalten.

„Hat das gereicht, um deine Gefühle zu ändern? Hast du nicht erfahren können, warum sie eure Verabredung nicht eingehalten hat?"

„Doch." Der Kaffee, eine erlesene Röstung, schmeckte viel zu sehr nach der Tasse Kaffee, die er getrunken hatte, als Mrs Easterbrook am ersten Abend auf der *Rhodesia* an seinen Tisch gekommen war. Ihre Ausstrahlung war so sinnlich gewesen ... Es war ihm seitdem unmöglich, schwarzen Kaffee zu trinken, ohne dass ihn eine Welle der gleichen erwartungsvollen Vorfreude erfasste.

Er goss großzügig Sahne in die Tasse, fügte ebenso großzügig Zucker hinzu. „Unglücklicherweise war das, was ich für ein lebensveränderndes Erlebnis hielt, für sie nur ein Spiel."

Die *Dowager Duchess* schob den Rest ihres Eispudding à la Nesselrode beiseite. „Oh, Christian. Das tut mir so leid."

Du hast ja keine Ahnung. „Lass uns nicht mehr darüber sprechen. Es ist Schnee von gestern."

„Ist es das?"

Die Zeit, die vergangen war, hatte weder den Schmerz noch die Demütigung gelindert. Wenn überhaupt war nun, da der Schock abgeklungen war, da er ganz genau wusste, wie sie ihren Plan in die Tat umgesetzt hatte, jede Erinnerung so schmerzhaft wie eine offene Wunde.

„Sie hat mich benutzt und weggeworfen. Ich habe zu ihr nichts mehr zu sagen." Abgesehen davon, dass er weiter über sie reden musste. „Ich wollte dir eigentlich eröffnen, dass ich geheiratet habe."

„Entschuldige, ich muss dich falsch verstanden haben. Was hast du gesagt?"

„Mrs Easterbrook ist seit heute Morgen meine Ehefrau."

Sie starrte ihn an, und ihre Ungläubigkeit wich einem Schockzustand, als sie zu verstehen begann, dass er keinen Scherz gemacht hatte. „Warum hast du mir das nicht gesagt? Warum war ich nicht *anwesend*?"

„Wir wollten es geheim halten."

„Ich verstehe die Eile nicht – und die Geheimnistuerei. Die Zeit, die du brauchtest, um eine Sondererlaubnis zu bekommen, hättest du ebenso gut nutzen können, mich über dein Vorhaben in Kenntnis zu setzen."

Sie war in seinem Leben das, was einer Mutter am nächsten kam. Er hatte ihr Sorgen bereitet und sie verletzt, nur, weil er zu dumm gewesen war, zu erkennen, dass man ihn hereingelegt hatte. „Tut mir leid. Ich hoffe, du verzeihst mir."

Sie schüttelte den Kopf. „Du hast mich nicht verärgert. Ich bin nur überrascht. Warum diese Nacht-und-Nebel-Heirat? Und warum Mrs Easterbrook? Ich hatte nicht den Eindruck, dass du sie besonders schätzt."

„Das tue ich auch nicht." Wenigstens das war die Wahrheit.

„Warum hast du sie dann geheiratet? Du hast diese Wahl getroffen, als seien Ehefrauen lediglich Menüs auf einer Speisekarte und man eben den Fisch nimmt, wenn das Steak aus ist. Ich bin … du hast mich völlig aus der Fassung gebracht, Christian."

Er hatte sie enttäuscht. Er wusste es, ohne dass sie es aussprechen musste. Dass er es ihr verwehrt hatte, an einem der wichtigsten Augenblicke seines Lebens teilzuhaben, und derart unbekümmert den Bund der Ehe eingegangen war – oder zumindest den Eindruck machte, als ob es so war –, musste auf sie so wirken, als ob sie ihn in Wahrheit kaum kannte.

Er sprach in härterem Tonfall weiter. „Ich habe meine Pflicht getan, Stiefmama. Ich habe geheiratet. Lass uns die Gründe dafür nicht weiter diskutieren."

Sie blickte ihn traurig, aber nicht minder scharfsinnig an. „Geht es dir gut, Christian?"

„Alles wird gut werden", sagte er. Dann korrigierte er sich: „Alles *ist* gut."

„Was ist mit deiner Frau? Weiß sie von deiner Dame von der *Rhodesia* …?"

Er konnte seinen Groll nicht restlos verbergen. „Tut das nicht jeder?"

„Macht es ihr etwas aus?"

„Ich glaube nicht."

„Christian …"

„Ich hasse es, so unhöflich sein zu müssen, Stiefmama. Aber meine Herzogin", das Wort auszusprechen fühlte sich so an, wie Sand herunterzuschlucken, „und ich werden so schnell wie möglich zu unserer Hochzeitsreise aufbrechen. Ich habe keine Zeit zu verlieren."

„Christian …"

Er legte die Hand auf ihre. „Ich bin nun der meistbeneidete Man in ganz England. Freu dich für mich, Stiefmama."

CHRISTIAN HATTE SEINE STIEFMUTTER kaum hinausbegleitet, als sein Butler ihn höflich in Kenntnis setzte: „Earl Fitzhugh ist hier, Euer Gnaden. Sind Sie zu sprechen?"

Natürlich war der Bruder seiner neuen Gattin gekommen, um sich lauthals darüber zu beschweren, wie unzeremoniell er die schöne Mrs Easterbrook zum Altar geführt hatte. Die frühere Mrs Easterbrook.

„Ja."

Als Fitz eintrat, war er von der Familienähnlichkeit verblüfft. Was hatte sie gesagt? *Ein Bruder und eine Schwester – Zwillinge –, beide zwei Jahre jünger als ich.* Er hätte in diesem Moment misstrauisch werden sollen. Er kannte ihre familiären Verhältnisse gut. Doch die frühere Mrs Easterbrook war das Letzte, was ihm durch den Kopf gegangen war, als sie direkt unter, neben oder auf ihm gelegen hatte.

„Möchten Sie ein Glas Cognac, um mit mir auf meine Hochzeit anzustoßen?", fragte er, während er Fitz die Hand schüttelte. Er hatte keinen Grund, sich seinem neuen Schwager gegenüber unhöflich zu verhalten.

„Alkohol bekommt mir leider nicht besonders. Aber ich nehme eine Tasse Kaffee."

Christian läutete, um das Getränk zu ordern.

„Wir waren alle sehr überrascht", sagte Fitzhugh, während er es sich in einem gemütlichen Lehnsessel bequem machte. „Hatte keine Ahnung, dass Sie um meine Schwester werben."

Um ehrlich zu sein, ich auch nicht. „Wir haben es geheim gehalten."

„Ich finde es interessant, dass Sie eine ganze Menge wirklich unschmeichelhafter Dinge über sie gesagt haben, und doch ist nicht sie diejenige von Ihnen beiden, die verärgert ist, sondern Sie."

Ihm fehlte ja auch die Genugtuung eines beinahe perfekten Rachefeldzuges. „Sie müssen entschuldigen, dass ich mein Gefühlsleben nicht mit jemandem diskutiere, der mir praktisch unbekannt ist."

„Ich habe nicht erwartet, dass Sie sich mir offenbaren, Sir."

Christian war immer mehr überrascht von der vernünftigen Art, die der Earl an den Tag legte.

„Meine Schwester bevorzugt es auch, ihr Gefühlsleben für sich zu behalten. Doch manchmal sieht ein Bruder nun einmal Dinge und zieht daraus seine Schlüsse. Ich bin natürlich ohne ihre ausdrückliche Erlaubnis nicht befugt, im Detail über ihre Privatangelegenheiten zu sprechen, aber ich füge sicherlich niemandem Schaden zu, wenn ich ein paar Dinge zu Mr Easterbrooks Tod sage."

Mr Easterbrook, ihr vermögender zweiter Gatte, der einsam gestorben war. „Was ist damit?"

„Lady Fitzhughs Berichten zufolge scheinen Sie dem Irrtum zu unterliegen, dass meine Schwester ihren sterbenden Ehemann vollkommen allein gelassen hat. Ich war an jenem Tag auch dort.

Ich kann Ihnen versichern, das entspricht in keinster Weise der Wahrheit."

„Möchten Sie mich glauben machen, dass sie an seinem Bett saß und seine Hand hielt, als er sein Leben aushauchte?"

„Nein. Sie befand sich mit meiner Frau im Untergeschoss, hielt seine Familie in Schach und hinderte sie in ihrer Funktion als Hausherrin daran, auch nur einen Schritt aus dem Salon zu machen."

„Warum das?"

„Weil jemand an seiner Seite war und seine Hand hielt, von dem Mr Easterbrook unbedingt wollte, dass er bei ihm war, als er aus dem Leben schied. Seine Familie hätte besagte Person umgehend entfernt und ihm seinen letzten Wunsch versagt. Venetia war Mr Easterbrook gegenüber sehr loyal. Wir alle. Lord Hastings und meine jüngere Schwester waren auf der Treppe positioniert und ich selbst direkt vor der Tür zur Mr Easterbrooks Schlafzimmer, falls es jemandem gelänge, an Venetia vorbeizukommen.

Mr Easterbrooks Familie war darüber nicht besonders erfreut. Alle Familienmitglieder nahmen danach einige Anstrengungen auf sich, um den guten Ruf meiner Schwester durch den Schmutz zu ziehen. Um Mr Easterbrook selbst nach seinem Tod zu schützen, ließ sie es geschehen."

Christian legte einen Finger genau auf die Mitte eines Füllfederhalters, der auf seinem Schreibtisch lag. „Mr Townsend … Wollen Sie nicht auch noch etwas über ihn berichten?"

„Er fällt unter besagte Privatangelegenheiten, deren Erörterung meine Schwester mir sicher verbieten würde."

„Hat er sich umgebracht?"

„Wie ich sagte, es steht mir nicht zu, etwas darüber zu sagen."

Das Kaffeetablett wurde hereingetragen, doch Earl Fitzhugh hatte sich bereits aus seinem Sessel erhoben. „Ich sollte nicht weiter die Zeit eines frisch vermählten Mannes mit Beschlag belegen."

AUF DER FOTOGRAFIE WAREN SIE alle so jung – außer dem Dinosaurierskelett, das natürlich uralt war. Helena war mit vierzehn die größte von ihnen gewesen. Das war, bevor ihr Zwilling in die Höhe geschossen war und sie ab da überragte. Fitz sah aus, als müsse er sich extrem anstrengen, nicht zu lachen. Auf jedem Bild von ihm aus dieser Zeit war die unterschwellige Heiterkeit eines Jungen zu erkennen, der das Leben bedingungslos liebte. Dann war da noch Venetia, stolz wie ein General, der die entscheidende Schlacht gewonnen hatte, deren entblößter Arm – vielleicht ein wenig unschicklich – um die Überreste des Cetiosaurus-Rumpfes gelegt war.

Wäre sie zu einem anderen Ort aufgebrochen, hätte sie nicht eine Sekunde gezögert, die Fotografie mitzunehmen. Sie hätte sie sogar zu allererst eingepackt. Doch sie war nicht sicher, ob sie sie in Christians Haus haben wollte. Er würde es gewiss nicht schätzen, daran erinnert zu werden, dass er sie – die Baronin – in ihren Bestrebungen ermutigt hatte, oder gar daran, dass er ihr angeboten hatte, ihn auf seine nächste Expedition zu begleiten.

Sie legte die Fotografie auf die Bildseite und drehte sich um.

Cobble, Fitz' Butler, stand in der offenen Tür zu ihrem Schlafzimmer und wartete darauf, mit ihr sprechen zu können.

„Ja, Cobble?"

„Die Dowager Duchess of Lexington ist hier, um Sie zu sehen, Madam."

Der Herzog hatte also seine Stiefmutter informiert. Wie sie reagieren würde, wussten nur die Götter.

„Ich werde in wenigen Augenblicken im Grünen Salon sein."

Es war an der Zeit, wieder in die Rolle der Großen Schönheit zu schlüpfen.

Sie lächelte, als sie in den Grünen Salon eilte. „Eure Gnaden, es ist mir ein großes Vergnügen."

Die Große Schönheit erzielte den gewünschten Effekt. Die Dowager Duchess zögerte … und blinzelte, als würde sie von viel zu hellem Licht angestrahlt.

Venetia setzte sich mit elegant schwingenden Röcken. „Sind Sie gekommen, um mir zu gratulieren, Madam? Ich bin mehr als entzückt, nun Lexingtons Gattin zu sein."

Diese Aussage hatte eine ernüchternde Wirkung auf die ältere Frau. „Tatsächlich, Euer Gnaden?"

Euer Gnaden. Venetia war nun die Duchess of Lexington.

„Ich bin fasziniert von Fossilien, hauptsächlich von denen aus der Kreidezeit. Der Herzog besitzt eine beeindruckende Sammlung davon. Ich freue mich schon darauf, sein Museum zu besuchen – und vielleicht irgendwann einmal kuratorisch für es tätig zu werden."

Mit dieser Antwort hatte die Dowager Duchess nicht gerechnet. „Sie haben ihn wegen seiner *Fossilien* geheiratet?"

„Haben Sie meinen Dinosaurier im Naturkundemuseum gesehen, Madam? Ein einzigartiges Exemplar. Ich warte seit über einem Jahrzehnt auf die Gelegenheit, ein weiteres zu entdecken. Durch die Heirat mit Lexington werde ich ihn auf Expeditionen begleiten können, etwas, was ich mir schon mein ganzes Leben lang wünsche."

Die Dowager Duchess vergrub die Finger tief in ihrem Kleid.

„Was ist mir Ihrem Gatten? Liegt Ihnen überhaupt etwas an ihm?"

Venetia legte die größtmögliche liebreizende Oberflächlichkeit an den Tag. „Wie könnte ich einen Mann nicht lieben, der mich mit auf die Suche nach Fossilien nimmt?"

Die Dowager Duchess erhob sich und ging zum japanischen Wandschirm in einer Ecke des Salons. Eine Dame in einem wallenden Kimono saß darauf neben einem voll erblühten Kirschbaum. Ihr Kopf ruhte auf ihren Händen, und ihre Melancholie schien so schwer wie die Äste, die sich unter den Blüten fast bis zum Boden bogen.

Tee wurde gebracht. Venetia goss ihn ein. „Ich glaube, als Nächstes geht es nach Afrika. Das Karoo-Becken ist eine wahre Fundgrube, wenn man nach Überresten von Reptilien sucht, jedenfalls habe ich das gehört. Milch und Zucker, Madam?"

Die Dowager Duchess wandte sich um. „Macht es Ihnen nichts aus, dass er sich erst vor sehr kurzer Zeit schrecklich abwertend über Sie geäußert hat?"

„Es war jedenfalls herzerwärmend, dass er seine Meinung so schnell geändert hat."

„Obwohl er eine andere liebt?"

Venetia stellte die Teetasse ab und streckte die Hand nach dem Sahnekännchen aus. All die Jahre, die sie eben nicht damit verbracht hatte, nach Fossilien zu graben, hatten ihre Finger schmal und schön bleiben lassen. Sie sorgte dafür, sie von ihrer besten Seite zu zeigen. „Wenn Sie von der Dame auf der *Rhodesia* sprechen, so glaube ich, dass sie ihn sehr enttäuscht hat."

„Sie sind damit zufrieden, sein Trostpreis zu sein?"

Wenn sie doch nur irgendeinen Preis für ihn dargestellt hätte. „Das ist meine Entscheidung, Madam, und ich habe sie bereits getroffen."

Schließlich nahm die Dowager Duchess wieder Platz. Die überraschte Verwandte war jedoch verschwunden. Die Frau, die Venetia gegenübersaß, war eine Löwin. „Er ist viel mehr als ein bloßer Fossiliensammler. Er ist einer der besten Männer, die ich je getroffen habe, und sein Glück liegt mir ausgesprochen am Herzen. Wenn Sie ihn nur wollten, weil er Sie zu den Karoo-Becken mitnehmen kann, nun, die meiste Zeit im Jahr wird er nicht an einem exotischen oder aufregenden Ort verbringen. Er wird sich wie jeder andere pflichtgetreue Gutsherr um sein Land und seine Leute kümmern, und das wird er auch von Ihnen erwarten. Erfüllen Sie die notwendigen Voraussetzungen, ihm eine gute Gattin zu sein?"

Venetia spürte, wie sich die große Anspannung in ihr löste. Hier war jemand, der ihn so sehr liebte wie sie. Jemand, vor dem sie nicht die Große Schönheit spielen musste.

„Es tut mir leid, dass ich so furchtbar frivol erschienen bin", sagte sie ruhig. „In Wirklichkeit bricht es mir das Herz."

Sie konnte ihr Bild im großen Spiegel über dem Kaminsims sehen. Sie sah der Frau im Kimono auf dem japanischen Wandschirm sehr ähnlich, tief bekümmert und trostlos.

Die Dowager Duchess faltete die Hände im Schoß.

„Tut es das?"

„Er denkt noch genauso über mich ... aber ich habe mich in ihn verliebt."

„Ich verstehe", sagte die Dowager Duchess in höflich-ungläubigem Tonfall.

„Ja, es ist ganz schrecklich. Ganz zu schweigen davon, dass er die Dame vom Ozeandampfer vorgezogen hätte." Venetia sah der Dowager Duchess in die Augen. „Ich kann nicht versprechen, dass ich ihn glücklich machen werde. Aber ich kann Ihnen vorbehaltlos versichern, dass mein erster Gedanke immer seinem Wohlergehen gelten wird."

Die Dowager Duchess sah sie nunmehr nachdenklich an. „Diese Ansichten, die er in Harvard geäußert hat ..."

„In Bezug auf meine verstorbenen Ehegatten? Er ist falsch informiert. Aber ich fürchte, er hat sich seine Meinung bereits gebildet."

Die ältere Frau gab keine Antwort. Schweigend tranken sie ihren Tee. Anderswo im Haus wurden Venetias Koffer die Treppen heruntergeschleppt. Der geschlossene Einspänner wartete bereits am

Straßenrand. Durch das offene Fenster drang die Stimme ihrer Zofe, die die Diener ermahnte, mit dem Gepäck ihrer Herrin vorsichtig umzugehen.

„Ich möchte Ihre Zeit nicht länger in Anspruch nehmen", sagte die Dowager Duchess und stellte ihre Teetasse ab.

„Soll ich ihn von Ihnen grüßen, wenn ich ihn sehe, oder soll ich unser Treffen besser für mich behalten?"

„Sie können ihn grüßen. Er muss wissen, dass ich nach solchen Nachrichten nicht untätig bleiben kann."

„Natürlich. Solche Dinge tun wir nun mal für die, die wir lieben."

Sie erhoben sich und schüttelten einander die Hand.

„Wenn ich Ihnen einen Rat geben darf", sagte die *Dowager Duchess*. „Wenn Sie glauben, der Herzog habe ein falsches Bild von Ihnen, müssen Sie ihn das wissen lassen. Er kann ziemlich Respekt einflößend sein, ist aber nie engstirnig und nimmt es einem nicht übel, wenn man ihn korrigiert."

Die Baronin hätte nicht gezögert. Venetia war nicht sicher, ob sie solchen Mut besaß. Aber sie nickte. „Ich werde daran denken, Euer Gnaden."

ES GAB EINEN GRUND, warum die Träume Pubertierender üblicherweise auf die Pubertät beschränkt blieben: Sie waren überspannt und offen gestanden manchmal auch gefährlich.

Sie   oder vielmehr seine Besessenheit von ihr – war sein Pubertätstraum gewesen. Was machte es schon, dass sie bereits verheiratet war? In Fantasien war ein Ehemann absolut kein Hindernis. Er hatte erst begonnen, den Traum aufzugeben, nachdem seine schicksalhafte Unterhaltung mit Anthony Townsend stattgefunden hatte. Aber auch dann nicht ganz, nicht sofort.

Die Ereignisse, von denen er an jenem Tag in der Harvard University berichtet hatte, waren die Phasen seiner eigenen Entzauberung. Ungläubig hatte er Townsend gelauscht, zornig von dessen vorzeitigem Tod gehört, desillusioniert auf ihre sehr gewinnbringende zweite Ehe reagiert.

Aber sie ertrug es nicht, dass einer unter zehntausend Männern es wagte, sie zu kritisieren. Nein, für diesen Fehltritt hatte er mit seinem Herzen bezahlen müssen.

Und nun endlich, so spät, war sie die Seine geworden, vor Gott und den Menschen.

Das Kostbarste in seinem Besitz saß ihm in seinem privaten Waggon gegenüber, unvorstellbar und unerschütterlich anmutig. Er konnte sich nicht vorstellen, dass er sie umarmt hatte, berührt und seinen Körper mit ihrem vereint hatte. Ihre Schönheit war atemberaubend, unwirklich, als ob sie nicht wirklich aus Fleisch und Blut wäre, sondern die Kreation eines Künstlers, geboren in einem Anfall fiebriger Ekstase.

Eine Schönheit mit eigener Gravitation, die das Licht brach. Sonnenlicht fiel nur auf einer Seite des Abteils ein, doch sie war definitiv ringsum in Licht getaucht, eine gleichmäßige, sanfte Beleuchtung, wie sie ein Maler in seinem Atelier schaffen mochte, wenn er einen Engel abzubilden gedachte – oder eine Heilige mit ihrem eigenen Heiligenschein.

Sie hatte für eine Weile so still dagesessen wie ein Anatomiemodell. Keine Rüsche ihres weiß-gold gestreiften Kleides hatte sich bewegt. Doch jetzt legte sie die Hände auf den Tisch, der sie trennte, und öffnete den ersten Knopf ihres Handschuhs. Eine unverhohlen schamlose Geste. Oder nicht? Sie waren nicht in der Öffentlichkeit, und er, die einzige andere Person im privaten Waggon, war ihr Ehemann.

Ihr Ehemann. Wie ihre Schönheit schienen die Worte surreal.

Langsam, provozierend, öffnete sie den Handschuh am Handgelenk und entblößte ein Hautdreieck – Haut, die er auf der *Rhodesia* nach Belieben hatte streicheln können. Dann zog sie mit unendlicher Langsamkeit an jedem einzelnen Finger des Handschuhs und streifte sich das Kalbsleder von der Hand. Danach zog sie sich den anderen Handschuh aus.

Es wäre nur gerecht gewesen, hätte sie irgendwo einen körperlichen Makel gehabt. Dicke kurze Finger wären ein guter Anfang gewesen. Knotige Knöchel waren nicht zu viel verlangt. Aber nein, ihre Hände waren schlank, die Finger lang und wohlgeformt.

Selbst ihre Knöchel hatten eine schöne Form.

Sie hob diese nackten, ansprechenden Hände und löste die Bänder unter ihrem Kinn, schüttelte leicht den Kopf, nachdem sie den Hut abgenommen hatte. Plötzlich wurde es ihm zu viel. Wieder brachte sie ihn um den Verstand, nahm ihm den Atem, raubte ihm das Denkvermögen, bis er nur noch wollen konnte. Ihre

Anwesenheit zerriss ihn. Und er würde nur wieder eins werden, wenn er sie mit Leib und Seele besaß.

Im nächsten Augenblick begriff er, was ihm widerfahren war, aber erst, nachdem sie sein Starren bemerkt hatte.

Ich war ein Jahrzehnt lang völlig von ihrem Liebreiz gefesselt. Ich habe einen Artikel über die evolutionäre Bedeutung der Schönheit verfasst, um mir klar vor Augen zu führen, dass ich, der diese Theorie so gut verstand, der magischen Anziehungskraft der Schönheit dieser einen bestimmten Frau nichtsdestotrotz rettungslos erlegen war.

Sie wusste es. Mit chirurgischer Präzision hatte sie Schicht um Schicht seiner Schutzmauern abgetragen, bis sein Herz entblößt vor ihr lag, hatte all seine Scham und sein Begehren enthüllt.

Damit hätte er leben können, wenn er sein Geheimnis nur für sich behalten hätte. Aber sie wusste es. *Sie wusste es.*

„Gewöhn dich nicht zu sehr daran", sagte er. „Ich könnte mich direkt nach der Geburt des Kindes scheiden lassen."

KAPITEL 17

ALGERNON HOUSE WAR WUNDERSCHÖN: die Marmorgalerien, die hohen Decken mit den Fresken von italienischen Meistern, die Bibliothek mit ihrer fünfzigtausend Bände umfassenden Büchersammlung, darunter eine Gutenberg-Bibel und Handschriften da Vincis.

Aber Venetia verliebte sich in seine herrlichen, weitläufigen Ländereien. Es gab einen geometrisch angelegten architektonischen Garten rings um einen gewaltigen Brunnen, der Apollo und die neun Musen darstellte, einen Skulpturengarten, der von efeuüberwucherten Mauern umschlossen war, und einen Rosengarten, der gerade zu blühen begann und in dem die Luft duftgeschwängert war.

Das Haus mit seinen ehrwürdigen, verwitterten Sandsteinmauern stand am Rande einer weiten, wogenden Wiese, direkt dahinter stieg der Boden zu einem bewaldeten Hügel an. Das schillernde Band eines Baches schlängelte sich über die Wiese, seine Ufer mit Weiden und Pappeln gesäumt. Oft sammelte sich ein Sprung Rehwild am Bach, Schwärme von Wildenten kamen und flogen wieder fort, und gelegentlich wanderten mehrere Holsteiner Kühe ins Bild, um zufrieden zu grasen.

Venetia war den Anforderungen, einen Haushalt zu führen, durchaus gewachsen, doch einem so großen Haus hatte sie noch nie vorgestanden. So sehr sie sich danach sehnte, endlose Stunden damit zu verbringen, die Umgebung zu erkunden, widmete sie sich die gesamte erste Woche über dringenderen Aufgaben, gewöhnte sich an den Rhythmus und die Traditionen des Hauses, traf sich mit allen höhergestellten Dienstboten und nahm sanft, aber bestimmt die Zügel ihres neuen Heims in die Hand.

Sie schrieb täglich ihrer Familie und beschrieb in allen Einzelheiten ihre wachen Stunden, damit man sich nicht um sie sorgte. Oder vielmehr, damit sie sich sorgen konnten und dabei wenigstens genau wussten, was in ihrem neuen Leben vor sich ging.

In ihren Briefen kam ihr neuer Ehemann so gut wie nicht vor. Es gab nicht viel über ihn zu sagen. Er verbrachte den Großteil des Tages in seinem Arbeitszimmer. Sie verbrachte den Großteil des Tages in ihrem Salon. Beide lagen in weit voneinander entfernten Teilen des Hauses, und außer beim Abendessen sah sie ihn selten. Der Esstisch war neun Meter lang. Sie saßen am Kopf- und am Fußende. Selbst ohne die turmhohen Tafelaufsätze, die die gesamte Tischmitte einnahmen, hätte sie ihr Opernglas gebraucht, um ihn richtig zu sehen.

Aber nachts hörte sie manchmal, wie er in sein Schlafzimmer kam.

In ihrer Hochzeitsnacht hatte sie, nachdem sich ihre Zofe zurückgezogen hatte, ihr Bett verlassen und die Verbindungstür einen sehr diskreten, aber unübersehbaren Spalt breit geöffnet. Sie hatte wieder mit ihm schlafen wollen. Nach all den Stunden allein in ihrem privaten Eisenbahnwagen, in denen er nahe genug gewesen war, dass sie ihn hätte berühren können und doch so fern, hatten die Erinnerungen an ihre Tage und Nächte auf der *Rhodesia* sie an den unschicklichsten Stellen gewärmt. Lieber Gott, wie sie sich danach gesehnt hatte, dass er sie wieder liebte, und sei es nur als Geste der Menschlichkeit.

Dann hatte sie gewartet. Er war ins Zimmer gekommen, und es hatte die üblichen Geräusche eines Mannes gegeben, der sich bettfertig machte: das Plätschern von Wasser, die Laute, mit denen diverse Kleidungsstücke wahllos auf dem Boden landeten, das metallische Klicken einer Taschenuhr, die auf den Nachttisch gelegt wurde.

Plötzlich Stille. Er hatte die Tür entdeckt, die einladend offenstand. Sie hatte sich die Lippen geleckt, gewollt, dass er seiner Schwäche nachgab, dass ihn die Verlockung ihres Körpers übermannte.

Langsame, leise Schritte. Immer mehr hatte er sich der Tür genähert, so nah, dass sie ihn fast atmen hören konnte.

Noch mehr Stille, zum Bersten gefüllt mit Möglichkeiten. Ihr Herz raste in der Vorfreude auf die kommende Lust. Vielleicht würde er danach sogar mit ihr sprechen.

Vielleicht …

Die Tür schloss sich mit einem leisen, aber bestimmten Klicken.

Zu spät erkannte sie, dass sie ihn unbeabsichtigt beleidigt hatte. Er hatte ihre Einladung als schändlichen Versuch gedeutet, ihre Macht über ihn zu festigen, und wenn er überhaupt in Versuchung geführt gewesen war, würde er jetzt noch entschlossener sein, sich von ihr fernzuhalten.

Dennoch horchte sie nachts, nicht wirklich hoffend, aber doch gespannt.

Doch er blieb ihr halsstarrig fern.

Christian mochte ihr mit Scheidung drohen, doch in der Zwischenzeit konnte er nicht verhindern, dass seine Ehe von seinem Leben Besitz ergriff.

Selbstbewusst hatte sie die Haushaltsführung übernommen. Seine Stiefmutter hatte Jahre gebraucht, um die Diener für sich zu gewinnen, doch seiner Frau fraßen sie von Anfang an aus der Hand. Teilweise war das sicher ihrer Schönheit geschuldet. Sein Personal entwickelte einen absurden Stolz auf ihre makellose Erscheinung. *So* sollte eine Herzogin aussehen, und alle anderen Herzöge sollten ruhig Tränen des Neides vergießen.

Aber sie umwarb sie auch geschickt. Sowohl sein Majordomus als auch seine Gärtner hatten schon lang eine echte Rebe ins Esszimmer bringen wollen, die aus der Tischmitte wuchs und seine Gästen damit erfreute, sich zwischen den Gängen frische Trauben zu pflücken. Christian hatte ihnen diesen Wunsch immer wieder abgeschlagen, die Idee als albern bezeichnet. Sie gestattete es ihnen.

Aus ihrer eigenen Tasche stellte sie Mrs Collins Gelder für Renovierungsarbeiten in den Gesindestuben zur Verfügung. Als sie hörte, dass Richards Weinkenner war, ließ sie die beträchtliche Sammlung von Claret und Champagner aus erlesenen Jahrgängen, die sie vom verstorbenen Mr Easterbrook geerbt hatte, in seine Obhut überstellen. Monsieur Dufresne, dem Küchenchef, versprach sie den Import eines Trüffelschweins, damit er zwischen den Wurzeln der zahllosen Eichen des Landsitzes nach den kostbaren Pilzen suchen konnte.

Das rangniedrigere Personal beglückte sie mit neuen Livreen mit Goldknöpfen für die Männer und Perlenhaarnadeln für die Frauen, die sie nach Belieben behalten oder verkaufen durften.

Seiner Meinung nach ganz klar Bestechung, aber es machte sie zweifellos sehr beliebt. Sein nunmehr stets adrett gekleidetes Personal ging mit schimmernden Knöpfen und funkelnden Haarnadeln beschwingt seinem Tagwerk nach.

Christian suchte Zuflucht im Ostflügel, fernab all der plötzlichen Veränderungen. Die Gästen zugänglichen Räumlichkeiten des Hauses befanden sich im Mittelteil, die Räume der Familie im Westflügel.

Der Ostflügel war lange ein etwas vernachlässigter Teil des Hauses gewesen, doch er hatte dort Werkstätten, ein Archiv, das auch als abgeschiedenes Arbeitszimmer diente, und ein privates Museum für seine Fossilien- und Präparate-Sammlung eingerichtet.

Hier kümmerte er sich um die Korrespondenz mit seinen Rechtsanwälten und Beauftragten, sortierte seine Notizen von seiner Amerikaexpedition und schrieb täglich seiner Stiefmutter, um ihr zu versichern, dass er sich sehr gut im Eheleben eingewöhnte, bald Trüffel zu jedem Omelette haben und zwischen Suppe und Braten seine eigenen Trauben ernten würde.

Tagsüber konnte er seiner Frau zwar mit einigem Erfolg aus dem Weg gehen, doch dem Abendessen oder dem höflichen Geplauder vorher, das sie ihm aufzuzwingen entschlossen war, konnte er nicht entkommen.

Er wusste nicht, wie ihr das gelang, aber sie verblüffte ihn jeden Abend aufs Neue mit ihrem Liebreiz. Er hätte schwören können, dass jedes Abendessen eine Viertelstunde später auf den Tisch kam, damit er dem Ansturm ihrer Schönheit länger standhalten musste.

Am schlimmsten war es natürlich nachts. Sie ließ in verstörend unvorhersehbaren Intervallen die Verbindungstür einen Spalt offen, manchmal zwei Nächte hintereinander, manchmal vier Tage lang gar nicht. Wenn sie ihre Einladungen in aufeinanderfolgenden Nächten signalisierte, machte ihn ihre Unverschämtheit wütend. Wenn sie das Interesse an ihm zu verlieren schien, tat das ihre Gleichgültigkeit.

Wie sie es auch anstellte, es war verkehrt.

VENETIA HATTE STETS DEN RAT der Dowager Duchess im Ohr. Aber wie brachte man einen Mann dazu, zuzuhören, wenn er das einfach nicht wollte und sie nicht mehr als ein paar Minuten pro Tag mit ihm allein verbringen konnte?

Als er das dritte Mal mitten in der Nacht sein Zimmer verließ, beschloss sie, ihm zu folgen, aber in sicherem Abstand. Das Haus war still und leise, die kupferne Flamme seines Armleuchters warf lange Schatten. An die Wände der Hallen und Gänge gemalte Heilige und Philosophen blickten finster auf sie herab, als missfiele auch ihnen die hinterhältige Art und Weise, wie sie sich in die Familie gedrängt hatte.

Er ging in den Ostflügel. Dorthin war sie noch nicht vorgedrungen, denn sie wusste, ihr Eindringen hätte ihm missfallen. Aber manchmal musste man seine Befugnisse überschreiten. Ja, manchmal musste man den Geliebten umzingeln.

Ob nun aus Feigheit oder zu lange unterdrückter Neugier, sie folgte ihm nicht direkt ins Arbeitszimmer, sondern öffnete stattdessen die Türen seines privaten Museums und fand die Lampen.

Sie seufzte. Sie hatte dem Grund und Boden zu viel der Ehre erwiesen. *Das hier* war der schönste Teil des Hauses.

Das Museum war fünfzehn Meter lang und neun breit. Glaskästen säumten alle Wände. Von der Decke hing das Skelett eines Haastadlers im Flug. Der Mittelpunkt der Ausstellung waren versteinerte Stoßzähne, ein gewaltiges Paar, das einem Mastodon gehört hatte, ein viel kleineres, wahrscheinlich von einem Zwergstegodon, und ein gerader Stoßzahn, fast doppelt so lang wie sie groß und einst der ganze Stolz eines männlichen Narwals.

„Was tust du hier?"

Sie schaute über die Schulter. Christian stand in der Tür. Sie hatte nur einen Morgenrock über ihr Nachthemd gezogen, er war formeller in Hemd und Hose gekleidet. Aber der Hemdkragen stand offen. Sie empfand einen fast unwiderstehlichen Drang, seinen Hals zu lecken.

Er runzelte die Stirn. „Ich habe dich etwas gefragt."

„Es ist doch recht eindeutig, was ich hier tue: Ich bestaune deine Fossilien. Was tust *du* hier?"

„Ich sah Licht und kam nachsehen. Aber jetzt weiß ich ja, dass es nur du bist."

Er machte Anstalten zu gehen.

Sie drehte sich um und holte tief Luft. „Warte. Ich möchte gerne wissen, was genau dir Mr Townsend vor all den Jahren gesagt hat."

Er ließ seinen Blick über sie schweifen, nicht begehrlich, sondern hart und schwer zu deuten. „Er sagte: ‚Ihr Wunsch könnte sogar in

Erfüllung gehen, Euer Gnaden. Aber überlegen Sie es sich besser noch einmal. Sonst ergeht es Ihnen am Ende womöglich noch wie mir.""

Ihr Wunsch könnte sogar in Erfüllung gehen. „Hat er dich erkannt? Er sagte einmal etwas zu mir über einen Spieler aus Harrow, der mich begehrte."

Seine Kiefer mahlten. „Ja, er erkannte mich. Hat er Selbstmord begangen?"

Nach all den Jahren krampfte sich bei dieser Frage immer noch ihr Magen zusammen. „Ja, mit einer Überdosis Chloral. Mir hat er gesagt, er werde einen Freund in Schottland zur Jagd besuchen, ging in Wahrheit aber nach London. Drei Tage später, als der Makler, der uns das Stadthaus für die Saison vermietet hatte, es sich ansehen wollte, fand er Mr Townsend im großen Schlafzimmer, makellos gekleidet und sehr tot."

„Woher wusste man, dass es Chloral war?"

„Der Makler fand eine Phiole neben seiner Hand. Er versteckte sie vor der Polizei – er wollte nicht, dass jemand mitbekam, dass in dem Haus jemand Selbstmord begangen hatte –, gab sie mir aber später."

„Es gab keine Untersuchung?"

„Fitz konnte es mit knapper Not verhindern. Er machte der Polizei klar, dass Mr Townsend an einer Hirnblutung gestorben und in der Verwirrung vor seinem Tod in ein Haus zurückgekehrt war, das er kannte, und sich hingelegt hatte."

Christians Gesicht war wie versteinert. Sie fragte sich, ob er in Gedanken bei ihren Gesprächen auf der *Rhodesia* über ihre glücklose Ehe mit Tony war. „Wie hast du es erfahren?"

„Durch einen Besuch von Scotland Yard in unserem Haus in Kent. Während der Polizeiinspektor mit mir sprach, kamen die neuen Eigentümer unseres Hauses, um es in Besitz zu nehmen. Erst da erfuhr ich, dass Tony es verkauft hatte."

Der Schock, plötzlich ohne Dach über dem Kopf dazustehen, die drohende polizeiliche Untersuchung und vor allem die pure Rachsucht von Tonys Tat hatten sie gelähmt. Helena glaubte sogar, er habe bewusst auf diese Weise Selbstmord begangen, um das Interesse der Polizei zu wecken, um die Sache für Venetia so schrecklich wie möglich zu gestalten.

„Warum hasste er dich so?"

Sie hörte kein Mitleid in Christians Stimme – aber auch keine Ablehnung. „Weil er glaubte, ich hätte ihn von einem Jemand zu einem Niemand gemacht. Er hatte mich als hübsches Accessoire geheiratet, das mehr Aufmerksamkeit auf ihn lenken sollte, aber dashübsche Accessoire bekam alles Rampenlicht allein, das er so begehrte, und ihm blieb nichts. Ich weiß, das ergibt keinen Sinn. Ich kann es selbst kaum glauben, ein erwachsener Mann, der seine Frau aus einem solchen Grund nicht mag. Aber die Aufmerksamkeit, die ich erregte, machte ihn wahnsinnig. Er wollte, dass alle Augen ausschließlich auf ihm ruhten. Deswegen beschloss er, ein unglaublich erfolgreicher Investor zu werden, damit seine Freunde und Bekannten nicht mehr auf seine Frau achteten und stattdessen ihn voller Neid und Bewunderung ansahen. Während er darauf wartete, suchte er die Bewunderung anderer Frauen."

„Wie etwa die des Zimmermädchens, das er geschwängert hat?"

„Die arme Meg Munn. Aber Zimmermädchen reichten ihm nicht. Er wollte von echten Damen gepriesen werden, echten Damen, die einen Mann erst dann beeindruckend fanden, wenn er ihnen Juwelen schenkte."

Ein Anflug einer flüchtigen Emotion huschte über seine Züge, aber einen Augenblick später war Christians Gesicht wieder eine steinerne Maske.

„Als seine Investitionen eine nach der anderen scheiterten, ließ er mich darüber im Ungewissen. Ich wusste nicht, dass er verschuldet war. Ich wusste nur, dass ich immer weniger Haushaltsgeld bekam. Ich dachte, das läge daran, dass er ganz einfach gemein war."

Kein schönes Geständnis, nur ein ehrliches. „Er muss geglaubt haben, er werde mit einer seiner Investitionen auf eine Goldmine stoßen. Doch eine nach der anderen scheiterte. Das wäre für jeden schrecklich gewesen, aber für ihn … die Implikation, dass das Glück ihm nicht hold war, dass er wie jeder andere in Ungnade fallen und nichts tun konnte, um diesen Absturz in Armut und Bedeutungslosigkeit abzufangen – es muss für ihn die Hölle auf Erden gewesen sein."

Sie hatte noch nie jemandem diese Tatsachen so umfassend dargelegt. Vielleicht hätte sie das schon Jahre zuvor tun sollen. Dann hätte sie viel früher begriffen, dass die Person, der Tony von Anfang die Schuld gegeben hatte, er selbst gewesen war.

Und niemand anderes.

*

SIE SEUFZTE, UND CHRISTIAN WAR nicht ganz sicher, ob aus Kummer oder Erleichterung. Er wusste aber, dass er wünschte, Townsend sei noch am Leben, damit er dem Mann die Visage polieren und ihm zudem noch ein paar Rippen hätte brechen können.

Sie drehte das Ende des Bindegürtels ihres Morgenrocks zwischen den Fingern und wartete darauf, dass er etwas sagte – oder auch einfach nur ging, damit sie sich wieder ihren Fossilien widmen konnte.

Als sein Blick weiter auf ihr ruhte, zog sie recht verlegen den Bindegürtel enger.

Ihre Körperform hatte sich nicht verändert. Die enger gebundene Schleife verriet eine Taille, die noch genauso schlank war wie auf der *Rhodesia*. Er hätte nicht vermutet, dass sie schwanger war.

Er war eine Weile nicht im Kinderzimmer gewesen. Vielleicht waren dort noch einige seiner Bücher und Spielsachen. Außerdem war natürlich der gesamte Landsitz ein riesiger Kinderspielplatz.

„Wann kommt das Baby zur Welt?"

Ihr Blick wurde argwöhnisch. „Anfang nächsten Jahres."

Er nickte.

„Ich an deiner Stelle hätte es nicht so eilig, mit meinen Anwälten zu reden."

Er hatte gar nicht daran gedacht, mit seinen Anwälten zu reden. „Nein?"

„Selbst sie würden dich für ein Monster halten, wenn du direkt nach meiner Niederkunft die Scheidung anstrebtest."

„Wie lange empfiehlst du mir zu warten?"

„Lange. Ich weiß, was passiert, wenn es zu einer Scheidung kommt: Die Frau geht immer leer aus, und ich werde mich nicht von meinem Kind trennen lassen."

„Du wirst dich also gegen die Scheidung wehren?"

„Bis zum letzten Penny, und dann werde ich mir Geld von Fitz und Millie leihen."

„Wir werden also bis zum Ende aller Tage verheiratet sein?"

„Je eher du das akzeptierst, desto besser für uns alle." Seine Ahnen hätten ihren Hochmut zu schätzen gewusst: eine passende

Frau für einen de Montfort. „Wenn du mich jetzt entschuldigen würdest, ich brauche ausreichend Ruhe."

Er schaute ihr nach. Erkannte diese törichte Frau nicht, dass er das schon in dem Augenblick akzeptiert hatte, als er ihr sein Jawort gab?

KAPITEL 18

CHRISTIAN SCHLIEF UNRUHIG − wie immer, seit er die *Rhodesia* verlassen hatte. Doch nach ihrem Aufeinandertreffen in seinem Museum ließen ihm Scham und Entsetzen darüber, wie falsch er gelegen hatte, keine Ruhe mehr. Wie musste sie sich nur dabei gefühlt haben, als man ihren Charakter so achtlos verleumdet und herabgewürdigt hatte, ohne sich auch nur einen Deut um die Wahrheit scheren?

Am Morgen schaute er im Frühstückszimmer vorbei. Er hatte zuvor schon in seinem Arbeitszimmer gefrühstückt, doch er wusste, dass sie für gewöhnlich hier etwas aß und dabei die Tageszeitungen oder oft auch eine Ausgabe der *Nature* las.

Sie war nicht da.

„Sie ist spazieren gegangen, Sir", unterrichtete ihn Richards.

„Wo?" Die Ländereien um Algernon Haus herum waren riesig. Sie konnte Meilen entfernt sein.

„Darüber hat sie uns nicht informiert, Sir. Sie sagte nur, man solle nicht vor dem Mittagessen mit ihr rechnen."

„Wann ist sie aufgebrochen?"

„Vor etwa zwei Stunden."

Es war noch nicht einmal neun Uhr. Wenn sie nicht vorhatte, vor dem Mittagessen wieder da zu sein, würde sie gute sechs Stunden im Freien verbringen. „Sie lassen eine Frau, die …"

Christian zügelte sich. Bisher wusste niemand von ihrem Zustand. „Schicken Sie Gerald zu mir. Sagen Sie ihm, er solle sich beeilen."

Gerald, der Obergutsverwalter, war leicht außer Atem, als er ankam. „Euer Gnaden?"

„Hat Ihnen die Herzogin Fragen über den Steinbruch gestellt?"

„Ja, Sir."

„Wann?"

„Gestern, Sir."

224

„Hat sie sich nach dem Weg dorthin erkundigt?"

„Das hat sie, Sir. Ich habe ihr einen Plan gezeichnet. Sie hat ebenfalls nach den Ausgrabungswerkzeugen gefragt, und ich habe ihr von der Hütte erzählt, in der alle Geräte lagern."

„Ist die Hütte denn nicht abgeschlossen?"

„Sie hat mich um meinen Schlüssel gebeten, und ich gab ihn ihr."

Zehn Minuten später saß Christian auf seinem Pferd und galoppierte in Richtung Steinbruch.

Die Überreste des Steinbruchs bestanden aus einem fast geschlossenen steilen Rund, von dem aus eine Rampe bis auf den Boden führte. Um die Rampe zu erreichen, musste er seinen Hengst einen kleinen Hügel hinauflenken. Bei dem Anblick, der nach dem Erklimmen der Anhöhe auf ihn wartete, stockte ihm der Atem.

Dort, auf der Hälfte der Erdrampe, die er einige Jahre zuvor gebaut hatte, um die höheren Bereiche des Hangs leichter zu erreichen, sah er seine Baronin mit dem verschleierten Hut, der einen so großen Teil ihres geheimnisvollen Zaubers ausgemacht hatte. Sie stand mit dem Rücken zu ihm und meißelte an einer vielversprechenden Sedimentschicht herum, die nach spätem Trias aussah. Nachdem sie Hammer und Meißel beiseitegelegt hatte, nahm sie eine Bürste und entfernte Erde und Staub von einem ockerfarbenen Knochenstück, das aus der Erde ragte. Die ganze Zeit über pfiff sie eine schwungvolle Arie aus „Rigoletto" in heller und tonsicherer Klangfarbe, bis ihr auf der Mitte eines hohen, langgezogenen Tones die Luft ausging und sie stockte. Sie musste lachen.

Als er ihr Lachen hörte, war er wieder auf dem Ozeandampfer, und ihn erfasste unendliche Sehnsucht.

Er handelte, griff die Zügel fester oder drückte seinem Hengst die Schenkel in die Flanken. Das Pferd tänzelte, seine Hufe schlugen auf dem Boden auf, und es wieherte.

Sie sah über ihre Schulter. Die Vorderseite des Schleiers war nach hinten über ihren Hut geschlagen. Ihr Gesicht wies Schmutzspuren auf, ihre außergewöhnlichen Augen waren unter der ausladenden Krempe kaum zu sehen. Dennoch merkte er, wie sein Verstand aus dem Gleichgewicht kam, wie die tief in ihm eingebrannte Erwartung, dass er die Welt und seine Mitmenschen beeinflussen sollte, nicht andersherum, ins Wanken geriet.

Er trieb sein Pferd voran. Am Fuße des Abhangs gab es einen Pfosten. Er band das Tier dort an und machte sich auf den Weg hinauf.

„Wie hast du mich gefunden?"

„Es ist nicht besonders schwer zu erraten, welchen Teil meines Anwesens du am liebsten für dich entdecken möchtest. Was hast du gefunden?"

Sie warf ihm einen Blick zu, der zeigte, dass seine Höflichkeit sie offenbar überraschte.

„Einen sehr kleinen Schädel. Ich hoffe darauf, dass es ein junger Dinosaurier ist, aber das ist unwahrscheinlich. Dafür liegt er zu weit in der Tertiärschicht."

„Sieht aus wie eine Amphibie", urteilte er.

Sie blickte nicht direkt zu ihm hinüber. „Ich bin trotzdem ganz aufgeregt."

Stille machte sich breit. Er wusste nicht, was er sagen sollte. Für einen Wissenschaftler, der sich an harte Fakten hielt, war es ein absoluter Irrweg gewesen, zuzulassen, dass er sich in seinen Entscheidungen von einer falschen Annahme nach der nächsten hatte leiten lassen. „Du hast gesagt, du seist bei meinem Vortrag in Harvard gewesen", hörte er sich selbst sagen. „Warum bist du danach nicht zu mir gekommen und hast meine falschen Annahmen richtig gestellt?"

Sie kratzte mit den Borsten einer Bürste über die kleinen, scharfen Zähne im Schädel. „Ich hätte die schmerzhaftesten Einzelheiten meines Lebens kaum mit einem Fremden teilen können, der mich so kaltherzig abgeurteilt hatte."

Natürlich nicht.

„Also hast du dich stattdessen entschlossen, mich zu bestrafen."

Sie holte tief Luft. „Also habe ich mich stattdessen entschlossen, dich zu betrafen."

ER FASSTE SEINE REITGERTE FESTER. Einen Moment lang schien es, als wolle er etwas sagen, er neigte jedoch nur den Kopf und ging. Er band sein Pferd los, ritt die Rampe hinauf und verschwand außer Sichtweite.

Venetia biss sich auf die Unterlippe. Sie war noch immer von ihrer nächtlichen Unterhaltung aufgewühlt, in der sie ihm *tatsächlich* die schmerzhaftesten Einzelheiten ihres Lebens erzählt und er darauf in keiner Weise reagiert hatte.

Andererseits hatte er ihr auch sein bestgehütetes Geheimnis offenbart, und sie hatte es ihm ins Gesicht geschleudert – in seinen Augen auch noch mit großer Schadenfreude.

Sie setzte sich auf einen hart gewordenen Erdklumpen, um sich auszuruhen. Nach einem Weilchen wollte sie Hammer und Meißel wieder aufnehmen, um das Skelett an den Rändern weiter freizulegen. Doch ihr taten die Arme weh, und jeder Schlag mit dem Hammer hatte Schmerzen in ihren Gelenken verursacht. Sie hatte lange nicht mehr gegraben: Damals hatte sie die unerschöpfliche Kraft der Jugend gehabt und keine Schmerzen gekannt. Nun war sie eine werdende Mutter, die schlecht geschlafen hatte.

Es war gescheiter, sich auf den Weg zurück zum Haus zu machen. Sie hatte sich auf ihren Ausflug vorbereitet und eine Flasche Tee und ein belegtes Brot eingepackt. Das belegte Brot war bereits verschwunden. Sie hatte es auf dem Weg gegessen, da es länger gedauert hatte, den Steinbruch zu finden, als sie erwartet hatte. Die Flasche war auch fast leer. Der Tag war schnell warm geworden.

Sie würde in der Hitze durstig nach Hause laufen müssen.

Das Geräusch von Hufschlag und Rädern. Sie wirbelte in der Hoffnung herum, Christian zu sehen. Es war jedoch nur Wells, der Wildhüter, in einem zweirädrigen Wagen, den ein Clydesdale zog.

„Brauchen Sie eine Mitfahrgelegenheit zum Haus, Ma'am?", fragte Wells.

Venetia war überrascht und erleichtert. „Ja. Danke."

Wells brachte den Eimer voller Werkzeuge zurück in die Hütte, während sie die Rampe zum Wagen hinaufstieg.

„Sind Sie zufällig vorbeigekommen?", fragte sie, nachdem er ihr auf den hohen Sitz geholfen hatte. Gerald hatte ihr erzählt, das Häuschen des Wildhüters sei nicht weit entfernt.

„Nein, Ma'am. Seine Gnaden kam vorbei und sagte, ich solle Ihnen zur Verfügung zu stehen. Er bat meine Frau auch um Tee und ein paar Kekse für Sie."

Wells reichte ihr einen Korb, der von einem großen Tuch bedeckt wurde. Sie aß einen Keks. Er schmeckte nach Zitrone. „Das ist sehr nett von Ihnen und Mrs Wells."

Noch netter war, dass Christian eine Fahrgelegenheit und eine Erfrischung organisiert hatte, sogar noch bevor sie ihren Wunsch danach erkannt hatte.

Sie konnte es kaum noch erwarten, ihn wiederzusehen. Genug von der Großen Schönheit. Genug von ihrem Hochmut. Genug auch davon, dass er sich über ihre aussichtslose Situation ärgerte. Er war die Liebe ihres Lebens. Es war an der Zeit, ihn endlich so zu behandeln.

„Würde es Ihnen etwas ausmachen, sich ein bisschen zu beeilen?", fragte sie Wells, der so langsam fuhr, als ob es sich bei dem Wagen um die Kutsche der Königin während des Thronjubiläums handelte.

„Seine Gnaden sagte, ich solle langsam und vorsichtig fahren, um Sie nicht so durchzurütteln, Ma'am."

„Das ist sehr liebenswert von Seiner Gnaden, aber ich habe keine Angst davor, durchgerüttelt zu werden. Schneller, bitte."

Der Clydesdale fiel von einem langsamen Schritt in einen etwas kraftvolleren, doch Wells weigerte sich, das Tier weiter anzutreiben. Venetia wartete ungeduldig darauf, dass das Haus in Sichtweite kam. Als sie an der Vordertreppe ankamen, dankte sie Wells und hastete hinein.

„Wo ist der Herzog?", fragte sie den Ersten, der ihr über den Weg lief, wobei es sich zufällig um Richards handelte.

Richards schien über die Frage erstaunt zu sein. „Seine Gnaden ist nach London aufgebrochen."

Christian hatte kein Wort darüber verloren, dass er vorhatte, Algernon House zu verlassen. „Natürlich", flüsterte sie und hoffte, dass sie nicht so aussah, wie sie sich fühlte: als hätte man ihr den Boden unter den Füßen weggezogen. „Ich wollte wissen, *wann* er abgereist ist."

„Vor einer halben Stunde, Ma'am."

„Danke, Richards", sagte sie wie betäubt.

Sie hätte sich am liebsten geohrfeigt. *Also habe ich mich stattdessen entschlossen, dich zu bestrafen.* Wie hatte sie diese Antwort einfach so stehen lassen können, als hätte es nichts weiter und nichts dagegen zu sagen gegeben?

Also habe ich mich stattdessen entschlossen, dich zu bestrafen. Aber sobald ich begriffen hatte, dass du gar nicht der Schurke bist, für den ich dich gehalten hatte, ist mein Plan zwischen wie eine Seifenblase zerplatzt, und der größte Fehler meines Lebens war es nicht, Tony zu heiraten, sondern dir nicht die Wahrheit zu sagen, als ich mich in dich verliebt hatte.

Das hätte sie sagen sollen. Aber sie kam zu spät. Er war verschwunden und hielt nicht einmal mehr die Fassade aufrecht, sie seien gemeinsam auf Hochzeitsreise.

„Kann ich noch etwas für Sie tun, Ma'am?", fragte Richards.

Sie war unentschlossen.

„Ma'am?"

„Sie können weiter Ihren Aufgaben nachgehen, Richards."

Richards verbeugte sich und ging. Venetia starrte seinen sich entfernenden Rücken an.

„Warten Sie", hörte sie sich rufen. „Machen Sie eine Kutsche fertig, die mich zum Bahnhof bringt. Ich werde auch nach London reisen."

Sie war kein dummes Schäfchen, das beim kleinsten Hindernis aufgab. Er war nach London gefahren, nicht ans Ende der Welt. Sie würde dort ankommen, noch ehe es Zeit für den Tee war.

„Jawohl, Ma'am. Sofort", antwortete Richards mit einem Zucken um die Mundwinkel, das verdächtig nach einem Lächeln aussah.

Sie würde nicht nach Algernon House zurückkehren, ehe sie Christian gesagt hatte, wie es in ihrem Herzen aussah.

ES WAR ERSTAUNLICH LEICHT, Meg Munn, das Dienstmädchen, das behauptet hatte, von Townsend schwanger zu sein, ausfindig zu machen. Christian hatte ein Telegramm geschickt, bevor er an diesem Morgen Derbyshire verlassen hatte. Als er in London ankam, hatte sein Anwalt McAdams bereits etwas zu berichten.

„Ich habe in der Hoffnung, er wisse etwas über Mr Townsends Bedienstete, mit Mr Brand gesprochen, dem Makler, der Mr Townsend während einiger Londoner Saisons Häuser vermietete. Wie der Zufall es wollte, hat das Dienstmädchen Meg Munn einen seiner früheren Schreiber Mr Harney, geheiratet, der jetzt als Obst- und Gemüsehändler in Cheapside arbeitet.

Daher habe ich mich auf den Weg nach Cheapside gemacht und den Laden gefunden. Mrs Harney erzählte mir, sie habe Mr Townsends Annäherungsversuchen zwar von Zeit zu Zeit nachgegeben, Harney jedoch absolut bevorzugt, dem sie ebenfalls ihre Gunst schenkte. Als sie bemerkte, dass sie schwanger war, war sie sich ziemlich sicher, dass es Harneys Kind war, dachte aber, ein paar Flunkereien könnten nicht schaden, und so drängte sie ihre Herrin dazu, eine Mitgift für sie bereitzustellen."

„Danke, Mr McAdams." Christian zweifelte nicht länger an seiner Frau. Er ließ diese Nachforschungen weniger anstellen, um Beweise für ihre Glaubwürdigkeit zu erhalten, es war eher … er war nicht sicher, wie er es nennen sollte. Eine Strafe vielleicht, für ihn selbst. Er wollte sich vor Augen führen, wie falsch er in Bezug auf sie gelegen hatte. „Was ist mit den versteinerten Fußabdrücken der Herzogin?"

„Das paläontologische Artefakt wurde zur Euston Station gebracht, Sir. Es ist abfahrtbereit, wenn Sie es sind."

„Sehr gut", sagte Christian.

Er hätte sich im Steinbruch bei ihr entschuldigen sollen. Aber die Worte waren ihm im Halse steckengeblieben. Die richtigen Worte für seine Reue zu finden wäre damit einhergegangen, noch einmal zur Sprache zu bringen, dass er sie all die Jahre aus der Ferne begehrt hatte, und dazu war er nicht imstande, nicht vor ihren wunderschönen Augen und ihrem durchdringenden Blick.

Das „paläontologische Artefakt" würde für ihn sprechen müssen, und er hoffte, dass es dadurch, dass er es höchstpersönlich nach Hause begleitete, die Worte laut und deutlich aussprach, die ihm nicht über die Lippen kommen wollten.

Es klopfte an der Tür zu seinem Arbeitszimmer. „Sir, Lady Avery und Lady Somersby sind hier, um Ihnen einen Besuch abzustatten", sagte ein Diener.

Lady Avery war die Klatschtante, die seinen Vortrag in Harvard besucht und Christians Aussagen danach in ganz London herumerzählt hatte. Warum hätte er sie und ihre ebenso unerquickliche Schwester treffen wollen?

„Ich bin heute nicht zu Hause."

Der Diener blickte bekümmert drein. „Ich habe versucht, die Damen davon zu überzeugen, Sir. Aber sie glaubten mir nicht. Sie sagten", er schluckte, „sie sagten, Sie würden es bereuen, wenn Sie sich nicht anhören würden, was sie über die Herzogin zu sagen hätten."

Seine Mine verfinsterte sich. Er hätte jede Anspielung auf seine Person ignorieren können, aber nicht die, die Venetia betrafen. *Venetia*, wiederholte er in Gedanken ihren Namen. Sie waren so vertraut, diese Silben, die wichtigsten seines Lebens.

„Führen Sie sie in den Salon."

„Ja, Sir."

Fünf Minuten später betrat er selbst den Salon.

„Sie sind hier nicht willkommen."

„Sieh an." Lady Avery grinste hämisch. „Dann sollten wir schnell zur Sache kommen und dann gehen, nicht wahr?"

„In der Tat", echote Lady Somersby.

„Sehen Sie, Sir, meine Schwester und ich legen großen Wert auf unseren Ruf. Wir mögen Klatschbasen sein, aber wir sind glaubwürdige Klatschbasen. Wir denken uns keine Geschichten aus und verbreiten nichts, wofür wir keine Beweise haben. Hier und da ändern wir ein paar Kleinigkeiten, und selbstverständlich legen wir bei der Bedeutung und Interpretation von Ereignissen unsere eigenen Maßstäbe an. Wir gehen bei unseren Behauptungen jedoch äußerst vorsichtig vor, und wir spinnen uns die zugrunde liegenden Ereignisse nicht zusammen.

Ich saß bei Ihrem Vortrag in Harvard in der fünften Reihe, Sir. Der junge Mann, der aufstand, um den Ruf der schönen Frauen auf der ganzen Welt zu verteidigen, ist der Cousin meines Schwiegersohns. Ich habe Ihre Aussagen akribisch mitgeschrieben, und mir war auf der Stelle klar, dass Sie über die frühere Mrs Easterbrook sprachen.

Da es nicht meine Aufgabe ist, Sie vor Ihrer eigenen Taktlosigkeit zu bewahren, habe ich die Geschichte wahrheitsgetreu und in allen Einzelheiten weitererzählt, als ich zurück in London war. Doch Sie und die frühere Mrs Easterbrook starteten eine beispiellose Gegenoffensive: ein Tanz, ein Ausflug in der Kutsche, eine überraschende Heirat. Menschen, die meiner Schwester und mir Jahrzehnte vertrauten, haben plötzlich begonnen, die Richtigkeit unserer Aussagen und unserer Verlässlichkeit in Frage zu stellen. Unser Ruf steht auf dem Spiel."

„Das ist nicht mein Problem", erwiderte Christian kühl.

„Natürlich nicht, aber für uns stellt es ein riesengroßes dar. Aus diesem Grund haben wir große Anstrengungen unternommen, um unsere Qualitäten zu beweisen. Sie sind sicher daran interessiert, was wir herausgefunden haben?"

„Absolut nicht."

Lady Avery sprach einfach weiter, als ob sie seine Worte nicht gehört hatte. „Es ist uns gelungen, Einsicht in das

Besucherverzeichnis von Brooks zu nehmen, für August achtzehnachtundachtzig. Am sechsundzwanzigsten, zwei Tage, bevor Mr Townsend tot aufgefunden wurde, waren abends nur vier Gäste verzeichnet, und Sie, Sir, und Mr Townsend waren darunter."

Christian lag ein blecherner, unangenehmer Geschmack auf der Zunge. Angst. Nicht um sich selbst, sondern um seine Frau.

„Wir haben außerdem Abschriften der Rechnungen für den Kauf von drei Juwelenhalsketten, die Mr Townsend in den Wochen vor seinem Tod erwarb, in unseren Besitz gebracht. Wir haben Angehörige von Mr Easterbrook aufgetrieben, die auf die Bibel schwören würden, dass seine Ehefrau zum Zeitpunkt seines Todes plaudernd und höchst erheitert im Salon war, und zu guter Letzt ist der Cousin meines Schwiegersohnes – der, der ebenfalls bei Ihrem Vortrag war – auf dem Weg nach England. Wir haben ihn eingeladen, und er ist unser Gast, aber darüber hinaus ist er ebenfalls Augenzeuge, der jede einzelne unserer Behauptungen bestätigen wird."

„Was wollen Sie?" Seine Stimme bebte nicht, aber er klang verzweifelt – jedenfalls hörte es sich für ihn so an.

„Sie verstehen uns falsch, Sir. Wir möchten niemanden erpressen, sondern nur nach der Wahrheit suchen. Es mag sein, dass unsere Wahrheiten in Ihren Augen äußerst trivial sind, aber sie sind uns wichtig. Ebenso sehr, wie Ihre Unternehmungen für Sie wichtig sind, und wahrscheinlich sogar noch mehr."

„Dies ist daher nur ein Höflichkeitsbesuch von unserer Seite, Sir", fügte Lady Somersby hinzu, „um Sie wissen zu lassen, dass wir die Sache nicht auf sich beruhen lassen werden. Wir werden mit aller Macht um unseren Ruf kämpfen."

Er musste fast lachen – *ihr* Ruf. Allerdings lag keinerlei Ironie in Lady Somersbys Worten. Sie meinte jedes Wort so, wie sie es gesagt hatte – *sie beide* taten das. So grotesk er ihren Besuch und ihre Bemühungen fand, so durch und durch ernst nahmen sie sich selbst.

„Es ist mir egal, was Sie über mich in Umlauf bringen, aber die Herzogin ist in allen Belangen unschuldig. Ich werde nicht zulassen, dass Sie ihr Schaden zufügen."

„Dann hätten Sie nicht andeuten sollen, sie sei skrupellos und gierig, Sir", antwortete Lady Avery vollkommen gelassen.

„Genau. Wenn Sie gelogen haben, müssen Sie es wiedergutmachen. Wenn Mr Townsend gelogen hat, nun, dann muss die Herzogin dafür sorgen, dass die Öffentlichkeit die Wahrheit erfährt", schloss sich Lady Somersby an.

„Was, wenn sie nicht daran interessiert ist, die Einzelheiten ihres Privatlebens mit Mr Townsend in der Öffentlichkeit auszubreiten?"

„Dann hatte sie zumindest die Wahl, nicht wahr?"

„Ich bin mit Grant, Lady Somersbys Neffen, zur Schule gegangen. Wir alle wissen von seinen Neigungen. Trotzdem habe ich keine von Ihnen beiden je ein Wort darüber verlieren hören. Das sagt mir, dass Sie nicht über alles sprechen müssen, was Sie in Erfahrung bringen."

„Das ist etwas anderes. Wir tratschen, um Beweggründe und Leidenschaften zu beleuchten, nicht, um Leben zu ruinieren." Lady Avery erhob sich.

„Mr Townsend ist bereits verstorben, und die frühere Mrs Easterbrook, nun, sie ist nun die Duchess of Lexington. Ein derart großes Glück kann wohl kaum von ein paar pikanten Brocken gemindert werden, die wir zu verbreiten gedenken. Komm, Grace, wir haben den Herzog lange genug belästigt. Noch einen schönen Tag, Sir, wir finden selbst hinaus."

„Warten Sie", sagte er. Er atmete flach, sein Herz raste. Der Name Lexington würde Venetia vor gesellschaftlicher Ächtung bewahren, doch er würde sie nicht vor der Lawine beschützen, die Lady Avery und Lady Somersby loszutreten gedachten. Sie würde dazu gezwungen werden, die schlimmsten Momente ihres Lebens noch einmal durchzumachen, während sich die feine Gesellschaft an ihrem Leid ergötzte.

„Wenn es stimmt, dass sie vor allem nach der Wahrheit suchen und wenn es ebenfalls stimmt, dass Sie sich an Ihren eigenen Ehrenkodex halten, dann habe ich Ihnen ein paar Wahrheiten anzubieten, die Sie nirgendwo sonst in Erfahrung bringen können. Im Gegenzug erwarte ich, dass Sie davon absehen, der Herzogin in irgendeiner Weise Schaden zuzufügen."

Die Frauen wechselten einen Blick. „Wir können keine Versprechungen machen, ehe wir nicht gehört haben, was Sie zu sagen haben. Es hat schließlich länger als ein halbes Jahrhundert schwerster Arbeit bedurft, unseren guten Ruf zu erlangen. Wir können einen so schändlichen dunklen Fleck nicht für ein kümmerliches Geständnis auf sich beruhen lassen."

Ein kümmerliches Geständnis. Würden sie seine Enthüllung lediglich als solches erachten? Das war möglich. Dies waren abgeklärte Frauen, die ihre Nasen tief in jede denkbare menschliche Schwäche gesteckt hatten. Was für ihn ein unerträglich intimes Geheimnis war, würde höchstwahrscheinlich auf ihrer Skala der Schlüpfrigkeiten und Spannung nur am unteren Ende rangieren.

Er hatte aber keine Wahl. Seine unbedachten Worte hatten schon genug Unheil angerichtet. Das musste aufhören.

Die Frauen musterten ihn wie zwei Geier, die geduldig gewartet hatten und sich bald am Aas laben würden. Ihre Nasenflügel bebten. Ihm war schlecht, beinahe ekelte er sich davor, seine Seele vor solchen Menschen zu entblößen.

Er umklammerte die Rückenlehne des vor ihm stehenden Stuhles. „Ich habe mich vor zehn Jahren in meine Frau verliebt, als sie noch Mrs Townsend hieß."

Die Frauen sahen einander erneut an. Lady Avery setzte sich wieder.

Seine Fingerknöchel waren weiß. Er zwang sich, die Rückenlehne loszulassen. „Es war … schwierig. Nicht nur, weil sie glücklich verheiratet zu sein schien, sondern auch, weil ich meine Gefühle nicht unter Kontrolle hatte. Dann begegnete ich Townsend. Und er hat gesagt, was er gesagt hat. Wie ich die anschließenden Ereignisse deutete, muss ich wohl nicht wiederholen.

Was ich bei dem Vortrag nicht erwähnt habe, war, dass mein Widerwille und mein Zorn wenig dazu beitrugen, mich aus der Sklaverei meine Gefühle zu befreien. So sehr ich mich auch dagegen wehrte, ich stand weiter im Bann ihrer Schönheit. In den darauffolgenden Jahren sorgte ich dafür, dass sich unsere Wege nicht kreuzten.

Aber die Zeit war gekommen, meine Pflicht zu tun und zu heiraten. Ich war gezwungen, während der Saison in London zu sein. Je näher meine Heimkehr rückte, desto mehr wuchsen meine Zweifel. Mrs Easterbrooks Anziehungskraft auf mich war unverändert stark. Ich war nicht sicher, ob meine Prinzipien fest genug wären, meiner Fixierung zu widerstehen, wenn ich ihr wieder begegnete. Jahre des Widerstandes konnten durch eine einzige Begegnung zunichte gemacht werden.

Im Sanders Theatre war ich vollkommen verwirrt. Es gelang mir, den Hauptteil des Vortrags hinter mich zu bringen, aber während der Fragerunde verriet ich mich. Damals dachte ich, ich verliehe nur meiner Entschlossenheit Ausdruck, aber mir wurde schnell klar, dass ich eine große Indiskretion begangen hatte. Ich tröstete mich mit der Tatsache, dass ich eine halbe Welt von daheim entfernt war und meine amerikanischen Zuhörer nicht wissen würden, von wem ich gesprochen hatte. Das erwies sich, wie Sie ja wissen, als herbe Fehleinschätzung.

Seither hatte ich Anlass, meine Meinung über meine Frau zu überdenken. Ich habe sie ganz falsch beurteilt. Selbst wenn ich nicht wüsste, wie sie aussieht, fände ich sie nichtsdestoweniger schön. Ich …"

Die Tür zum Salon öffnete sich, und da stand die schönste Frau der Welt in einem sandsteinfarbenen Promenadenkleid. „Christian", sagte sie, „ich weiß, ich war nicht …"

Sie sah Lady Avery und Lady Somersby und kniff die Augen zusammen. Ihr Tonfall wurde eisig. „Ich wusste nicht, dass wir zurzeit Besuch empfangen."

Sie war durch und durch die hochmütige Herzogin.

„Sie kennen ja Mr Grant, einen der engen Freunde Seiner Gnaden aus Schultagen, nicht wahr, Eure Gnaden?", fragte Lady Somersby.

„Ich glaube, wir hatten noch nicht das Vergnügen."

„Mr Grant ist zufällig der Neffe meines verstorbenen Mannes – ein großartiger junger Mann, der mir sehr nahe steht."

Sie hob außerordentlich hochmütig eine Braue. „Ist er das?"

„Wissen Sie auch, was wir unlängst von Mr Grant gehört haben?", fuhr Lady Somersby fort, in deren Augen es teuflisch glitzerte. „Dass der Herzog Sie seit zehn Jahren abgöttisch liebt, Madam. Angesichts der jüngsten Ereignisse bin ich der festen Überzeugung, dass er diese ganze Angelegenheit extra arrangiert hat, um Sie zu erobern."

Lady Averys Teetasse klapperte. Christian war hin und her gerissen zwischen dem Drang, jemandem weh zu tun, und dumpfem Entsetzen. Hatte er das? War es darum die ganze Zeit gegangen? Sie zu zwingen, ihm Aufmerksamkeit zu schenken? Sie in seine Nähe zu bringen, ohne sich dazu herabzulassen, sie zu umwerben?

Er wollte widersprechen. Aber seine Zunge musste so angeschwollen sein, dass er nicht nur nichts sagen konnte, sondern dass sie ihm auch den Atem nahm. Er bekam keine Luft.

Seine Frau warf ihm einen ungläubigen Blick zu. Dann wandte sie sich an Lady Somersby. „Erklären Sie sich."

„Sie sind die Frau, die er immer begehrt hat. Indem er diesen Sturm entfesselt hat, brachte Seine Gnaden Sie ohne Schwierigkeiten in eine unangenehme, unhaltbare Position, Madam. Besser noch, er hat Sie dann auch noch aus diesem Dilemma gerettet, nicht wahr?"

„Brillant, meine Liebe, brillant", murmelte Lady Avery. „Jetzt ergibt alles Sinn."

„Ich hasse es, diese hübsche Selbstbeweihräucherungsorgie stören zu müssen", sagte Venetia, „aber das ist völliger Nonsens. Kompletter Unsinn. Der Herzog hatte im Leben noch keinen Gedanken an mich verschwendet, ehe er mit Mr Townsend sprach … und seither auch nicht viele."

„Bitte?", schrien die Klatschtanten unisono.

„Mr Townsend war ein schrecklicher Ehemann, aber Seine Gnaden konnte das nicht wissen. Deshalb kann ich ihm keinen Vorwurf daraus machen, dass er Mr Townsend beim Wort nahm. Und warum hätte er, wenn man ihm eine direkte Frage stellte, nicht Mr Townsends Geschichte als abschreckendes Beispiel nehmen sollen? Schließlich trog der Schein ja tatsächlich." Sie holte tief Luft. „Jetzt kommen wir zu dem Teil der Gesichte, den Sie, Lady Avery, selbst hätten erschließen können, was Ihnen aber nicht gelang: *Ich war an jenem Tag bei dem Vortrag.*"

Lady Avery keuchte. „Sie scherzen, Madam."

„Keineswegs. Erkundigen Sie sich. Miss Fitzhugh sammelte Material für einen Artikel über die Abschlussklasse von Radcliffe, und Lady Fitzhugh und ich waren ihre Anstandsdamen. Sie können sich wohl vorstellen, wie wir auf die Anschuldigungen des Herzogs reagierten. Miss Fitzhugh hätte seinen gesamten Besitz den Flammen überantwortet, hätte er auf der anderen Seite des Großen Teiches welchen gehabt. Aber ich hatte die bessere Idee. Ich würde den Herzog mit seinem Herzen bezahlen lassen. Deshalb buchte ich eine Passage auf der *Rhodesia.*"

Lady Somersby sprang auf. „Sie waren die geheimnisvolle verschleierte Geliebte des Herzogs?"

„Ah, wenigstens das haben Sie endlich erraten", sagte Venetia mit eisigem Sarkasmus. „Doch meine Pläne wurden durchkreuzt. Ich bin sicher, der Herzog hatte Spaß. Ich aber verliebte mich. Er ist alles, was mir an einem Mann wünschenswert erscheint – und viel, viel mehr, wenn Sie wissen, was ich meine."

Lady Somersbys Augen waren untertassengroß. Christian blieb der Mund offen stehen. Seine Frau ignorierte ihn.

„Ich war über beide Ohren verliebt, aber ich konnte mich dem Herzog nicht offenbaren. Bei unserem Treffen in London hätte er verlangt, dass ich den Schleier abnehme – und Sie können sich vorstellen, was das für eine Szene gegeben hätte. Aber ich folgte ihm, ins Naturkundemuseum und ins Savoy, wo wir gemeinsam seinen Geburtstag feiern sollten.

Als es zum Skandal kam, eilte mir der Herzog zur Hilfe – trotz seiner vielen Vorbehalte meinen Charakter betreffend. Er tanzte ein Mal mit mir und fuhr mit mir in der Kutsche im Park spazieren, aber mehr Umgang gestattete er sich nicht mit mir. Dann heirateten wir, aber nur, weil ich in anderen Umständen bin."

Lady Avery schlug mit der Hand auf ihren ausladenden Busen.

„Ach du liebe Güte."

„Genau. Mr Townsend hatte mich überzeugt, ich sei unfruchtbar. Der Herzog bewies das Gegenteil. Wenn Sie mir nicht glauben, können Sie gerne mit Miss Redmayne im *New Hospital for Women* sprechen. Angesichts solcher Konsequenzen hatte ich gar keine andere Wahl, als mit dem Herzog zu sprechen und ihn zu bitten, mich zu heiraten. Er war verständlicherweise wütend, handelte aber ehrenhaft und nahm mich zur Frau. Deshalb heiratete er mich, nicht aus einer tiefen, düsteren Besessenheit heraus, die er seit zahllosen Jahren mit sich herumschleppt, sondern weil er ein Mann ist, für den Pflicht vor persönlichen Ansichten kommt."

Christian war sprachlos. Lady Avery und Lady Somersby ging es genauso. Schließlich sagte Lady Somersby: „Bitte entschuldigen Sie uns für einen Augenblick, meine Schwester und ich müssen uns unter vier Augen unterhalten."

Sie begaben sich in eine Ecke des Raumes hinter einen Paravent. Christian zog seine Frau in die andere Ecke.

„Du weihst sie in deinen Zustand ein? Bist du wahnsinnig?" Es fiel ihm schwer, nicht zu schreien.

„Vielleicht. Aber ich kann nicht zulassen, dass die beiden herumlaufen und jedem erzählen, du wärst schon ewig in mich verliebt."

„Warum nicht?"

„Weil du das hassen würdest. Außerdem solltest du dir dringend bessere Freunde suchen. Von Mr Grant bin ich außerordentlich enttäuscht."

„Grant weiß gar nichts. Ich habe kein Wort zu ihm gesagt."

„Wer mag diese Geier dann informiert haben? Ich kann nicht glauben, dass die Dowager Duchess so etwas getan hätte."

„Hat sie auch nicht – zu ihr habe ich auch nie etwas gesagt. Ich habe es nur dir erzählt."

„Dann ..."

„*Ich* habe sie informiert. Sie hatten Beweise aller Art aufgetan, dass Townsend und ich tatsächlich kurz vor seinem Tod zur selben Zeit am selben Ort waren und dass alles andere, was Lady Avery annahm, ebenfalls nachweislich stimmt. Sie wollten beweisen, dass ihr Klatsch zutreffend war. Ich sagte ihnen, sie sollten die Vergangenheit ruhen lassen, dann würde ich ihnen etwas erzählen, was viel faszinierender wäre."

Sie blinzelte langsam mit den langen, rußschwarzen Wimpern. „Warum?"

Er schluckte. „Ich kann nicht zulassen, dass dir schon wieder wehgetan wird. Das geht einfach nicht. Und du, du Dummerchen, du rauschst einfach hier herein und machst mir einen Strich durch die Rechnung."

Er machte mit den Händen eine Geste, als wolle er sie erwürgen.

Sie hielt sich eine Hand vor den Mund und lachte. Gott, wie er ihr Lachen liebte.

„Du liebst mich", sagte sie vollkommen erstaunt.

„Natürlich, du Dummkopf. Wie kannst du glauben, ich liebte dich nicht? Ob ich dich sehe oder nicht, du zwingst mich in die Knie."

„Ich könnte mich manchmal in die Knie zwingen lassen, wenn du möchtest." Sie kicherte.

Lust durchzuckte ihn. „Beherrsch dich", sagte er unter Schwierigkeiten. „Wir befinden uns in einem Raum mit zwei Hyänen."

„Mir egal. Sie können mir nichts tun. Und auch Mr Townsend kann mir nie wieder etwas tun." Sie schockierte ihn, indem sie die Arme um ihn schlang. „Ich liebe dich. Ich liebe dich wie verrückt. Ich bin nur gekommen, um dir das zu sagen. Sobald ich dich kennengelernt hatte, führte kein Weg mehr daran vorbei, mich in dich zu verlieben. Es tut mir sehr leid, dass ich die Große Schönheit gespielt und dich verletzt habe."

Ihre Worte waren unfassbar schön. Er umarmte sie stürmisch. „Nein, ich sollte mich entschuldigen. Ich habe all diese Probleme verursacht und war der dümmste Trottel, der je gelebt hat."

Jemand räusperte sich. „Euer Gnaden", sagte Lady Avery, „meine Schwester und ich haben einen Entschluss gefasst."

Er hätte ihnen gerne gesagt, sie sollten gehen, aber seine Frau übernahm in dieser Situation die Führung. Sie löste sich aus seinen Armen und trat zurück, allerdings nicht, ohne vorher mit dem Daumen über seine Unterlippe zu streichen, eine Geste voller zügelloser Versprechungen.

Sofort brannte er vor Lust.

Sie wandte sich den Klatschtanten zu. Das Lächeln verschwand von ihrem Gesicht. Sie war wieder die Große Schönheit. „Machen Sie es kurz. Der Herzog und ich haben heute Nachmittag noch etwas anderes vor."

Beinahe wäre Christian rot geworden. Lady Avery errötete tatsächlich.

Wieder musste sie sich räuspern. „Seit fast fünfundzwanzig Jahren verbreiten wir den köstlichsten Klatsch, meine Schwester und ich. Wir sehen so viele Verfehlungen und Unzulänglichkeiten, dass wir manchmal vergessen, dass nicht jeder selbstsüchtig ist. Sie haben beide nicht nur versucht, sich selbst zu schützen, sondern auch den jeweils anderen. Deswegen sind wir bereit, einen Makel auf unserem ansonsten fleckenlosen Ruf in Kauf zu nehmen. Wir werden Mr Townsend nicht mehr erwähnen, und wenn der Cousin meines Schwiegersohns eintrifft, werde ich ihn auf den Kontinent begleiten, statt ihn in London verweilen zu lassen. Im Gegenzug bitten wir darum, als erste der Gesellschaft mitteilen zu dürfen, dass die Herzogin guter Hoffnung ist, sagen wir in vier Wochen."

Christian konnte es nicht glauben. Lady Avery und Lady Somersby besaßen also doch noch einen Rest von Menschlichkeit. Wer hätte das geahnt?

Seine Frau nickte, als stimme sie dem Vorschlag zu. „Einverstanden."

DIE DREI FRAUEN BESIEGELTEN ihre Abmachung mit einem Händedruck.

Die Klatschtanten fanden allein den Weg nach draußen. Aber ehe Christian etwas sagen konnte, wurde die Dowager Duchess hereingeführt.

„Stiefmama, woher wusstest du, dass wir in der Stadt sind?"

„Ich habe dein Personal instruiert, mich zu informieren, sobald du wieder da bist, aber", sie sah seine Frau fragend an, „ich wusste nicht, dass auch die Herzogin hier ist."

„Ich konnte es nicht ertragen, während unserer Flitterwochen von meinem frisch gebackenen Ehemann getrennt zu sein", erklärte Christians Frau, lächelte ihn an und bezauberte ihn damit restlos. „Also bin ich ihm nach London gefolgt."

„Ich bin nur hergekommen, um die Tetrapodichniten aus dem Lager zu holen und dir zu bringen."

Ihr Lächeln wurde noch strahlender. „Wirklich?"

„Natürlich."

„Die Tetrapo… was?", verlangte seine Stiefmutter zu wissen.

„Versteinerte Dinosaurierfußabdrücke. Meine Gemahlin hat eine Vorliebe für prähistorische Monster."

Seine frisch gebackene Ehefrau nickte und sah ihn durch ihre prachtvollen Wimpern hindurch an. „Der Herzog leistet dem noch Vorschub. Er wird mich auf eine seiner Expeditionen mitnehmen."

Die Dowager Duchess sah von Christian zu Venetia und wieder zurück, und ihre Lippen begannen sich zu einem Lächeln zu kräuseln.

„Ich sehe, ich habe mir umsonst Sorgen gemacht. Du hättest mir auch sagen können, dass alles in Ordnung ist, Christian."

Er konnte kaum den Blick von Venetia wenden. „Entschuldige vielmals, Stiefmama. Ich weiß nicht, wo mir der Kopf stand."

Die Türen des Salons öffneten sich erneut, diesmal, um Lord, Lady und Miss Fitzhugh sowie Lord Hastings einzulassen. Venetia entwich ein erfreuter Laut, sie umarmte sie der Reihe nach, sogar Lord Hastings, und machte alle miteinander bekannt.

„Woher wissen Sie denn so schnell, dass es sinnvoll ist, herzukommen, Lord und Lady Fitzhugh?", fragte die *Dowager Duchess*. „Haben Sie ebenfalls jemanden vom Personal des Herzogs bestochen?"

Venetia lachte. „Nein, natürlich nicht, Madam. Ich habe ihnen telegrafiert, ehe ich aus Derbyshire aufbrach. Ich wollte etwas aus dem Stadthaus meines Bruders. Aber ich wollte eigentlich, dass er es per Kurier schickt."

„Als würde einer von uns zuhause bleiben, wenn wir wissen, dass du in der Stadt bist", sagte Miss Fitzhugh.

„Es ist wundervoll, dich zu sehen, Venetia." Lord Fitzhugh legte seiner Schwester eine Hand auf den Arm. „Sie auch, Lexington. Ich sehe, die Ehe bekommt Ihnen beiden gut."

„Ich muss zugeben, es ist ein sehr angenehmer Familienstand", sagte Christian, dessen Blick wieder zu seiner Frau wanderte.

Ein Blick, den sein Schwager sofort begriff.

„Da Sie noch in den Flitterwochen sind, wollen wir Sie nicht allzu lang aufhalten. Können wir gehen, Helena?"

Miss Fitzhugh gehorchte zögernd. „Na gut, wenn du es so willst, Fitz."

„Ich habe Mr Kingston mitten in einer Schachpartie sitzen lassen. Das geht eigentlich gar nicht. Ich sollte besser auch gehen", fügte die Dowager Duchess hinzu.

Wieder folgte eine Runde Umarmungen. Miss Fitzuhugh überreichte ihrer Schwester ein Päckchen. Christian und seine Frau begleiteten alle zu ihren Kutschen und gingen dann langsam Seite an Seite die Treppe empor. Sobald sie in seinem Zimmer waren, sprang sie ihn jedoch förmlich an und küsste ihn wild.

„Solltest du in deinem Zustand nicht vorsichtiger sein?", gelang es ihm zu fragen, als er kurz zum Luftholen kam.

„Hmm. Noch nicht."

Er legte sie auf sein Bett. „Ich werde dich lieben und dich dabei ansehen können. Ich bin mir nicht sicher, ob ich das überlebe."

„Das wirst du." Sie nahm sein Gesicht zwischen ihre Hände.

„Bei Licht wirst du sehen können, wie sehr ich dich liebe."

Er küsste ihren Hals. „Daran könnte ich mich gewöhnen."

HINTERHER HIELTEN SIE EINANDER ENG UMSCHLUNGEN.

„Ich wollte dich für meine Schwester, weißt du", murmelte sie.

Er küsste ihre Nasenspitze. „Die Schwester, die in einen verheirateten Mann verliebt ist?"

„Daran erinnerst du dich?"

„Ich erinnere mich an alles, was du mir auf der *Rhodesia* erzählt hast."

„Ja, genau die Schwester. Meine Schwägerin und ich hofften, dass alles gut werden würde, wenn sie nur dich träfe. Also mussten wir sie zu deinem Vortrag schleppen, nachdem wir das Plakat gesehen hatten."

Er küsste ihre Wimpern. „Was hielt sie von mir, bevor ich dich zu schmähen begann?"

„Ich habe sie nie gefragt, aber *ich* war ziemlich beeindruckt. So sehr, dass ich mich, selbst nachdem du mich mit der großen Hure Babylon verglichen hattest …"

„Das habe ich nie getan."

Sie kicherte. „Dass ich mich selbst nach all deinen Worten noch zu dir hingezogen fühlte."

„Und glaubtest, ich machte dir ein unanständiges Angebot, auch wenn ich das gar nicht tat."

„Das kannst du nicht verstehen, und ich nehme es zurück. Du begreifst aber sehr gut, wie es ist, von einer Person abgestoßen und doch gleichzeitig angezogen zu sein. Ich war außer mir."

„Warst du deswegen so wild im Bett?"

Sie schmiegte sich enger an ihn. „Wahrscheinlich. Ich war ziemlich wild, oder?"

„Und verletzt. Und innerlich zerrissen. Und zügellos. Wenn wir getrennt waren, dachte ich ständig daran, wie du all deine Probleme eigenständig gelöst hast – und bemühte mich, dir nachzueifern."

„Ich habe dem Duke of Lexington als Vorbild gedient. Du ahnst ja nicht, wie stolz mich das macht." Sie lachte, während sie sich auf den Ellenbogen aufstützte. „Wo ist nun meine Fotografie?"

„Welche Fotografie? War sie es, die du dir liefern lassen wolltest?"

Sie nickte. „Eine Fotografie meines Cetiosaurus. Ich habe sie nicht mit nach Algernon House genommen, nachdem wir geheiratet hatten, weil ich nicht sicher war, ob ich mich dort überhaupt zu Hause fühlen würde. Aber diesmal war ich entschlossen, sie auf jeden Fall mitzunehmen. Genau wie ich entschlossen war, dich selbst gegen deinen Widerstand in mein Bett zu zerren."

Er rieb eine Strähne ihres Haars an seiner Wange und lächelte. „Zeigst du mir das Bild?"

„Ich sehe gerade, ich habe es an der Tür fallen lassen."

Sie glitt mit offenem Haar aus dem Bett, splitternackt.

„Mein Gott, zieh dir etwas an."

Sie sah kokett über ihre Schulter. „Damit ich nicht aussehe wie das liederliche Frauenzimmer, das ich bin?“

„Damit wir auch tatsächlich bis zu der Fotografie kommen. Ach, zu spät.“

Er zog sie wieder ins Bett, und beide dachten erst nach einer Weile wieder an die Fotografie. Diesmal verließ sie wirklich das Bett, um sie zu holen.

Sie öffnete die Verpackung und zog das gerahmte Bild hervor.

Er sah sie sich genau an. „Du siehst darauf glücklich und selbstbewusst aus – genau wie jetzt.“

„Das liegt daran, dass ich mich jetzt genauso fühle wie damals. Ich spüre, dass ich mein ganzes Leben und endlose Möglichkeiten vor mir habe.“

Das Betrachten des Fossils erinnerte ihn daran, dass das Naturkundemuseum noch geöffnet hatte. „Wenn wir uns beeilen, können wir uns deinen Cetiosaurus aus der Nähe anschauen – beziehungsweise seine Gebeine. Dann wirst du mit mir im Savoy essen, denn das schuldest du mir noch. Wenn wir heimkommen, werde ich mir ernstlich überlegen, was du auf Knien tun kannst.“

„Oh ja“, rief sie. „Ja zu allen drei Vorschlägen.“

Er half ihr beim Ankleiden, dann zog er sich selbst an. Als sie zur Tür gingen, jenseits derer sie sich wieder ordnungsgemäß und herzoglich verhalten mussten, zog er sie für einen weiteren Kuss an sich. „Ich liebe dich, mein Liebling.“

Sie zwinkerte. „Nach heute Nacht wirst du mich noch mehr lieben.“

Sie lachten und gingen Arm in Arm aus dem Haus, und ihr ganzes Leben und endlose Möglichkeiten erstreckten sich vor ihnen.

Danke, dass Sie „Eine betörende Schönheit" gelesen haben.

- Möchten Sie wissen, wann der nächste Roman von Sherry Thomas auf Deutsch erscheint? Melden Sie sich für den Newsletter auf www.sherrythomas.com an. Sie können ihr auch auf Twitter folgen unter @sherrythomas und ihre Facebookseite http://facebook.com/authorsherrythomas mit „Gefällt mir" markieren.
- Rezensionen sind erwünscht, egal auf welchem Portal.
- „Eine betörende Schönheit" ist das erste Buch der Fitzhugh-Trilogie. Darauf folgt „Eine bezaubernde Erbin", und die Reihe schließt mit „Eine verführerische Braut".

KAPITEL 1

Schicksal

1888

ES WAR LIEBE AUF DEN ERSTEN BLICK.

Es war nichts dabei, sich auf den ersten Blick zu verlieben, aber Millicent Graves war nicht dazu erzogen worden, sich überhaupt zu verlieben, und schon gar nicht Hals über Kopf.

Sie war das einzige Kind eines Mannes, der mit der Herstellung von Konservendosen reich geworden war. Lange bevor sie solche Dinge verstehen konnte, war entschieden worden, dass sie eine gute Partie machen sollte – damit durch sie das Familienvermögen mit einem alten und erhabenen Titel verknüpft werden würde.

Millies Kindheit hatte daher aus endlosen Unterrichtsstunden bestanden: Musik, Zeichnen, Kalligraphie, Rhetorik, Etikette und, wenn noch Zeit blieb, moderne Sprachen. Mit zehn konnte sie anmutig mit drei Büchern auf dem Kopf die Treppe hinabschweben. Mit zwölf konnte sie stundenlang auf Französisch, Italienisch und Deutsch höfliche Konversation machen. Und an ihrem vierzehnten Geburtstag konnte Millicent, die kein besonderes musikalisches Talent besaß, endlich Liszts *Douze Grandes Études* spielen, was sie einzig und allein ihrem Fleiß und ihrer Entschlossenheit zu verdanken hatte.

Im selben Jahr erkannte ihr Vater, dass sie niemals eine große Schönheit – oder überhaupt schön – werden würde, und begann die Suche nach einem aristokratischen Bräutigam, der verzweifelt genug war, ein Mädchen zu heiraten, dessen Familienvermögen von – Gott bewahre! – Sardinen herrührte.

1

Die Suche endete zwanzig Monate später. Mr Graves war nicht besonders glücklich mit der Wahl, da der Titel des einen Earls, der bereit war, im Austausch für ihr Vermögen um die Hand seiner Tochter anzuhalten, weder besonders alt noch besonders großartig war. Aber Dosensardinen haftete ein derartiges Stigma an, dass selbst dieser Earl Mr Graves' letzten Heller verlangte.

Und dann, nachdem monatelang verhandelt worden, alle Vereinbarungen niedergeschrieben und unterzeichnet worden waren, besaß der Earl die Rücksichtslosigkeit, einfach im Alter von dreiunddreißig tot umzufallen. Jedenfalls empfand Mr Graves seinen Tod als gedankenlose Beleidigung. Millie weinte in der Ungestörtheit ihres Zimmers.

Sie hatte den Earl nur zweimal gesehen und war weder von seinem blutleeren Äußeren, noch von seinem missmutigen Wesen begeistert. Aber er hatte auf seine Art ebenso wenig eine Wahl wie sie. Sein Landsitz war ihm in einem schrecklich baufälligen Zustand hinterlassen worden, und seine Pläne zur Verbesserung der Situation hatten wenig bis gar keine Wirkung gezeigt. Als er versuchte, eine Erbin von angesehenerer Herkunft zu umwerben, war er kläglich gescheitert, vermutlich, weil sowohl sein Aussehen als auch sein Charakter wenig hermachten.

Ein temperamentvolleres Mädchen hätte sich gegen einen Bräutigam gewehrt, der siebzehn Jahre älter war als sie. Ein unternehmungslustigeres Mädchen hätte ihre Eltern davon überzeugt, dass sie sich selbst auf dem Heiratsmarkt umsehen durfte. Millie war kein solches Mädchen.

Sie war ein ruhiges, ernstes Kind, das instinktiv verstand, wie viel von ihr erwartet wurde. Und obwohl es durchaus wünschenswert war, dass sie alle zwölf der *Grandes Études* gut spielen konnte statt nur elf, so ging es am Ende bei ihrer Ausbildung nicht um die Musik – oder um Sprachen oder Benehmen –, sondern um Disziplin, Selbstbeherrschung und Verzicht.

Liebe war nie Teil der Gleichung gewesen. Ihre Meinung war nie Teil der Gleichung gewesen. Es war das Beste, dass sie sich von dem Prozess löste, denn sie war nur ein Rädchen in der großen Maschinerie, die „eine gute Partie machen" hieß.

In jener Nacht weinte sie allerdings um den Mann, der, genau wie sie, keinerlei Einfluss darauf hatte, wie sein Leben verlief. Aber die große Maschinerie ratterte weiter. Zwei Wochen nach der

Beerdigung von Earl Fitzhugh luden die Graves seinen entfernten Cousin, den neuen Earl Fitzhugh, zum Essen ein.

Millie hatte nur wenig über den verstorbenen Earl gewusst. Sie wusste noch weniger über den neuen, außer, dass er erst neunzehn Jahre alt war und in seinem letzten Jahr in Eton war. Dass er so jung war, verstörte sie ein wenig – sie war darauf vorbereitet gewesen, einen älteren Mann zu heiraten, nicht einen, der praktisch in ihrem eigenen Alter war. Aber davon abgesehen dachte sie nicht weiter über ihn nach: Ihre Hochzeit war ein Geschäftsabschluss, je weniger sie sich persönlich damit befasste, desto unproblematischer würde alles verlaufen.

Leider war es mit ihrer Gleichgültigkeit – und ihrem Seelenfrieden – in dem Moment vorbei, als der neue Earl durch die Tür trat.

Millie hatte durchaus eine eigene Meinung. Sie achtete sehr genau auf das, was sie sagte und tat, aber ihrer Fantasie erlegte sie nur selten Beschränkungen auf. Das war die einzige Freiheit, die sie hatte.

Manchmal, wenn sie nachts im Bett lag, stellte sie sich vor, sich zu verlieben, wie es in den Büchern von Jane Austen geschah – ihre Mutter gestattete ihr nicht, die Brontës zu lesen. Liebe, so schien es ihr, war das Ergebnis von genauer, kluger Beobachtung. Miss Elizabeth Bennet, zum Beispiel, war nicht der Meinung, dass Mr Darcy einen guten Ehemann abgeben würde, bis sie sah, wie beeindruckend Pemberley war, welches für Mr Darcys ebenso beeindruckenden Charakter stand.

Millie stellte sich vor, dass sie eine wohlhabende, unabhängige Witwe war, die die Herren in ihrer Reichweite mit ironischem, aber keinesfalls boshaftem Scharfsinn prüfte. Und wenn sie Glück hatte, würde sie den einen Gentleman mit gutem Charakter, Verstand und Humor finden.

Das schien ihr der Inbegriff romantischer Liebe zu sein: die stille Zufriedenheit zweier verwandter Seelen, die in sanfter Harmonie zusammenfanden.

Ihr innerer Aufruhr, als der neue Earl Fitzhugh in das Gesellschaftszimmer geführt wurde, traf sie daher völlig unvorbereitet. Es war, als erschiene ihr ein Engel, dessen grelles weißes Licht sie blendete. Von diesem übernatürlichen Strahlen eingehüllt stand vor ihr ein junger Mann, der seine Flügel gerade in diesem Moment zusammengefaltet haben musste, um zumindest im Ansatz einem Sterblichen zu ähneln.

Aus reinem Selbstschutz senkte sie instinktiv den Kopf, bevor sie noch die Herrlichkeit seiner Züge ganz begriffen hatte. Aber in ihrem Inneren herrschte wilde Aufregung, ein Gefühl, das zu gleichen Teilen aus Freude und Elend bestand.

Hier musste ein Fehler vorliegen. Der verstorbene Graf konnte unmöglich einen Cousin haben, der so aussah. Jeden Augenblick würde er als Kommilitone des neuen Earls vorgestellt werden, oder vielleicht als Sohn Colonel Clements', des Vormunds des jungen Earls.

„Millie", sagte ihre Mutter, „darf ich dir Lord Fitzhugh vorstellen. Lord Fitzhugh, meine Tochter."

Großer Gott, er war es doch. Dieser umwerfend gutaussehende junge Mann war der neue Lord Fitzhugh.

Sie musste ihren Blick heben. Er erwiderte ihn mit ruhigen, blauen Augen, als er ihr die Hand gab.

„Miss Graves", sagte er.

Ihr Herz schlug wie trunken. Sie war so eine absolute Aufmerksamkeit eines Mannes nicht gewohnt. Natürlich kannte sie die freundliche Aufmerksamkeit ihrer Mutter, aber wenn ihr Vater mit ihr sprach, so hing sein Blick immer halb auf seiner Zeitung.

Lord Fitzhugh hingegen konzentrierte sich völlig auf sie, als wäre sie die wichtigste Person, der er je begegnet war.

„Mylord", murmelte sie. Sie nahm die Wärme auf ihrem Gesicht ebenso unangenehm wahr wie die Perfektion seiner Wangenknochen, die die Alten Meister sofort hätte zum Pinsel greifen lassen.

Gleich nach ihrer Vorstellung wurde das Abendessen aufgetragen. Der Earl bot Mrs Graves seinen Arm, und Millie verbarg nur mühsam ihren Neid, während sie Colonel Clements' Arm nahm.

Sie blickte zum Earl, als der gerade in ihre Richtung sah. Ihre Blicke trafen sich einen Augenblick lang.

Hitze strömte durch ihre Adern. Sie wurde nervös, fühlte sich beinahe benommen.

Was war nur mit ihr los? Millicent Graves, Mauerblümchen *par excellence*, durch deren Adern der *Mangel* an Leidenschaft floss, empfand solch seltsam aufflammende Wallungen nicht. Um Himmels Willen, sie hatte ja noch nicht einmal einen Brontë-Roman gelesen. Warum fühlte sie sich dann auf einmal wie eines der jungen Bennet-Mädchen, die kicherten und kreischten und sich nicht im Geringsten beherrschen konnten?

Sie war sich nur am Rande des Umstands bewusst, dass sie nichts über den Charakter, Verstand oder das Temperament des Earls wusste. Dass sie sich oberflächlich und närrisch aufführte, als wollte sie den Karren vor den Ochsen spannen. Aber das Chaos in ihrem Inneren hatte ein Eigenleben entwickelt.

Als sie den Salon betraten, sagte Mrs Clements: „Was für ein wunderbar gedeckter Tisch. Finden Sie nicht auch, Fitz?"

„In der Tat", sagte der Earl.

Sein Name war George Edward Arthur Granville Fitzhugh – der Familienname war auch zugleich der Titel. Aber offensichtlich nannten ihn die, die ihn kannten, Fitz.

Fitz. Ihre Lippen und Zähne spielten mit der Silbe. *Fitz.*

Beim Essen ließ der Earl Colonel Clements und Mrs Graves den größten Teil der Unterhaltung bestreiten. War er schüchtern? Beherzigte er noch immer der Vorstellung, dass man Kinder sehen, aber nicht hören sollte? Oder nutzte er die Gelegenheit, sich ein Bild von seinen zukünftigen Schwiegereltern zu machen – und somit auch von seiner zukünftigen Frau?

Allerdings schien er ihr selbst keinerlei Aufmerksamkeit zu schenken. Es wäre ihm auch nicht leicht gefallen: Ein dreistöckiger, silberner Tafelaufsatz mit Orchideen, Lilien und Tulpen an jedem seiner sieben Arme versperrte ihm die Sicht.

Durch Blüten und Stängel konnte sie manchmal einen Blick auf sein Lächeln erhaschen – wobei ihr jedes Mal die Ohren glühten, auch wenn es Mrs Graves zu seiner Rechten galt und nicht ihr. Allerdings noch häufiger sah er zu ihrem Vater.

Ihr Großvater und ihr Onkel hatten das Vermögen der Graves aufgebaut. Als sich die Geldsäcke der Familie füllten, war ihr Vater jung genug gewesen, um nach Harrow geschickt zu werden. Er hatte sich wie erwartet die Sprechweise der Oberschicht angeeignet, aber sein natürliches Temperament war zu blass, um seine Bildung in vollem Glanz aufstrahlen zu lassen, wie es die Familie eigentlich gehofft hatte.

Dort saß er nun, am Kopf des Tisches, weder ein risikofreudiger Hasardeur wie sein verstorbener Vater, noch ein charismatischer, kühl kalkulierender Unternehmer wie sein verstorbener Bruder, sondern ein Bürokrat, ein Verwalter des Reichtums und Besitzes, der ihm anvertraut worden waren. Ganz sicher keiner der aufregendsten Männer.

Und doch gehörte ihm an diesem Abend die ganze Aufmerksamkeit des jungen Earls.

Hinter ihm hing ein riesiger Spiegel mit verziertem Rahmen an der Wand, der die Gesellschaft bei Tisch in allen Details wiedergab. Millie sah manchmal in den Spiegel und stellte sich vor, sie wäre eine unbeteiligte Beobachterin, die eine private Mahlzeit in all ihren Nuancen dokumentierte. Aber an diesem Abend hatte sie es noch nicht gewagt, in den Spiegel zu schauen, da der Earl am anderen Ende des Tisches neben ihrer Mutter saß.

Sie fand ihn im Spiegel. Ihre Blicke trafen sich erneut.

Er hatte nicht zu ihrem Vater gesehen. Im Spiegel hatte er *sie* angesehen.

Mrs Graves hatte sie über die Geheimnisse der Ehe aufgeklärt – sie hatte nicht gewollt, dass Millie von den Tatsachen des Lebens regelrecht überfallen wurde. Die Wahrheit über das, was sich zwischen einem Mann und einer Frau hinter verschlossenen Schlafzimmertüren abspielte, hatte dafür gesorgt, dass Millie Vertretern des anderen Geschlechtes üblicherweise mit einer gewissen Vorsicht begegnete. Aber seine Aufmerksamkeit löste ein Feuerwerk in ihr aus – Wonneschauer explodierten in ihr, vollkommene Glücksgefühle brachen über sie herein.

Wenn sie verheiratet wären und allein ...

Sie errötete.

Aber sie wusste es schon: Es würde ihr nichts ausmachen.

Nicht mit ihm.

DIE HERREN HATTEN SICH KAUM wieder im Salon zu den Damen gesellt, als Mrs Graves verkündete, dass Millie der Gesellschaft etwas vorspielen werde.

„Millicent beherrscht das Pianoforte wirklich hervorragend", sagte sie.

Dieses Mal freute sie sich darauf, ihre Fähigkeit zur Schau stellen zu können − ihr fehlte vielleicht wahres musikalisches Talent, aber ihre Technik war perfekt.

Als sie sich an das Klavier setzte, wandte sich Mrs Graves an Lord Fitzhugh: „Mögen Sie Musik, Sir?"

„Sehr sogar", antwortete er. „Kann ich Miss Graves vielleicht behilflich sein? Ich könnte die Seiten für sie umblättern."

Millies Hand hielt über dem Notenhalter inne. Die Sitzbank war nicht besonders lang. Er würde dicht neben ihr sitzen.

„Bitte", sagte Mrs Graves.

Tatsächlich setzte er sich so dicht neben sie, dass sein Hosenbein die Rüschen ihres Rockes berührte. Er duftete frisch und anregend, wie ein Nachmittag auf dem Land. Und das Lächeln auf seinem Gesicht, als er seinen Dank murmelte, ließ sie vergessen, dass eigentlich sie ihm hätte danken müssen.

Er sah von ihr weg zum Notenblatt. „Die *Mondscheinsonate*. Haben Sie nicht etwas Längeres?"

Die Frage verwirrte − und erfreute − sie. „Normalerweise hört man nur den ersten Satz der Sonate, das *Adagio Sostenuto*. Aber es gibt zwei zusätzliche Sätze. Ich kann nach dem ersten Satz weiterspielen, wenn Sie möchten."

„Ich wäre Ihnen sehr verbunden."

Sie war froh, dass sie fast automatisch und größtenteils aus dem Gedächtnis spielen konnte, denn sie konnte sich überhaupt nicht auf die Noten konzentrieren. Seine Fingerspitzen ruhten leicht auf der Ecke des Notenpapiers. Er hatte wunderschöne Hände, stark und elegant. Sie stellte sich vor, wie er eine seiner Hände um einen Kricketball schloss − es war beim Essen erwähnt worden, dass er in der Schulmannschaft spielte. Der Ball, den er warf, musste schnell wie ein Blitz sein. Er würde ein Krickettor sofort umwerfen und den Schlagmann ausscheiden lassen, und die Menge würde in Jubelrufe ausbrechen.

„Ich habe eine Bitte, Miss Graves." Er senkte seine Stimme beinahe zu einem Flüstern.

Während sie spielte, konnte ihn außer ihr niemand hören.

„Ja, Mylord?"

„Ich möchte, dass Sie weiterspielen, ganz gleich, was ich sage."

Ihr Herz setzte einen Schlag lang aus. Jetzt ergab alles langsam Sinn. Er wollte neben ihr sitzen, damit sie sich in einem Raum voller Erwachsener privat unterhalten konnten.

„Gut, ich spiele weiter", entgegnete sie. „Was möchten Sie sagen, Sir?"

„Ich möchte wissen, ob Sie zu dieser Ehe gezwungen werden?"

Lediglich die unzähligen Stunden, die sie am Klavier verbracht hatte, hielten Millie davon ab, abrupt innezuhalten. Ihre Finger drückten weiterhin die richtigen Tasten. Noten verwandelten sich ohne ihr Zutun in Töne. Aber es war, als würde jemand im Nachbarhaus am Klavier sitzen. Sie nahm die Musik nur wie aus großer Ferne wahr.

„Vermittle … vermittle ich den Eindruck, dass ich gezwungen würde, Sir?" Selbst ihre Stimme klang ihr fremd.

Er zögerte. „Ganz und gar nicht."

„Warum fragen Sie dann?"

„Sie sind sechzehn."

„Es ist nicht besonders ungewöhnlich, mit sechzehn zu heiraten."

„Einen Mann, der mehr als doppelt so alt ist?"

„Sie klingen so, als sei der Earl altersschwach gewesen. Er war ein Mann in den besten Jahren."

„Ich bin mir sicher, dass manche dreiunddreißigjährigen Männer Sechzehnjährige dahinschmelzen lassen, aber mein Cousin war kein solcher Mann."

Sie kamen ans Ende der Seite, und er blätterte gerade noch rechtzeitig um. Sie warf ihm einen raschen Blick zu, doch er sah sie nicht an.

„Darf ich Ihnen eine Frage stellen, Mylord?", hörte sie sich selbst sagen.

„Bitte."

„Werden *Sie* dazu gezwungen, mich zu heiraten?"

Bei ihren Worten wurde ihr schwindlig, als wiche ihr alles Blut aus dem Körper. Sie hatte Angst vor seiner Antwort. Nur ein Mann, der selbst gezwungen wurde, würde sich die Frage stellen, ob nicht auch sie unter demselben Druck stand.

Er schwieg eine Weile. „Finden Sie diese Art Absprachen nicht auch außerordentlich geschmacklos?"

Freude und Elend – sie war zwischen diesen beiden völlig entgegengesetzten Gefühlen hin und her gerissen gewesen. Aber jetzt war ihr nur noch elend zumute. Seine Stimme klang höflich. Aber seine Frage klagte sie der Mittäterschaft an. Er wäre nicht hier, wenn sie nicht zugestimmt hätte.

„Ich …" Sie spielte das *Adagio Sostenuto* viel zu schnell – kein Mondlicht in ihrer Sonate, nur im Sturm gegen Fensterläden peitschende Äste. „Ich schätze, ich hatte Zeit, mich damit abzufinden. Ich wusste mein ganzes Leben lang, dass ich in dieser Angelegenheit kein Mitspracherecht haben würde."

„Mein Cousin hat jahrelang gewartet", sagte der Earl. „Er hätte früher heiraten und einen Erben bekommen sollen, dem er alles hinterlassen konnte. Wir sind nur ganz entfernt verwandt."

Er will mich gar nicht heiraten, dachte sie benommen, nicht im Geringsten.

Das war ihr nicht neu. Sein Vorgänger hatte sie auch nicht heiraten wollen. Sie hatte seine Abneigung als etwas, was zu erwarten gewesen war, akzeptiert. Hatte auch nie etwas anderes erhofft. Aber die Unwilligkeit des jungen Mannes auf der Klavierbank neben ihr … Es war, als hielte sie einen Eisklumpen in den bloßen Händen, dessen Kälte sich in schwarzen, brennenden Schmerz verwandelte.

Es war demütigend, sich so nach jemandem zu verzehren, der ihre Gefühle nicht erwidern konnte, der den bloßen Gedanken, sie zur Frau nehmen zu müssen, so abstoßend fand.

Er blätterte zur nächsten Seite. „Denken Sie nie bei sich: *Nein, das werde ich nicht tun?*"

„Natürlich habe ich daran *gedacht*", sagte sie, nach all den Jahren des stillen Gehorsams plötzlich verbittert. Aber sie zwang sich, ihre Stimme ruhig und gleichmäßig klingen zu lassen. „Und dann denke ich ein wenig weiter. Laufe ich davon? Meine Fertigkeiten als Dame sind jenseits der Mauern dieses Hauses nicht sehr nützlich. Biete ich meine Dienste als Gouvernante an? Ich weiß nichts über Kinder – rein gar nichts. Weigere ich mich einfach und warte ab, ob mein Vater mich so sehr liebt, dass er mich nicht enterbt? Ich bin mir nicht sicher, ob ich den Mut dazu habe, das herauszufinden."

Er rieb die Ecke eines Notenblattes zwischen seinen Fingern. „Wie ertragen Sie das?"

Dieses Mal lag kein anklagender Unterton in seiner Frage. Wenn sie wollte, konnte sie darin sogar eine Art trostloses Mitgefühl erkennen. Was ihr Elend, dieses garstige Monster mit messerscharfen Zähnen, nur steigerte.

„Ich beschäftige mich mit anderen Dingen und denke nicht zu genau darüber nach." Ihre Stimme klang so bitter, wie sie es sich nur selten gestattete.

Da, jetzt war es klar. Sie war ein stumpfsinniger Automat, der alles tat, was andere ihm auftrugen: aufstehen, schlafen gehen und zwischendurch eine Menge Verachtung von künftigen Ehemännern ernten.

Sie hatten einander nichts mehr zu sagen und tauschten nur noch die üblichen Höflichkeiten am Ende ihres Vortrages aus. Jeder applaudierte. Mrs Clements sagte sehr nette Dinge über Millies musikalisches Können – was sie aber kaum hörte.

Der Rest des Abends zog sich in die Länge so lange wie Königin Elizabeths Herrschaft.

Mr Graves, der für gewöhnlich sehr ruhig und schweigsam war, unterhielt sich lebhaft mit dem Earl über Kricket. Millie und Mrs Graves hörten sich aufmerksam Colonel Clements' Armeegeschichten an. Hätte jemand durch das Fenster hineingesehen, wäre ihm die Gesellschaft im Salon äußerst normal und recht gut gelaunt erschienen.

Und doch lag genug Kummer in der Luft, um Blumen welken und Tapeten sich verziehen zu lassen. Niemand bemerkte die Niedergeschlagenheit des Earls. Und niemand – außer Mrs Graves, die Millie immer wieder besorgt musterte – bemerkte ihre. War Unglück wirklich so unsichtbar? Oder wandten die Leute einfach nur den Blick davon ab, als handelte es sich um Aussatz?

Nachdem die Gäste gegangen waren, erklärte Mr Graves das Abendessen zu einem *succès énorme*, einem gewaltigen Erfolg. Und er, der dem vorherigen Earl durch und durch skeptisch gegenübergestanden hatte, lobte dessen jungen Nachfolger in den höchsten Tönen. „Ich freue mich darauf, Lord Fitzhugh zum Schwiegersohn zu haben."

„Er hat mir noch keinen Antrag gemacht", erinnerte ihn Millie. „Und er wird es vielleicht auch nie tun."

Zumindest hoffte sie das. Sollten sie doch jemand anderen für sie finden. Irgendjemand anderen. „Oh, er wird dir auf jeden Fall einen Antrag machen", sagte Mr Graves. „Er hat keine andere Wahl."

„HAST DU WIRKLICH KEINE ANDERE WAHL?", fragte Isabelle.

In ihren Augen glitzerten Tränen. Hilflosigkeit brannte in Fitz. Er konnte nichts tun, um diese Zukunft aufzuhalten, die wie ein entgleister Zug auf ihn zuraste, und noch weniger, um den Schmerz der Frau, die er liebte, zu lindern.

„Die einzige Wahl, die ich habe, ist, nach London zu gehen, um eine andere Erbin zu finden, die bereit ist, mich zu heiraten."

Sie wandte ihr Gesicht ab und fuhr sich mit der Hand über die Augen. „Wie ist sie, diese Miss Graves?"

Wen kümmerte das schon? Er konnte sich nicht an ihr Gesicht erinnern. Er wollte es auch gar nicht. „Es gibt nichts, was gegen sie spricht."

„Ist sie hübsch?"

Er schüttelte den Kopf. „Das weiß ich nicht. Und es interessiert mich auch nicht."

Sie war nicht Isabelle – sie konnte nie hübsch genug sein.

Es war ihm unerträglich, Miss Graves als unverrückbaren Teil seines Lebens zu betrachten. Er fühlte sich missbraucht. Er hob die Schrotflinte und drückte den Abzug. Fünfzehn Meter von ihnen entfernt explodierte eine Tontaube. Der Boden war von Scherben übersät. Es war eine qualvolle Unterhaltung gewesen.

„Nächstes Jahr um diese Zeit könntest du ein Kind haben", sagte sie mit brechender Stimme. „Die Graves wollen ja was für ihr Geld haben – und das schon bald."

Oh Gott, natürlich würden sie das von ihm erwarten. Eine weitere Tontaube zersprang. Er spürte den Rückstoß an seiner Schulter kaum.

Es war ihm zunächst nicht so schrecklich vorgekommen, aus heiterem Himmel Earl zu werden. Er wusste sofort, dass er seine Pläne, in die Armee einzutreten, aufgeben musste: Ein Earl, auch wenn er noch so arm war, war zu wertvoll, um an vorderster Front zu kämpfen. Es war ein heftiger Schlag gewesen, aber bei Weitem nicht niederschmetternd. Er hatte sich für das Militär entschieden, weil es ihm etwas abverlangen würde. Ein Anwesen vor dem Ruin zu retten und wiederaufzubauen, war ebenso anspruchsvoll und ehrenhaft. Und er hatte nicht angenommen, dass es Isabelle etwas ausmachen würde, Countess zu werden. Sie würde eine hervorragende Figur in der Gesellschaft abgeben.

Aber sobald er Henley Park, seinen neuen Wohnsitz, betrat, gerann ihm das Blut in den Adern. Er war mit seinen neunzehn Jahren kein armer Earl geworden, sondern ein vollkommen mittelloser.

Der Zustand des Landsitzes war erschreckend. Die Orientteppiche im Herrenhaus waren mottenzerfressen, genau wie die Samtvorhänge. Durch viele der Kamine zog der Rauch nicht ab: Die Wände und Gemälde waren rußgeschwärzt. Und in jedem der oberen Räume waren die Decken grün und grau mit Schimmel bedeckt, der sich wie die Linien einer verzerrten Landkarte überallhin ausbreitete.

Ein Haus von dieser Größe benötigte fünfzig Diener allein im Haus und kam notfalls mit dreißig aus. Aber in Henley Park waren die Bediensteten auf fünfzehn gekürzt worden, von denen die eine Hälfte zu jung – viele der Hausmädchen waren gerade erst zwölf Jahre alt – und die andere zu alt war. Einige der Bediensteten arbeiteten schon ihr ganzes Leben für die Familie und konnten nirgendwo anders hin.

In seinem Zimmer knarzte alles: der Boden, das Bett, die Türen des Kleiderschrankes. Die Rohrleitungen waren hoffnungslos veraltet. Der lange Niedergang des Familienvermögens hatte begonnen, ehe es zu entscheidenden Modernisierungen der Innenausstattung hatte kommen können. In den drei Nächten, die er dort verbracht hatte, hatte er zitternd vor Kälte dagelegen und den munteren Zusammenkünften der Ratten in den Wänden gelauscht.

Es war noch einen Schritt von einer völligen Ruine entfernt, aber es war nur ein sehr kleiner Schritt.

Isabelles Familie war durch und durch ehrbar. Die Pelhams, wie die Fitzhughs selbst, waren mit einigen Familien des Hochadels verwandt und galten allgemein als zuverlässig, aufrecht und gottesfürchtig, kurz: sie waren so etwas wie der Stolz des niederen Adels. Aber weder die Fitzhughs noch die Pelhams waren wohlhabend. Die Geldmittel, die sie zusammenkratzen konnten, würden nicht einmal reichen, um das Dach von Henley Park abzudichten oder das verrottende Fundament instand zu setzen.

Wenn es aber nur das Haus gewesen wäre, hätten sie es mit einigen Entbehrungen noch irgendwie hinbekommen.

Unglücklicherweise hatte er auch achtzigtausend Pfund Schulden geerbt. Und davor gab es kein Entkommen.

Wäre er zehn Jahre jünger, hätte er seinen Kopf in den Sand stecken können und Colonel Clements hätte sich um seine Probleme kümmern müssen. Aber in zwei Jahren wurde er volljährig, war also fast schon ein Mann. Er konnte vor seinen Problemen nicht davonlaufen, die sich mit jedem Augenblick der Unachtsamkeit mit Sicherheit nur verschlimmern würden.

Die einzige mögliche Lösung bestand im Verkauf seiner Person. Er würde seinen verfluchten Titel gegen eine Erbin tauschen, deren Vermögen groß genug war, um seine Schulden zu begleichen und sein Haus zu retten.

Aber dazu musste er Isabelle aufgeben.

„Lass uns nicht mehr davon reden", sagte er mit zusammengebissenen Zähnen.

Er verlangte nicht viel vom Leben. Der Weg, den er für sich selbst vorgezeichnet hatte, war einfach und geradlinig: Offiziersausbildung in Sandhurst, der ein Offizierspatent folgen würde, und sobald er seine erste Beförderung erhielt, wollte er um ihre Hand anhalten. Sie war nicht nur schön, sie war auch intelligent, widerstandsfähig und abenteuerlustig. Zusammen wären sie unglaublich glücklich geworden.

Tränen rollten ihr über die Wangen. „Ob wir nun davon reden oder nicht, es wird ja doch geschehen."

Sie hob ihre Schrotflinte und schoss die letzte verbliebene Tontaube in Stücke. Zersplittert wie sein Herz.

„Ganz gleich, was auch passiert …"

Er konnte nicht weitersprechen. Er war nicht länger in der Lage, ihr seine Liebe zu gestehen. Was auch immer er sagte, es würde die Sache nur noch schlimmer machen.

„Heirate sie nicht", flehte sie mit heiserer Stimme und feurigem Blick. „Vergiss Henley Park. Lass uns zusammen durchbrennen."

Wenn das doch bloß möglich wäre. „Wir sind beide noch nicht volljährig. Unsere Ehe wäre ohne die Zustimmung deines Vaters und meines Vormundes nicht gültig. Ich weiß nicht, wie dein Vater dazu steht, aber Colonel Clements ist fest entschlossen, dass ich meine Pflicht tue. Er würde dich eher in den Ruin treiben, als unsere Ehe zu erlauben."

Über ihnen grollte Donner. „Isabelle, Lord Fitzhugh", rief ihre Mutter aus dem Haus. „Kommt besser rein. Es regnet gleich!"

Keiner von beiden rührte sich.

Regentropfen landeten auf seinem Kopf, jeder so schwer wie ein Kiesel.

Sie starrte ihn an. „Erinnerst du dich an deinen ersten Besuch hier?"

„Natürlich."

Er war sechzehn gewesen, sie fünfzehn. Er war am Ende des Michaelis-Trimesters mit Pelham, Hastings und zwei weiteren Schulkameraden aus Eton hergekommen. Sie kam die Treppe hinabgelaufen, um Pelham zu umarmen. Fitz hatte sie vorher schon gesehen, als sie Pelham in Eton besucht hatte, aber an jenem Tag war sie nicht länger das kleine Mädchen mehr, sondern eine anmutige, junge Frau, voller Lebensdrang und Elan. Das Licht der Nachmittagssonne, das schräg in die Eingangshalle fiel, ließ sie aussehen, als stünde sie in Flammen. Und als sie sich umdrehte und zu ihm: „Ah, Mr Fitzhugh, ich erinnere mich an Sie", sagte, war es bereits um ihn geschehen.

„Erinnerst du dich an die Kampfszene in *Romeo und Julia?*", fragte sie leise.

Er nickte. Er wünschte sich, dass er die Zeit zurückdrehen, die Gegenwart hinter sich lassen und stattdessen wieder in jenen glücklicheren Tagen leben könnte.

„Ich erinnere mich ganz deutlich an alles: Gerry war Tybalt und du Mercutio. Du hattest einen von Vaters Gehstöcken in einer Hand und ein belegtes Brot in der anderen. Du hast einmal abgebissen und gespottet: ‚Tybalt, du Ratzenfänger! willst du dran?'" Sie lächelte trotz ihrer Tränen. „Dann hast du gelacht. Mein Herz setzte kurz aus, und ich wusste in dem Moment, dass ich den Rest meines Lebens mit dir verbringen wollte."

Sein Gesicht war feucht. „Du wirst einen Besseren finden." Er zwang sich zu den Worten.

„Ich will niemand anderen. Ich will nur dich."

Und er wollte nur sie. Aber es sollte nicht sein. Sie sollten nicht zusammen kommen.

Es regnete in Strömen. Es war ein erbärmlicher Frühling gewesen. Er bezweifelte, jemals wieder unter einem wolkenlosen Himmel zu stehen.

14

„Isabelle, Lord Fitzhugh, kommt sofort rein", wiederholte Mrs Pelham.

Sie rannten. Als sie das Haus erreichten, griff sie nach seinem Arm und zog ihn zu sich. „Küss mich."

„Ich kann nicht. Selbst wenn ich nicht um Miss Graves anhalte, werde ich eine andere heiraten."

„Hast du jemals geküsst?"

„Nein." Er hatte auf sie gewartet.

„Ein weiterer Grund, warum du mich jetzt küssen solltest. Damit, ganz gleich, was passiert, wir unseren ersten Kuss geteilt haben."

Ein Blitz fuhr durch die Wolkendecke. Er starrte die wunderschöne Frau an, die niemals die seine werden würde. War es so falsch?

Vermutlich nicht, denn im nächsten Augenblick küsste er sie und verlor sich in diesem letzten Moment der Freiheit und des Glücks.

Als sie ihre Rückkehr ins Haus nicht länger hinauszögern konnten, zog er sie fest an sich und flüsterte, was er ihr nicht hatte sagen wollen:

„Ganz gleich, was auch passiert, ich werde dich immer, immer lieben."

Mehr Bücher von Sherry Thomas

Historische Liebesromane

Die Fitzhugh Trilogie

1. „Eine betörende Schönheit"

Eine Transatlantiküberfahrt auf einem Luxusdampfer. Eine geheimnisvolle Frau mit Rachegedanken. Ein Herzog, der sich in die eine Frau verliebt, die er geschworen hatte, nie zu lieben.

„Komplexe, fesselnde Charaktere, eine ungewöhnliche, mitreißende Handlung und ein Schreibstil mit der Tiefe und Schönheit von Musik – was kann ein Leser mehr verlangen?" – The Romance Dish

2. „Eine bezaubernde Erbin"

Verheiratet: 8 Jahre. Ehe vollzogen: 0 Mal. Das ändert sich: jetzt.

Von *Publishers Weekly* als Beste Lektüre des Sommers 2012 ausgezeichnet.

„[Die Geschichte von] Millies und Fitz' Ehe ist eine der ehrlichsten, romantischsten und optimistischsten Erzählungen, die ich seit langer, langer Zeit gelesen habe. Und was kann ich sagen … Sherry Thomas rockt." – All About Romance

2½. „A Dance in Moonlight" (Kurzgeschichte)

Eine untröstliche Frau trifft einen Mann, der genau so aussieht, wie der, den sie verloren hat. *Komm spät nachts*, sagt sie zu ihm, *damit ich so tun kann, als wärst du der, den ich liebe.*

3. „Eine verführrerische Braut"

Er liebt sie. Sie hasst ihn. Aber dann mischt das Schicksal die Karten neu: Nach einem Unfall sieht sie in ihm nur noch einen gutaussehenden Fremden.

Von *Library Journal* als Bester Liebesroman des Jahres 2012 ausgezeichnet.

„Auf den Punkt gebracht: Dies ist der beste historische Liebesroman des Jahres 2012. Wenn Sie dieses Jahr nur einen Historical lesen, selbst wenn Sie das Genre sonst … meiden, sollte es ‚Eine verführerische Braut' sein." – The Season
(Die deutsche Übersetzung dieses Werks wird im März 2014 erhältlich sein.)

3½. „The Bride of Larkspear" (Kurzgeschichte)
Der Held aus **„Eine verführerische Braut"** verfasst für seine Angebetete keine Sonette. Stattdessen, schreibt er seiner Liebsten einen Erotikroman. Dies ist eben dieser Roman.

historische Liebesromane, keine Serie

„Eine fast perfekte Ehe"

Sie lebt in London, er lebt in New York – und ihre Ehe wird als perfekt bezeichnet. Aber was passiert, wenn sie ihn um die Scheidung bittet?
Von *Publishers Weekly* als bestes Buch des Jahres 2008 ausgezeichnet.
„Sinnlich und geistreich … dieses überragende Historical-Debut punktet mit einem geschickt ersonnenen Plot und schillernden Charakteren." – Ausgezeichnete Rezension, *Publishers Weekly*

„Köstlich wie dein Kuss"

Ein Mann, der eines Tages Premierminister werden will. Eine Frau, die ihr Leben in der Küche verbringt. Eine Cinderella-Geschichte, wie Sie sie noch nie gelesen haben.
Von *Library Journal* als bester Liebesroman des Jahres 2008 ausgezeichnet.
„Eine grandiose, märchenhafte Liebesgeschichte … eine unwiderstehliche Köstlichkeit." – *Chicago Tribune*

„Gefährliche Leidenschaften"

Einst war er ihr Ehemann. Jetzt ist er nur ihr Begleiter und Beschützer auf der gefährlichsten Reise ihres Lebens.

Gewinner des renommierten RITA®-Preises der Romance Writers of America für den besten historischen Liebesroman des Jahres 2010.

„Eine wunderschön geschriebene, sehr bewegende Geschichte über das Wiedererwachen einer Liebe und moralische Wiedergutmachung vor der Kulisse einer abenteuerlichen Reise durch den Nordwesten Indiens." – Read React Review

„Eine skandalöse Liebesfalle" und „Zwischen Liebe und Skandal"

Ein Mann, der die Kunst, sich dumm zu stellen, perfektioniert hat. Eine Frau, die verzweifelt genug ist, ausgerechnet ihn in eine Ehe zu locken. Stellen Sie sich die Hochzeitsnacht vor.

Gewinner des renommierten RITA®-Preises der Romance Writers of America für den besten historischen Liebesroman des Jahres 2011.

„Ich erwische mich dabei, dass ein Teil meines Gehirns denkt, ‚Oh Gott, ich kann nicht fassen, wie gut das ist', während der andere sagt ‚Sei still und lies weiter'. Dies ist definitiv ein Buch für die einsame Insel." – Dear Author

„The Luckiest Lady in London"

Eine verarmte, junge Frau, die gut heiraten muss, trifft einen Mann, der nicht besser als Ehemann für sie geeignet sein könnte. Aber als der ideale Gentleman ihr einen Antrag macht, bietet er ihr nicht die Ehe, sondern eine Carte blanche. Was soll man als junge Frau tun? Nun, diese junge Frau wird das Spiel nach ihren eigenen Regeln spielen.

Von *Kirkus Review* und *Library Journal* als bester Liebesroman des Jahres 2013 ausgezeichnet.

„Ein Meisterwerk. Ein wunderschön geschriebener, exquisit verführerischer … Edelstein unter den Liebesromanen." – Ausgezeichnete Rezension, *Kirkus Review*

Young Adult Fantasy

„The Burning Sky"

Die Geschichte eines Mädchens, das tausend Jungs genarrt hat, ein Junge, der ein ganzes Land getäuscht hat, eine Partnerschaft, die das Schicksal von Königreichen ändern wird und eine Macht, um den größten Tyrann, den die Welt je gesehen hat, herauszufordern. Magie inklusive.

„Thomas ... erschafft eine komplexe Fantasiewelt mit einer großartigen Liebesgeschichte, die mich bis zur letzten Seite gefesselt hat. Was für eine atemberaubende Reise!" – Marie Lu, New York Times Bestseller-Autorin der Legend Serie

Anmerkung der Autorin

Auch wenn sie wieder geheiratet hat, wird Christians Stiefmutter im gesamten Buch als *Dowager Duchess* bezeichnet und mit „Euer Gnaden" angesprochen. Nach einer Ausgabe von *Debretts Adelskalender* aus dem späten neunzehnten Jahrhundert verliert eine Witwe, die erneut heiratet, jeden Titel und jeden Rang, den ihr ihre Ehe eingebracht hatte. Von dieser Regel gibt es keine Ausnahme. Aus reiner Höflichkeit jedoch gestattet die Gesellschaft das Weiterführen des früheren Titels und erlaubt Damen, die wieder geheiratet haben, sich ansprechen zu lassen, als lebe ihr früherer, titelgebender Mann noch.

Mary Anning, die Anfang des neunzehnten Jahrhunderts lebte, war eine bekannte Fossiliensammlerin und Paläontologin. 2010 erkannte die Royal Society sie als eine der zehn einflussreichsten britischen Frauen in der Geschichte der Wissenschaft an. Ein aristokratischeres Pendant zu ihr ist Barbara Hastings, Marchioness of Hastings und Baroness Grey de Ruthyn.

Über die Autorin:

Sherry Thomas gilt bei Fans und Kennern historischer Liebesromane als Meisterin ihres Fachs. Sie hat in zwei aufeinanderfolgenden Jahren den RITA (den „Liebesroman-Oscar") gewonnen und ist auf unzähligen „Die Besten des Jahres"-Listen aufgeführt, unter anderem auf denen von *Publishers Weekly, Kirkus Review, Library Journal, Dear Author* und *All About Romance.* Sie lebt mit ihrem Mann und ihren Söhnen in Austin, Texas.

Sie schreibt neben historischen Liebesromanen auch im Genre „Young Adult". Hier ist im September 2013 ihr Debütroman „The Burning Sky" erschienen.

Ihre Romane verfasst Sherry nicht in ihrer Muttersprache Chinesisch – sie hat Englisch durch das Lesen von Liebesromanen und Science Fiction Büchern gelernt – genau genommen jedes Wort, das Isaac Asimov je geschrieben hat. Sie ist stolz darauf, mit Fug und Recht behaupten zu können, dass ihr ältester Sohn ihr größter Fan ist – allerdings bei dem Young Adult-Buch, nicht bei den Liebesromanen, das kommt vielleicht später.

Aktuelle Informationen per eMail zu Sherrys Büchern können Sie auf ihrer Website bestellen oder ihr schreiben: http://www.sherrythomas.com/contact.php.

www.ingramcontent.com/pod-product-compliance
Lightning Source LLC
Chambersburg PA
CBHW050723180626
46814CB00002B/575